Laços de Pecado

Nora Roberts

A Pousada do Fim do Rio

O Testamento

Traições Legítimas

Três Destinos

Lua de Sangue

Doce Vingança

Segredos

O Amuleto

Santuário

Resgatado pelo Amor

A Villa

Trilogia do Sonho

Um Sonho de Amor
Um Sonho de Vida
Um Sonho de Esperança

Trilogia do Coração

Diamantes do Sol
Lágrimas da Lua
Coração do Mar

Trilogia da Magia

Dançando no Ar
Entre o Céu e a Terra
Enfrentando o Fogo

Trilogia da Gratidão

Arrebatado pelo Mar
Movido pela Maré
Protegido pelo Porto

Trilogia da Fraternidade

Laços de Fogo
Laços de Gelo
Laços de Pecado

Nora
Roberts

Laços de Pecado

Volume 3 da Trilogia da Fraternidade

Tradução
Vera Bandeira Medina

BERTRAND BRASIL

Título original: *Born in Shame*

Capa: Leonardo Carvalho

Editoração: DFL

2008
Impresso no Brasil
Printed in Brazil

CIP-Brasil. Catalogação na fonte
Sindicato Nacional dos Editores de Livros – RJ

R549L Roberts, Nora, 1950-
Laços de pecado/Nora Roberts; tradução Vera Bandeira Medina. – Rio de Janeiro: Bertrand Brasil, 2008.
322p. : – (Trilogia da fraternidade; v. 3)

Tradução de: Born in shame
ISBN 978-85-286-1328-5

1. Romance americano. I. Medina, Vera Bandeira. II. Título. III. Série.

08-1412
CDD – 813
CDU – 821.111 (73)-3

Todos os direitos reservados pela:
EDITORA BERTRAND BRASIL LTDA.
Rua Argentina, 171 – 1º andar – São Cristóvão
20921-380 – Rio de Janeiro – RJ
Tel.: (0xx21) 2585-2070 – Fax: (0xx21) 2585-2087

Atendemos pelo Reembolso Postal.

A todos os meus camaradas irlandeses,
de ambos os lados do Atlântico.

Conheço meu amor pelo jeito de caminhar
e conheço meu amor pelo jeito de falar.

— BALADA IRLANDESA

Queridos Leitores:

Sonhava com a Irlanda. Com uma terra onde havia magia nas silenciosas montanhas enevoadas e meditativas, que guardavam segredos e campos eternamente verdes. E foi o que encontrei quando estive lá.

Conversei com muitos amigos e familiares que foram à Irlanda. Invariavelmente, todos que têm raízes naquele país sentem um estremecimento quando pisam em solo irlandês. Sei que eu sinto. Mesmo antes de inspirar seu ar pela primeira vez é como se já se conhecesse seu perfume.

Há muita beleza na pequena vila com seu pub e ruas sinuosas, no alvoroço de cidades como Galway, nas montanhas que se projetam sobre o oceano e nos campos adormecidos sob a bruma. Há coisas simples, como o fazendeiro conduzindo suas vacas pela estrada, e grandiosas, como as ruínas de um castelo construído há séculos ao lado da margem sinuosa do rio.

Há círculos dançantes de pedras, no campo de uma fazenda, e colinas encantadas nas florestas. E mágicas também são as flores que brotam nos jardins bem cuidados ou o sabor dos bolinhos à hora do chá. Coisas simples e grandiosas. Foi o que encontrei na Irlanda.

Para *Laços de Pecado*, meu último livro da *Trilogia da Fraternidade*, quis trazer uma mulher americana à Irlanda pela primeira vez. Dar a Shannon Bodine suas raízes, sua família e um romance que combinaria com os contrastes e a tolerância da Irlanda. Dar a ela a mágica das coisas simples e também das grandiosas.

E espero oferecê-las a vocês também.

Slainté,

Nora

Prólogo

Amanda teve sonhos terríveis. Colin estava lá, a docilidade estampada naquele seu rosto tão amado, marcado pela tristeza. *Mandy*, ele disse. Ele nunca a chamava de outro modo, apenas Mandy. Sua Mandy, minha Mandy, querida Mandy. Não houve nenhum sorriso em sua voz, nenhum riso em seus olhos.

Mandy, não podemos parar com isso. Queria poder. Mandy, minha Mandy, sinto tanto a sua falta. Mas nunca pensei que você teria de vir logo depois de mim. Nossa garotinha, é tão duro para ela. E será pior. Você precisa dizer a ela, você sabe.

Então ele sorrira, mas era um sorriso triste, tão triste, e seu corpo, seu rosto, que haviam parecido tão sólidos, tão próximos, que ela até estendera a mão no sono para tocar, começaram a se desvanecer e sumiram.

Você precisa contar a ela, ele repetia. *Sempre soubemos que você contaria. Ela precisa saber de onde veio. Quem ela é. Mas diga a ela, Mandy, diga a ela para nunca esquecer que eu a amei. Amei a minha garotinha.*

Ah, não vá, Colin, gemeu no sono, ansiando por detê-lo. Fique comigo. Eu o amo, Colin. Meu querido Colin. Amo você por tudo o que você é.

Mas não era possível trazê-lo de volta. E não conseguia interromper o sonho.

Ah, como era maravilhoso ver a Irlanda outra vez, pensou, movendo-se como a bruma sobre as colinas verdes que recordava de tantos anos atrás. Ver o rio cintilar, como uma fita prateada e brilhante, envolvendo um presente de valor inestimável.

E havia Tommy, o querido Tommy, esperando por ela. Sorrindo outra vez para ela, dando-lhe as boas-vindas.

Por que havia aquela tristeza aqui, quando ela estava de volta, sentindo-se tão jovem, tão vibrante, tão apaixonada?

Pensei que nunca mais veria você outra vez. Sua voz estava ofegante, mal contendo o riso. *Tommy, voltei para você.*

Ele parecia olhar fixamente para ela. Mas, por mais que tentasse, não conseguia se aproximar dele. Mas podia ouvir sua voz, tão clara e doce como nunca.

Amo você, Amanda. Sempre. Não se passou um dia sequer sem que eu pensasse em você e lembrasse o que encontramos aqui.

No sonho, ele voltava-se para olhar o rio, as suaves margens verdes, as águas tranqüilas.

Você deu a ela o nome do rio, como lembrança dos dias que tivemos.

Ela é tão linda, Tommy. Tão brilhante, tão forte. Você ficaria orgulhoso.

Estou orgulhoso. E como gostaria... Mas não podia ser. Sabíamos disso. Você sabia. Ele suspirou e voltou-se. *Você fez o melhor para ela, Amanda. Nunca se esqueça disso. Mas agora você a está deixando. A dor disso, aliada ao que você guardou dentro de si, todos esses anos, torna as coisas mais difíceis. Você tem de contar a ela, dar-lhe esse direito. E deixe-a saber, sobretudo deixe-a saber que eu a amei. Eu teria mostrado a ela se pudesse.*

Não posso fazer isso sozinha, pensou, lutando contra o sono, quando a imagem se desvaneceu. Ah, meu querido Deus, não me obrigue a fazer isso sozinha.

— Mamãe. — Gentilmente, embora as mãos tremessem, Shannon afagou o rosto suado da mãe. — Mamãe, acorde. É só um sonho. Um sonho ruim. — Sabia o que era ser torturada pelos sonhos, e sabia como era acordar com medo: como acordava agora todas as manhãs, receando que a mãe tivesse partido. Havia desespero na voz dela. Não agora, rezou. Não ainda. — Você precisa acordar.

— Shannon. Eles se foram. Os dois já se foram. Arrancados de mim.

— Sshh. Não chore. Por favor, não chore. Abra os olhos agora e olhe para mim.

As pálpebras de Amanda se abriram. Os olhos estavam envoltos em tristeza.

— Lamento, Amanda. Lamento muito. Só fiz o que achei que seria melhor para você.

— Eu sei. Claro que fez. — Ansiosa, ela imaginava se o delírio significava que o câncer havia atingido o cérebro. Não bastava que tivesse tomado os ossos da mãe? Amaldiçoou a doença voraz, e amaldiçoou a Deus, mas sua voz estava suave quando falou:

— Está tudo bem agora. Estou aqui. Estou com você.

Com esforço, Amanda suspirou profundamente. Imagens flutuavam em sua mente — Colin, Tommy, sua querida menina. Como os olhos de Shannon estavam angustiados, como haviam ficado abatidos quando voltara a Columbus pela primeira vez.

— Está tudo bem agora. — Amanda faria qualquer coisa para apagar aquele terror dos olhos da filha. — Claro que você está aqui. Estou muito contente que esteja aqui. — E muito triste, querida, por ter de deixá-la. — Assustei você. Sinto ter assustado você.

Era verdade — o medo era um gosto amargo na garganta de Shannon, mas ela sacudiu a cabeça negando. Estava quase habituada ao medo agora; ele se havia instalado nela desde o momento em que pegara o telefone no escritório em Nova York e fora informada de que sua mãe estava morrendo.

— Está sentindo dor?

— Não, não, não se preocupe.

Amanda suspirou outra vez. Embora sentisse dor, uma dor terrível, sentia-se mais forte. Precisava estar assim diante do que teria de enfrentar. Nas poucas semanas em que Shannon estivera com ela, mantivera o segredo bem guardado, como fizera durante toda a vida da filha. Mas teria de revelá-lo agora. Não havia muito tempo.

— Pode me dar um pouco d'água, querida?

— Claro. — Shannon pegou a jarra ao lado da cama, encheu um copo de plástico e ofereceu-o com um canudo à mãe.

Cuidadosamente, ajustou a cabeceira da cama hospitalar para deixar Amanda mais confortável. A sala da adorável casa em Columbus fora adaptada para cuidados hospitalares. Fora desejo de Amanda, e de Shannon, que ela viesse para casa nos últimos dias.

Uma música tocava baixinho no aparelho de som. O livro que Shannon trouxera para ler em voz alta continuava onde ela o havia deixado cair, tomada de pânico. Abaixou-se para apanhá-lo, lutando para não tremer.

Quando ficava sozinha, dizia a si mesma que havia melhoras, que podia vê-las a cada dia. Mas bastava olhar para a mãe, para a pele acinzentada, as marcas de dor, o lento definhar, para saber a verdade.

Não havia nada a ser feito agora, a não ser manter a mãe confortável, depender amargamente da morfina para acalmar a dor que nunca era completamente derrotada.

Ela precisava de um minuto, Shannon percebeu, quando o pânico começou a borbulhar em sua garganta. Só um minuto sozinha para readquirir sua fatigada coragem.

— Vou buscar uma boa toalha fria para o seu rosto.

— Obrigada. — E aquilo, Amanda pensou enquanto Shannon afastava-se depressa, lhe daria tempo suficiente, com a graça de Deus, para escolher as palavras certas.

Capítulo Um

Amanda havia se preparado para esse momento durante muitos anos, sabendo que ele chegaria, desejando que não chegasse. O que era justo e correto para um dos homens que amara era injusto para outro, qualquer que fosse o caminho que escolhesse.

Mas não era com nenhum deles que precisava se preocupar agora. Nem podia remoer sua própria vergonha.

Só tinha de pensar em Shannon. Iria magoá-la.

Sua filha bela e brilhante que só lhe dera alegrias. Motivo de seu orgulho. A dor atravessou-a como uma corrente de veneno, mas ela trincou os dentes. Haveria dor agora, pelo que aconteceria em seguida, pelo que acontecera havia tantos anos, na Irlanda. De todo o coração desejava que pudesse encontrar algum modo de amenizar aquilo.

Viu a filha voltar, os movimentos ágeis e graciosos, em toda a sua energia nervosa. Move-se como o pai, Amanda pensou. Não Colin. O doce e querido Colin arrastava-se, desajeitado como um filhote grandalhão.

Mas Tommy parecia ter asas nos pés.

Shannon também tinha os olhos de Tommy. O vívido verde-musgo, límpido como um lago ao sol. Os fartos cabelos castanhos que balançavam sedosamente na altura do queixo eram outra herança da Irlanda. Entretanto, Amanda gostava de pensar que o formato do rosto da filha, a pele clara, a boca suave e cheia eram herança sua.

Mas fora Colin, Deus o abençoe, quem lhe dera determinação ambição e autoconfiança.

Sorriu quando Shannon lhe banhou o rosto suado.

— Ainda não lhe disse o suficiente quanto você me orgulha, Shannon.

— Claro que disse.

— Não, deixei você perceber que fiquei desapontada por não ter escolhido a pintura. Foi egoísmo meu. Sei muito bem que uma mulher deve escolher seu caminho.

— Você nunca tentou me fazer desistir de Nova York ou do curso de publicidade. Além do mais, eu ainda pinto — acrescentou, forçando um sorriso. — Estou quase terminando uma natureza-morta que aposto que você vai gostar.

Por que não havia trazido as telas? Droga! Por que não pensara em juntar alguns desenhos, até mesmo um bloco de rascunhos, para sentar com a mãe e dar a ela o prazer de olhar?

— Aquele é um dos meus prediletos. — Amanda apontou para o retrato na parede da sala. — Aquele do seu pai dormindo numa cadeira no jardim.

— Preparando-se para cortar a grama — Shannon disse com uma risada. Colocando a toalha ao lado, sentou-se na beira da cama. — E era só a gente perguntar por que não contratava um menino para cortar a grama que ele dizia que gostava do exercício, então ia lá para fora e caía no sono.

— Sempre me fazia rir. Sinto falta disso. — Roçou a mão no pulso de Shannon. — Sei que você também sente.

— Ainda fico achando que ele vai aparecer de repente na porta da frente, dizendo: "Mandy, Shannon, vistam seus melhores vestidos, acabo de ganhar dez mil para o meu cliente no mercado, e vamos sair para jantar."

— Adorava ganhar dinheiro — Amanda refletiu. — Era como um jogo para ele. Nada a ver com dólares e centavos, avareza ou egoísmo. Era pura alegria. Como o prazer de viver mudando de lugar. "Vamos dar o fora desta cidade, Mandy. O que me diz de tentarmos o Colorado? Ou Memphis?"

Ela sacudiu a cabeça numa risada. Ah, como era bom rir, fingir apenas por alguns instantes que estavam simplesmente conversando como sempre faziam.

— Finalmente, quando mudamos para cá, eu lhe disse que já tínhamos brincado muito de ciganos. Aqui era um lar. Ele então se instalou aqui, como se apenas estivesse esperando a hora certa e o lugar certo.

— Ele amava esta casa — Shannon murmurou. — Assim como eu. Nunca me importei de mudar. Ele sempre tornava aquilo uma aventura. Mas me lembro de que cerca de uma semana depois de termos chegado aqui estava no meu quarto, pensando que dessa vez eu gostaria de ficar. — Sorriu para a mãe. — Acho que todos sentimos o mesmo.

— Ele moveria montanhas por você, lutaria com tigres. — A voz de Amanda tremeu antes de controlá-la. — Você sabe, Shannon, sabe *de verdade* o quanto ele amou você?

— Sei. — Pressionou a mão de sua mãe contra o rosto. — Sei, de verdade.

— Lembre-se disso. Lembre-se sempre disso. Preciso lhe contar algumas coisas, Shannon, que podem magoar você, deixá-la brava e confusa. Sinto muito por isso. — Deixou escapar um suspiro.

No sonho, havia mais do que amor e tristeza. Havia urgência. Amanda sabia que não teria nem mesmo as escassas três semanas que o médico lhe prometera.

— Mamãe, eu entendo. Mas ainda há esperança. Sempre há esperança.

— Não tem nada a ver com isso — disse, apontando para todo o quarto. — Tem a ver com antes, querida, muito antes. Quando fui, com uma amiga, visitar a Irlanda e estive no Condado de Clare.

— Nunca soube que tinha ido à Irlanda. — Shannon surpreendeu-se com aquilo. — Viajamos tanto e sempre me perguntei por que nunca íamos lá, se você e papai tinham raízes irlandesas. E sempre senti uma espécie de... conexão, uma estranha atração.

— Sentia mesmo? — Amanda falou suavemente.

— É difícil explicar — Shannon murmurou. Sentindo-se tola, por não ser do tipo que fala de seus sonhos, sorriu. — Sempre disse a mim mesma que, quando tivesse umas férias longas, seria para lá que eu iria. Mas com a promoção e a conta nova... — Afastou o pensamento. — De qualquer maneira, lembro que sempre que eu falava em ir à Irlanda você sacudia a cabeça e dizia que havia muitos outros lugares para ver.

— Não suportaria voltar, e seu pai entendia isso. — Amanda apertou os lábios, estudando o rosto da filha. — Vai ficar aqui do meu lado e ouvir tudo? E, por favor, tente entender.

Um novo arrepio de medo percorreu-lhe a espinha. O que poderia ser pior do que a morte? E por que estava com tanto medo de ouvir?

Mas sentou-se, segurando a mão da mãe entre as suas.

— Você está angustiada — começou. — Sabe o quanto é importante para você ficar calma.

— E pensar positivamente — Amanda disse com um leve sorriso.

— Pode funcionar. Age sobre o corpo. Pelo que tenho lido...

— Eu já sei. — Mesmo a sombra do sorriso havia desaparecido agora. — Quando eu era alguns anos mais velha do que você, viajei com uma grande amiga, Kathleen Reilly, para a Irlanda. Foi uma grande aventura para nós. Éramos adultas, mas vínhamos de famílias muito rígidas. Tão rígidas que eu já passara dos trinta anos ao tomar a iniciativa de fazer tal movimento.

Virou o rosto, de modo que pudesse olhar para Shannon enquanto falava.

— Você não entenderia isso. Sempre foi confiante e corajosa. Mas, na sua idade, nem começara a abrir meu caminho para sair da covardia.

— Você nunca foi covarde.

— Ah, eu era sim — Amanda disse suavemente. — Era mesmo. Meus pais eram irlandeses presos às tradições, honrados como três papas. Seu maior desapontamento... mais pelo prestígio do que pela religião... foi que nenhum dos filhos teve vocação religiosa.

— Mas você era filha única — Shannon interrompeu-a.

— Uma das verdades que deturpei. Disse a você que não tinha família, deixei você acreditar que não havia ninguém. Mas tive dois irmãos e uma irmã, e nenhuma palavra foi trocada entre nós desde antes de você nascer.

— Mas por quê... — Shannon deteve-se. — Desculpe. Continue.

— Você sempre foi uma boa ouvinte. Seu pai ensinou isso a você. — Parou por um momento, pensando em Colin, rezando para que o que estava prestes a fazer fosse certo para todos eles. — Não éramos uma família unida, Shannon. Havia certo... constrangimento em nossa casa, uma rigidez de regras e modos. Houve ferozes objeções quando saí de casa para viajar para a Irlanda com Kate. Mas fomos mesmo assim, tão excitadas como colegiais num piquenique. Para Dublin, primeiro. Então, seguimos nossos mapas e nossos instintos. Sentia-me livre pela primeira vez na vida.

Era tão fácil trazer tudo de volta, Amanda constatou. Mesmo depois de todos esses anos em que havia reprimido aquelas lembranças, elas podiam emergir agora, claras e puras como água. O riso vibrante de Kate, o ronco do carro minúsculo que tinham alugado, as muitas voltas que deram até acertar o caminho.

E seu primeiro olhar maravilhado para a amplidão das colinas, os cumes dos penhascos do Oeste. A sensação de chegar em casa que nunca mais sentira.

— Queríamos ver tudo o que podíamos e, logo que chegamos ao Oeste, encontramos uma pousada encantadora, com vista panorâmica do Rio Shannon. Decidimos fazer dali nossa base, de onde sairíamos para passeios pelos arredores. Os Penhascos de Moher, Galway, a praia de Ballybunnion e todos os lugarezinhos fascinantes que surgiam na estrada quando menos se esperava.

Olhou para a filha então, e seus olhos brilhavam atentos.

— Ah, espero que você vá lá para ver, sentir por si mesma a magia do lugar, o mar se lançando como um trovão nos penhascos, o verde dos campos, o perfume do ar quando chove mansamente ou quando o vento sopra forte do Atlântico. E a luz, como uma pérola, apenas escovada de ouro.

Havia amor ali, Shannon pensou, embaraçada, e uma ânsia que nunca suspeitara.

— Mas você nunca voltou.

— Não — Amanda suspirou. — Nunca voltei. Você imagina como é alguém planejar tudo cuidadosamente, perceber como as coisas vão acontecendo um dia após o outro, até que algo acontece, algo aparentemente insignificante, mas capaz de mudar tudo. E nada volta a ser como antes.

Não era uma pergunta, mas uma afirmativa. Então Shannon simplesmente esperou, imaginando o que teria mudado tudo na vida da mãe.

A dor estava tentando voltar, dissimuladamente, e Amanda fechou os olhos por um momento, concentrando-se para vencê-la. Ela conseguiria, prometeu a si mesma, até terminar o que havia começado.

— Uma manhã... era fim do verão e a chuva ia e vinha intermitentemente... Kate estava meio indisposta. Decidiu não sair, ia passar o dia lendo na cama, mimando-se um pouquinho. Eu estava inquieta, com uma sensação de que tinha de ir a alguns lugares. Peguei o carro e saí. Sem planejar, cheguei a Loop Head. Podia ouvir as ondas se chocando, quando saí do carro e caminhei até os penhascos. O vento soprava, sussurrando entre a grama. Podia sentir o perfume do oceano e da chuva. Havia uma força ali, pulsando no ar, como a rebentação nas rochas.

"Vi um homem", continuou, vagarosamente agora, "parado onde a terra avançava no mar. Olhava para longe através da chuva, para o Oeste, em direção à América. Não havia ninguém além dele, curvado com sua jaqueta molhada, a aba do boné pingando sobre os olhos. Ele voltou-se, como se estivesse apenas esperando por mim, e sorriu."

De repente, Shannon quis levantar-se, dizer à mãe que era hora de parar, de descansar, fazer qualquer coisa, menos continuar. Sem que percebesse, havia cerrado os punhos bem apertados. Um nó ainda mais apertado comprimia-lhe o estômago.

— Ele não era jovem — Amanda disse suavemente. — Mas era bonito. Havia algo tão triste, tão perdido em seus olhos. Sorriu e disse bom-dia, que dia lindo, enquanto a chuva batia em nossas cabeças e o vento açoitava nossos rostos. Eu ri, de algum modo era um lindo dia. E embora tivesse crescido ao som do sotaque do Oeste irlandês, a voz dele era tão agradável que eu sabia que poderia continuar ouvindo-a por horas. Então ficamos lá e conversamos sobre minhas viagens, sobre a América. Ele me disse que era fazendeiro. Um mau fazendeiro, e sentia por isso, pois tinha duas filhas pequenas para sustentar. Mas não havia tristeza em seu rosto quando falou nelas. Iluminara-se. Sua Maggie Mae e Brie, disse. E falou pouco sobre sua vida.

"O sol se pôs", Amanda disse com um suspiro. "Desapareceu lenta e suavemente enquanto ficamos lá, deslizando pelas nuvens em pequenos raios de ouro. Andamos pelos caminhos estreitos, conversando, como se nos conhecêssemos toda a vida. E eu me apaixonei por ele, nos altos penhascos ensurdecedores. Aquilo deveria ter me assustado." Olhou para Shannon, ensaiando estender-lhe a mão. "Fiquei envergonhada, pois era um homem casado, com duas filhas. Mas achei que só eu sentia aquilo, e que pecado havia na alma de uma solteirona deslumbrada por um homem bonito, numa bela manhã?"

Foi com alívio que sentiu os dedos da filha se unirem aos seus.

— Mas não havia sido só eu a sentir aquilo. Nos vimos de novo, ah, bem, inocentemente. No pub, outra vez nos penhascos, e depois ele levou a mim e a Kate a uma pequena feira em Ennis. Não podia continuar inocente. Não éramos crianças e o que sentíamos um pelo outro era tão forte, tão importante e, você precisa acreditar, tão certo! Kate percebeu... qualquer um que olhasse para nós perceberia... e ela conversou comigo como amiga. Mas eu o amava, e nunca fora tão feliz como quando ele estava comigo. Nunca, em nenhum momento, ele me fez promessas. Sonhos nós tínhamos, mas não houve promessas entre nós. Ele estava preso à esposa, que não o amava, e às crianças que adorava.

Umedeceu os lábios e tomou mais um gole pelo canudo quando Shannon, em silêncio, lhe ofereceu o copo. Amanda deteve-se outra vez, pois agora viria o mais difícil.

— Sabia o que estava fazendo, Shannon. Na verdade, foi mais uma atitude minha do que dele, quando nos tornamos amantes. Foi o primeiro homem a me tocar, e, quando afinal o fez, foi com tal delicadeza, tal cuidado, tanto amor, que choramos juntos depois. Porque sabíamos que nos encontráramos tarde demais, e não havia esperanças.

"Mesmo assim, fizemos planos absurdos. Ele encontraria um meio de dar uma situação estável à esposa e levaria as filhas para a América, onde seríamos uma família. Ele desejava desesperadamente ter uma família, assim como eu. Conversávamos juntos naquele quarto, apreciando o rio e fingindo que era para sempre. Tínhamos três semanas e cada dia era mais maravilhoso do que o anterior, mais arrebatador. Tinha que deixá-lo, e a Irlanda. Ele me disse que viria a Loop Head, onde nos conhecemos, e olharia para além do mar, para Nova York, para mim.

"Seu nome era Thomas Concannon, um fazendeiro que queria ser poeta."

— Você... — A voz de Shannon soou rouca e insegura. — Você o viu novamente?

— Não. Escrevi a ele por algum tempo, e ele respondeu. — Apertando os lábios, Amanda fixou os olhos nos da filha. — Logo depois que voltei a Nova York, soube que estava grávida dele.

Shannon sacudiu a cabeça rapidamente, a negação instintiva, o medo imenso.

— Grávida? — O coração começou a bater pesado e rápido. Sacudiu a cabeça outra vez e tentou soltar a mão. Porque sabia, sem nenhuma outra palavra, ela sabia. E se recusava a saber. — Não.

— Eu estava entusiasmada. — Amanda aumentou a pressão na mão, embora isso lhe custasse. — A partir do momento em que tive certeza, fiquei assim. Nunca pensei que teria um filho, que encontraria alguém que me amasse o bastante para me dar tal presente. Ah, eu queria aquela criança, a amava, agradeci a Deus por ela. Que tristeza e aflição senti por saber que nunca poderia dividir com Tommy a beleza que viera do nosso amor. A carta dele para mim depois que lhe contei foi frenética. Teria deixado a casa e vindo a meu encontro. Temia por mim e pelo que eu enfrentaria sozinha. Sei que teria vindo e fiquei tentada. Mas era errado, Shannon, assim como amá-lo nunca fora errado. Então escrevi a ele pela última vez, mentindo pela primeira vez, dizendo que eu não estava com medo nem sozinha e que estava indo embora.

— Você está cansada. — Shannon queria desesperadamente deter aquelas palavras. Seu mundo ameaçava ruir e ela precisava lutar para erguê-lo novamente. — Você já falou demais. É hora do seu remédio.

— Ele teria amado você — Amanda falou ardentemente. — Se tivesse tido a chance. No meu coração, sei que ele a amou sem mesmo nunca ter colocado os olhos em você.

— Pare. — Levantou-se, afastando-se num rompante. As náuseas cresciam dentro dela, a pele estava pálida e fria. — Não quero ouvir isto! Não preciso ouvir isto.

— Você precisa sim. Sinto pela dor que isso lhe causa, mas precisa saber de tudo. Fui embora — continuou rapidamente. — Minha família ficou chocada, furiosa, quando contei que estava grávida. Queriam que eu partisse, renunciasse a você sem alarde, discretamente, assim não haveria escândalo e vergonha. Preferia morrer a renunciar a você. Você era minha e de Tommy. Disseram-me coisas horríveis naquela casa, ameaças, ultimatos. Deserdaram-me, e meu pai, como bom homem de negócios, bloqueou minha conta bancária. Assim eu não teria direito ao dinheiro que minha avó deixara para mim. Dinheiro nunca foi brincadeira para ele. Era poder.

"Deixei aquela casa sem nenhum arrependimento, com o dinheiro que tinha na carteira e uma única mala."

Shannon sentia-se como se estivesse embaixo d'água, lutando pelo ar. Mas a imagem lhe veio clara, de sua mãe jovem, grávida, quase sem dinheiro, carregando uma única mala.

— Ninguém a ajudou?

— Kate teria me ajudado, e sabia que ela sofreria por causa disso. Mas eu fizera aquilo. Qualquer vergonha que houvesse seria minha. Qualquer alegria que houvesse seria minha também. Peguei um trem para o Norte e arranjei um emprego, servindo mesas num resort em Catskills. E lá conheci Colin Bodine.

Amanda esperou, enquanto Shannon aproximava-se da lareira quase apagada. O quarto estava quieto, ouviam-se somente o crepitar das brasas e o vento vigoroso nas janelas. Mas sob a quietude podia sentir a tempestade explodindo dentro da filha, que amava mais do que a própria vida. Já sofria, sabendo que a tempestade provavelmente iria desabar sobre as duas.

— Estava em férias com os pais. Prestei pouca atenção nele. Era só mais um dos ricos e privilegiados que eu estava servindo. Ele brincava comigo de vez em quando, e eu sorria, como era esperado. Só pensava no trabalho, no dinheiro e na criança que crescia dentro de mim. Até que numa tarde houve uma tempestade terrível. Grande parte dos hóspedes decidiu ficar no hotel e almoçar nos quartos. Eu carregava uma bandeja, correndo para um dos chalés, pois teria problemas se a comida ficasse fria e os hóspedes reclamassem. E Colin dobrou correndo uma esquina, molhado como um cachorro, e esbarrou em mim. Deus do céu, como ele era desajeitado.

Lágrimas ardiam nos olhos de Shannon, enquanto olhava para as brasas candentes.

— Ele costumava contar que foi assim que encontrou você, derrubando-a no chão.

— Foi mesmo. E sempre lhe contamos a verdade que sentíamos que podíamos. Ele me atirou na lama, com a bandeja, a comida se espalhando para todo lado. Começou a se desculpar, tentando me ajudar. Eu só conseguia pensar na comida estragada. E minhas costas doíam de carregar aquelas bandejas pesadas, e minhas pernas estavam cansadas de suportar o peso de meu corpo. Comecei a chorar. Sentada na lama, chorei, e chorei, e chorei. Não conseguia parar. Mesmo quando ele me levantou e me levou a seu quarto, não consegui parar.

"Ele foi tão doce. Me fez sentar numa cadeira com toda aquela lama, me cobriu com um cobertor e ficou lá, segurando minha mão até as lágrimas cessarem. Eu estava tão envergonhada, e ele era tão gentil. Não me deixou sair até eu prometer que jantaria com ele."

Devia ter sido romântico e delicado, Shannon pensou, enquanto começava a ofegar. Mas não fora. Fora terrível.

— Ele não sabia que você estava grávida.

Amanda estremeceu, tanto pelo tom de acusação nas palavras como pela estocada da dor.

— Não, não ainda. Estava só no início e eu tomava todo cuidado para esconder ou teria perdido meu emprego. Os tempos eram outros e uma garçonete solteira e grávida não duraria muito tempo no playground de um homem rico.

— Você deixou que ele se apaixonasse por você. — A voz de Shannon era fria, fria como o gelo que parecia deslizar sobre sua pele. — Quando carregava um filho de outro homem.

E o filho era eu, pensou, infeliz.

— Eu já era uma mulher — Amanda falou cautelosa, observando o rosto da filha e chorando por dentro, pelo que lia nele. — E ninguém me amara de verdade. Com Tommy foi tudo rápido, tão atordoante como um relâmpago. Ainda estava cega por aquilo, quando conheci Colin. Ainda sofria, ainda estava envolvida. Tudo o que sentia por Tommy foi canalizado para o filho que fizemos juntos. Podia dizer a você que achava que Colin estava apenas sendo gentil. Na verdade, no início, achei mesmo isso. Mas logo percebi que havia algo mais.

— E você deixou.

— Talvez eu pudesse tê-lo impedido — Amanda disse com um longo suspiro. — Não sei. Na semana seguinte, todos os dias, havia flores em meu quarto e aquelas coisinhas adoráveis e inúteis que ele gostava de dar. Ele sempre arranjava um jeito de estar comigo. Quando eu tinha uma folga de dez minutos, lá estava ele. Levei alguns dias para entender que estava sendo cortejada. Eu estava apavorada. Lá estava aquele homem adorável que não fazia nada além de ser gentil e não sabia que eu carregava o filho de outro homem em mim. Contei tudo a ele, certa de que terminaria ali, e triste por isso, pois ele foi o primeiro amigo que tive desde que deixei Kate em Nova York. Ele ouviu, naquele jeito dele, sem interromper, sem fazer perguntas, sem condenações. Quando eu terminei, chorando outra vez, ele pegou minha mão. — "Melhor você casar comigo, Mandy. Cuidarei de você e do bebê."

As lágrimas escaparam e rolavam pelas faces de Shannon, quando ela se virou. Rolavam pelas faces da mãe também, mas ela não podia se deixar intimidar por elas. Seu mundo não estava mais ameaçado, ele havia ruído completamente.

— Tão simples assim? Como pode ter sido tão simples?

— Ele me amava. Eu me senti humilhada, quando percebi que ele realmente me amava. Recusei-o, é claro. O que mais podia fazer? Achei que ele estava sendo idiotamente galante ou apenas completamente idiota. Mas ele insistiu. Mesmo quando fiquei brava e disse a ele para me deixar sozinha, ele insistiu. — Um sorriso começou a aflorar em seus lábios, enquanto recordava. — Era como se eu fosse a rocha e ele a onda que paciente e interminavelmente se jogava contra ela, até que toda a resistência se desvanecesse. Ele me trazia coisas de bebê. Pode imaginar um homem cortejar uma mulher trazendo presentes para o filho dela que nem sequer nasceu? Um dia ele apareceu em meu quarto, dizendo para eu pegar minha bolsa que íamos tirar a licença. Obedeci. Apenas obedeci. E me vi casada dois dias depois.

Ela pressentiu a pergunta antes que fosse feita.

— Não vou mentir e dizer a você que eu o amava então. Eu gostava dele. Era impossível não gostar de um homem como aquele. E eu era agradecida a ele. É claro que seus pais ficaram bem abalados, mas ele garantiu que os faria entender. Em se tratando de Colin, estava certa de que conseguiria isso, mas eles morreram num acidente ao voltar para casa. Então só ficamos nós dois e você. Prometi a mim mesma que seria uma boa esposa para ele, dando-lhe um lar, acolhendo-o na cama. Jurei não pensar em Tommy outra vez, mas aquilo era impossível. Levei anos para entender que não havia pecado nem vergonha em lembrar o primeiro homem que amei, nenhuma deslealdade para com meu marido.

— Não meu pai — Shannon disse entre lábios de gelo. — Ele foi seu marido, mas não meu pai.

— Ah, mas ele foi sim. — Pela primeira vez, havia uma ponta de irritação na voz de Amanda. — Nunca diga nada diferente disso.

Um tom de amargura lhe tomava a voz:

— Você apenas me contou algo diferente, não foi?

— Ele a amou quando você ainda estava em meu ventre, nos assumiu como suas, sem hesitação ou falso orgulho. — Amanda falava tão rápido quanto a dor lhe permitia. — Confesso a você que tinha vergonha de sofrer por um homem que nunca poderia ter, enquanto alguém tão admirável como ele estava a meu lado. No dia em que você nasceu, e eu o vi segurando você com aquelas mãos enormes e desajeitadas, uma expressão de deslumbramento e orgulho no rosto, o amor brilhando nos olhos enquanto a embalava contra o peito, tão delicadamente, como se você fosse feita de vidro, eu me apaixonei por ele. Eu o amei tanto como nenhuma mulher já amou algum homem desde aquele dia até hoje. E ele foi seu pai, como Tommy desejou ser e não pôde. Se algum de nós teve alguma tristeza, foi apenas a de não podermos ter mais filhos para aumentar a felicidade que tivemos com você.

— Você quer simplesmente que eu aceite isso? — Agarrar-se na raiva era menos angustiante do que agarrar-se na tristeza. Shannon olhou-a fixamente. A mulher na cama era uma estranha agora, assim como ela era uma estranha para si mesma. — Seguir em frente como se isso não pudesse modificar nada.

— Só quero que você dê um tempo a si mesma para aceitar e entender. E quero que acredite que amamos você, todos nós.

Seu mundo espatifara-se aos seus pés, cada lembrança que guardava, cada convicção que alimentava, desfeita em mil pedaços.

— Aceitar? Que você dormiu com um homem casado e ficou grávida, depois se casou com o primeiro que apareceu para se salvar? Aceitar as mentiras que me contou por toda a vida, a decepção.

— Você tem direito à sua raiva. — Amanda afastou a dor física e emocional.

— Raiva? Acha que o que sinto é tão pouco como raiva? Deus, como pôde fazer isso? — Andou pelo quarto, horror e amargura nos passos nervosos. — Como pôde esconder isso de mim todos esses anos, me deixar acreditar que eu era alguém que não era?

— Quem você é não mudou — Amanda disse desesperadamente. — Colin e eu fizemos o que achamos que era melhor para você. Nunca tivemos certeza de como ou quando contar a você. Nós...

— Discutiam isso? — Envolvida no emaranhado das próprias emoções, Shannon voltou-se para a débil mulher sobre a cama. Sentia um terrível ímpeto de arrancá-la dali, de sacudir aquele corpo alquebrado. — É hoje que vamos contar a Shannon que ela é um pequeno erro cometido na costa oeste da Irlanda? Ou deixamos para amanhã?

— Não foi um erro, nunca foi um erro. Um milagre. Droga, Shannon... — Parou bruscamente, ofegando quando a dor a arrebatou, roubando-lhe a respiração, rasgando-a como garras. A vista escureceu. Sentiu uma mão levantando sua cabeça, um comprimido deslizando pelos lábios e ouviu a voz da filha, mais calma agora:

— Beba um pouco d'água. Um pouquinho mais. Isso. Agora deite, feche os olhos.

— Shannon. — A mão estava lá para tomar as dela quando ela as estendeu.

— Estou aqui, bem aqui. A dor vai passar num minuto. Vai passar e você vai dormir.

Já estava diminuindo e o cansaço se abatia sobre ela como um nevoeiro. Não havia muito tempo, era tudo que Amanda conseguia pensar. Por que nunca havia muito tempo?

— Não me odeie — murmurou, enquanto entrava no nevoeiro. — Por favor, não me odeie.

Shannon deixou-se ficar ali sentada, oprimida pela própria dor, muito tempo depois que a mãe conseguira adormecer.

Ela não acordou mais.

Capítulo Dois

A um oceano de distância de onde uma das filhas de Tom Concannon enfrentava a dor da morte, outras celebravam as alegrias de uma nova vida.

Brianna Concannon Thane embalava a filha nos braços, admirando os lindos olhos azuis com cílios incrivelmente longos. Os dedinhos miúdos com suas unhazinhas perfeitas, o botão de rosa da boquinha que ninguém no mundo poderia lhe dizer que já não se abrira num sorriso.

Menos de uma hora depois, já se esquecera da fadiga e da tensão do parto, de todo aquele esforço e mesmo das agulhadas do medo.

Tinha uma filha.

— Ela é real — Grayson Thane disse reverentemente, com um hesitante toque do dedo no rosto do bebê. — Ela é nossa. — Ele engoliu em seco. Kayla, pensou. Sua filha Kayla. E ela parecia tão pequena, tão frágil, tão indefesa. — Acha que ela vai gostar de mim?

Espiando por cima do ombro dele, a cunhada riu.

— Bem, nós gostamos... pelo menos a maior parte do tempo. Ela parece com você, Brie — Maggie concluiu, deslizando um braço pela cintura de Gray para se apoiar. — Os cabelos vão ser da cor dos seus.

Agora estão mais ruivos, mas aposto que logo, logo vão ficar com esse mesmo tom louro-avermelhado.

Adorando essa idéia, Brianna sorriu. Afagou a base da cabecinha da filha, achando-a suave como a água.

— Você acha mesmo?

— Quem sabe ela não vai ter o queixo igual ao meu — Gray falou esperançoso.

— Bem coisa de homem. — Maggie piscou para o marido, enquanto Rogan Sweeney sorria, do outro lado da cama de hospital. — Uma mulher suporta a gravidez com todos os enjôos e tornozelos inchados. Caminha balançando como uma vaca por alguns meses, sofre todos os horrores do parto...

— Não me lembre disso. — Gray não se deu ao trabalho de conter um estremecimento. Brianna podia ter deixado para trás aquele aspecto do evento, mas ele não. Aquilo estaria presente em seus sonhos, tinha certeza, por muitos anos.

Transição, lembrou, com horror. Como escritor, sempre havia pensado naquilo como um simples movimento de uma cena para outra. Nunca mais pensaria na palavra do mesmo modo.

Incapaz de resistir, Maggie apertou a língua na bochecha. Seu carinho por Gray fazia com que se sentisse na obrigação de implicar com ele, sempre que havia uma chance.

— Quantas horas foram? Vamos ver. Dezoito. Dezoito horas de parto, Brie.

Brianna não pôde esconder um sorriso, quando Gray começou a empalidecer.

— Mais ou menos. Claro que parecia mais, com todo mundo me dizendo para respirar, e o pobre Gray ofegando para me mostrar como devia fazer.

— Um homem acha que pode se lamentar depois de passar oito horas atrás de uma escrivaninha. — Maggie atirou para trás a cabeleira ruiva. — E ainda insistem em nos chamar de sexo frágil.

— Você nunca vai ouvir isso de mim. — Rogan sorriu para ela. Participar do nascimento de Kayla o fez recordar-se do nascimento do filho, de como a esposa havia lutado como uma guerreira para trazer Liam ao mundo. Ainda assim, ninguém pensava no que um pai passava. — Como está sua mão, Grayson?

Sobrancelhas franzidas, Gray flexionou os dedos, aqueles que a esposa apertara durante uma contração particularmente forte.

— Acho que não está quebrada.

— Você não gritou nem uma vez sequer, foi bem corajoso — Maggie lembrou. — Mas, quando ela o agarrou com mais força, bem que seus olhos se reviraram.

— Pelo menos ela não xingou você — Rogan acrescentou, erguendo discreta e elegantemente a sobrancelha para a esposa. — As coisas que Margaret Mary me disse quando Liam nasceu foram no mínimo inventivas. E irreproduzíveis.

— Experimente deixar passar quatro quilos, Sweeney, e veja que nomes lhe vêm à cabeça. E tudo o que ele disse, quando olhou Liam — Maggie acrescentou —, foi que o menino tinha o nariz *dele*.

— E tem mesmo.

— Mas você está bem agora? — Num pânico súbito, Gray olhou para a esposa. Ainda estava pálida, notou, mas os olhos estavam novamente claros. Aquele assustador olhar vidrado de concentração havia desaparecido. — De verdade?

— Estou bem. — Para confortá-lo, levou a mão ao rosto dele. Aquele rosto que amava, com sua boca de poeta e olhos salpicados de ouro. — E não vou obrigá-lo a cumprir sua promessa de não me tocar nunca mais. Foi feita no calor do momento. — Com uma risada, aconchegou o bebê. — Ouviu, Maggie, quando ele gritou com o médico? "Mudamos de idéia", ele disse. "Não vamos ter um bebê, afinal. Saia do meu caminho. Vou levar minha esposa para casa."

— Melhor para você. — Gray se aventurou a deslizar novamente um dedo pela cabeça do bebê. — Não vai passar por isso. Essas coisas de parto são duras para um homem.

— E, no final das contas, não somos nada valorizados — Rogan acrescentou. Quando Maggie bufou, Rogan estendeu a mão para ela. — Temos algumas ligações para fazer, Maggie.

— Então vamos. Voltamos para vê-la logo.

Quando ficaram sozinhos, Brianna riu para ele.

— Temos uma família, Grayson.

* * *

Uma hora mais tarde, Grayson sentiu-se ansioso e desconfiado quando a enfermeira levou o bebê.

— Devo ficar de olho nela. Não confio no jeito daquela enfermeira.

— Não seja preocupado demais, papai.

— Papai. — Rindo de orelha a orelha, voltou os olhos para a esposa. — É assim que ela vai me chamar? É fácil. Acho que ela já pode aprender, não é?

— Ah, tenho certeza. — Rindo, Brianna tomou-lhe o rosto entre as mãos, quando ele se inclinou para beijá-la. — É iluminada como o sol a nossa Kayla.

— Kayla Thane. — Experimentou e riu outra vez. — Kayla Margaret Thane, a primeira presidente dos Estados Unidos. Já tivemos uma presidente na Irlanda. Mas ela pode escolher o que quiser. Você está linda, Brianna.

Beijou-a outra vez, surpreso de que era a pura verdade. Os olhos brilhavam, emoldurados pelos cabelos dourados. O rosto ainda estava um pouco pálido, mas podia ver que as rosas voltavam a desabrochar nele novamente.

— E deve estar exausta. Vou deixá-la dormir.

— Dormir. — Girou os olhos e puxou-o para outro beijo. — Deve estar brincando. Acho que vou ficar alguns dias sem conseguir dormir. Tenho tanta energia agora. Estou é morrendo de fome. Daria tudo e mais alguma coisa por um enorme sanduíche e um monte de batatas fritas.

— Você quer comer? — Piscou, atônito. — Que mulher! Quem sabe depois vai querer sair e arar o campo.

— Creio que isso posso dispensar — disse secamente. — Mas não custa lembrar que faz mais de vinte e quatro horas que não como nada. Que tal você ver se podem me trazer alguma coisinha?

— Comida de hospital, de jeito nenhum. Não para a mãe do meu filho. — Que grande virada, percebeu. Mal se habituara a dizer "minha esposa" e agora já estava falando "meu filho". Minha filha. — Vou lhe trazer o melhor sanduichão da costa oeste da Irlanda.

Brianna recostou-se com uma risada, quando ele saía do quarto em disparada. Que ano tinha sido aquele, pensou. Tinha pouco mais do que isso desde que o conhecera, menos desde que se apaixonara por ele. E agora eram uma família.

Apesar do que dissera antes, seus olhos foram se tornando pesados e ela caiu facilmente no sono.

Quando acordou outra vez, desvencilhando-se preguiçosamente dos sonhos, viu Gray, sentado na beirada da cama, olhando-a.

— Ela estava dormindo também — começou. E como já tinha a mão dela nas suas, levou-a aos lábios. — Eles me deixaram pegá-la outra vez, quando insisti... disseram uma porção de coisas interessantes sobre os ianques, mas foram bem complacentes afinal. Ela olhou para mim, Brie, ela olhou bem para mim. Sabia quem eu era e apertou os dedos... ela tem dedos lindos... ela os apertou em torno dos meus e segurou...

Interrompeu-se, um súbito olhar de pânico substituindo a alegria deslumbrante.

— Você está chorando. Por que está chorando? Alguma dor. Vou chamar o médico. Vou chamar alguém.

— Não. — Fungando, inclinou-se para apertar o rosto contra o ombro dele. — Nenhuma dor. É que amo muito você. Ah, você me comove, Grayson. Olhar o seu rosto quando fala nela. Isso me deixa muito emocionada.

— Não sabia que seria assim — murmurou, afagando os cabelos dela enquanto a abraçava. — Não sabia que seria algo tão forte, tão incrivelmente forte. Vou ser um bom pai.

Disse aquilo com tanto fervor e medo que ela riu.

— Eu sei.

Como poderia falhar, ele pensou, se ela acreditava tanto nele?

— Trouxe um sanduíche para você e algumas outras coisinhas.

— Obrigada. — Recostou-se fungando outra vez e secando os olhos. Quando os abriu, piscou outra vez e voltou a chorar. — Ah, Grayson, você é encantadoramente louco.

Ele enchera o quarto com potes, vasos e cestas de flores, balões cobriam o teto com cores vívidas e formas alegres. Um enorme cachorro roxo estava rindo aos pés da cama.

— O cachorro é para Kayla — disse, puxando lenços de papel de uma caixa e colocando-os na mão dela. — Então não tenha outras idéias. Seu sanduíche provavelmente está frio e eu comi algumas batatas. Mas trouxe um pedaço de torta de chocolate para você, se não brigar comigo por causa disso.

Ela limpou as últimas lágrimas.

— Quero primeiro a torta.

— Tudo bem.

— Que história é essa? Já está fazendo farra? — Maggie irrompeu no quarto, um buquê de narcisos nos braços. O marido vinha em seguida com o rosto escondido atrás de um ursinho de pelúcia.

— Olá, mamãe. — Rogan Sweeney inclinou-se sobre a cama para beijar a cunhada, e então piscou para Gray. — Papai.

— Ela estava com fome — Gray disse com um sorriso.

— E sou gulosa demais para dividir a minha torta — Brianna falou, com a boca cheia de chocolate.

— Só viemos dar uma olhadinha. — Maggie desabou numa cadeira. — E posso dizer, com toda sinceridade, que ela é o bebê mais bonito do berçário. Tem os mesmos cabelos louro-avermelhados que você, Brie, e a boca bonita de Gray.

— Murphy mandou um abraço — Rogan falou, colocando o urso ao lado do cachorro. — Ligamos para ele há pouco para contar as novidades. Ele e Liam estão comemorando com os bolinhos que você preparou antes de entrar em trabalho de parto.

— Muito legal da parte de Murphy ficar cuidando de Liam enquanto vocês estão aqui.

Maggie abanou a mão, afastando a gratidão de Brianna.

— Não há nada de legal nisso. Murphy ficaria com o garoto de manhã até a noite, se eu deixasse. Estão se divertindo e, antes que você pergunte, as coisas estão indo bem na pousada. A Sra. O'Malley está atendendo os hóspedes. Mas eu não entendo por que você aceitou reservas se sabia que ia ter o bebê.

— Acho que pelo mesmo motivo que você continuou trabalhando com seus vidros até carregarmos você para ter Liam — Brianna disse secamente. — É como ganho a vida. Mamãe e Lottie já foram para casa?

— Faz pouco tempo. — Para espanto de Brianna, Maggie manteve o sorriso nos lábios. A mãe delas estivera reclamando e perturbando a todos por causa dos vírus que poderia contrair no hospital. Nenhuma novidade nisso. — Elas deram uma passadinha aqui, viram que você estava dormindo. Então, Lottie disse que levaria mamãe para casa e voltariam amanhã para ver você e Kayla.

Maggie deteve-se, olhando para Rogan. O aceno imperceptível dele deixou para ela a decisão de informar o resto das novidades. Como conhecia bem a irmã, e seus anseios, Maggie levantou-se, sentou-se ao lado da cama oposto a Gray e segurou a mão de Brianna.

— Foi bom elas terem ido. Não, não me olhe desse jeito que não estou falando isso por mal. Temos algumas novidades para contar a você que ela ainda não deve saber. O homem de Rogan, o detetive, acha que encontrou Amanda. Agora espere, não fique esperançosa demais. Já passamos por isso antes.

— Mas desta vez pode ser verdade.

Brianna fechou os olhos por um momento. Mais de um ano antes, ela havia achado três cartas escritas ao pai por Amanda Dougherty. Cartas de amor que a tinham chocado e espantado. Ao descobrir nelas que havia um filho, iniciara-se uma longa e frustrante busca pela mulher que o pai amara e pelo filho que ele jamais conhecera.

— Pode ser. — Não desejando ver a esposa desapontada outra vez, Gray falou cuidadosamente: — Brie, você sabe quantas pistas falsas apareceram desde que a certidão de nascimento foi encontrada.

— Sabemos que temos uma irmã — Brianna disse teimosamente. — Sabemos o nome dela, sabemos que Amanda casou-se e que viviam se mudando. As mudanças é que foram o problema. Porém, mais cedo ou mais tarde, vamos achá-las. — Apertou a mão de Maggie. — Pode ser desta vez.

— Pode ser. — Maggie ainda tinha de se resignar àquela possibilidade. Não estava inteiramente certa de que desejava encontrar a mulher que era sua meia-irmã. — Ele está a caminho de um lugar chamado Columbus, Ohio. De uma maneira ou de outra, logo saberemos alguma coisa.

— Papai gostaria que fizéssemos isso — Brianna disse calmamente. — Ficaria contente de saber que pelo menos tentamos encontrá-las.

Com um aceno de cabeça, Maggie levantou-se.

— Bem, já que entramos nesse jogo, vamos até o fim. — Só espero que ninguém saia machucado. — Por enquanto, você deve só comemorar a sua nova família, sem se preocupar com alguém que pode ou não ser encontrado.

— Você vai me dizer, logo que descobrir alguma coisa — Brianna insistiu.

— Seja lá qual for o resultado. Então, não se inquiete com isso por enquanto. — Um olhar pelo quarto fez Maggie sorrir novamente. — Gostaria que levássemos algumas dessas flores para casa, Brie, para que estejam lá quando levar o bebê?

Com algum esforço, Brianna afastou o restante das perguntas que giravam em sua cabeça. Ainda não havia resposta para elas.

— Agradeceria muito se fizessem isso. Gray exagerou na empolgação.

— Quer mais alguma coisa, Brianna? — Alegre e bem-humorado, Rogan aceitou as flores que a esposa empilhava em seus braços. — Um pouquinho mais de torta?

Ela corou ao baixar os olhos.

— Comi até os farelos, não é? Obrigada mesmo assim, mas acho que já está bom. Vão agora os dois para casa e durmam um pouco.

— Vamos sim. Ligo mais tarde — Maggie prometeu. A preocupação voltou a seus olhos, quando deixou o quarto com Rogan. — Queria que ela não se sentisse tão esperançosa, e tão certa de que esta nossa... irmã, por tanto tempo perdida, vai querer ser recebida nos seus braços abertos.

— Ela é assim, Maggie.

— Santa Brianna — Maggie suspirou. — Não vou agüentar se ela sofrer por causa disso, Rogan. Basta olhar para ela para ver o que está arquitetando na cabeça, no coração. Mesmo sendo errado da minha parte, gostaria que ela nunca tivesse encontrado aquelas cartas.

— Não fique se atormentando com isso. — Como Maggie estava ocupada, justamente se atormentando com aqueles pensamentos, Rogan usou o cotovelo para apertar o botão do elevador.

— O que estou sentindo não é problema — Maggie falou. — Ela não devia estar se preocupando com isso agora. Precisa pensar no bebê, e Gray talvez tenha de viajar em poucos meses para o lançamento do livro.

— Achei que ele tinha cancelado isso. — Rogan ajeitou as flores que carregava.

— Ele quer cancelar. Ela o está apoquentando para ir, não quer que nada interfira no trabalho dele. — Impaciente, fez uma careta aborrecida para a porta do elevador. — Ela tem a maldita certeza de que pode cuidar de uma criança, da pousada, de todos aqueles hóspedes exigentes e ainda dessa história da Amanda Dougherty Bodine.

— Nós dois sabemos que Brianna é forte o bastante para enfrentar o que quer que aconteça. Assim como você.

Disposta a discutir, ela olhou para ele. O sorriso divertido de Rogan acalmou-a.

— Talvez você tenha razão. — Lançou-lhe um olhar atrevido. — Para variar. — Um pouco mais calma, pegou algumas das flores que ele carregava. — E é um dia maravilhoso demais para ficar me preocupando com alguma coisa que talvez nunca aconteça. Temos uma linda sobrinha, Sweeney.

— É mesmo. Acho que ela vai ter seu queixo, Margaret Mary.

— Estava pensando nisso também. — Entrou no elevador com ele. Como era simples, realmente, esquecer o sofrimento e lembrar-se apenas das coisas alegres. — E estava pensando que agora que Liam está começando a andar podíamos começar a providenciar uma irmã ou irmão para ele.

Com um sorriso, Rogan conseguiu beijá-la entre os narcisos.

— Também estava pensando nisso.

Capítulo Três

Sou a Ressurreição e a Luz.

Shannon sabia que as palavras do padre tinham a finalidade de confortar, aliviar, talvez animar. Ouviu-as, no perfeito dia de primavera ao lado do túmulo da mãe. Ouvira-as na igreja lotada, inundada de sol durante a cerimônia do funeral. Todas as palavras, familiares desde a juventude. E tinha ajoelhado, levantado, sentado, até respondido, enquanto alguma parte do seu cérebro seguia o ritual.

Mas não se sentia nada confortada, nem aliviada, nem animada.

A cena não era um sonho, mas real demais. O padre vestido de preto com sua linda voz de barítono, as dúzias e dúzias de pessoas pesarosas, o brilhante raio de sol que tremulava nas alças de bronze do caixão coberto de flores. O som do choro, o chilrear dos pássaros.

Estava enterrando sua mãe.

Ao lado da nova sepultura estava o túmulo bem cuidado, a lápide, ainda brutalmente nova, do homem que acreditara, por toda a vida, ser seu pai.

Esperavam que ela chorasse. Mas ela já havia chorado.

Esperavam que rezasse. Mas as orações não viriam.

Parada ali, com a voz do padre rasgando o ar claro da primavera, Shannon podia somente ver a si mesma outra vez, entrando na sala, a raiva ainda quente dentro dela.

Pensara que a mãe estava dormindo. Mas havia perguntas demais, questões demais enchendo sua cabeça para que pudesse esperar, e decidira acordá-la.

Delicadamente, lembrava. Graças a Deus que ao menos havia sido gentil. Mas a mãe não acordara, não se mexera.

O resto tinha sido pânico. Não tão delicadamente agora — sacudir, gritar, suplicar. E os poucos minutos de ausência, abençoadamente breves, que, sabia agora, tinham sido de pura histeria impotente.

Então veio a ligação desesperada para uma ambulância, a interminável e terrível viagem até o hospital. E a espera, sempre a espera.

Então a espera terminara. Amanda havia entrado em coma e depois morrera.

Depois da morte, como dissera o padre, a vida eterna.

Disseram-lhe que era uma bênção. O médico dissera isso, e as enfermeiras que tinham sido incansavelmente delicadas. Os amigos e vizinhos que foram chamados disseram que era uma bênção. Não tivera dores, nem sofrimentos naquelas últimas quarenta e oito horas. Simplesmente dormira enquanto o corpo e a mente se fechavam.

Somente os vivos sofrem, Shannon pensava agora. Somente eles se atormentavam com culpa, e arrependimentos, e perguntas não respondidas.

— Ela está com Colin agora — alguém murmurou.

Shannon pestanejou, dando-se conta de que tudo estava terminado. As pessoas já se dirigiam a ela. Teria de receber os pêsames, palavras de conforto, lamentos, enquanto estivesse no velório.

É claro que muitos iriam para sua casa. Preparara-se para isso, cuidara de todos os detalhes. Afinal, pensava enquanto mecanicamente respondia aos que vinham até ela, cuidar de detalhes era o que melhor sabia fazer.

Os arranjos do funeral tinham sido resolvidos com cuidado e sem estardalhaço. Sabia que a mãe gostaria de algo simples, e Shannon fizera o máximo para atender a mãe nesse último desejo. Caixão simples, flores adequadas e música, a solene cerimônia católica.

E a comida, naturalmente. Parecia um pouco terrível ter encomendado tudo, mas não tivera tempo nem energia para preparar uma refeição para os amigos e vizinhos que viriam até a casa, depois da cerimônia.

Então, finalmente, estava sozinha. Por um momento simplesmente não foi capaz de pensar — o que queria? O que era certo? Lágrimas e orações ainda não tinham vindo. Hesitante, Shannon colocou a mão sobre o caixão, mas sentiu apenas a madeira aquecida pelo sol e o excessivamente embriagador perfume de rosas.

— Desculpe — murmurou. — Não devia ter sido assim entre nós no fim de tudo. Mas não sei como resolver ou mudar isso. E não sei como dizer adeus a vocês dois agora.

Fitou a lápide à sua esquerda.

Colin Alan Bodine
Bem-amado esposo e pai

Mesmo aquelas últimas palavras, pensou, infeliz, gravadas no granito eram uma mentira. E seu único desejo, enquanto olhava as lápides das duas pessoas que tanto amara por toda a vida, era nunca ter sabido a verdade.

E aquele desejo obstinado e egoísta era a culpa com que viveria.

Voltando-se, caminhou sozinha para o carro.

Pareceram horas, até que as pessoas começassem a ir embora e a casa se aquietasse novamente. Amanda era muito querida e aqueles que a amaram se reuniram em sua casa. Shannon disse seu último adeus, seu último obrigada, aceitou os últimos pêsames e então finalmente fechou a porta e ficou sozinha.

O cansaço começou a tomar conta de Shannon, enquanto caminhava para o escritório do pai.

Amanda mudara pouca coisa ali naqueles onze meses, desde a morte súbita do marido. A grande mesa antiga não estava mais tão atulhada, mas ela não se desfizera do computador dele, o modem, o fax e outros equipamentos que usara como corretor e consultor financeiro. Seus brinquedos, como os chamava, e a esposa os conservara, mesmo quando havia conseguido dar seus ternos, sapatos, suas gravatas absurdas.

Todos os livros permaneciam nas estantes — planejamento fiscal, planejamento patrimonial, textos de contabilidade.

Abatida, Shannon sentou-se na grande cadeira de couro que dera a ele no Dia dos Pais, cinco anos antes. Ele havia adorado, lembrou-se, passando a mão sobre o couro liso. Grande o bastante para agüentar um cavalo, dissera rindo, puxando-a para seu colo.

Queria poder se convencer de que ainda o sentia ali. Mas não sentia. Não sentia nada. E aquilo, mais do que a missa, mais do que o cemitério, lhe mostrou o quanto estava sozinha. Realmente sozinha.

Não houve tempo suficiente para nada, Shannon pensou sombriamente. Se tivesse sabido antes... Não sabia bem a que se referia, se à doença da mãe ou às mentiras. Se tivesse sabido, pensou outra vez, preparando-se para enfrentar a doença. Poderiam ter tentado outras coisas, medicina alternativa, compostos de vitaminas, todas as pequenas e simples esperanças que lera nos livros de medicina homeopática que colecionara. Não houve tempo para dar a elas chance de funcionar.

Foram apenas poucas semanas. A mãe havia guardado a doença para si, como fizera com outras coisas.

Não as dividira, Shannon pensava, enquanto a amargura guerreava com a tristeza. Não com a única filha.

Assim, as últimas palavras que dissera à mãe tinham sido de raiva e desdém. E nunca poderia retirá-las.

Punhos fechados contra um inimigo que não podia ver, levantou-se num rompante. Precisava de tempo, maldição! Precisava de tempo para tentar entender ou, ao menos, aprender a conviver com aquilo.

Agora as lágrimas vieram, quentes e inevitáveis. Porque do fundo do coração sabia que desejava que a mãe tivesse morrido antes de haver contado. E se odiou por isso.

Depois que as lágrimas secaram, sentiu que precisava dormir. Subiu as escadas mecanicamente, lavou o rosto quente com água fria e deitou-se na cama, totalmente vestida.

Teria de vender a casa. E os móveis. Tinha de tratar da documentação.

Não dissera à mãe que a amava.

Com esse peso no coração, caiu num sono exausto.

Cochilos à tarde sempre a deixavam grogue. Só os tirava quando estava doente, o que acontecia raramente. A casa estava quieta quando saiu da cama outra vez. Uma olhada no relógio informou que havia dormido menos de uma hora, mas estava dolorida e confusa, apesar do pouco tempo.

Prepararia um café e depois se sentaria para planejar o que fazer com as coisas da mãe e com a casa que ela amara.

A campainha da porta soou antes que chegasse ao pé da escadaria. Só podia rezar para que não fosse algum vizinho bem-intencionado, oferecendo companhia ou ajuda. Não queria ninguém naquele momento.

Mas havia um estranho à porta. O homem tinha estatura mediana, com uma pasta leve sob o terno escuro. Cabelos começando a ficar grisalhos, olhos atentos. Teve uma sensação estranha e desconfortável quando aqueles olhos se detiveram em seu rosto.

— Estou procurando por Amanda Dougherty Bodine.

— Esta é a residência dos Bodine — Shannon respondeu, tentando identificá-lo. Vendedor? Achou que não. — Sou filha dela. O que deseja?

Nada se alterou naquele rosto, mas Shannon sentiu a atenção dele se aguçar.

— Tomar um pouco do tempo da Sra. Bodine, se não for inconveniente. Sou John Hobbs.

— Sinto, Sr. Hobbs. Não é conveniente. Enterrei minha mãe nesta manhã. E então se me desculpa...

— Sinto muito. — A mão dele avançou para a porta, mantendo-a aberta, quando Shannon já a estava fechando. — Acabei de chegar de

Nova York. Não sabia da morte de sua mãe. — Hobbs precisava pensar e replanejar tudo rapidamente. Chegara perto demais para desistir agora. — Você é Shannon Bodine?

— Sim. O que deseja exatamente, Sr. Hobbs?

— Seu tempo — disse delicadamente. — Quando for mais conveniente para a senhorita. Gostaria de marcar uma hora para encontrá-la, daqui a alguns dias.

Shannon passou a mão pelos cabelos desalinhados no sono.

— Vou voltar para Nova York em poucos dias.

— Gostaria de encontrá-la lá.

Os olhos dela se estreitaram, enquanto tentava afastar a desorientação causada pelo sono.

— Minha mãe o conhecia, Sr. Hobbs?

— Não, não conhecia, Srta. Bodine.

— Então, acho que não temos nada para conversar. Agora, se me dá licença.

— Tenho algumas informações sobre as quais fui autorizado, pelos meus clientes, a discutir com a Sra. Amanda Dougherty Bodine. — Hobbs simplesmente manteve a mão na porta, observando Shannon, enquanto a conservava aberta.

— Clientes? — Sem querer, Shannon mostrou interesse. — Tem algo a ver com meu pai?

A hesitação de Hobbs foi breve, mas ela a percebeu. E seu coração disparou.

— Envolve sua família, sim. Se pudermos combinar um encontro, informarei meus clientes da morte da Sra. Bodine.

— Quem são seus clientes, Sr. Hobbs? Não, não vá me dizer que é confidencial — falou bruscamente. — O senhor bate à minha porta no dia do enterro de minha mãe, procurando por ela, para discutir algo que envolve minha família. Sou minha família agora, Sr. Hobbs. Então sua informação obviamente interessa a mim. Quem são seus clientes?

— Preciso fazer uma ligação... do meu carro. Poderia esperar alguns minutos?

— Tudo bem — concordou, mais num impulso do que numa demonstração de paciência. — Vou esperar.

Mas fechou a porta quando ele se dirigiu ao sedã escuro estacionado junto ao meio-fio. Sentia que precisaria daquele café.

Ele não demorou. A campainha soou novamente, quando tomava o primeiro gole. Carregando a caneca, voltou para atender.

— Srta. Bodine, meu cliente me autorizou a conduzir o assunto, contando com minha discrição. — Pegou no bolso um cartão que ofereceu a ela.

— Doubleday Investigations — ela leu. — Nova York. — Shannon levantou uma sobrancelha. — Está bem longe de casa, Sr. Hobbs.

— Meus negócios me mantêm freqüentemente na estrada. Este caso me trouxe até aqui. Gostaria de entrar, Srta. Bodine. Ou, se ficar mais à vontade, podemos nos encontrar onde quiser.

Teve o ímpeto de fechar a porta na cara dele. Não que o temesse fisicamente. A covardia vinha de algo mais profundo, e, por percebê-la, ignorou-a.

— Entre. Acabei de fazer um café.

— Ótimo.

Por força do hábito, examinou a casa enquanto seguia Shannon, observando a riqueza sutil, o bom gosto tranqüilo. Tudo o que descobrira sobre os Bodine nos últimos meses refletia-se na casa. Eram — tinham sido — uma bela e unida família de alta renda, sem grandes pretensões.

— É um momento difícil para você, Srta. Bodine — Hobbs começou a falar, sentando-se à mesa indicada por Shannon. — Espero não piorá-lo.

— Minha mãe morreu dois dias atrás, Sr. Hobbs. Não acredito que o senhor possa tornar isso mais difícil do que já é. Creme, açúcar?

— Puro, obrigado. — Estudava-a, enquanto ela preparava o café. Senhora de si, concluiu. Isso tornaria seu trabalho mais fácil. — Sua mãe estava doente, Srta. Bodine?

— Estava com câncer — ela respondeu sucintamente.

Ela não queria compaixão, percebeu, e não demonstrou nenhuma.

— Represento Rogan Sweeney — Hobbs começou —, sua esposa e a família dela.

— Rogan Sweeney? — Cautelosa, Shannon juntou-se a ele à mesa. — Claro que conheço esse nome. As Galerias Worldwide têm uma filial em Nova York. A sede fica em... — Interrompeu-se, deixando a xícara sobre a mesa, antes que as mãos começassem a tremer. Irlanda, pensou. Na Irlanda.

— Então você já sabe... — Hobbs leu nos olhos dela que sim. Isso também facilitaria seu trabalho. — Meus clientes estavam preocupados com o fato de que as circunstâncias pudessem ser desconhecidas por você.

Decidida a não gaguejar, pegou a xícara outra vez.

— O que o Sr. Sweeney tem a ver comigo?

— O Sr. Sweeney é casado com Margaret Mary Concannon, filha mais velha do falecido Thomas Concannon, do Condado de Clare, Irlanda.

— Concannon. — Shannon cerrou os olhos até que o tremor iminente passasse. — Entendo. — Quando abriu novamente os olhos, estavam amargamente divertidos. — Imagino que eles o tenham contratado para me encontrar. Acho estranho que haja algum interesse nisso, depois de todos esses anos.

— Fui contratado inicialmente para encontrar sua mãe, Srta. Bodine. Posso lhe dizer que meus clientes só souberam dela e de sua existência no ano passado. A investigação começou naquele momento. Entretanto, houve algumas dificuldades para localizar Amanda Dougherty. Como deve saber, ela deixou sua casa em Nova York subitamente sem dizer à família para onde ia.

— Suponho que ela não sabia, já que foi expulsa de casa por estar grávida. — Empurrando o café para o lado, Shannon cruzou as mãos. — Que desejam seus clientes?

— O objetivo principal era contatar sua mãe, informá-la de que as filhas vivas do Sr. Concannon encontraram as cartas que ela escreveu a ele, e com permissão dela fazer contato com você.

— Filhas vivas. Ele está morto, então. — Passou a mão pela testa. — Sim, o senhor já me disse isso. Ele está morto. Estão todos mortos. Bem, o senhor me encontrou, Sr. Hobbs, então já fez seu trabalho. Pode informar a seus clientes que manteve contato comigo e não tenho interesse em nada disso.

— Suas irmãs...

Os olhos dela congelaram.

— Não as considero minhas irmãs.

Hobbs apenas inclinou a cabeça.

— A Sra. Sweeney e a Sra. Thane talvez queiram encontrá-la.

— Não posso impedi-las, posso? Mas o senhor pode adiantar o fato de que não estou interessada em reuniões com mulheres que não conheço. O que aconteceu entre o pai delas e minha mãe, há vinte e oito anos, não altera em nada o estado atual das coisas. Então... — Interrompeu-se, olhos aguçados outra vez. — O senhor disse Margaret Mary Concannon? A artista?

— Sim, ela é conhecida por seu trabalho com vidros.

— Não é apenas isso. — Shannon murmurou. Visitara uma das exposições de M.M. Concannon na Worldwide de Nova York. Chegara até a pensar em investir numa peça. A idéia era quase cômica. — Bem, é engraçado, não é? Pode dizer a Margaret Mary Concannon e sua irmã...

— Brianna. Brianna Concannon Thane. Ela tem uma pousada em Clare. Deve ter ouvido falar no marido dela também. É um escritor de suspenses de sucesso.

— Grayson Thane? — Ao aceno de Hobbs, Shannon quase riu. — Pelo jeito, fizeram bons casamentos. Sorte delas. Diga a elas para tocarem suas vidas, que é o que também vou fazer. — Levantou-se. — Se não há mais nada, Sr. Hobbs...

— Devo lhe perguntar se quer as cartas de sua mãe, e caso as queira, se faria alguma objeção que meus clientes tirem cópias delas para guardar.

— Não quero. Não quero nada. — Conteve um súbito ímpeto de rancor, inspirando profundamente. — O que aconteceu não é mais culpa delas do que minha. Não sei como se sentem em relação a tudo isso, Sr. Hobbs, e não me interessa saber. Se for curiosidade, culpa sem motivo ou mesmo a sensação de dever familiar, pode lhes dizer para desistir.

Hobbs levantou-se também.

— Pelo tempo, esforço e dinheiro que gastaram tentando encontrá-la, diria que é uma combinação dessas três coisas. E talvez mais. Mesmo assim, darei seu recado. — Estendeu a mão, surpreendendo-se quando Shannon a aceitou. — Se mudar de idéia ou quiser perguntar alguma coisa, pode me encontrar no número que está no cartão. Estou voltando para Nova York esta noite.

O tom frio dele a afligiu. Não podia dizer por quê.

— Tenho direito à minha privacidade.

— Tem — concordou. — Estou indo, Srta. Bodine. Obrigado pelo tempo e pelo café.

Dane-se, foi tudo o que conseguiu pensar, enquanto ele caminhava calmamente para fora da cozinha. Dane-se por ser tão controlado, tão sutilmente crítico.

E danem-se todos eles. Danem-se as filhas de Thomas Concannon por procurarem por ela, pedindo-lhe para saciar sua curiosidade. Oferecendo-se para satisfazer a sua.

Não queria saber delas. Não precisava delas. Que ficassem na Irlanda com sua vida confortável e seus maridos brilhantes. Tinha sua própria vida, precisava colar seus cacos depressa.

Enxugando as lágrimas que nem notara, pegou a lista telefônica. Procurou rapidamente, correndo o dedo pela página, e então discou.

— Sim, tenho uma casa que preciso vender. Imediatamente.

Uma semana depois, Shannon estava de volta a Nova York. Avaliara a casa e esperava que fosse vendida rapidamente. O dinheiro certamente não importava. Descobrira que era uma mulher rica. A morte lhe dera quase meio milhão de dólares em investimentos, que o pai fizera durante anos. Adicionados ao patrimônio anterior, nunca mais precisaria se preocupar com algo tão trivial como dinheiro.

Só precisara ficar órfã para tê-lo.

Ainda assim, era filha de Colin Bodine o suficiente para saber que a casa tinha de ser vendida, o que traria um lucro considerável. Alguns móveis que não tivera coragem de vender ou doar estavam num depósito. Seguramente podia esperar um pouco mais, antes de decidir o que fazer com cada vaso ou luminária.

Shannon embalara apenas algumas coisas de que gostava especialmente para levar para Nova York. Entre elas, todos os quadros que dera aos pais ao longo dos anos.

Não poderia se separar deles.

Embora o supervisor tivesse lhe oferecido o resto da semana, voltara ao trabalho no dia seguinte a seu retorno de Columbus. Tinha certeza de que ajudaria, que trabalhar era a resposta de que precisava.

Tinha de tratar da conta nova. Mal começara a trabalhar nela, quando precisara se afastar. Tivera apenas duas semanas para se inteirar da promoção, das novas responsabilidades e do novo cargo.

Trabalhara durante grande parte da vida adulta por este cargo, por aquelas responsabilidades. Estava subindo as escadas agora, no ritmo ativo e firme que planejara. O escritório do canto era seu, sua agenda semanal estava ordenadamente cheia de reuniões e apresentações. O chefe sabia seu nome, respeitava seu trabalho e tinha um olho nela para coisas maiores.

Era tudo o que sempre quisera, precisara, planejara.

Como poderia imaginar que nada no escritório iria lhe importar? Nada daquilo importava o mínimo.

Nem a mesa de desenho, nem seu material. Nem a conta de vulto que conseguira no mesmo dia em que fora chamada de Columbus e fora forçada a entregar a um assistente. Simplesmente não importava. A promoção que se esforçara tanto para alcançar parecia tão distante dela quanto antes. Assim como a vida que conduzira, com um planejamento meticuloso e cuidadoso, parecia ter pertencido a outra pessoa, o tempo todo.

Deparou-se olhando o quadro do pai dormindo no jardim. Estava ainda apoiado contra a parede e não pendurado. Não conseguia entender por que simplesmente não o queria em seu escritório.

— Shannon? — A mulher que a olhava da porta era atraente, impecavelmente vestida. Lily era sua assistente, uma amiga eventual em meio ao que Shannon estava começando a perceber que era uma existência de amigos eventuais. — Achei que você podia querer um intervalo.

— Não fiz nada para precisar de um intervalo.

— Ei! — Lily entrou, aproximando-se da mesa para dar um aperto animado nos ombros de Shannon. — Dê um tempinho a si mesma. Voltou só há poucos dias.

— Não devia me aborrecer. — Com um movimento irritado, afastou-se da mesa. — Não estou produzindo nada.

— Você está passando por um momento difícil.

— Eu sei.

— Por que não me deixa cancelar seus compromissos da tarde?

— Tenho que voltar a trabalhar em algum momento. — Fitou pela janela a vista de Nova York que sonhara que um dia seria sua. — Mas cancele o almoço com Tod. Não estou muito sociável.

Lily apertou os lábios, anotando aquilo.

— Problemas no paraíso?

— Digamos que estou pensando que essa relação não está sendo muito produtiva também... e há muito trabalho acumulado para encontros no almoço.

— Solicitação sua.

— Sim, eu sei. — Shannon voltou-se. — Realmente não agradeci a você por cuidar de tudo enquanto estive fora. Andei dando uma olhada em algumas coisas e quero lhe dizer que fez um trabalho excelente.

— É para isso que me pagam. — Lily virou a página de seu caderno de notas. — O projeto Mincko precisa de alguns toques finais e nada agradou a Rightway. Tilghmanton acha que você consegue. Enviou um memorando nesta manhã, pedindo a você para examinar alguns esboços e apresentar algo novo... até o final da semana.

— Ótimo! — concordou, afastando-se da mesa novamente. — Um desafio desse pode ser exatamente aquilo de que preciso. Vamos cuidar da Rightway primeiro, Lily. Depois você me fala de Mincko.

— Perfeito. — Lily caminhou para a porta. — Ah, devo lhe dizer uma coisa. A Rightway quer algo tradicional, mas diferente, sutil, porém atrevido, sexy e ao mesmo tempo sóbrio.

— Claro que quer. Vou pegar minha varinha mágica na pasta.

— Bom ter você de volta, Shannon.

Quando a porta se fechou, Shannon suspirou profundamente. Era bom estar de volta, não era?

Tinha de ser.

A chuva golpeava as ruas. Depois de um dia longo e infeliz que acabara num confronto com um homem por quem tentava se convencer de que estava apaixonada, Shannon olhava pela janela do táxi a caminho de seu apartamento.

Talvez estivesse certa por ter voltado ao trabalho tão rapidamente. A rotina, as cobranças e a concentração ajudavam a sacudir um pouco da tristeza. Ao menos temporariamente. Precisava da rotina, lembrou a si mesma. Precisava do plano rigoroso, que a levara a conseguir o cargo na Ry-Tilghmanton.

Seu trabalho, a carreira que construíra, era tudo o que tinha agora. Não havia nem mesmo a ilusão de uma relação satisfatória para preencher o vazio de sua vida.

Mas estava certa por romper com Tod. Não tinham sido apoios mais do que atraentes um para o outro. E a vida, acabara de descobrir, era muito curta para escolhas idiotas.

Pagou o táxi na esquina, correu até o prédio, lançando um sorriso rápido para o porteiro. Contrariando o hábito, apanhou a correspondência, examinando os envelopes, enquanto o elevador chegava a seu andar.

Um da Irlanda deixou-a gelada.

Esbravejando, jogou-o para o fim, abrindo a porta, e atirou todos os envelopes sobre a mesa. Embora o coração estivesse aos saltos, seguiu seus hábitos arraigados. Pendurou o casaco, tirou os sapatos, serviu a costumeira taça de vinho. Sentou-se junto à mesinha perto da janela que descortinava a Madison Avenue, acomodando-se para ler a correspondência.

Levou apenas alguns minutos até que se rendesse, abrindo o envelope de Brianna Concannon Thane.

Querida Shannon,

Fiquei terrivelmente triste ao saber da morte de sua mãe. Você ainda deve estar sofrendo e duvido que algumas palavras minhas possam aliviar seu coração. Pelas cartas que escreveu a meu pai, sei que era uma mulher amorosa e especial, e sinto não ter tido a oportunidade de conhecê-la e dizer-lhe isso, pessoalmente.

Você esteve com o homem contratado por Rogan, o Sr. Hobbs. Pelo relato dele, entendi que você sabia da relação entre sua mãe e meu pai. Creio que isso deve fazer você sofrer e sinto muito. Creio também que talvez não goste de receber esta carta. Mas tinha de lhe escrever, ao menos uma vez.

Seu pai, marido de sua mãe, com certeza a amou muito. Não quero me intrometer nessas emoções e lembranças que, tenho certeza, são preciosas para você. Só quero lhe oferecer a oportunidade de conhecer esta outra parte de sua família e sua herança. Meu pai não era um homem simples, mas era um homem bom e nunca esqueceu sua mãe. Encontrei as cartas dela para ele, muito tempo depois de sua morte, ainda presas com a fita com que ele as amarrara.

Gostaria de partilhá-lo com você, ou, se não desejar, oferecer-lhe a chance de conhecer a Irlanda, onde foi concebida. Se descobrir esse desejo em seu coração, gostaria muito que viesse e ficasse comigo e com os meus por algum tempo. Se não for por qualquer outro motivo, pelo menos porque o campo é um bom lugar para aliviar tristezas.

Você não me deve nada, Shannon. E talvez pense que não lhe devo nada também. Mas se amou sua mãe, como amei meu pai, sabe que devemos isso a eles. Talvez se nos tornarmos amigas ou, quem sabe, até mesmo irmãs, possamos devolver a eles algo de que desistiram por nós.

O convite está feito. Quando quiser vir, será bem-vinda.

Sinceramente,
Brianna

Shannon leu a carta duas vezes. Então, quando a pôs de lado, pegou-a outra vez e leu de novo. A mulher seria realmente tão simples, tão altruísta, tão desejosa de lhe abrir o coração e a casa?

Não queria o coração de Brianna ou sua casa, Shannon disse a si mesma.

No entanto... no entanto, negaria a si mesma que estava considerando aquela possibilidade? Uma viagem à Irlanda. Uma volta ao passado. Brincou com a idéia de ir sem procurar nenhuma das Concannon.

Por estar com medo?, perguntou-se. Sim, talvez por estar com medo. Mas também porque não queria nenhuma pressão, nenhuma pergunta, nenhuma cobrança.

A mulher que escrevera a carta lhe prometera que não haveria nada disso. E lhe oferecera algo muito maior.

Talvez eu aceite o convite dela, Shannon pensou.

E talvez não.

Capítulo Quatro

— Não sei por que tanto alvoroço — Maggie reclamou. — Parece até que você está se preparando para a realeza.

— Quero que se sinta confortável. — Brianna ajeitou o vaso de tulipas sobre a cômoda, mudou de idéia, colocando-o na mesa próxima à janela. — Ela está fazendo toda essa viagem para nos conhecer. Quero que se sinta em casa.

— Pelo que estou vendo, você limpou a casa de alto a baixo duas vezes, comprou flores suficientes para cinco casamentos e assou tantos bolos e tortas que vai precisar de um exército para comer tudo. — Enquanto falava, Maggie afastou as cortinas de renda e olhou para as montanhas. — Você está se arriscando a uma decepção, Brie.

— E você está decidida a não se entusiasmar com a vinda dela.

— A carta dela aceitando seu convite não estava repleta de excitação e prazer, estava?

Brianna parou de afofar os travesseiros da cama que já tinha afofado e estudou as costas rígidas da irmã.

— Ela é uma estranha, Maggie. Sempre tivemos uma à outra, e continuaremos assim, quando ela for embora. Além disso, ela perdeu a mãe menos de um mês atrás. Não dava para esperar uma resposta muito animada. Já estou bem contente por ela ter decidido vir.

— Ela disse ao cara que Rogan contratou que não queria nada conosco.

— Ah, e você nunca disse nada na vida que reconsiderasse mais tarde.

Aquilo trouxe um sorriso demorado aos lábios de Maggie.

— Nada que possa lembrar no momento. — Quando ela se virou, continuava sorrindo. — Quanto tempo temos antes de apanhá-la no aeroporto?

— Pouco. Primeiro tenho que amamentar Kayla, depois vou me trocar. — Suspirou ante a expressão de Maggie. — Não vou encontrar uma irmã que eu nunca vi de avental e calças empoeiradas.

— Bem, eu não vou me trocar. — Maggie sacudiu os ombros com a enorme camisa de algodão que usava com jeans velhos.

— Fique à vontade — Brianna disse, saindo rapidamente do quarto. — Mas podia pelo menos pentear esse ninho de rato na cabeça.

Embora Maggie torcesse a boca, deu uma olhada no espelho sobre a cômoda. Uma descrição bem adequada, pensou um pouco divertida, quando notou os brilhantes cabelos vermelhos totalmente embaraçados e despenteados.

— Estava trabalhando — falou, apressando o passo para alcançar Brianna nas escadas. — Minhas pipetas não se importam se estou arrumada ou não. Não passo o dia todo lidando com pessoas como você.

— Melhor para elas. Prepare um sanduíche ou alguma coisa para você, Margaret Mary — acrescentou enquanto se apressava em direção à cozinha. — Você está um pouco abatida.

— Não estou não. — Resmungando, mas faminta, Maggie foi até a cesta de pães. — Acho que estou grávida.

Brianna parou subitamente.

— Verdade? Ah, Maggie.

— E a culpa é sua — Maggie murmurou, franzindo as sobrancelhas enquanto cortava o pão preto recém-saído do forno.

Rindo, Brianna se aproximou para abraçar a irmã.

— Puxa, isso soa bem estranho. Aposto que os médicos do mundo todo vão ficar interessados.

Maggie balançou a cabeça, os olhos divertidos.

— Quem foi que acabou de ter um bebê, hein? E quem me deixou maluca me dando aquela coisinha linda para segurar logo que nasceu?

— Não está mesmo chateada porque vai ter outro bebê? — Brianna recuou, apertando os lábios. — Rogan está contente, não está?

— Ainda não contei a ele. Não tenho certeza. Mas sinto. — Instintivamente, pressionou a mão sobre a barriga. — E, não, não estou chateada, só estou implicando com você. Espero que esteja mesmo. — Acariciou o rosto de Brianna e voltou a preparar o sanduíche. — Estava meio enjoada esta manhã.

— Ah... — Lágrimas brotaram nos olhos de Brianna. — É maravilhoso!

Com um grunhido, Maggie foi até a geladeira.

— Só posso estar maluca para concordar com você. Não diga nada ainda, nem mesmo para Gray, até que eu tenha certeza.

— Não direi... se você se sentar para comer esse sanduíche e tomar um pouco de chá.

— Não é um mau negócio. Vamos lá então, dê logo de mamar à minha sobrinha e troque de roupa ou chegaremos atrasadas ao aeroporto para buscar a rainha.

Brianna ia responder, mas apenas suspirou profundamente, cruzando a porta que ligava seus aposentos à cozinha.

Os cômodos haviam sido aumentados depois de seu casamento, um ano atrás. O segundo andar da casa principal e o sótão reformado eram para os hóspedes que iam e vinham de Blackthorn Cottage. Mas ali, perto da cozinha, era só da família.

A pequena sala e o quarto tinham sido suficientes quando eram apenas para Brianna. Agora, um segundo cômodo, um alegre e ensolarado quarto de bebê, tinha sido acrescentado, com largas janelas duplas dando para as montanhas e deixando ver a florida amendoeira que Murphy plantara para ela no dia do nascimento de Kayla.

Sobre o berço, refletindo o brilho cintilante da luz do sol, estava o móbile, a casinha dos bichos em vidro, que Maggie fizera, com seus unicórnios, cavalos alados e sereias. Observando aquele bailado colorido, o bebê se mexia.

— Aqui está o meu amor — Brianna murmurou. E mais uma vez foi tomada pela torrente de emoções e pelo assombro. Sua filha. Finalmente, sua filha. — Está olhando as luzes, querida? São tão lindas, não é? A tia Maggie é muito talentosa.

Levantou Kayla, aspirando o perfume do bebê, absorvendo seu mistério.

— Vamos encontrar outra tia hoje. Sua tia Shannon, da América. Não é maravilhoso?

Com o bebê acomodado num dos braços, Brianna desabotoou a blusa e instalou-se na cadeira de balanço. Deu uma olhada para o teto e sorriu, lembrando que Gray estava no escritório. Escrevia sobre assassinato e lesões corporais, pensou.

— Muito bem — disse suavemente, comovendo-se quando a boquinha de Kayla sugou-lhe o seio. — Depois que estiver bem alimentada, vou trocar você e aí vai estar prontinha para ficar com o papai enquanto dou uma saidinha. Você cresceu bastante. Só tem um mês. Faz um mês hoje.

Da soleira da porta, Gray observava as duas completamente desarmado e ninguém poderia lhe dizer, ninguém poderia lhe explicar como se sentiria, ao ver sua esposa e sua filha. Ter uma esposa e uma filha. O punho de Kayla descansava na curva do seio da mãe, marfim sobre marfim. O sol brincava gentilmente sobre os cabelos delas, quase do mesmo tom. Elas se olhavam, unidas de uma maneira que ele podia apenas imaginar.

Então Brianna levantou os olhos e sorriu.

— Pensei que você estava trabalhando.

— Ouvi você pelo interfone. — Apontou para o pequeno monitor. Insistira em colocá-los por toda a casa. Aproximou-se delas, agachando-se ao lado da cadeira. — Minhas damas são lindas.

Com um sorriso iluminado, Brianna se inclinou para a frente.

— Beije-me, Grayson.

Ele beijou-a sem pressa, então se voltou para roçar os lábios na cabeça de Kayla.

— Está com fome.

— Tem o apetite do pai. — Isso a fez se lembrar de coisas práticas. — Deixei alguma comida fria para você, e tem o pão que fiz pela manhã. Se der tempo, preparo alguma coisa antes de ir.

— Não se preocupe. E se algum dos hóspedes voltar do passeio antes de você chegar, sirvo os bolinhos e preparo o chá.

— Está se tornando um ótimo hoteleiro, Grayson. Mesmo assim, não quero que interrompa seu trabalho.

— O trabalho está indo bem.

— Já percebi. Você não está carrancudo e tem dias que não o ouço andando de um lado para outro lá em cima.

— Há um assassino-suicida — disse, com uma piscadela. — Pelo menos, é o que está parecendo. Isso está me deixando animado. — Distraidamente, deixou o dedo correr sobre o seio dela, logo acima da cabeça da filha. Com os olhos presos em Brianna, teve a satisfação de perceber o rápido tremor de prazer refletido nos olhos dela. — Quando fizer amor com você novamente, Brianna, será como da primeira vez.

Suspirou trêmula.

— Não é justo ficar me seduzindo enquanto estou amamentando nossa filha.

— É justo seduzir você a qualquer hora. — Ergueu a mão, deixando a luz do sol brilhar no ouro da sua aliança. — Somos casados.

— Controle seus hormônios, Grayson Thane — Maggie gritou do cômodo ao lado. — Temos menos de vinte minutos para ir para o aeroporto.

— Desmancha-prazeres — resmungou e levantou-se rindo. — Acho que agora terei duas irmãs suas me perseguindo.

Mas Gray era a última coisa na cabeça de Shannon. Podia ver a Irlanda lá embaixo pela janela do avião, o verde dos campos, o negro dos penhascos. Era lindo, de algum modo também apavorante e estranhamente familiar.

Já estava desejando não ter vindo.

Sem volta, lembrou. Uma idiotice chegar a pensar nisso. Verdade que tomara a decisão de vir num impulso, influenciada pela vertigem de culpa e tristeza, e pelo jeito compreensivo da carta de Brianna. Mas seguira o impulso, largando o trabalho, fechando o apartamento e embarcando num avião para uma viagem de cinco mil quilômetros que estava a poucos minutos de terminar.

Parara de se perguntar o que esperava encontrar ou o que desejava realizar. Não tinha respostas. Tudo o que sabia era que precisara vir. Ver, talvez, o que a mãe vira uma vez. As dúvidas a atormentavam — aflição de que pudesse estar sendo desleal para com o único pai que conhecera, medo de que de repente se encontrasse rodeada de parentes que não tivera nenhum desejo de conhecer.

Sacudindo a cabeça, pegou o estojo de maquiagem na bolsa. Fora bem clara na carta, Shannon lembrava, enquanto tentava retocar-se. Revisara o texto três vezes, antes de sentir-se satisfeita o suficiente para enviar uma resposta a Brianna. Fora polida, um pouco fria e sem emoções.

E era assim exatamente que desejava continuar.

Tentou não estremecer quando as rodas tocaram a pista. Garantiu a si mesma que ainda teria algum tempo para se acalmar. Anos de viagens com os pais faziam com que estivesse familiarizada com a rotina de desembarque, alfândega, passaportes. Movia-se no automático, enquanto tranqüilizava a mente.

Confiante agora, segura de que outra vez se sentia ligeiramente afastada das circunstâncias, juntou-se à multidão que andava na direção do terminal.

Não esperava o choque do reconhecimento. A certeza absoluta de que as duas mulheres esperando em meio aos outros eram as Concannon. Podia dizer que foram a aparência, a pele clara, os olhos verdes, os cabelos vermelhos. Tinham alguns traços em comum, embora a mais alta tivesse um olhar mais suave, e os cabelos mais dourados, enquanto os da outra eram puro fogo.

Mas não foi a aparência ou a semelhança familiar que a fez ater-se só às duas, quando havia tantas pessoas chorando e rindo, e correndo para se abraçar. Fora um profundo conhecimento visceral, surpreendentemente doloroso.

Teve apenas um instante para examiná-las, a mais alta, impecável num vestido azul simples, a outra estranhamente chique com sua camisa larga e jeans surrados. E percebeu que o reconhecimento era mútuo, pelo sorriso brilhante de uma e o olhar frio e avaliador da outra.

— Shannon! Shannon Bodine! — Sem hesitar ou planejar, Brianna simplesmente correu para beijá-la suavemente. — Bem-vinda à Irlanda. Sou Brianna.

— Como vai? — Shannon ficou feliz por suas mãos estarem segurando firmemente o carrinho da bagagem. Mas Brianna educadamente já as afastava, para que ela mesma o empurrasse.

— Esta é Maggie. Estamos muito contentes que você tenha vindo.

— Você deve estar querendo livrar-se desse tumulto. Sem querer julgar a mulher altiva com suas calças caras, Maggie inclinou a cabeça. — É uma longa viagem para cruzar o oceano.

— Estou habituada a viajar.

— É sempre emocionante, não é? — Apesar de estar com os nervos à flor da pele, Brianna falava calmamente, enquanto empurrava o carrinho. — Maggie tem muito mais experiência do que eu em visitar outros lugares. Cada vez que entro num avião, sinto como se eu fosse outra pessoa. Fez uma boa viagem?

— Foi bem tranqüila.

Um tanto desesperada agora, por achar que não conseguiria arrancar mais do que algumas respostas lacônicas de Shannon, Brianna começou a falar sobre o tempo — estava bom — e a duração da viagem até a pousada — misericordiosamente curta. Ladeando-a, Shannon e Maggie olhavam-se com mútua desconfiança.

— Vou preparar uma refeição para você — Brianna continuou, enquanto acomodavam a bagagem de Shannon no carro. — Ou você pode descansar um pouco antes, se estiver cansada.

— Não quero lhe dar nenhum trabalho — Shannon disse tão veementemente que Maggie bufou.

— Dar-se ao trabalho é o que Brie faz melhor. Vá na frente — acrescentou friamente. — Como convidada.

Uma grande idiota, Shannon concluiu empinando o queixo, exatamente como Maggie tinha o hábito de fazer, enquanto se sentava no banco do carona.

Brianna trincou os dentes. Estava bem acostumada com discórdias na família. Mas isso ainda a machucava.

— Então você nunca esteve na Irlanda, Shannon?

— Não. — Como sua resposta fora abrupta demais, fazendo-a sentir-se tão idiota quanto julgava Maggie, deliberadamente relaxou os ombros. — O que vi do avião foi lindo.

— Meu marido já viajou por tudo quanto é lugar, mas sempre diz que a vista daqui é a mais maravilhosa que já viu. — Brianna sorriu para Shannon, enquanto caminhava para a saída do aeroporto. — Agora que aqui é o lar dele, deixou de ser imparcial.

— Você é casada com Grayson Thane.

— Sim. Faz um ano, no fim de junho. Ele veio à Irlanda, a Clare, fazer pesquisas para um livro. Vai ser lançado logo. Claro que já está trabalhando em outro, divertindo-se assassinando pessoas a torto e a direito.

— Gosto dos seus livros. — Um assunto seguro, Shannon decidiu. Simples. — Meu pai era um grande fã dele.

E aquilo trouxe um momento de silêncio pesado e desconfortável.

— Foi duro para você — Brianna falou cuidadosamente — perder seus pais em tão pouco tempo. Espero que sua temporada aqui ajude a aliviar um pouco seu coração.

— Obrigada. — Shannon virou a cabeça e observou a paisagem. E era encantadora, não havia como negar. Assim como não podia negar que havia alguma coisa especial no modo como o sol permeava as nuvens e dourava o ar.

— O detetive de Rogan disse que você trabalha com publicidade, — Maggie falou, mais por curiosidade do que por educação.

— É isso.

— Então o seu negócio é vender coisas.

Shannon ergueu uma sobrancelha. Reconhecia o tom de desprezo quando o ouvia, por mais leve que fosse.

— De certo modo... — Deliberadamente, virou-se e encarou Maggie. — Você vende... coisas.

— Não. — O sorriso de Maggie foi gentil. — Eu as crio. Outra pessoa cuida da venda.

— Interessante, não acham — Brianna interveio rápido —, que vocês duas sejam artistas?

— Acho mais provavelmente estranho — Maggie murmurou, dando de ombros, enquanto Brianna lhe lançava um olhar de advertência pelo espelho retrovisor.

Shannon apenas cruzou as mãos. Ela, pelo menos, era bem-educada.

— Qual a distância entre a sua casa e a cidade, Brianna? Acho que vou alugar um carro.

— Estamos bem próximos da vila. Você não vai encontrar carros para alugar lá. Mas pode usar este, quando quiser.

— Não quero usar seu carro.

— Ele passa a maior parte do tempo parado. E Gray também tem um, então... Imagino que você vá querer fazer alguns passeios. Se quiser, uma de nós ficará feliz de ser sua guia. Mas sei que às vezes as pessoas preferem andar por aí sozinhas. Esta é a nossa vila — acrescentou.

Não era mais do que aquilo, Shannon pensou, mais do que um pouco melancólica. Um lugar minúsculo, com estreitas ruas em declive e lojas e casas aninhadas. Encantador, com certeza, e graciosamente antiquado. E, Shannon pensou com um suspiro longo, inconveniente. Sem teatros, sem galerias, sem fast-food. Sem aglomeração.

Um homem olhou ao ouvir o carro, riu com um cigarro preso no lábio inferior e acenou com a mão, enquanto continuava a caminhar.

Brianna acenou de volta e gritou pelo vidro aberto:

— Bom-dia, Matthew Feeney.

— Não pare, pelo amor de Deus, Brie — Maggie ordenou, apesar de ela mesma acenar. — Ele vai ficar falando até a próxima semana, se você parar.

— Não vou parar. Shannon quer descansar e não saber de fofocas da vila. Mesmo assim, gostaria de saber se a irmã dele, Colleen, vai casar com aquele vendedor britânico.

— Pelo que ouvi dizer, é melhor que seja assim. — Maggie inclinou-se, descansando as mãos no encosto do banco da frente. — Já vendeu a ela alguma coisa que ela vai ficar pagando por nove meses.

— Colleen está grávida?

— O britânico a engravidou e agora o pai dela está com uma das mãos apertando o pescoço dele, enquanto a outra cuida dos proclamas. Tem umas duas noites que o Murphy me contou isso lá no pub.

Mesmo contra a vontade, Shannon ficou curiosa.

— Estão me dizendo que vão obrigar o cara a se casar com ela?

— Oh, *obrigar* é uma palavra muito dura — Maggie disse com a língua na bochecha. — *Encorajar* é melhor. *Encorajar firmemente,* apontando qual a melhor escolha entre comprar as alianças e os dentes quebrados.

— Que solução mais arcaica, não acham? Afinal, a mulher tem tanto a ver com isso quanto o homem.

— Vai ficar presa a ele, assim como ele a ela. É o que vai acontecer.

— Até que tenham mais seis filhos e se divorciem — Shannon disse laconicamente.

— Ora, todo mundo se arrisca nesse assunto, não é? — Maggie voltou a encostar-se no banco de trás. — E nós, irlandeses, nos orgulhamos de arriscar muito mais do que os outros.

Será?, Shannon pensou enquanto levantava o queixo outra vez. Com o IRA, falta de controle de natalidade, alcoolismo e casamentos sem volta.

Graças a Deus era apenas uma turista.

Seu coração deu uma rápida balançada quando a rua estreitou. A agulha sinuosa enfiava-se por um túnel espesso de cerca viva tão perto da margem da estrada que, de vez em quando, o carro roçava a vegetação. Ocasionalmente havia uma abertura na parede verde, por onde era possível avistar uma casinha ou um barraco.

Shannon tentou não pensar no que aconteceria se outro carro aparecesse.

Então Brianna fez uma curva e o mundo se abriu.

Sem se dar conta, Shannon inclinou-se para a frente, olhos esbugalhados, lábios abertos num deleite de surpresa.

O vale era uma pintura. Com certeza, não podia ser real. Colinas verdes se desenrolavam diante dela, bifurcando-se aqui e ali por paredes de rochas, estendendo-se por um caminho de terra marrom revolvida, numa amplidão subitamente colorida de prados de flores silvestres.

Casas de brinquedo e celeiros tinham sido dispostos em lugares perfeitos, com borrões de gados que pastavam sinuosamente e roupas esvoaçando alegremente.

Ruínas de castelos, pedras caídas e uma fina parede alta, plantada num campo, como se aquele visual estivesse fechado numa caixa do tempo.

O sol banhava tudo em ouro, faiscando na estreita faixa do rio. Tudo envolto por um céu tão intensamente azul que parecia pulsar.

Pela primeira vez em dias, ela esqueceu a tristeza, a culpa, as preocupações. Só conseguia olhar fixamente, um sorriso desabrochando no rosto, por dentro a estranha sensação de que já sabia que aquilo, exatamente aquilo, estaria sempre ali.

— Bonito, não é? — Brianna murmurou, diminuindo a marcha do carro para dar a Shannon mais alguns instantes para desfrutar aquilo.

— Sim. Nunca vi nada mais lindo. Entendo por que minha mãe amava este lugar.

Com este pensamento, a tristeza voltou a apunhalá-la. Então mergulhou os olhos novamente na distância.

Mas a vista seguinte não era menos encantadora. Blackthorn Cottage esperava para dar as boas-vindas, janelas brilhando, pedras manchadas de mica que refulgiam. Um jardim maravilhoso estendia-se para além da cerca viva, que aguardava o momento para também explodir em flores.

Um cachorro latia em saudação, enquanto Brianna parava atrás de um vistoso Mercedes conversível.

— Este é Concobar, meu cachorro — explicou, sorrindo quando os olhos de Shannon se arregalaram, enquanto Con corria pela lateral da casa. — Con é grande, mas inofensivo. Você tem medo de cachorros?

— Normalmente não.

— Sente-se, Con — Brianna ordenou, ao sair do carro. — E mostre sua educação.

O cachorro obedeceu instantaneamente, a grossa cauda cinza batendo no chão para mostrar seu prazer e controle. Olhou para Shannon, quando ela descia cautelosamente, e então levantou a pata.

— Tudo bem. — Shannon inspirou profundamente e aceitou o aperto de mãos canino. — Você é bem bonito, sabia? — Um pouco mais confiante, ela lhe afagou a cabeça. Viu então que Maggie e Brianna já haviam descarregado sua bagagem. — Eu levo isso.

— Sem problemas, sem problemas mesmo. — Com surpreendente facilidade para uma mulher esguia, Brianna carregou as malas até a porta da casa. — Bem-vinda a Blackthorn Cottage, Shannon. Espero que se sinta bem aqui.

Com isso, abriu a porta da frente para o pandemônio.

— Venha cá, seu diabinho! Já falei, Liam. Ela vai me matar.

Quando Shannon olhou, uma criança de cabelos pretos disparou para o hall sobre pernas curtas mas surpreendentemente rápidas, deixando cair farelos da mão cheia de biscoitos. A risada dele ecoava pelas paredes. Não muito atrás estava um homem com a aparência exausta, com um bebezinho choramingando nos braços.

Ao ver quem chegara, o menino riu, mostrando um rosto angelical sujo de comida. Atirou os braços gorduchos.

— Mamãezinha.

— Mamãezinha, é? — Com um gesto experiente, Maggie pegou o o filho com um dos braços. — Olhe só para você, Liam Sweeney, não tem nem um pedacinho limpo. E comendo biscoitos antes do chá.

Ele riu, os olhos azuis brilhando.

— Beijo.

— Igualzinho ao pai. Beijos resolvem tudo. — Mas obedeceu antes de lançar um olhar mortal para Gray. — Então, o que tem a dizer em sua defesa, Grayson Thane?

— Declaro insanidade. — Trocou o bebê de braço, afagando-o e tentando acalmá-lo, enquanto afastava os cabelos dos olhos. — Não tive culpa. Rogan foi chamado na galeria, e Murphy está fora, arando alguma coisa. Então fui recrutado para tomar conta desse terrorzinho de dez quilos. O bebê começou a chorar, e Liam se encheu de biscoitos. Ah, a cozinha, Brie, você não vai querer nem entrar.

— Jura?

— Acredite. E a sala está como... bem, estávamos só brincando por ali. Compro um vaso novo para você.

Os olhos dela se apertaram perigosamente.

— Você não está se referindo ao meu Waterford.

— Ah... — Procurando alguma ajuda, Gray voltou sua atenção para Shannon. — Oi, desculpe por isso. Sou Gray.

— Prazer em conhecê-lo.

Assustou-se um pouco, quando Con roçou em suas pernas para aproveitar os farelos do chão. Assustou-se novamente quando Liam se inclinou e agarrou-lhe os cabelos com a mão.

— Beijo — ordenou.

— Ah. — Shannon sentiu o coração apertado. Cautelosamente bicou os lábios sujos dele. — Chocolate.

— Fiz ontem. — Com pena do marido, Brianna pegou Kayla no colo. — E, pelo visto, só sobraram os farelos.

— Estava só distraindo o garoto — Gray se defendeu. — Tinha que trocar Kayla e o telefone estava tocando. Puxa, Brie, como podem os dois dar mais trabalho do que duas vezes o trabalho com um?

— É apenas um daqueles insondáveis mistérios. Redima-se, Grayson, e leve as malas de Shannon para o quarto dela, se puder fazer esse favor...

— Sem problemas. É realmente um lugar calmo — assegurou a ela. — Geralmente. Ah, Brie, mais tarde explico a mancha no tapete da sala.

Cenho franzido, Brie deu alguns passos para ver o caos no cômodo que deixara meticulosamente arrumado.

— Tenha certeza de que vai. Shannon, desculpe.

— Está tudo bem. — Na verdade, mais do que isso. A recepção barulhenta ajudara mais a relaxá-la do que se tivesse sido recheada de boas maneiras. — Este é seu bebê?

— Nossa filha, Kayla. — Recuou para que Shannon pudesse ver melhor. — Está fazendo um mês hoje.

— É linda. — Um pouco menos à vontade, virou-se para Maggie. — E este é seu menino?

— Não tenha dúvida. Liam, diga bom dia a... — Interrompeu-se, confusa. — Para a Srta. Bodine — decidiu.

— Shannon. — Determinada a não ser inoportuna, Shannon ofereceu um sorriso. — Bom-dia, Liam.

Ele respondeu com alguma coisa que exigiria um intérprete, mas o sorriso não precisava de tradução.

— Vou lavá-lo, Brie. Dê-me Kayla, posso cuidar deles, enquanto você mostra o quarto a Shannon.

— Fico grata. — Passou Kayla para Maggie, que se dirigiu à cozinha com uma criança em cada braço.

— Chocolate — Liam exigiu decidido.

— Nem pensar, cara. — Foi a resposta da mãe.

— Bem. — Brianna levou a mão aos cabelos, que se desprendiam dos grampos. — Deixe-me acomodá-la. Coloquei-a no quarto do sótão. Fica dois andares acima, porém é mais reservado e muito especial. — Olhou para cima, quando começaram a subir as escadas. — Se prefere não ter tantas escadas, posso trocá-la imediatamente.

— Não me importo com as escadas.

Sentiu-se desconfortável outra vez. Estranho, pensou, como era mais fácil lidar com o desafio abrasivo de Maggie do que com a receptividade de Brianna.

— O quarto ficou pronto há poucos meses. Reformei o sótão, sabe?

— É uma casa linda.

— Obrigada. Fiz algumas mudanças depois que meu pai morreu e a deixou para mim. Foi quando comecei com a pousada. Quando casei com Grayson, precisamos de mais espaço ainda, um escritório para ele escrever e um quarto para o bebê. Nossos aposentos ficam no primeiro piso, na lateral da cozinha.

— Onde está Kayla? — Gray perguntou, quando as encontrou nas escadas.

— Está com Maggie. — Num movimento tão natural e de tal modo habitual que ela mal notou, Brianna levou a mão ao rosto dele. — Devia dar uma caminhada, Grayson, arejar um pouco a cabeça.

— Obrigada. Acho que vou mesmo. É bom ter você aqui, Shannon.

Ela levantou a sobrancelha quando Gray beijou a esposa. Não parecia o beijo negligente que um marido daria antes de sair para uma caminhada.

— Volto para o chá — ele prometeu, afastando-se.

Brianna levou Shannon para o piso acima, onde uma porta totalmente aberta era um convite.

O quarto era muito mais do que Shannon poderia ter esperado. Espaçoso e arejado, com uma encantadora cadeira colocada sob o beiral inclinado da janela em uma das paredes e uma grande cama de bronze na outra. Clarabóias e lindas janelas em arco deixavam entrar o sol e o ar da primavera. As cortinas de renda balançavam.

Flores frescas esperavam para ser cheiradas e todas as superfícies brilhavam.

Ela sorriu como fizera vendo o vale.

— É adorável. Realmente adorável, Brianna.

— Era assim que eu imaginava um lugar bem especial. Você pode ver a fazenda de Murphy e até depois dela pelas janelas.

— Murphy?

— Ah, é um amigo, um vizinho. Murphy Muldoon. As terras dele começam no muro do meu jardim. Você vai conhecê-lo. Está sempre por aqui. — Brianna andava pelo quarto enquanto falava, arrumando a cúpula dos abajures, esticando a colcha. — Este quarto é mais reservado do que os outros, e também um pouco maior. O banheiro é aqui. Grayson leu alguns livros e ele e Murphy o projetaram.

— Pensei que Murphy fosse um fazendeiro.

— É, sim. Mas é hábil em várias coisas.

— Ah... — O sorriso de Shannon se alargou ao ver a pequena peça brilhante, a banheira com pés em forma de garra, lavatório com pedestal e toalhinhas de mãos enfeitadas sobre barras de bronze. — Parece até uma casinha de bonecas.

— Parece mesmo. — Nervosa como não teria ficado com nenhum outro hóspede, Brianna cruzou as mãos. — Ajudo você a desfazer as malas ou prefere descansar um pouco antes?

— Não precisa me ajudar, obrigada. Quero aproveitar aquela banheira.

— Sinta-se em casa, então. Há mais toalhas naquele bauzinho, e acho que vai encontrar tudo do que precisa. — Hesitou outra vez. — Quer que eu lhe traga um chá quando estiver na hora?

Teria sido mais fácil concordar, Shannon pensou. Podia se aconchegar no quarto, sozinha, e esquecer tudo o mais.

— Não, vou descer.

— Fique todo o tempo de que precisar. — Brianna pousou a mão no braço de Shannon para que entendesse que a frase não se referia somente ao chá. — Estarei lá embaixo, se precisar de alguma coisa.

— Obrigada.

Quando a porta fechou atrás de Brianna, Shannon sentou-se na beirada da cama. Na privacidade, podia deixar cair os ombros e fechar os olhos.

Estava na Irlanda e não tinha idéia do que fazer em seguida.

Capítulo Cinco

— Então, como ela é, sua irmã ianque? — Como se estivesse na cozinha da própria casa, Murphy Muldoon serviu-se de uma das tortinhas de creme que Brianna arrumava numa bandeja.

Era um homem alto, tendendo para magro. Tirara o boné quando entrara na cozinha, como a mãe o ensinara, e os cabelos escuros, já precisando de um corte, estavam desalinhados pelos dedos que passara entre eles.

— Tire a mão daí — ela ordenou, dando-lhe um tapa. — Espere até eu servir.

— Posso não ter todos os que quero depois. — Riu para ela, os olhos azuis brilhando, antes de enfiar uma tortinha na boca. — Ela é bonita como você, Brie?

— Ficar me bajulando não vai lhe dar outra tortinha antes do chá. — Ela pulou, contendo o riso. — Bonita não é bem a palavra para ela. É linda. Os cabelos são mais lisos do que os de Maggie, mais como o pêlo castanho daquela égua de que você gosta tanto. Os olhos são como os de papai... apesar de que ela não gostaria de ouvir isso... o mais claro dos verdes. Tem mais ou menos a minha altura, esbelta. E... altiva, suponho que você diria. Mesmo depois da viagem, não estava nem com as roupas amarrotadas.

— Maggie disse que é fria. — Como Brianna estava tomando conta das tortinhas como uma galinha cuida de seus pintinhos, Murphy se acomodou para o chá.

— Ela é reservada – Brianna corrigiu. – A questão é que Maggie não quer gostar dela. E ela tem uma tristeza que tenta esconder com essa frieza. — E isso Brianna entendia bem. — Mas ela sorriu, sorriu de verdade, quando vínhamos pela estrada e avistamos o vale.

— É uma bela vista aquela. — Murphy mexeu os ombros, enquanto servia o chá. As costas doíam um pouco, estivera arando desde a madrugada. Mas era uma dor agradável, a dor de um dia de trabalho produtivo. — Ela nunca viu nada assim em Nova York.

— Você sempre fala de Nova York como se fosse outro planeta e não apenas do outro lado do mar.

— Para mim, está tão distante quanto a lua.

Com uma risada, Brianna olhou para ele por cima do ombro. Estava mais bonito do que fora quando menino. E as mulheres da vila comentavam sobre o seu rosto de anjo naquele tempo. Agora havia nele também algo de demônio, tornando mais impactantes os vívidos olhos azuis e o sorriso sagaz.

A vida ao ar livre que levava combinava com ele e, ao longo dos anos, o rosto suavizara para um tipo de magreza esculpida que atraía os olhares das mulheres. Um fato que não o incomodava nem um pouco. As ondas negras dos cabelos rebeldes desafiavam qualquer escova. O corpo era forte, braços musculosos, ombros largos, quadris estreitos. Brianna sabia por experiência própria que ele era tão forte quanto seus amados cavalos e um tanto mais gentil.

Apesar da força e da rudeza, havia algo de poético nele. Olhos sonhadores, pensou com ternura.

— O que está olhando? — Passou a mão no queixo. — Me sujei de creme?

— Não, estava só pensando que é uma pena que você não tenha encontrado alguém com quem dividir seu lindo rosto.

Embora rindo, mexeu-se na cadeira, embaraçado.

— Por que quando uma mulher casa pensa que todo mundo deve fazer o mesmo?

— Porque ela está feliz. — Olhou para onde estava Kayla, alegremente acomodada em seu bercinho. — Não acha que ela se parece mais com Grayson?

— É a sua cara. Não é, Kayla, querida? — Abaixou-se para acariciar o queixo do bebê. — E como é que você fez com sua mãe?

— Por enquanto, não fiz nada. — Desejando não ter de pensar naquilo, apertou as mãos. — Ela vai ter que saber, claro, mas quero dar a Shannon um tempo para relaxar antes da tempestade.

— Vai ser uma tempestade do mesmo tamanho. Tem certeza de que ela não sabe de nada? Não faz idéia de que houve outra mulher ou um filho?

— Certeza absoluta. — Brianna suspirou e voltou a preparar o chá da família. — Sabe como eram as coisas entre eles. Se a mamãe soubesse de alguma coisa, ela o teria atormentado até a morte.

— É verdade, Brie. — Murphy passou os dedos pelo rosto dela, até que ela o olhasse novamente. — Não se sinta responsável por isso. Você não está sozinha.

— Sei disso. Mas é preocupante, Murphy. As coisas andam meio estremecidas entre mim e mamãe e nunca foram muito fáceis entre ela e Maggie. Não sei o quanto vão ficar piores. Embora não pudéssemos agir de outro jeito. Papai gostaria que ela viesse e tivesse a chance de conhecer sua família.

— Então, relaxe por enquanto. — Com a xícara ainda na mão, ele a abraçou com a outra, inclinando-se para tocar os lábios no rosto dela.

Então seu mundo virou de cabeça para baixo.

A visão parou na porta, olhando-o através de esplêndidos e frios olhos verdes. A pele era como alabastro e parecia suave como leite fresco. Os cabelos brilhavam seguindo as linhas do rosto, curvando-se no queixo, erguido para o alto.

A rainha das fadas, foi tudo o que pôde pensar. E já estava completamente enfeitiçado.

— Ah, Shannon. — Um rubor subiu ao rosto de Brianna quando viu a meia-irmã. Quanto teria ouvido? E como lidar com aquilo? — O chá está quase pronto. Acho que podemos tomá-lo aqui. Vou servir os hóspedes na sala.

— Aqui na cozinha está ótimo. — Ela ouvira o bastante e levaria algum tempo para decidir como lidar com aquilo. Agora sua atenção estava no homem que a olhava boquiaberto, como se nunca tivesse visto uma mulher antes.

— Shannon Bodine, este é nosso grande amigo e vizinho Murphy Muldoon.

— Como vai?

Palavras coerentes pareciam tê-lo abandonado. Acenou com a cabeça, percebendo apenas vagamente que devia estar parecendo um completo retardado.

— Murphy, pode dizer aos outros que o chá está pronto?

Como não teve resposta, Brianna olhou para ele.

— Murphy?

— O que foi? — Pestanejou, pigarreando confuso. — Ah, sim, vou dizer a eles. — Arrancou os olhos da visão e fitou Brianna. — Dizer o que a quem?

Com uma risada, Brianna empurrou-o para a porta.

— Não pode dormir em pé como seus cavalos. Vá dizer a Gray, Maggie e Liam que o chá já está servido. — Um último empurrão e saiu pela porta, que se fechou atrás dele. — Aposto que está trabalhando desde que o sol nasceu. Murphy geralmente é mais esperto do que isso.

Shannon duvidou.

— Ele é fazendeiro?

— Um ótimo fazendeiro e também está criando cavalos. É como um irmão para Maggie e para mim. — Seus olhos voltaram a encontrar-se com os de Shannon. — Não há nada que não possa contar a Murphy e ter certeza de que ficará só com ele.

— Entendo. — Shannon permaneceu onde estava, exatamente do outro lado da soleira da porta. — Então achou que podia contar a ele sobre essa situação.

Suspirando calmamente, Brianna colocou o bule de chá sobre a mesa.

— Você não me conhece, Shannon, nem a Murphy, nem a nenhum de nós. Não é justo que lhe peça para confiar em pessoas que acabou de conhecer. Então, não vou pedir. Em vez disso, só peço a você que se sente e aproveite o chá.

Intrigada, Shannon balançou a cabeça.

— Você sabe manter a calma.

— Maggie ficou com todo o fogo.

— Ela não gosta de mim.

— Não neste momento.

Shannon teve uma estranha vontade de rir, mas desistiu.

— Tudo bem. Também não gosto dela. O que temos para o chá?

— Sanduíches de queijo e patê, biscoitinhos doces, tortinhas de creme, bolo de maçã.

Shannon aproximou-se, examinando o banquete.

— Faz isso todas as tardes?

— Gosto de cozinhar. — Sorrindo outra vez, Brianna secou as mãos no avental. — E quero que o seu primeiro dia seja especial para você.

— Voce é bem determinada, não é?

— Teimosia é uma característica da família. Ah, aqui estão eles. Maggie, faça os rapazes lavarem as mãos, sim? Tenho que servir a sala.

— Tortinhas de creme. — Gray se atirou sobre elas. — Onde estavam escondidas?

— Não vai comer com essas mãos imundas — Brianna falou calmamente, enquanto acabava de preparar o carrinho para servir a sala. — Sirva-se, Shannon. Volto assim que atender meus hóspedes.

— Sente-se. — Maggie acenou para a mesa logo depois de lavar as mãos do filho na pia. Enfiou Liam numa cadeira alta e deu-lhe uma torrada para mastigar. — Quer açúcar no chá?

— Não, obrigada — Shannon respondeu também secamente. — Prefiro puro.

— Prepare-se para se deliciar — Gray disse enquanto enchia seu prato. — Nova York pode ter os melhores restaurantes do mundo, mas você nunca comeu nada parecido com o que Brianna faz. Você trabalha com Ry-Tilghmanton? — perguntou, assumindo a tarefa de encher o prato de Shannon.

— Sim... ei, não coloque tanta coisa... estou lá há cinco anos.

— Eles têm uma boa reputação. Topo de linha. — Satisfeito, abocanhou o sanduíche. — Onde estudou?

— Carnegie Mellon.

— Humm. Não podia ser melhor. Há aquela confeitaria em Pittsburgh, talvez a um quilômetro da faculdade. Um casalzinho de judeus administra o lugar. Fazem aqueles bolos de rum.

— Conheço o lugar. — Lembrar-se daquilo a fez sorrir e gostar de conversar com outro americano. — Era onde eu passava todos os domingos de manhã, por quatro anos.

Como Maggie estava ocupada com Liam e tudo o que Murphy parecia capaz de fazer era olhar para ela, Shannon não teve nenhum escrúpulo em ignorá-los em favor de Gray.

— Brianna me contou que você veio aqui fazer pesquisas para um livro. Isso quer dizer que o próximo vai se passar aqui?

— Sim. Vai sair em alguns meses.

— Estou louca para ler. Gosto muito dos seus livros.

— Vou arranjar um exemplar para você antes do lançamento. — Quando o bebê começou a se agitar, Gray acomodou-a no colo e ela se aquietou outra vez.

Shannon mordiscou o sanduíche, que estava bom, certamente, e preencheu o vazio que, não percebera, a fome fizera. Satisfeita, mas não excessivamente impressionada, beliscou uma tortinha.

Todo o seu corpo deu sinais de intenso e pecaminoso prazer.

Gray apenas sorriu quando os olhos dela quase se fecharam.

— Quem precisa do céu, não é?

— Não interrompa — ela murmurou —, estou tendo uma epifania.

— Sim, há algo de religioso nos doces de Brie. — Gray serviu-se de outra tortinha.

— Seu esfomeado. — Maggie torceu o nariz para ele. — Vê se deixa alguma coisa para eu levar para Rogan.

— Por que você não aprende a fazer?

— Para quê? — Satisfeita, Maggie lambeu o creme do polegar. — Só tenho que atravessar a rua para comer os seus.

— Você mora aqui perto? — Shannon sentiu o prazer diminuir diante desse pensamento.

— Logo ali embaixo. — O sorrisinho de Maggie indicava que entendia perfeitamente os sentimentos de Shannon.

— Rogan a arrasta daqui periodicamente — Gray acrescentou. — Para Dublin ou uma das suas galerias. As coisas ficam bem mais calmas então. — Deu um biscoitinho a Liam.

— Mas fico aqui o bastante para ficar de olho nas coisas e ver se Brianna não está sobrecarregada.

— Brianna pode cuidar de si mesma — disse a mulher em questão, enquanto voltava para a cozinha. — Gray, deixe algumas tortinhas para Rogan.

— Viu?

Gray fez uma careta para Maggie e puxou a esposa para a cadeira ao lado dele.

— Não está com fome, Murphy?

Como aquele olhar vidrado estava começando a incomodá-la, Shannon tamborilou os dedos sobre a mesa.

— O Sr. Muldoon está muito ocupado olhando para mim, para se preocupar em comer.

— Idiota — Maggie resmungou e cutucou Murphy com o cotovelo.

— Desculpe. — Murphy pegou a xícara tão apressadamente que entornou chá no pires. — Estava só meio distraído. Preciso ir embora. — Talvez voltando para suas terras recuperasse a sanidade. — Obrigada, Brie, pelo chá. Bem-vinda à Irlanda, Srta. Bodine.

Apanhou o boné, enfiou-o na cabeça e saiu depressa.

— Puxa, nunca pensei que um dia veria Murphy largar o prato cheio. — Confusa, Maggie levantou-se para levar o prato até a bancada. — Vou levá-lo para Rogan.

— Leve sim — Brianna disse distraidamente. — Será que ele está deprimido por alguma coisa? Não parecia ele mesmo.

Shannon pensou que ele parecia bem saudável e, dando de ombros, esqueceu o estranho Sr. Muldoon e terminou seu chá.

Mais tarde, quando o céu ia perdendo aquela plenitude azul e ia se tornando cinza, Shannon passeou pelos jardins atrás da casa de Brianna. A anfitriã fizera questão de que ela saísse da cozinha depois da refeição em família da tarde. Não sendo especialmente fã de lavar pratos, Shannon concordara com a sugestão de sair para tomar um pouco de ar e aproveitar a calma do entardecer.

Era o lugar perfeito para não se fazer nada, Shannon concluiu, intrigada enquanto andava em torno da estufa. Entretanto, parecia que Brianna raramente aproveitava aquele ócio confortável.

O que a mulher não fazia? Cozinhava, dirigia o equivalente a um pequeno hotel exclusivo, cuidava de uma criança, fazia jardinagem, seduzia um homem muito interessante e, quando queria, conseguia ter a aparência de um daqueles personagens que apareciam na *Irish Country Times.*

Após circundar a estufa, descobriu um pitoresco lugar para sentar-se junto a um canteiro florido. Acomodou-se numa cadeira de madeira, tão confortável quanto parecia ser, e decidiu não pensar em Brianna, nem em Maggie, nem na família da qual temporariamente fazia parte. Iria, apenas por alguns instantes, não pensar em nada.

O ar estava leve e perfumado. Havia o tilintar encantador de um móbile de fadas que estava junto à janela. Pensou ter ouvido o mugido de uma vaca a distância, um som tão estranho a seu mundo como a lenda de duendes e fadas.

A fazenda de Murphy, supôs. Para o próprio bem dele, esperava que ele fosse melhor na fazenda do que era conversando.

Uma onda de cansaço se apoderou dela, o jet lag que seus nervos haviam suportado por horas. Deixou-o vir agora, envolvê-la, apagando todas as preocupações.

E sonhou com um homem num cavalo branco. Seus cabelos pretos ondulavam atrás dele e seu manto escuro, bordado pela chuva que vinha furiosa do céu cinzento, era açoitado pelo vento.

Relâmpagos o atingiam como uma lança, jogando flashes em seu rosto, destacando as feições celtas, o azul-cobalto dos olhos dos irlandeses morenos e o guerreiro. No entanto, junto ao pescoço, havia um brilho de cobre. Um broche de metal com um desenho intrincado em volta da efígie de uma cabeça de cavalo.

Como em sintonia com a tempestade, sua montaria escoiceou o ar caótico, e então pisoteou a relva. Vinham em sua direção o homem e o animal, ambos igualmente perigosos, igualmente magníficos. Percebeu o brilho da espada, o brilho embaçado da armadura, salpicada de lama.

O coração dela respondeu ao estrondo do trovão e a chuva gelada açoitou-lhe o rosto. Mas não havia medo. Seu queixo estava erguido enquanto os olhava avançar em sua direção e seus olhos, apertados contra a chuva, brilhavam verdes.

Num borrifo de lama e água, o cavalo desviou-se, parando a poucos centímetros dela. O homem que o cavalgava olhava para ela com triunfo e desejo brilhando no rosto.

— Então — ouviu-se dizer numa voz que não era sua — você voltou.

Shannon estremeceu e acordou, abalada e confusa pela esquisitice e total clareza do sonho. Como se não tivesse dormido, pensou enquanto afastava os cabelos do rosto. Mas apenas recordado.

Mal teve tempo de se divertir com essa idéia quando seu coração voltou a bater ainda mais acelerado. Havia um homem parado a menos de um passo de distância, olhando-a.

— Me desculpe. — Murphy avançou saindo das sombras, que cresciam. — Não queria assustar você. Pensei que estivesse dormindo.

Terrivelmente embaraçada, ajeitou-se na cadeira.

— Então veio para me olhar outra vez, Sr. Muldoon?

— Não... isto é, eu... — Deixou escapar um suspiro frustrado. Já não tinha se repreendido duramente por tal comportamento? Maldito fosse se estivesse outra vez embasbacado feito um idiota diante dela. — Não queria incomodar você — começou de novo. — Por um instante achei que tinha acordado e falado comigo, mas não tinha. — Forçou um sorriso, o mesmo com que geralmente encantava as mulheres. — A verdade, Srta. Bodine, é que voltei para me desculpar por ter ficado embasbacado olhando para você durante o chá. Foi uma grosseria.

— Tudo bem. Esqueça. — E vá embora, pensou irritada.

— Acho que são seus olhos. — Sabia que era mais do que isso. Soube exatamente o que era no momento em que a vira. A mulher por quem esperava.

Ela suspirou impaciente.

— Meus olhos?

— Tem olhos de fada. Claros como água, verdes como musgo e cheios de magia.

Ele não parecia retardado agora, percebeu desconfiadamente. O tom de sua voz ganhara uma cadência musical capaz de fazer uma mulher se esquecer de tudo, menos dele.

— É interessante, Sr. Muldoon...

— Murphy, se você não se importar. Afinal, vamos ser vizinhos.

— Não, não vamos. Mas Murphy está bem para mim. Agora, se me desculpa... — Em vez de se levantar como planejara, encolheu-se na cadeira e soltou um grito abafado. Alguma coisa macia e rápida saiu das sombras. E rosnou.

— Con. — Não precisou mais do que uma única sílaba tranqüila de Murphy para que o cão se detivesse abanando o rabo. — Ele não queria assustá-la. — Murphy descansou a mão na cabeça do cachorro. — Ele saiu para o seu passeio da tarde e, às vezes, quando me vê, quer brincar. Não estava rosnando tanto quanto falando.

— Falando. — Fechou os olhos, enquanto esperava que o coração se acalmasse. — Falando com cachorros, era só o que faltava. — Então, Con aproximou-se e descansou a cabeça no colo dela, olhando expressivamente para o seu rosto. Até um iceberg teria derretido. — Bem, acho que agora está se desculpando por quase me matar de susto. — Ela levantou os olhos para Murphy. — Vocês dois são um par perfeito.

— Acho, às vezes, que somos meio desajeitados. — Num movimento gracioso que desmentia as palavras, puxou um punhado de flores silvestres de trás das costas. — Bem-vinda ao Condado de Clare, Shannon Bodine. Que sua estada seja tão suave e colorida como as flores e que dure bastante.

Espantada e, maldição, encantada, pegou o alegre ramo de flores.

— Achei que era um homem estranho, Murphy. Parece que eu estava certa. — Mas os lábios estavam curvados quando se levantou. — Obrigada.

— Ora, aí está uma coisa que queria ver. Seu sorriso — falou, quando ela apenas levantou as sobrancelhas. — Valeu a pena esperar. Boa-noite, Shannon. Durma bem.

Foi embora, tornando-se uma sombra outra vez. Quando o cão começou a segui-lo, ele falou alguma coisa delicadamente, o que fez Con voltar e esperar ao lado de Shannon.

Enquanto o perfume das flores que segurava provocavam seus sentidos, o homem chamado Murphy se fundiu na noite.

— Muito para uma primeira impressão — Shannon disse ao cão e sacudiu a cabeça. — Acho que é hora de entrar. Devo estar mais cansada do que pensei.

Capítulo Seis

Tempestades e cavalos brancos. Homens brutalmente bonitos e um círculo de pedras verticais.

Perseguida pelos sonhos, Shannon não tivera uma noite calma. E acordou congelando. Era estranho, pensou, porque o carvão na pequena lareira do quarto ainda ardia vermelho e estava enterrada até o queixo debaixo de um cobertor grosso e felpudo. Mesmo assim, o corpo estava gelado a ponto de fazê-la tremer para esquentá-lo.

Mais estranho ainda é que não estava apenas gelada. Até tocar o próprio rosto, podia jurar que estava molhada, como se tivesse estado no meio de uma tormenta.

Sentou-se na cama, enfiando as mãos nos cabelos. Nunca antes tivera sonhos tão vívidos assim, e não tinha certeza se desejava que isso se tornasse um hábito.

Mas sonhos e noites agitadas à parte, estava acordada agora. Por experiência, sabia que de nada adiantaria se aconchegar de novo no travesseiro e deixar-se levar. Se estivesse em Nova York, aquilo não seria tão frustrante. Havia sempre dúzias de coisas a fazer e costumava levantar-se cedo para começar a agitar logo o dia.

Havia sempre algum trabalho a fazer, documentos para acertar ou mesmo as simples tarefas de casa que tinha de realizar antes de ir para o escritório. Depois dava uma olhada em sua agenda eletrônica para ver os compromissos agendados para o dia — e o que havia para se divertir à noite. O programa matinal na televisão a informava sobre o tempo e algumas notícias correntes, antes que pegasse a pasta e a bolsa de ginástica, dependendo do dia da semana, e saísse para a estimulante caminhada de seis quadras até o escritório.

A vida organizada de uma profissional jovem em ascensão. Tinha tido precisamente a mesma rotina durante cinco anos.

Mas aqui... Com um suspiro, olhou pela janela onde o céu do Oeste ainda estava escuro. Não havia prazos finais, nem compromissos, nem apresentações a serem feitas. Dera um tempo numa estrutura que lhe era tão familiar e, por isso, tão confortável.

O que faria uma pessoa no interior da Irlanda de madrugada? Depois de se arrastar da cama, caminhou até a lareira para atiçar o fogo. Então se instalou na poltrona junto à janela para se enroscar no edredom.

Podia delinear os campos, as sombras das paredes de pedra, os contornos de uma casa, enquanto o céu gradualmente clareava para um azul mais suave. Com algum divertimento, ouviu o canto de um galo.

Talvez aceitasse o oferecimento de Brianna para usar o carro e saísse para dar umas voltas. Qualquer lugar. Aquela parte da Irlanda era famosa pelas suas paisagens. Shannon pensou que também devia dar uma olhada nelas enquanto estava ali. Talvez usasse o lugar e o tempo livre para pintar, se tivesse vontade.

No banho, puxou a cortina circular em torno da banheira com pés em forma de garra e constatou, com prazer, que a água do chuveiro era quente e farta. Decidiu vestir uma blusa de gola rulê escura e jeans. Já ia pegando a bolsa quando percebeu que não precisava dela, até que fizesse planos de sair.

Decidida a aceitar o convite de Brianna para sentir-se totalmente em casa, começou a descer as escadas para passar o café.

A casa estava tão quieta que quase podia acreditar que estava sozinha. Sabia que havia hóspedes no segundo andar, mas não ouvia nada, exceto o leve estalar dos degraus sob seus pés enquanto descia.

Foi a vista nova que a fez parar, a janela da frente emoldurando um deslumbrante alvorecer. As grandes nuvens no horizonte estavam debruadas de vermelho. A cor intensa derramava-se pelo céu, intimidando o azul suave e o cor-de-rosa delicado com línguas de fogo. Exatamente quando ela olhava, as nuvens se moveram, navegando como um navio flamejante enquanto o céu lentamente se iluminava.

Pela primeira vez em meses, descobriu-se desejando profundamente pintar. Mais o hábito do que o desejo a tinha feito trazer algum material. Estava grata agora e imaginando até onde teria de dirigir para comprar outras coisas de que precisaria.

Contente com a idéia e com a perspectiva de uma atividade genuína, dirigiu-se para a cozinha.

Encontrar Brianna lá, punhos enterrados na massa do pão, foi surpresa maior do que devia ter sido.

— Pensei que eu seria a primeira.

— Bom-dia. Você é madrugadora. — Brianna sorriu, enquanto continuou a sovar a massa. — Como Kayla, ela acorda faminta. Tem café ou chá, se preferir. Acabei de passar para Grayson.

— Ele também já está de pé? — Muita coisa, pensou Shannon, para uma manhã solitária.

— Ah, levantou horas atrás para trabalhar. Faz isso, às vezes, quando a história o está preocupando. Já preparo seu café-da-manhã, deixa só a massa começar a crescer.

— Não, só um cafezinho está bom. — Depois de ter servido uma xícara, Shannon parou sem jeito, imaginando o que fazer em seguida. — Você mesma faz todo o seu pão?

— Ah, sim. É uma terapia. Pelo menos, coma uma torrada. Ainda tem algumas de ontem na cesta.

— Deixe para mais tarde. Estava pensando se não poderia dar uma volta de carro para ver os penhascos ou algo assim.

— Mas claro que você quer ver a paisagem. — Com habilidade, Brianna formou uma bola com a massa sovada e colocou-a numa tigela grande. — As chaves estão penduradas ali naquele gancho. Pegue-as sempre que estiver com vontade de sair. Teve uma boa noite?

— Na verdade, eu... — Parou bruscamente, surpresa por estar quase contando seus sonhos a Brianna. — Sim, o quarto é muito confortável. — Outra vez inquieta, bebericou o café. — Tem alguma *gym* aqui por perto?

Brianna cobriu a massa com um guardanapo e lavou as mãos.

— Um Jim? Vários. Está procurando alguém em particular?

Shannon abriu a boca e fechou-a novamente com uma risada.

— Não, quero dizer uma academia, um clube para fazer ginástica. Pratico três ou quatro vezes por semana. Esteira, musculação, essas coisas.

— Ah, sim. — Brianna colocou uma panela de ferro no fogão, enquanto pensava. — Não, não temos nada disso por aqui. Esteira é para caminhar?

— É.

— Temos os campos para isso. E é bom fazer exercícios ao ar livre. Está uma manhã maravilhosa para sair, mas teremos chuva à tarde. Vai precisar de uma jaqueta — continuou, apontando para uma jaqueta leve de brim, pendurada num cabide atrás da porta.

— Uma jaqueta?

— Está um pouco frio na rua. — Brianna começou a fritar o bacon. — O exercício vai abrir seu apetite. Pode tomar um café-da-manhã de verdade quando voltar.

Franzindo o cenho, Shannon estudou Brianna pelas costas. Pelo jeito, parecia que ela ia dar uma volta. Um tanto confusa, colocou a xícara no pires e pegou a jaqueta.

— Acho que não vou demorar.

— Fique à vontade — Brianna respondeu alegremente.

Achando graça uma da outra, elas se despediram.

Shannon não se achava o tipo de pessoa que gostava da vida ao ar livre. Não era fã de caminhadas. Preferia a atmosfera civilizada de uma academia bem equipada — uma garrafinha d'água, noticiários na tevê e aparelhos que iam registrando seu progresso. Malhava cinqüenta minutos três vezes por semana e tinha o prazer de se considerar forte, saudável, com o corpo bem definido.

Mas nunca entendera pessoas que se armavam de botas pesadas e mochilas para fazer trilhas ou escalar montanhas.

Entretanto, era disciplinada demais para não se dar bem em qualquer forma de exercício. E um único dia em Blackthorn já mostrara que a comida de Brianna podia ser um problema.

Então iria caminhar. Enfiou as mãos nos bolsos da jaqueta emprestada, pois o ar estava bem frio. A manhã estava tão agradável que dissipou qualquer vestígio de jet lag.

Passou pelo jardim, onde prímulas ainda estavam molhadas pelo orvalho, e pela estufa, que a fez colocar as mãos em concha para espiar pelo vidro. O que viu deixou-a boquiaberta. Visitara incubadoras profissionais com a mãe, que eram muito menos organizadas e sem tantas variedades.

Impressionada, voltou-se e parou. Era tudo tão grande, pensou, enquanto fitava a extensão de terra. Tão vazio. Sem se dar conta, curvou os ombros defensivamente na jaqueta. Não tinha nada a ver com uma caminhada pelas calçadas de Nova York, evitando pedestres, mantendo seu próprio ritmo. Estava familiarizada com o clamor do tráfego, o som de buzinas, as vozes altas, não com aquele silêncio indistinto, tão estranho para ela.

— Não é exatamente como correr no Central Park — resmungou, confortada pelo som da própria voz. Como era menos amedrontador continuar do que voltar à cozinha, começou a caminhar.

Havia sons, percebeu. Pássaros, zumbidos distantes de alguma máquina, o eco do latido de um cachorro. Mesmo assim, parecia assustador estar tão sozinha. Em vez de pensar nisso, acelerou o passo. Passear não tonificava os músculos.

Quando chegou ao primeiro muro de pedra, avaliou suas opções. Podia continuar a caminhar por ali ou pulá-lo para o campo seguinte. Dando de ombros, decidiu pular.

Reconheceu o trigo, alto o bastante para ondular um pouco na brisa, e, em meio a ele, uma árvore solitária. Embora parecesse imensamente antiga, as folhas ainda mantinham o verde-claro da primavera. Um pássaro, empoleirado num dos seus galhos altos e nodosos, cantava a plenos pulmões.

Parou para olhar, ouvir, desejando ter trazido seu bloco de rascunhos. Teria de voltar com ele. Fazia tanto tempo que não tinha a oportunidade de pintar uma paisagem real.

Estranho, pensou, quando voltou a caminhar. Não percebera o quanto desejava aquilo. No entanto, concluiu, qualquer pessoa com um pouco de habilidade sentiria os dedos coçando ali. As cores, as formas, a luz magnífica. Virou-se, voltando um pouco para estudar a árvore de um ângulo diferente.

De manhã cedo seria melhor, concluiu pulando o muro seguinte, com toda a atenção ainda presa atrás dela.

Por pouco não bateu de frente com uma vaca.

— Deus do céu. — Rapidamente, pulou de volta ao muro de pedras. A vaca apenas olhou a intrusa desapaixonadamente e agitou a cauda. — É enorme. — Do alto do muro, Shannon soltou um suspiro trêmulo. — Não tinha idéia de que eram tão grandes.

Cautelosa, levantou os olhos e descobriu que não era a única. O campo era pontilhado de vacas pastando, damas de grandes olhos calmos e couro preto-e-branco. Como não pareciam particularmente interessadas nela, abaixou-se lentamente até sentar-se no muro, em vez de ficar em pé em cima dele.

— Acho que o passeio termina aqui. Vocês vão mugir ou alguma coisa assim?

Em vez de atendê-la, a vaca mais próxima movimentou o corpo e voltou a pastar. Agora achando engraçado, Shannon relaxou, olhando em volta com mais calma. O que viu fez seus lábios se curvarem.

— Bebês! — Com uma risada, começou a levantar-se para ver melhor os delgados bezerros brincando entre suas velhas parentes já sem tanta energia. Então, a cautela a fez voltar os olhos para sua vizinha mais próxima. Não tinha certeza se vacas mordiam ou não. — Saiba que estou apenas os olhando daqui.

A curiosidade a fez estender a mão, desconfiadamente, os olhos cravados na cara da vaca. Só queria tocar. Inclinando-se, manteve o traseiro firmemente plantado no muro. Se a vaca não gostasse do movimento, Shannon queria ter certeza de que poderia voltar para o outro lado. Qualquer mulher que malhasse três vezes por semana seria capaz de correr mais que uma vaca.

Quando os dedos roçaram nela, descobriu que o pêlo era áspero, duro e que a vaca parecia não se importar. Mais confiante, Shannon aproximou-se um pouco mais e espalmou a mão no flanco.

— Essa daí não se importa de ser tocada — Murphy disse atrás dela.

O grito de Shannon fez várias das vacas girarem. Depois de alguns mugidos incomodados, acomodaram-se outra vez. Mas Murphy ainda estava rindo quando elas fizeram isso, sua mão permanecia no ombro de Shannon onde ele a segurara para evitar que ela caísse de cara no chão.

— Calma agora. Você está muito nervosa.

— Pensei que estava sozinha. — Não sabia se estava mais mortificada por ter gritado ou por ter sido apanhada acarinhando um animal da fazenda.

— Estava voltando depois de levar os cavalos para pastar e vi você. — Com facilidade sentou-se no muro, de frente para o lado oposto, e acendeu um cigarro. — Está uma linda manhã, não é?

A opinião dela foi um grunhido. Não tinha pensado que aquela era a fazenda dele. E agora parecia que estava embaraçada novamente.

— Você cuida de todo esse gado sozinho?

— Ah, tenho alguém ajudando de vez em quando, quando é preciso. Continue, pode fazer carinho, se quiser. Ela não se incomoda.

— Não a estava afagando. — Era um pouco tarde para dignidades, mas Shannon insistiu naquilo: — Só estava curiosa para saber como era o pêlo.

— Nunca tocou em uma vaca? — Essa simples idéia fez com que ele risse. — Soube que existem na América.

— Claro que temos vacas. Só que elas não costumam passear pela Quinta Avenida. — Olhou-o meio de esguelha. Ele ainda estava rindo, olhando para trás na direção da árvore que tinha começado todo o cenário. — Por que não a cortou? Está no meio do seu trigal.

— Não há nenhum problema em semear e colher em torno dela – falou calmamente. – Já estava lá antes de mim. — No momento estava mais interessado nela. Ela exalava um leve perfume de pecado, uma sutil fragrância feminina que fazia um homem ter fantasias. E não era o máximo estar pensando nela ao subir a encosta?

Lá estava ela, como se estivesse esperando.

— Teve uma bela manhã em sua estréia em Clare. Vamos ter chuva mais tarde.

Brianna dissera o mesmo, Shannon lembrou, e franziu o rosto para o lindo céu azul.

— Por que diz isso?

— Não viu o nascer do sol?

Enquanto se perguntava o que uma coisa tinha a ver com outra, Murphy segurou o rosto dela com a mão, virando-o para o lado oeste.

— Lá está — disse apontando. — As nuvens se juntando sobre o mar. Lá pelo meio-dia vão trazer chuva. Uma chuvinha leve, nada de tempestade. Não há carga no ar.

A mão no seu rosto era dura como rocha, suave como água. Ela percebeu que ele trazia o cheiro da fazenda com ele — cavalos, terra, grama. Parecia mais sensato prestar atenção no céu.

— Suponho que os fazendeiros tenham que aprender a entender o tempo.

— Não é bem aprender. A gente apenas sabe. — Matando sua vontade, deixou os dedos roçarem pelos cabelos dela antes de apoiá-los sobre o joelho. O gesto, típico de uma intimidade casual, fez com que ela virasse a cabeça para ele.

Podiam estar virados para lados opostos, com as pernas balançando para diferentes lados do muro, mas estavam quadril com quadril. E agora, olhos nos olhos. E os dele eram da cor do vidro que a mãe colecionara, vidro que Shannon embalara tão cuidadosamente e levara para Nova York. Cobalto.

Não viu nada da timidez ou do desconcerto que lera neles no dia anterior. Eram olhos de um homem confiante, à vontade consigo mesmo, e percebeu, um pouco confusa, que ocultava pensamentos perigosos por trás deles.

Estava tentado a beijá-la. Apenas inclinar-se e tocar seus lábios nos dela. Uma vez. Calmamente. Se ela fosse outra mulher, teria feito isso. Então, novamente, soube que, se fosse outra mulher, ele não a teria desejado tanto.

— Você tem um rosto, Shannon, que toma conta da mente de um homem e floresce lá.

Era a voz, pensou, o sotaque irlandês que fazia qualquer frase boba soar como poesia. Para defender-se, ela desviou os olhos, de volta à segurança das vacas pastando.

— Você pensa fazendo analogias com a agricultura.

— É verdade. Tem uma coisa que quero lhe mostrar. Você vem comigo?

— Preciso voltar.

Mas ele já estava se levantando e pegando a mão dela como se fosse um hábito.

— Não é longe. — Abaixou-se e arrancou uma flor azul que nascera numa fenda do muro. Em vez de lhe dar, como ela esperara, prendeu-a atrás da orelha dela.

Fora ridiculamente charmoso. Desceu ao lado dele antes que pudesse desistir.

— Não tem que trabalhar? Pensei que os fazendeiros estivessem sempre trabalhando.

— Ah, tenho um tempinho de folga. Lá está Con. — Murphy ergueu a mão, enquanto caminhavam. — Caçando coelhos.

A visão do delgado cão cinza correndo pelo campo e perseguindo uma mancha, que era um coelho, a fez rir. Então seus dedos apertaram os de Murphy, pedindo ajuda.

— Ele vai matá-lo.

— Sim, se conseguisse pegá-lo. Mas as chances são mínimas.

Caçador e caça riscaram o monte e desapareceram em meio a uma linha estreita de árvores, onde um fugidio brilho de água refletia o sol.

— Vai perdê-lo agora, como sempre. Não pode evitar caçar, como o coelho não pode deixar de fugir.

— Ele vai voltar, se você o chamar — Shannon disse ansiosa. — Vai voltar e deixar o coelho.

Querendo agradá-la, Murphy assoviou. Momentos depois, Con voltou pelo campo, sua língua balançando alegremente.

— Obrigada.

Murphy voltou a caminhar. Não valia a pena lhe dizer que Con correria outra vez ao sentir o cheiro de outro coelho.

— Sempre morou na cidade?

— Pelo menos, perto de uma. Mudamos muito, mas sempre nos instalávamos próximo de uma comunidade maior. — Olhou para ele. Parecia mais alto agora, quando caminhavam lado a lado. Ou talvez fosse apenas o modo como ele andava sobre a terra. — E você sempre morou aqui?

— Sempre. Algumas destas terras eram dos Concannon e as nossas corriam ao lado. O coração de Tom nunca esteve numa fazenda. Ao longo dos anos, ele vendeu partes para meu pai e para mim. Agora o que é meu se divide entre o que está à esquerda dos Concannon, deixando um pedaço deles em cada lado.

Ela franziu o cenho ao olhar para as colinas. Não podia começar a calcular áreas ou estimar limites.

— Parece uma imensidão de terras.

— É bastante. — Foi até um muro, passou facilmente sobre ele e, para surpresa de Shannon, pôs as mãos em sua cintura e levantou-a como se não pesasse nada. — Aqui está o que quero mostrar a você.

Ainda estava se recuperando do choque de ver o quanto ele era forte quando olhou e viu o círculo de pedras. Sua primeira reação não foi de surpresa, ou pavor, ou prazer. Foi simplesmente de aceitação.

Ocorreu-lhe, mais tarde, que não se surpreendera porque soubera que estava lá. Vira nos sonhos.

— Que maravilhoso! — O prazer, enfim, surgiu, rapidamente agora. Sacudiu a cabeça para toldar a luz do sol nos olhos e examinou-o com olhos de artista, estudando sua forma, textura, tonalidade.

Não era grande e muitas das pedras estavam em más condições, as vergas caídas. Mas o círculo permanecia, majestoso, e, de alguma maneira, mágico, num sereno campo verde onde cavalos pastavam a distância.

— Nunca tinha visto nenhum, exceto em fotos. — Sem perceber que tinha enlaçado os dedos nos de Murphy e o estava puxando, correu para perto. — Há todos os tipos de lendas e teorias sobre colunas de pedras, não há? Naves espaciais ou druidas, gigantes congelados ou fadas dançantes. Sabe quantos anos tem?

— Diria que é tão antigo como as fadas.

Aquilo a fez rir.

— Fico imaginando se seriam lugares de ritos ou sacrifícios. — A idéia a fez estremecer agradavelmente, quando estendeu a mão para tocar a pedra.

Tão logo os dedos roçaram, ela os puxou de volta bruscamente e olhou fixamente. Havia calor ali, calor demais para uma manhã fria.

Murphy em momento algum afastou os olhos dela.

— É uma coisa estranha senti-las, não é?

— Eu... por um minuto, foi como se tocasse alguma coisa respirando.

Sentindo-se tola, colocou firmemente a mão sobre a pedra. Houve certa vibração, não podia negar, mas disse a si mesma que viera de seu repentino nervosismo.

— Há uma força aqui. Talvez das próprias pedras, talvez do lugar que escolheram para aparecer.

— Não acredito nesse tipo de coisas.

— Você tem muito de irlandesa para não acreditar.

Gentilmente, ele a guiou através do arco de pedra, para o centro de danças.

Decidida a ser prática, cruzou os braços sobre o peito e se afastou dele.

— Se você me permitir, gostaria de pintá-lo.

— Isso aqui não me pertence. A terra em torno é minha, mas isso pertence a si mesmo. Pinte, se estiver com vontade.

— Vou pintar mesmo. — Relaxando novamente, caminhou pelo interior do círculo. — Conheço pessoas que pagariam por uma chance de poder estar aqui. As mesmas que vão a Sedonna em busca de vórtices e preocupadas com seus chacras.

Murphy riu, coçando o queixo.

— Li sobre isso. Interessante. Não acha que existem alguns lugares e algumas coisas que guardam lembranças antigas? E a força que elas possuíam?

Podia achar, quase podia. Caso se permitisse.

— Com certeza não acho que usar alguma pedra bonita pendurada ao pescoço vá melhorar minha vida sexual. — Divertida, olhou de volta para ele. — E acho que um fazendeiro também não acredita nessas coisas.

— Ora, não entendo nada de usar colares para tornar as coisas mais interessantes na cama. Prefiro me garantir.

— Aposto que sim — Shannon murmurou, virando-se para tocar uma das pedras. — Mas elas são tão antigas e estão aqui há mais tempo do que alguém possa saber. Isso é mágico. Só fico imaginando... —

Parou bruscamente, prendendo a respiração e fazendo esforço para ouvir. — Ouviu isso?

Ele estava a apenas um passo agora, e esperou, e olhou.

— O que você ouviu, Shannon?

A garganta estava seca; ela pigarreou.

— Deve ter sido um pássaro. Por um segundo, parecia alguém chorando.

Murphy pôs a mão nos cabelos dela, deixando-a deslizar, como fizera antes.

— Eu ouvi sim. Outras pessoas também já ouviram. Suas irmãs. Não fique zangada — murmurou virando o rosto dela para si. — Sangue é sangue, não há como ignorar isso. Ela chora aqui porque perdeu seu amante. Assim diz a história.

— Era um pássaro — Shannon insistiu.

— Eles foram condenados, sabe — continuou como se ela não tivesse falado. — Ele era apenas um fazendeiro pobre, e ela era filha de um lorde. Encontraram-se aqui, amaram-se aqui e conceberam um filho aqui. É o que dizem.

Recobrando a frieza, esforçou-se para afastar certo tremor, quando disse displicentemente:

— Uma lenda, Murphy? Já esperava que houvesse uma porção sobre um lugar como este.

— E há. Essa é triste, como muitas são. Ele a deixou aqui, esperando que ele voltasse. Então poderiam fugir juntos. Mas eles o pegaram e o mataram. E quando o pai a encontrou no dia seguinte, ela estava morta como o seu amor, e ainda tinha lágrimas no rosto.

— E agora, naturalmente, ela assombra o lugar.

Ele sorriu então, sem se sentir insultado por seu cinismo.

— Ela o amou. Ela só pode esperar. — Murphy tomou as mãos dela entre as suas para aquecê-las. — Gray pensou em criar um assassinato aqui, mas mudou de idéia. Me disse que não era lugar para sangue. Então, em vez de estar nos livros dele, vai estar na sua tela. Tem mais a ver.

— Se eu pintar. — Deveria ter soltado as mãos, mas era tão bom ter as dele em torno das suas. — Preciso de mais material, se decidir pintar seriamente, enquanto estou aqui. Tenho que voltar. Estou tirando você do seu trabalho, e Brianna, provavelmente, está guardando o café-da-manhã para mim.

Mas ele apenas a olhava, apreciando ter as mãos dela entre as suas, gostando de ver o modo como o ar coloria seu rosto. Gostando também dos batimentos descompassados que lhe sentia no pulso e da ligeira confusão nos olhos dela.

— Estou feliz por ter encontrado você sentada no meu muro, Shannon Bodine. Vou ter alguma coisa em que ficar pensando pelo resto do dia.

Perturbada pelo modo como seus joelhos fraquejaram, elas os endireitou, erguendo a cabeça.

— Murphy, você está flertando comigo?

— Parece que estou.

— Sinto-me muito lisonjeada, mas realmente não tenho tempo para isso. E você ainda está segurando minhas mãos.

— Estou mesmo. — Fitando-a nos olhos, levou suas mãos aos lábios. — O sorriso era vivo e franco quando as soltou. — Venha caminhar comigo outra vez, Shannon.

Ela ficou parada por um momento, quando ele se virou, saindo do círculo. Então, como não pôde resistir, ela disparou até um dos arcos e o observou caminhar, com um assovio para o cachorro, pelas terras dele.

Não era um homem para se menosprezar, pensou. E ficou olhando até que ele desaparecesse atrás de um aclive, inconscientemente esfregando no rosto os dedos aquecidos.

Capítulo Sete

Shannon não sabia como encarar sua primeira visita a um pub irlandês. Sentia-se ansiosa para ir. Sempre gostou de coisas novas, lugares novos, pessoas novas. E, mesmo que tivesse resistido, o prazer óbvio de Brianna à idéia de sair uma noite a teria convencido.

Embora não conseguisse entender o motivo para se levar um bebê a um bar.

— Oh, você já está pronta. — Brianna deu uma olhada quando Shannon começou a descer as escadas. — Desculpe, estou atrasada. O bebê estava com fome e depois tive de trocá-lo. — Enquanto falava, embalava Kayla num braço e uma bandeja com duas xícaras de chá oscilava no outro. — Então, as irmãs se queixaram de dor de garganta e pediram para eu preparar uma bebidinha para esquentá-las.

— As irmãs?

— As Freemont, no quarto azul. Ah, você provavelmente não as encontrou. Só chegaram hoje. Parece que apanharam chuva e pegaram um resfriado. — Brianna revirou os olhos. — São hóspedes regulares as Freemont. Então tento não me estressar com suas queixas. Mas é sempre assim nos três dias ao ano que passam aqui. Gray diz que é porque sempre viveram só as duas, nunca tiveram um encontro de verdade com um homem.

Interrompeu-se, corou e arriscou um sorrisinho ao ver Shannon rir.

— Não devia estar falando assim dos hóspedes. Mas a questão é que estou um pouco atrasada. Você se importa de esperar?

— Claro que não. Posso...

— Ah, e agora esse telefone. Que se dane, vou deixar tocar.

— Onde está Gray?

— Ah, está investigando a cena de um crime ou matando mais alguém. Só deu uma rosnada quando fui até o seu escritório. Então não vai ajudar em nada agora.

— Entendo. Bem, posso fazer alguma coisa?

— Agradeceria muito se você ficasse um pouquinho com o bebê, enquanto levo esta bandeja lá em cima e paparico um pouco as irmãs. — Os olhos de Brianna brilhavam. — Não vai demorar muito; caprichei na dose de uísque ao preparar o drinque.

— Claro que fico com ela. — Cautelosamente, Shannon pegou Kayla nos braços. O bebê parecia terrivelmente pequeno e frágil. — Não tenho muita prática. A maioria das mulheres que conheço está cuidando da carreira e adiando ter filhos.

— Uma pena, não é, que ainda seja tão mais fácil para os homens conciliar as duas coisas. Se você puder só caminhar um pouquinho com ela... Está agitada... parece tão ansiosa quanto eu para sair e ouvir um pouco de música.

Com uma graça invejável, Brianna correu pelos degraus com *o elixir* na bandeja.

— Você está agitada, Kayla? — Shannon andou pelo hall até a sala. — Sei como é isso. — Encantada, deixou o dedo correr pelo rosto do bebê e estremeceu de prazer ao sentir a mãozinha. — Ei, você é bem forte, hein? Você não é de brincadeira. Acho que sua mãe também não é.

Não resistindo, sapecou-lhe um beijinho e logo depois outro, deliciando-se quando Kayla resmungou uma resposta.

— Ela é uma gracinha, não é?

Ainda com os olhos brilhando, Shannon sorriu ao ver Gray entrar na sala.

— Ela é linda. A gente nem percebe o quanto são pequenos até segurá-los nos braços.

— Ela já cresceu. — Inclinou-se, sorrindo para a filha. — Parecia uma fadinha indignada quando nasceu. Nunca vou esquecer.

— Parece com a mãe agora. Falando nisso, Brianna está lá em cima atendendo as irmãs Freemont.

— Bom. — Gray pareceu não se surpreender e sacudiu a cabeça. — Espero que ela dê um jeito nisso, senão elas vão ficar enchendo o saco dela por três dias.

— Ela parece boa nisso.

— Brie é assim. Quer beber alguma coisa antes de ir ou prefere esperar para tomar uma cerveja no pub?

— Vou esperar, obrigada. Você também vai? Pensei que estivesse matando alguém.

— Não esta noite. Já estão todos mortos. — Gray pensou em tomar um uísque, mas acabou desistindo. Estava mais a fim de uma Guinness. — Brie falou que você desejava pintar um pouco, enquanto estiver aqui.

— Estou pensando nisso. Trouxe algumas coisas comigo, suficientes para começar. — Inconscientemente estava imitando os movimentos de Brianna, embalando o bebê. — Ela disse que posso usar o carro para ver se consigo mais material em Ennis.

— Seria melhor em Galway, mas talvez encontre o que precisa lá.

— Não gosto de usar o carro dela — Shannon confessou.

— Receosa de dirigir na esquerda?

— Tem isso... mas não me sinto muito à vontade pegando o carro emprestado.

Pensativo, Gray sentou-se no braço do sofá.

— Quer o conselho de um cara americano?

— Pode ser.

— O povo daqui tem um mundo só deles. Oferecer-se para dar, emprestar, dividir tudo, até eles mesmos, faz parte da sua natureza. Quando Brie lhe entrega as chaves do carro, não está pensando: ela tem seguro? Tem carteira de motorista? Só está pensando que alguém precisa do carro. E é tudo que importa.

— Para mim, não é tão fácil assim. Não vim aqui para fazer parte de uma grande e generosa família.

— Por que veio?

— Porque não sei quem eu sou. — Furiosa por revelar aquilo, por aquilo estar lá à espera de ser revelado, entregou-lhe o bebê. — Não gosto de estar vivendo uma crise de identidade.

— Não posso culpar você — Gray disse brandamente. — Já passei por isso. — Ouviu o som da voz da esposa, paciente, tranqüilizadora. — Por que não se dá um pouco de tempo, companheira? Curta a paisagem do lugar, engorde um pouquinho com as comidas de Brianna. Pela minha experiência, a resposta sempre vem quando menos se espera.

— Você quer dizer profissional ou pessoalmente?

Levantando-se, ele deu uma batidinha amigável no rosto dela.

— As duas coisas. Ei, Brie, então vamos ou não vamos?

— Só preciso pegar minha bolsa. — Entrou correndo, agitando os cabelos. — Ah, Gray, então você vai?

— Acha que vou perder uma saída com você à noite?

Com a mão livre, contornou a cintura dela e arrastou-a nuns passos de dança.

O rosto dela estava corado.

— Pensei que ia ficar trabalhando.

— Posso trabalhar a qualquer hora.

Os lábios dela se curvaram, quando ele baixou os dele.

Shannon esperou um pouco, e depois mais um pouco, antes de pigarrear.

— Pare com isso, Grayson, está deixando Shannon embaraçada.

— Quase embaraçada. Isso é só inveja. — E piscou para a mulher que já considerava sua cunhada. — Vamos lá, companheira, vamos achar um cara para você.

— Não, obrigada. Acabei de me livrar de um.

— É mesmo? — Sempre interessado, Gray passou o bebê para a esposa, a fim de poder enlaçar a cintura de Shannon. — Vamos lá, conte-nos tudo. Nós aqui vivemos de fofocas.

— Deixe-a sossegada — Brianna disse com uma risada exasperada. — Não conte nada a ele que não queira depois encontrar em um livro.

— Não daria uma leitura interessante — Shannon falou, saindo para o ar úmido. Chovera, e ainda chovia, conforme previsto.

— Posso tornar qualquer coisa interessante. — Gray abriu a porta do carro para a esposa com um galanteio e escancarou um sorriso. — Então, por que deu um chute nele?

— Não o chutei. — Aquilo tudo era suficientemente ridículo para melhorar seu humor. Shannon deslizou no banco traseiro e atirou os cabelos para trás. — Nós nos separamos amigavelmente.

— Ela chutou o cara, chutou mesmo. — Gray batia os dedos no encosto de assento enquanto saía para a estrada. — Mulheres sempre falam de um jeito pudico quando partem o coração de um cara.

— Tudo bem, vou inventar então. — Shannon lançou um sorriso para Gray pelo espelho retrovisor. Ele rastejou, implorou, suplicou. Acho que até chorou. Mas eu estava irredutível, pisoteei seu coração já destroçado sob meus saltos. Então, ele raspou a cabeça, desfez-se de todas as suas coisas mundanas e aderiu a uma seita religiosa em Moçambique.

— Nada muito vergonhoso.

— Mais divertido do que a verdade. O fato é que realmente não partilhávamos mais do que o gosto por comida tailandesa e pelo mesmo escritório, mas fique à vontade para usar qualquer versão em um livro.

— Então, está mais feliz sem ele — Brianna disse complacente. — É isso que importa.

Um tanto surpresa de como aquilo parecia tão simples, Shannon levantou uma sobrancelha.

— É, você tem razão.

Assim também foi bem mais simples do que supunha sentar-se e aproveitar a noite.

Pub de O'Malley. Era como um antigo filme em preto-e-branco, estrelado por Pat O'Brien, Shannon concluiu ao entrar. O ar um pouco enevoado pelos cigarros, as cores escuras, a madeira marcada pela fumaça, os homens inclinados no balcão sobre os grandes copos de cerveja preta, a risada das mulheres, o murmúrio das vozes, a música estridente ao fundo.

Havia uma televisão suspensa atrás do bar, exibindo, sem som algum, um evento esportivo. Um homem com um avental branco sobre a cintura larga levantou os olhos e sorriu, enquanto tirava outra caneca de cerveja.

— Afinal, você trouxe a pequena. — Deixou a caneca sobre o balcão para assentar a bebida. — Vamos, Brie, deixe a gente dar uma olhada nela.

Obediente, Brianna colocou Kayla, com moisés e tudo, sobre o balcão.

— Ela está com o gorrinho que sua mulher deu, Tim.

— Que coisinha linda! — Afagou Kayla sob o queixo com um dedo grosso. — É a sua cara, Brianna.

— Ei, eu também tenho alguma coisa a ver com isso — Gray falou, quando as pessoas começaram a se aglomerar em volta do bebê.

— Claro, e você fez sua parte — Tim concordou. — Mas o bom Deus, em sua infinita sabedoria, deu uma supervisionada e concedeu à garota o rosto de anjo da mãe. Vai querer uma caneca, Gray?

— Sim, uma Guinness. E você, Shannon?

Ela olhou para a cerveja que Tim O'Malley acabara de servir.

— Alguma coisa que seja menor do que aquela ali.

— Sai, então, uma caneca e uma tulipa — Gray pediu. — E um refrigerante para a nova mamãe.

— Shannon, esse aí que está servindo sua cerveja é Tim O'Malley. — Brianna colocou uma das mãos no ombro de Shannon. — Tim, esta é minha... hóspede, Shannon Bodine, de Nova York.

— Nova York. — Com as mãos se movimentando com a agilidade de uma longa experiência, Tim sorriu para Shannon. — Tenho um bocado de primos em Nova York. Por acaso, não conhece Francis O'Malley, o açougueiro?

— Não, desculpe.

— Bodine. — Um homem no banco ao lado de Shannon deu uma longa tragada no cigarro e exalou a fumaça com ar pensativo. — Conheci uma Katherine Bodine, de Kilkelly, alguns anos atrás. Bonita como o quê. Era parente sua?

Shannon lhe deu um sorriso hesitante.

— Não que eu saiba.

— É a primeira viagem de Shannon à Irlanda — Brianna explicou. Houve acenos de entendimento ao redor.

— Conheço alguns Bodine de Dublin. — Um homem nos fundos do bar falou com uma voz enrouquecida pela idade. — Quatro irmãos que preferiam partir pra briga a discutir. Os Loucos Bodines, assim nós o chamávamos, e todos os homens da família fugiram e juntaram-se ao IRA. Deve ter sido em... trinta e sete.

— Trinta e cinco — a mulher ao lado deles corrigiu e piscou para Shannon. O rosto marcado de rugas. — Saí umas duas vezes para passear com Paddy Bodine e Johnny deu na cara dele.

— Um homem tem que proteger o que é seu. — O velho John Conroy apertou a mão da esposa, quase lhe quebrando os ossos. — Não havia moça mais bonita em Dublin do que Nell O'Brian. E agora ela é minha.

Shannon sorriu com os lábios na cerveja que Gray lhe passara. Podia apostar que aqueles dois iam chegar aos noventa anos andando de mãos dadas e namorando como se fossem recém-casados.

— Deixe-me pegar este bebê. — Uma mulher surgiu de um cômodo atrás do bar, secando as mãos no avental. — Vamos, escolham logo uma mesa — disse, empurrando Brianna. — Vou levar o bebê lá pra dentro comigo e passar uma hora só mimando essa gracinha.

Sabendo que era inútil protestar, Brianna apresentou Shannon à esposa de Tim e olhou a mulher levar Kayla.

— É melhor a gente sentar. Ela não vai me deixar chegar perto do bebê até irmos embora.

Shannon virou-se para segui-los e só então viu Murphy.

Durante todo aquele tempo, estivera perto do fogo baixo, observando-a, enquanto dedilhava uma canção suave no acordeom. Olhar para ela aturdira sua mente outra vez, travara sua língua. Então estava contente por ter tido algum tempo para se reequilibrar antes de Gray levá-la para a sua mesa.

— Vai nos distrair esta noite, Murphy? — Brianna perguntou, enquanto se sentava.

— Mais a mim mesmo. — Agradeceu por seus dedos não se atrapalharem como seu cérebro, quando Gray fez Shannon se sentar. Tudo o que pôde ver numa fração de segundos foram os olhos dela, claros, pálidos e cautelosos. — Oi, Shannon.

— Murphy. — Não havia nenhum modo delicado de evitar a cadeira que Gray puxara para ela, aquela que fazia com que seu cotovelo quase tocasse o de Murphy. Sentiu-se idiota por se importar com isso. — Onde aprendeu a tocar?

— Ah, fui aprendendo aqui e ali.

— Murphy tem um talento natural para a música — Brianna disse orgulhosamente. — É capaz de tocar qualquer coisa que lhe caia nas mãos.

— Verdade? — Os longos dedos pareciam mesmo bem ágeis e espertos sobre os complicados botões da pequena caixa. Além disso, ela pensou, devia conhecer bem a música, pois nunca olhava para o que estava fazendo. Apenas olhava para ela. — Um fazendeiro musical — ela murmurou.

— Você gosta de música? — ele perguntou.

— Claro. Quem não gosta de música?

Ele parou para pegar a caneca e bebericar a cerveja. Pelo jeito, teria de se habituar à garganta seca toda vez que ela estivesse por perto.

— Quer ouvir alguma canção em especial?

Ela ergueu um ombro e deixou cair indiferente. Mas estava com pena de ele ter parado de tocar.

— Não conheço muito da música irlandesa.

Gray inclinou-se para a frente. — Não peça "Danny Boy" — sussurrou.

Murphy sorriu para ele.

— Uma vez americana... — disse brandamente e ordenou a si mesmo que relaxasse de novo. — Com esse nome, Shannon Bodine, e não conhece música irlandesa?

— Estou mais para Percy Sledge, Aretha Franklin.

Com os olhos presos nos dela e um sorriso no canto da boca, ele começou a entoar uma nova canção. O sorriso se alargou, quando ela riu.

— É a primeira vez que ouço "Quando um Homem Ama uma Mulher" numa sanfona.

— É um acordeom. — Ergueu os olhos ao ouvir um grito. — Ah, aí está o meu garoto.

O pequeno Liam Sweeney disparou pela sala e pulou no colo de Murphy. Lançou-lhe um olhar comovente.

— Doce.

— Está querendo que sua mamãe arranque minha pele? — Mas Murphy olhou mais adiante, viu que Maggie havia parado no bar. Enfiou a mão no bolso e pegou uma bala de limão. — Ponha logo na boca, antes que ela nos veja.

Era obviamente uma velha rotina. Shannon olhou Liam se aconchegar bem perto de Murphy, a língua presa entre os dentinhos enquanto lidava com o papel da bala.

— Então, noite da família sair, hein? — Maggie atravessou o salão e pôs as mãos atrás da cadeira de Brianna. — Cadê o bebê?

— Diedre a levou. — Automaticamente, Brianna chegou para o lado, e Maggie pôde puxar outra cadeira.

— Oi, Shannon. — A saudação foi polida e friamente formal antes que o olhar de Maggie se voltasse, examinando espertamente o filho. — O que é isso, Liam?

— Nada. — Ele riu por cima da bala de limão.

— Nada mesmo. Murphy, você está cultivando a primeira cárie dele. — Então a atenção dela mudou outra vez. Shannon viu o homem alto e moreno aproximar-se na direção da mesa, dois copos numa mão, um caneco na outra. — Shannon Bodine, meu marido, Rogan Sweeney.

— Prazer em conhecê-la. — Depois de deixar os drinques, tomou a mão dela, sorrindo de modo encantador. Qualquer curiosidade que houvesse, estava bem escondida. — Está gostando da sua visita?

— Sim, obrigada. — Ela inclinou a cabeça. — Acho que devo lhe agradecer por ela.

— Só indiretamente. — Puxou uma cadeira, tornando necessário que Shannon deslizasse um pouco mais para perto de Murphy. — Hobbs falou que você trabalha para Ry-Tilghmanton. Sempre contratamos os serviços da agência Pryce, nos Estados Unidos.

Shannon levantou uma sobrancelha.

— Somos os melhores.

Rogan sorriu.

— Talvez eu tire a prova disso.

— Isto aqui não é uma reunião de negócios — Maggie reclamou. — Murphy, por que não toca alguma coisa mais animada?

Ele passou suavemente para uma música escocesa, tirando notas agudas e complicadas do pequeno instrumento. A conversa em torno deles se tornou abafada, pontuada por algumas poucas risadas e algumas palmas quando um homem com um chapéu com aba ensaiou uns passos rápidos de dança no seu caminho até o bar.

— Você dança? — Os lábios de Murphy estavam tão perto do ouvido dela que Shannon sentiu a respiração dele em sua pele.

— Não assim. — Recostou-se, usando o copo como uma barreira. — Suponho que você sim. Faz parte, certo?

Ele sacudiu a cabeça, tão divertido quanto curioso.

— De ser irlandês, você quer dizer?

— Claro. Vocês dançam... — Gesticulou com o copo. — Bebem, brigam, escrevem histórias e poesias melancólicas. E curtem a própria imagem, enquanto sofrem, rebeldes convictos.

Ele refletiu por um minuto, marcando o compasso com o pé.

— Bem, rebeldes somos, e sofremos. Parece que você perdeu suas raízes.

— Nunca as tive. Meu pai era da terceira ou quarta geração e nunca ouvi falar da família da minha mãe.

Seus olhos se entristeceram e, embora penalizado por isso, Murphy não deixou passar:

— Mas você acha que conhece a Irlanda e os irlandeses. — Alguém mais começara a dançar. Então ele escolheu uma nova música para mantê-los animados. — Viu alguns filmes de James Cagney na telinha tarde da noite ou ouviu Pat O'Brien e seus padres. — Quando o desagrado dela aumentou, ele sorriu brandamente. — Ah, e tem ainda a parada de Saint Patrick na sua Quinta Avenida.

— Então?

— Então isso não lhe diz nada, diz? Quer conhecer os irlandeses, Shannon, ouça sua música. A melodia e as palavras, quando há palavras para ouvir. E quando ouvir, verdadeiramente, você pode começar a saber de que somos feitos. A música é o coração de qualquer povo, qualquer cultura, porque ela vem do coração.

Involuntariamente intrigada, ela observava os dedos ágeis dele.

— Então, estou percebendo que os irlandeses são alegres e têm os pés bem ágeis.

— Uma música não revela tudo.

Embora a criança agora cochilasse no peito dele, ele continuava tocando, passando então para algo subitamente triste e suave. Shannon piscou.

Algo se partiu no seu próprio coração, quando Brianna começou a cantar suavemente. Outros se juntaram, contando a história de James Connolly, o bravo soldado, condenado a morrer como mártir por seu país.

Quando ele acabou, Rogan pegou o garoto adormecido do seu colo, e Murphy pegou sua cerveja.

— Nem tudo é a MacNamarra's Band, certo?

Estava profundamente emocionada e não tinha muita certeza se queria isso.

— Que cultura estranha essa, capaz de criar canções tão lindas sobre uma execução!

— Não esquecemos nossos heróis — Maggie disse um tanto bruscamente. — Não é verdade que no seu país os campos de batalha viram atração turística? Tipo Gettysburg e coisas assim?

Shannon olhou para Maggie friamente e assentiu.

— Ponto pra você.

— E muitos de nós gostamos de fingir que lutamos pelo Sul — Gray acrescentou.

— Pela escravidão — Maggie zombou. — Sabemos mais sobre escravidão do que você possa imaginar.

— Não pela escravidão. — Satisfeito porque um debate estava à vista, Gray virou-se para ela. — Por um modo de vida.

— Isso vai mantê-los contentes — Rogan murmurou, enquanto sua esposa e o cunhado mergulhavam na discussão. — Há algo em especial que deseje ver ou fazer enquanto estiver aqui, Shannon? Adoraria arranjar as coisas para você.

O sotaque dele era diferente — ela percebeu. Sutilmente diferente, mais claro, com um certo ar aristocrático.

— Acho que deveria ver os lugares que os turistas costumam visitar. E não posso deixar de conhecer pelo menos uma ruína.

— Gray usou uma que fica bem pertinho daqui no seu próximo livro — Murphy comentou.

— É verdade. — Brianna olhou para trás, tentando não se chatear porque Diedre ainda não trouxera o bebê de volta. — Ele preparou um assassinato bem sórdido lá. Vou lá atrás um instantinho para ver como Kayla está se portando. Quer outro caneco, Murphy?

— É uma boa idéia. Obrigado.

— Shannon?

Com alguma surpresa, Shannon notou que seu copo estava vazio.

— Acho que sim.

— Vou pegar as bebidas. — Depois de passar Liam para a esposa, Rogan levantou-se, dando um tapinha no rosto de Brianna. — Vá lá paparicar seu bebê.

— Conhece esta? — Murphy perguntou, quando começou a tocar novamente.

Só levou um segundo para ela dizer:

— "Scarborough Fair." — Para ela, aquilo significava Simon e Garfunkel, nas antigas estações de rádio.

— Você canta, Shannon?

— Como todo mundo que tem um chuveiro e um rádio. — Fascinada, inclinou a cabeça mais perto. — Como sabe quais os botões deve apertar?

— Primeiro você precisa saber qual canção quer tocar. Assim, olhe só.

— Não, eu... — Mas ele já passara um braço em torno dela e guiava suas mãos sob a correia embaixo das dele.

— É só pegar o jeito.

Guiava os dedos dela pelos botões, pressionando-os gentilmente, enquanto abria o fole. Um acorde longo e sonoro a fez rir.

— Isto não é nada.

— Se foi capaz de tocar este, pode tocar outro. — Para provar, ele puxou o fole e fez uma nota diferente. — Basta querer e praticar.

Hesitante, ela moveu alguns dedos por ali e estremeceu diante do ruído das notas.

— Acho que é preciso ter algum talento. — Então ela já estava rindo outra vez, enquanto ele tocava com os dedos sobre os dela, fazendo o instrumento voltar à vida. — E mãos rápidas. Como pode ver o que está tocando?

Com o riso ainda nos olhos, sacudiu os cabelos para trás e virou-se para ele. O aperto no coração foi tão vivo quanto a canção e quase tão agradável.

— É uma questão de sensibilidade. — Embora os dedos dela estivessem parados, ele movia os seus em torno deles, já mudando o tom da música outra vez. Melancólico e romântico. — Como se sente?

— Como se fosse essa caixinha sendo habilmente tocada.

Os olhos dela se estreitaram um pouco ao observá-lo. De algum modo suas posições haviam mudado o suficiente para serem consideradas um abraço. Não havia dúvida de que aquelas mãos ágeis, de palmas ásperas, estavam possessivamente sobre as dela.

— Você se movimenta com muita habilidade, Murphy.

— Me parece que isso não é um elogio.

— Não, é só uma observação. — Era revoltante perceber o coração bater disparado na garganta. O olhar dele desceu até sua boca, demorando-se tanto ali que ela pôde sentir o calor e a intenção dele como algo tangível. — Não — disse muito calma e firmemente.

— Como quiser. — Seus olhos voltaram a se fixar nos dela. — Prefiro beijar você pela primeira vez num lugar mais reservado. Sem pressa.

E não teria mesmo pressa, ela pensou. Talvez não fosse tão vagaroso como ela imaginava de início, mas tinha a sensação de que era bem cauteloso.

— Acho que a aula termina por aqui. — Decidida a impor alguma distância, retirou os dedos debaixo dos dele.

— Teremos outra, quando quiser. — E realmente sem nenhuma pressa levantou o braço dos ombros dela e apoiou o acordeom para tomar o resto da cerveja. — Você tem música em você, Shannon. Simplesmente não se permitiu tocar ainda.

— Obrigada, mas acho que vou continuar com o rádio. — Mais perturbada do que queria admitir, ela se levantou. — Com licença. — Saiu à procura do toalete e de algum tempo para se acalmar.

Murphy estava rindo para si mesmo, quando baixou o copo vazio. Levantou a sobrancelha, assim que percebeu o olhar carrancudo de Maggie.

— Que pretende, Murphy? — ela perguntou.

— Pretendo tomar outra cerveja... logo que Rogan volte com ela.

— Não se faça de bobo comigo, cara. — Nem ela mesma sabia se o que estava sentindo era irritação ou preocupação, mas não era nada agradável. — Sei que você está sempre de olho nas mulheres, mas nunca vi um olhar desses antes.

— Não mesmo?

— Pare de chateá-lo, Maggie. — Gray recostou-se na cadeira. — Murphy está encarregado de sondar o terreno. Ela é uma gracinha, não é?

— Cale a boca, Grayson. E não, você não tem direito algum de sondar o terreno, Murphy Muldoon.

Ele a olhou, murmurando um agradecimento quando Rogan colocou as bebidas sobre a mesa.

— Algo contra eu conhecer sua irmã, Maggie Mae?

Olhos brilhantes e agudos, ela se inclinou.

— Tenho sim algo contra você ir direto ao fim de um penhasco de onde certamente vai cair. Ela não é um de nós, e não vai se interessar por um fazendeiro de um condado do Oeste, não importa o quanto ele seja bonito.

Murphy nada disse por um momento, sabendo que Maggie cozinharia a irritação enquanto ele pegava um cigarro, contemplava-o, acendia, dava a primeira tragada.

— É muita gentileza sua se preocupar comigo, Maggie. Mas meu penhasco é meu, o tombo também.

— Se pensa que vou ficar sentada vendo você, feito um idiota, deixar alguém arrebentar seu coração, está muito enganado.

— Isso não é da sua conta, Margaret Mary — Rogan disse e viu a fúria da esposa se despejar sobre ele.

— Não é da minha conta? Dane-se se não é. Conheço esse cabeça oca a minha vida toda e gosto dele, embora só Deus saiba por quê. E aquela ianque não estaria aqui, se não fosse por Brianna e por mim.

— A ianque é sua irmã — Gray comentou. — O que significa que provavelmente ela é tão teimosa e espinhosa quanto você.

Antes que Maggie pudesse mostrar os dentes àquilo, Murphy já levantava uma mão.

— Ela tem razão. É da sua conta sim, Maggie, já que sou seu amigo e ela é sua irmã. Mas é muito mais ainda da minha conta.

Seu tom seguro e calmo fez com que a irritação dela diminuísse e a preocupação aumentasse.

— Murphy, ela logo vai voltar para o lugar de onde veio.

— Não se eu a convencer de outra coisa.

Maggie segurou as mãos dele, como se pelo contato pudesse lhe transmitir algum juízo.

— Você nem mesmo a conhece.

— Algumas coisas que falou antes são razoáveis. — Uniu os dedos aos dela, apertando-os firmemente. — Tenho esperado por ela, Maggie, e ela está aqui. É o que tudo isso significa para mim.

Como pôde perceber uma certeza indiscutível nos olhos dele, ela fechou os seus.

— Você perdeu a cabeça. Não posso recuperá-la para você.

— Não, não pode. Nem mesmo você.

Ela apenas suspirou.

— Tudo bem. Então depois que quebrar a cara e estiver no fundo do poço estarei por perto para cuidar de você. Quero levar Liam para casa agora, Sweeney. — E se levantou, tomando o garoto adormecido nos braços. — Não vou nem pedir que você dê algum conselho a ele

— falou para Gray. — Homens não vêem nada além de uma cara bonita.

Quando se virou, viu que Shannon voltara do toalete e havia sido abordada pelos Conroy. Lançou-lhe um olhar duro, que foi respondido do mesmo modo, então saiu do pub com o filho.

— Elas nem percebem o quanto têm em comum.

Gray viu Shannon fitar a porta do pub antes de voltar a atenção ao velho casal.

— Realmente são muito parecidas.

Gray concordou, antes de olhar de volta para Murphy.

— Está enfeitiçado por aquele rostinho bonito, não é, Murphy?

Mais por força do hábito, Murphy dedilhou uma canção.

— Não é só isso. — Os lábios se curvaram, mas o olhar era distante e profundo. — É o rosto que estive esperando ver outra vez.

Ela não iria deixar Maggie irritá-la. Shannon prometeu a si mesma mais tarde, naquela noite, enquanto se preparava para deitar. A mulher mandara detetives atrás dela, fizera com que sua vida fosse toda esmiuçada e, agora que ela se convencera a encontrar os Concannon cara a cara, Maggie a tratava como se fosse uma intrusa.

Ora, ficaria até quando quisesse. Algumas semanas. Três, no máximo. Ninguém a enxotaria dali com olhares gelados e comentários cáusticos. Margaret Mary Concannon logo perceberia que os Estados Unidos produziam ossos duros de roer.

E o fazendeiro não iria assombrá-la também. Sedução e boa aparência não eram armas que a preocupassem. Conhecera um monte de homens sedutores e bonitos.

Talvez nunca tivesse conhecido nenhum com todo o estilo de Murphy ou com aquele algo diferente que parecia fluir de forma tão tranqüila, mas isso não a preocupava. Não de verdade.

Deitou-se e puxou as cobertas até o queixo. A chuva deixara o ar um pouquinho frio demais. Mesmo assim, estava aconchegante e quase infantilmente agradável para se enroscar entre as cobertas com a chuva batendo no telhado e a fumegante xícara de chá, que Brianna insistira que ela levasse, esfriando na mesinha-de-cabeceira.

No dia seguinte, sairia para explorar a região, Shannon prometeu a si mesma. Engoliria o orgulho e pegaria o carro. Encontraria seu material de pintura, talvez alguma ruína, algumas lojas. Viajara bastante com seus pais para não se sentir intimidada com a idéia de explorar um país estrangeiro sozinha.

E era sozinha que queria ficar por um dia inteiro, sem ninguém observando seus movimentos ou tentando dissecá-los.

Aconchegando-se mais entre as cobertas, deixou a mente vagar pelas pessoas com quem começara a se envolver.

Brianna, a caseira. Uma mãe nova, esposa nova. E uma mulher de negócios, Shannon lembrou. Eficiente e talentosa. Com certeza um bom coração, mas havia uma certa angústia por trás dos seus olhos.

Gray — seu camarada ianque. Calmo — pelo menos aparentemente. Cordial, inteligente, deslumbrado com a esposa e a filha. Visivelmente satisfeito para desprezar a vida nas altas rodas que podia estar levando numa grande cidade com toda a sua fama.

Maggie. A careta veio automaticamente. Desconfiada por natureza, cabeça quente, franca a ponto de ser rude. Shannon considerava isso ruim para que respeitasse essas características de personalidade. Sem dúvida era uma esposa e mãe amorosa, e dona de um talento incomparável. E, Shannon pensou, excessivamente protetora e ferozmente leal.

Rogan era culto, refinado, características que faziam tão parte dele como seus próprios olhos. Apostava que era metódico e bem esperto. Sofisticado e bastante inteligente para administrar uma organização respeitada em todo o mundo. E, acima de tudo, pensou franzindo o cenho, tinha de ter um senso de humor e uma paciência de Jó para viver com Maggie.

E, afinal, havia Murphy, o bom amigo e vizinho. O fazendeiro com talento para a música e para as artes da sedução. Era bem bonito e nada presunçoso — embora não fosse nenhum simplório, como parecia à primeira vista. Pensou que nunca conhecera um homem em tal completa harmonia consigo mesmo.

Queria beijá-la, ela pensava enquanto seus olhos ficavam cada vez mais pesados, num lugar reservado. Sem pressa.

Isso seria bem interessante.

O homem controlava o cavalo arisco aparentemente sem nenhum esforço. A chuva continuava a cair, gelada, soando como cascalhos no chão. O cavalo branco bufava, soltando nuvens geladas de fumaça, enquanto homem e mulher se olhavam.

— Você esperou.

Ela podia sentir a batida pesada do próprio coração. E o desejo, o terrível desejo era tão forte quanto o orgulho.

— Andar pelo meu próprio campo não tem nada a ver com esperar.

Sua gargalhada sonora e destemida ecoou pelas montanhas. Do alto de uma delas, o círculo de pedras a tudo observava.

— Você esperou. — Num movimento gracioso como um passo de dança, ele inclinou-se e ergueu-a do chão. Segurando-a com um dos braços, acomodou-a na sela, à sua frente. — Beije-me — pediu, enfiando as mãos enluvadas nos cabelos dela. — É o que importa.

Os braços dela o puxaram para perto, até os seios ficarem esmagados contra a armadura no peito dele. Sua boca estava tão faminta, tão desesperada e rude quanto a dele. Blasfemando, ele agitou uma das mãos de modo que seu manto a cobriu.

— Por Cristo, se não vale cada frio e sórdido quilômetro para ter você.

— Então fique, maldito. — Puxou-o para perto outra vez, apertando os lábios famintos nos dele. — Fique!

No sono, Shannon murmurava, oscilando entre prazer e desespero. Mas, mesmo no sono, sabia que ele não ficaria.

Capítulo Oito

Shannon passou um dia inteiro sozinha e sentiu-se melhor com isso. A manhã estava coberta de neblina, mas, enquanto dirigia, foi pouco a pouco clareando, de modo que a paisagem ao redor parecia lavada e caprichosamente iluminada. Os tojos margeavam a estrada de floridas manchas amarelas. Cercas vivas de fúcsia se insinuavam como gotas de sangue vivo. Jardins pareciam encharcados de cores enquanto as flores tomavam sol à luz úmida da manhã. Montanhas, com seu vívido verde, simplesmente cintilavam.

Bateu fotos, distraindo-se com a idéia de usar as melhores como base para esboços ou telas.

De fato, enfrentou alguns problemas nas estradas irlandesas, e com a tal da mão esquerda, mas nunca admitiria isso.

Nas ruas estreitas de Ennis, comprara cartões-postais e lembrancinhas para levar aos amigos. Amigos que pensavam que ela estava apenas tirando férias vencidas. Era deprimente perceber que não tinha intimidade suficiente com nenhum deles para partilhar os laços que mantinha ali e sua necessidade de explorá-los.

O trabalho sempre fora prioridade, movido pela ambição. E esta, percebeu, era uma nota triste sobre sua própria vida. O trabalho representava grande parte do que era ou considerava ser. Agora que se afastava propositalmente daquilo tudo, sentia-se como uma sobrevivente solitária, à deriva num mar de dúvidas.

Se não era Shannon Bodine de nascimento, nem uma jovem e talentosa publicitária, quem era então?

A filha ilegítima de um irlandês sem rosto que levara para a cama uma mulher sozinha que vivia sua própria odisséia?

Era um pensamento doloroso que a atormentava. Não queria acreditar que era tão frágil e imatura a ponto de os fatos relativos a seu nascimento afetarem a mulher adulta.

Mas afetavam sim. Parou num trecho deserto de uma praia, com o vento açoitando seus cabelos, e soube o quanto afetava. Se ao menos lhe tivessem contado quando era criança, teria crescido sabendo que Colin Bodine era o pai que a escolhera, não o pai que a concebera, e agora não se sentiria tão abalada com a verdade.

Não podia alterar isso — não os fatos ou o modo como soubera deles. A única opção que restava era enfrentá-los. E, enfrentando-os, enfrentar a si mesma.

— O mar está bravo hoje.

Shannon olhou em volta, surpresa pela voz e pela velha que parara atrás dela. Com o ruído estrondoso da arrebentação e a mente vagando longe, não ouvira ninguém se aproximar.

— Está mesmo. — Os lábios de Shannon se curvaram no sorriso polido e distante reservado a estranhos. — Ainda assim, é uma linda paisagem.

— Alguns preferem o lado selvagem. — A mulher apertou o casaco em torno do corpo, olhando o mar com olhos surpreendentemente brilhantes num rosto tão enrugado. — Alguns, a calma. Há bastante das duas coisas no mundo para todos fazerem sua escolha. — Olhou para Shannon então, atenta e séria. — E há tempo suficiente para mudarem de idéia.

Embaraçada, Shannon enfiou as mãos na jaqueta. Não estava habituada a manter discussões filosóficas com desconhecidos.

— Acho que a maioria das pessoas gosta um pouco de cada, dependendo do humor. Como chamam este lugar? Tem algum nome?

— Alguns chamam de Praia de Moria, por causa da mulher que se atirou na rebentação quando perdeu o marido e três filhos adultos num incêndio. Não se deu tempo para mudar de idéia, sabe? Ou para lembrar que nada, bom ou ruim, dura para sempre.

— É um nome triste para um lugar tão bonito.

— É mesmo. E este é um bom lugar para a alma parar de vez em quando e olhar profundamente para o que de fato permanece. — Virou-se para Shannon outra vez e sorriu ternamente. — Quanto mais se vive, mais longe se vê.

— Passei um bom tempo olhando para longe hoje. — Shannon retribuiu o sorriso. — Mas preciso voltar agora.

— Sim, e ainda tem caminhos a percorrer. Mas chegará aonde está indo, moça, e não se esqueça de onde esteve.

Mulher estranha, Shannon pensou, enquanto subia a suave encosta de pedras em direção à estrada. Supunha que era outra peculiaridade irlandesa manter uma conversa esotérica sobre algo tão simples como uma paisagem. Ao chegar à estrada, ocorreu-lhe que a mulher já era bem idosa e estava sozinha, quem sabe precisava de uma carona, seja lá qual fosse seu destino.

Voltou-se pensando nisso. Mas não viu nada além da praia vazia.

O arrepio veio primeiro, depois o tremor. A mulher tinha falado exatamente sobre seus problemas, isso era tudo. Já era tarde quando fez a volta com o carro e levou-o à sua dona.

Encontrou Brianna na cozinha, bebericando sozinha uma xícara de chá.

— Ah, está de volta. — Esforçando-se para sorrir, Brianna levantou-se para preparar mais uma xícara de chá. — Fez um bom passeio?

— Sim, obrigada. — Shannon pendurou meticulosamente as chaves do carro no gancho de onde as tirara. — Também consegui comprar uma parte do material que estava precisando. Então farei alguns esboços amanhã. Notei que tem outro carro aí na frente.

— Hóspedes, que chegaram essa tarde da Alemanha.

— Sua pousada é a perfeita tradução das Nações Unidas. — A resposta distraída de Brianna fez com que Shannon erguesse a sobrancelha. Podia não conhecê-la bem, mas reconhecia preocupação quando a via. — Alguma coisa errada?

Brianna cruzou as mãos, pegou-se no gesto habitual e as deixou cair.

— Você se importaria de sentar um minutinho, Shannon? Esperava poder lhe dar alguns dias antes de falar sobre isso. Mas... não tenho saída.

— Tudo bem. — Shannon sentou. — Vamos lá.

— Quer alguma coisa para acompanhar o chá? Tenho biscoitos, ou...

— Está ganhando tempo, Brianna.

Brianna suspirou e sentou-se.

— Sou covarde por natureza. Preciso falar com você sobre minha mãe.

Shannon não se moveu, mas acionou suas defesas. Era um mecanismo instintivo, ao mesmo tempo ofensivo e defensivo. E sua voz refletiu a mudança.

— Muito bem. Ambas sabemos que não estou aqui para apreciar as paisagens. O que quer falar sobre isso?

— Você está aborrecida e não a culpo por isso. Mas vai ficar ainda mais aborrecida antes que eu termine. — Brianna fitou o chá por um momento. — Sou ainda mais covarde quando se trata de sentimentos negativos. Mas não dá mais para adiar. Ela vai aparecer por aqui. Já esgotei todas as desculpas para impedir isso. Não posso mentir para ela, Shannon, e fingir que você é apenas mais uma hóspede.

— Por que deveria?

— Ela não sabe sobre isso, nada disso. — Brianna ergueu os olhos perturbados. — Nada sobre meu pai e sua mãe. Nada sobre você.

Shannon sorriu friamente.

— Você acredita mesmo nisso? Pelo que sei, esposas geralmente têm um sexto sentido em relação a maridos que as enganam.

— Não foi exatamente uma traição o que houve entre nossos pais, e, sim, acredito mesmo que ela não sabia. Porque, se soubesse, teria nas mãos a melhor arma contra ele. — Era duro admitir aquilo, envergonhava-se por ter de falar, mas não tinha outra escolha. — Nunca em minha vida vi nenhum amor entre eles. Era apenas dever, a frieza da obrigação. E o calor do ressentimento.

Shannon não queria ouvir nada daquilo, não estava nem um pouco interessada. Pegou a xícara.

— Então, por que ficaram casados?

— É uma questão complicada. Igreja, filhos. Até mesmo hábito. O ressentimento de minha mãe contra ele era grande e, para ser justa, ela tinha alguma razão. Ele nunca foi capaz de guardar algum dinheiro, também não tinha muita habilidade para consegui-lo. Dinheiro e o que ele pode comprar era, e ainda é, importante para minha mãe. Ela era uma cantora de carreira e tinha suas ambições quando conheceu papai. Ela nunca quis ter uma casa e um pedaço de terra. Mas houve uma centelha entre eles... poderia dizer assim... E essa centelha se transformou em Maggie.

— Entendo. — Parecia que ela e a meia-irmã tinham mais em comum do que Shannon percebera. — Ele tornou um hábito ser descuidado em relação a sexo.

Shannon observou fascinada os olhos de Brianna tornarem-se algo furioso e cortante.

— Você não tem o direito de falar assim. Não tem nenhum direito, porque não o conheceu. Era um homem muito generoso, tinha um coração enorme. Por mais de vinte anos, abriu mão de seus sonhos para criar as filhas. Amava Maggie tanto quanto um pai pode amar um filho. Minha mãe era quem culpava a ele, e a Maggie, pela vida que teve de enfrentar. Ela dormiu com ele para me fazer, por puro dever. Dever para com a Igreja primeiro. Não posso imaginar nada mais desanimador para um homem.

— Você não pode saber o que havia entre eles antes de nascer — Shannon interrompeu.

— Sei muito bem. Ela me disse. Fui sua penitência pelo seu pecado. Sua reparação. E depois de saber que estava grávida de mim não havia mais necessidade de ser esposa dele para além da porta do quarto.

Shannon sacudiu a cabeça. Tinha de ser tão humilhante para Brianna falar em tais assuntos quanto era para ela ouvi-los. No entanto, Brianna não parecia humilhada, observou. Brianna parecia gelidamente furiosa.

— Sinto muito. É quase impossível entender por que duas pessoas ficariam juntas nessas condições.

— Não estou falando dos Estados Unidos. Mas da Irlanda... A Irlanda de mais de vinte anos atrás. Estou lhe contando isso para você entender que havia sofrimento nesta casa. Papai causou um pouco dele, não há como negar. Mas há certa amargura em minha mãe, e alguma coisa dentro dela faz com que se apegue a isso. Se ela tivesse sabido, apenas suspeitado que ele havia encontrado a felicidade com outra, ela o teria matado. Não poderia evitar, nem encontrar razão para evitar.

— E agora terá de saber.

— Agora terá de saber — Brianna concordou. — Ela verá você como um insulto. E tentará magoá-la.

— Ela não pode me magoar. Desculpe se estou lhe parecendo muito dura, mas os sentimentos dela e seu modo de revelá-los não me interessam nem um pouco.

— Pode ser verdade. — Brianna respirou profundamente. — Ela anda melhor, mais contente do que antes. Nós a instalamos em sua própria casa, perto de Ennis. É o que a faz mais feliz. Encontramos uma mulher maravilhosa para morar com ela. Lottie é uma enfermeira aposentada, o que veio a calhar, pois mamãe se vê acometida de todas as doenças. Os netos a amoleceram um pouco também. Embora ela não goste de demonstrar isso.

— E você está com medo de que isso agite as águas outra vez.

— Não estou com medo de que venha tudo à tona. Sei que virá. Se eu pudesse poupar você da raiva dela e de todo esse embaraço, eu o faria, Shannon.

— Posso cuidar de mim.

O rosto de Brianna suavizou-se num sorriso.

— Então vou lhe pedir um favor. Seja lá o que ela diga ou faça, não vá embora. Tivemos tão pouco tempo juntas, e eu quero ainda estar muito com você.

— Planejei ficar duas ou três semanas — Shannon disse calmamente. — Não vejo razão alguma para mudar meus planos.

— Obrigada. Agora... — Interrompeu-se bruscamente, quando ouviu o som da porta da frente se abrindo e vozes femininas em tom elevado. — Ah, elas já chegaram.

— E você gostaria de falar com ela a sós primeiro.

— Gostaria. Se você não se importa...

— Prefiro não estar por perto durante o primeiro ato.

Fingindo uma calma que estava longe de sentir, Shannon levantou-se.

— Vou dar uma volta.

Disse a si mesma que era ridículo sentir como se estivesse abandonando um navio que afundava. Era a mãe de Brianna, Shannon lembrou enquanto caminhava pelo jardim. Problema dela.

Haveria uma cena, imaginou. Repleta de emoções irlandesas, ânimos alterados e desespero. Certamente não queria participar daquilo. Graças a Deus tinha sido criada nos Estados Unidos por duas pessoas calmas e razoáveis que não eram chegadas a mudanças súbitas de humor.

Deixando escapar um longo suspiro, circundou o terreno e viu Murphy cruzando o campo mais próximo, caminhando na direção da pousada.

Ele tinha um jeito magnífico de caminhar, observou. Não empertigado, não arrogante, embora seus passos revelassem uma confiança absoluta. Tinha de admitir que era prazeroso observar a rude e natural masculinidade do seu movimento.

Uma pintura viva, pensou. O próprio homem irlandês. Sim, era exatamente isso, concluiu — os longos braços musculosos com a camisa enrolada até os cotovelos, o jeans que já fora lavado dúzias de vezes, as botas que tinham andado incontáveis quilômetros. A aba do boné abaixada para proteger os olhos, mas que não podiam apagar aquele rico azul surpreendente. O rosto quase miticamente bonito.

Um homem com *H* maiúsculo, refletiu. Nenhum refinado executivo, andando pela Madison Avenue num terno de mil dólares, levando uma dúzia de rosas nas mãos manicuradas exalaria um ar de tanta prosperidade quanto Murphy Muldoon, caminhando pelo campo com suas botas surradas e um ramo de flores silvestres.

— É um prazer andar na direção de uma mulher que está sorrindo para você.

— Estava pensando que você parece personagem de um documentário. Fazendeiro irlandês caminhando por suas terras.

Aquilo o desconcertou.

— Minha terra termina ali no muro.

— Isso não parece ter muita importância para você. — Divertindo-se com a reação dele, deu uma olhada nas flores que ele trazia. — Flores não são uma raridade por aqui?

— Mas estas *são* da minha terra. Como estava pensando em você, apanhei-as pelo caminho.

— São lindas. Obrigada. — Fez o que qualquer mulher faria, enterrou o rosto nelas. — É a sua casa que vejo da minha janela? Aquela grande, de pedra, com uma porção de chaminés?

— É sim.

— Coisa demais para um homem só. E ainda tem aquelas outras construções.

— Uma fazenda precisa de um celeiro ou dois, e cabanas e coisa e tal. Se aparecer lá um dia, vou lhe mostrar.

— Talvez eu apareça. — Ela voltou-se para a casa ao ouvir o primeiro grito. Duvidou muito que seria o último.

— Maeve veio finalmente — Murphy murmurou. — A Sra. Concannon.

— Está aqui. — Um pensamento súbito fez com que olhasse para Murphy, estudando-lhe o rosto. — E você também. Apenas passando?

— Não diria isso. Maggie ligou para me contar que as coisas iam pegar fogo.

O ressentimento veio tão rápido quanto o inesperado instinto protetor:

— Ela devia estar aqui e não deixar toda essa confusão para Brie.

— Ela está aqui. Foi ela que você ouviu gritando. — Num gesto natural, mais protetor do que parecia, ele tomou as mãos de Shannon e a levou para longe da casa. — Maggie e a mãe vão se engalfinhar como cães de caça. Maggie fará tudo para evitar que Maeve agrida Brianna.

— Por que a mulher briga com elas? — Shannon perguntou. — Elas não têm nada a ver com isso.

Murphy não disse nada, afastando-se um pouco para examinar os botões de uma ameixeira-brava.

— Seus pais a amavam, Shannon?

— Claro que amavam.

— E nunca teve um motivo para duvidar disso ou deixar o amor de lado e examinar os defeitos deles?

Impaciente agora porque a casa ficara agourentamente em silêncio, ela sacudiu a cabeça.

— Não. Nós nos amávamos.

— Também vivi isso. — Como se o tempo estivesse ali apenas para ser vivido, Murphy fez com que ela se sentasse na grama e inclinou-se apoiando-se nos cotovelos. — A gente nunca pensa o quanto teve sorte por isso. Cada tapa ou carinho da minha mãe era cheio de amor.

Distraidamente pegou a mão de Shannon e acariciou seus dedos.

— Não sei se pensava muito nisso. Mas havia Maggie e Brie por perto, e eu podia ver que elas não tinham o mesmo. Com Tom, sim. — Os olhos de Murphy brilharam com a lembrança. — Suas meninas eram sua maior alegria. Maeve não tinha nela nada desse espírito amoroso. E acho que, quanto mais ele as amava, mais ela se determinava a não amar. Para punir todos eles, inclusive a si mesma.

— Ela parece terrível.

— É uma infeliz. — Levou a mão dela aos lábios, roçando-a num gesto distraído de profunda intimidade. — Você está sofrendo, Shannon. Mas é forte e inteligente o bastante para deixar a tristeza se transformar em lembranças.

— Não sei se sou assim.

— Mas eu sei. — Levantou-se, então, estendendo-lhe a mão. — Vou entrar com você. Está tudo quieto já faz algum tempo. Então é hora de ir.

Ela o deixou levantá-la, mas não mais do que isso.

— Não é assunto meu, Murphy. Parece-me que todos estariam melhor se eu ficasse de fora.

Os olhos dele fixaram-se nos dela. Um olhar intenso, profundo, obstinado.

— Fique ao lado de suas irmãs, Shannon. Não me desaponte ou a si própria.

— Danem-se! — O olhar penetrante dele fez com que se sentisse fraca e envergonhada da própria fraqueza. — Maldito seja, mas tudo bem! Vou entrar. Mas não preciso que você vá comigo.

— Mesmo assim, estou com você. — Segurando a mão dela, ele a levou até a casa.

Era uma tolice sentir-se apavorada, Shannon disse a si mesma. A mulher não poderia fazer ou dizer nada que a afetasse. Mas os músculos estavam tensos e os ombros enrijecidos, quando entrou pela porta da cozinha com Murphy atrás.

Seu primeiro pensamento foi de que a mulher sentada à mesa não parecia vítima de ninguém. Olhos raivosos, no rosto a expressão implacável de um juiz que já tivesse dado a sentença. Suas mãos sem anéis, apertadas firmemente sobre a mesa no que podia ser uma atitude de oração, tinham as articulações dos dedos brancas.

A outra mulher sentada ao lado era mais arredondada, os olhos suaves encobertos pela preocupação. Shannon viu que as irmãs Concannon estavam em pé, uma junto da outra, ladeadas por seus maridos, como se fossem uma unida e intransponível muralha.

Maeve as fixava com um olhar furioso, os lábios apertados.

— Vocês a trouxeram aqui, a esta casa, enquanto estou nela?

— A casa é minha — Brianna disse numa voz gelidamente calma. — E Shannon é bem-vinda. Como a senhora também, mamãe.

— Como eu sou? Vocês a jogaram na minha cara. O fruto do adultério do seu pai. É assim que demonstram seu respeito e sua lealdade a mim, a mulher que lhes deu a vida.

— E que depois se ressentiu de cada sopro de vida nosso — Maggie revidou.

— Só poderia esperar isso de você. — A cólera de Maeve voltou a jorrar sobre a filha mais velha. — Não é diferente dela. Também nasceu do pecado.

— Ah, poupe essas suas baboseiras bíblicas. — Maggie rechaçou sua fúria. — A senhora não o amava. E então não merece nenhuma consideração.

— Fiz um juramento de fidelidade a ele e o cumpri.

— Só da boca para fora, mas não em sua essência — Brianna murmurou. — O que está feito está feito, mamãe.

— Maeve. — Lottie estendeu a mão. — A menina não tem culpa.

— Não me fale em culpa. Que tipo de mulher vai para a cama com o marido de outra?

— Uma mulher que ama, imagino. — Shannon deu um passo à frente, inconscientemente se aproximando da muralha humana.

— O amor é desculpa para pecar? Para profanar a Igreja? — Maeve teria levantado, mas suas pernas fraquejaram e algo queimava em seu coração. — Não poderia esperar outra coisa de alguém como você. Uma ianque, criada por uma adúltera.

— Não fale de minha mãe — Shannon ameaçou num tom de voz baixo e perigoso. — Nunca. Ela tinha mais coragem, mais compaixão, mais virtudes do que a senhora é capaz de imaginar no seu mundinho estreito. Pode me amaldiçoar o quanto quiser, mas não fale de minha mãe.

— Fez toda essa viagem da América para me dar ordens na minha casa.

— Vim porque fui convidada. — Cega de raiva, Shannon nem percebeu que a mão de Murphy estava em seu ombro, a de Gray no seu braço. — E porque foi uma das últimas coisas que minha mãe desejou que eu fizesse antes de morrer. Não posso fazer nada se isso a incomoda.

Maeve levantou-se vagarosamente. A garota tinha o olhar dele, era tudo o que conseguia pensar. Que tipo de penitência era essa que a fazia olhar o rosto da garota e ver os olhos de Tom Concannon?

— O pecado está em você, garota. Sua única herança de Tom Concannon. — Como uma chicotada, seus olhos lançaram-se sobre

Murphy. — E você, Murphy Muldoon. Ficar com ela será uma vergonha para a sua família. Você está se revelando um fraco, como qualquer homem, achando que ela vai se comportar como libertina, já que nasceu do pecado.

A mão de Murphy apertou o braço de Shannon antes que ela avançasse na mulher.

— Tome cuidado, Sra. Concannon. — A voz dele era suave, mas Shannon podia sentir a força de seus sentimentos pelos dedos tensos. — Está dizendo coisas de que pode se arrepender. Quando fala da minha família ou da de Shannon desse modo, a vergonha é sua.

Os olhos dela se estreitaram, de modo que ninguém pudesse ver as lágrimas por trás deles.

— Então, vocês todos estão contra mim. Cada um de vocês.

— Estamos de acordo quanto a isso, Maeve. — Sutilmente Rogan colocou-se na frente da esposa. — Quando estiver mais calma, conversaremos outra vez.

— Não há nada para conversar. — Num rompante, pegou a bolsa de cima da mesa. — Vocês já fizeram sua escolha.

— Você também tem uma escolha. — Gray disse calmamente. — Agarrar-se ao passado ou aceitar o presente. Ninguém aqui quer magoá-la.

— Não espero nada além do que é dever, e até isso me está sendo negado pela minha própria carne. Não voltarei a esta casa enquanto ela estiver sob este teto. — Virou-se e caminhou empertigadamente para a porta.

— Desculpem. — Lottie apanhou sua bolsa. — Ela precisa de tempo e muita conversa. — Com um olhar apologético para Shannon, correu atrás de Maeve.

Depois de um longo minuto de silêncio, Gray suspirou.

— Ora, foi divertido. — Apesar de sua voz despreocupada, abraçara a esposa, sua mão acariciando-lhe o braço. — O que você acha, Shannon? Vou até lá fora pegar uma vara bem pontuda para furar seu olho.

— Prefiro um drinque — ouviu-se dizer, então seus olhos detiveram-se em Brianna. — Não se desculpe — falou em voz trêmula. — Não ouse se desculpar.

— Ela não vai fazer isso. — Decidida a engolir as desculpas que estavam paradas em sua própria garganta, Maggie empurrou a irmã em direção à mesa. — Sentem, todos vocês. Vamos tomar um uísque. Murphy, ponha a chaleira no fogo.

Com a mão ainda no ombro de Shannon, ele voltou-se.

— Pensei que iríamos tomar um uísque.

— Vocês vão. Eu vou tomar chá. — Era uma boa hora, decidiu. A hora perfeita para contar a novidade. Olhou direto para Rogan, um brilho de diversão pecaminosa nos olhos. — Não é bom beber álcool quando se está grávida?

Ele piscou uma vez, o sorriso se alargando no rosto.

— Você está grávida?

— Pelo menos foi o que o médico me disse esta manhã. — Com as mãos nos quadris, balançou a cabeça. — Vai ficar parado aí, rindo como um idiota?

— Não. — Soltou uma gargalhada, enquanto ele a pegava no colo e girava com ela pela cozinha. — Por Deus, Margaret Mary, amo você. Sirva o uísque, Gray. Temos que comemorar.

— Já estou servindo. — Mas deteve-se por alguns instantes para dar um beijo em Maggie.

— Ela fez isso por você — Murphy murmurou, quando Shannon se aproximou dele, observando a rápida mudança de humor.

— Como?

— Ela contou a ele aqui, contou para todos nós. — Media a xícara de chá enquanto falava. — Foi por causa de suas irmãs, para aliviar a tensão.

— Por causa de Brianna — Shannon começou, mas Murphy a interrompeu com um olhar.

— Não dê as costas a um presente quando lhe oferecem, querida. O que ela disse fez você sorrir, bem como ela desejava.

Shannon enfiou as mãos nos bolsos.

— Você consegue me fazer sentir muito pequena.

Roçou o queixo dela delicadamente.

— Talvez eu consiga que você veja as coisas de um modo mais profundo.

— Acho que prefiro ser superficial. — Mas afastou-se dele, dirigindo-se a Maggie. — Parabéns. — Pegou o copo que Gray lhe ofereceu e deteve-se sem graça. — Não conheço nenhum brinde irlandês.

— Tente *slainté o Dhia duit* — Maggie sugeriu.

Shannon abriu a boca, fechando-a numa risada.

— Acho melhor não.

— Basta dizer *slainté* — Murphy falou, enquanto trazia o bule de chá para a mesa. — Ela está só implicando com você.

— *Slainté*, então. — Shannon ergueu o copo e então se lembrou de algo de sua infância. — Ah, e que você tenha uma dúzia de filhos, Maggie, iguaizinhos a você.

— Um brinde e uma praga. — Gray riu baixinho. — Essa foi boa, companheira.

— É. — Os lábios de Maggie se curvaram. — Boa mesmo.

Capítulo Nove

As horas que passava com os cavalos eram as mais prazerosas para Murphy. Trabalhar a terra era algo que sempre tinha feito, sempre faria. Havia alegria nisso, e frustração, e desapontamento, e orgulho. Gostava da terra nas mãos, sob os pés e do cheiro de coisas crescendo. O tempo era amigo e inimigo, em partes iguais. Conhecia os humores do céu melhor do que conhecia os seus.

Passara a vida arando a terra, plantando, colhendo. Era algo que sempre soubera fazer, embora não fosse a única coisa que soubesse.

A linda primavera que o Oeste desfrutava significava que seu trabalho havia sido longo e duro, sem a tristeza amarga de colheitas perdidas na terra encharcada ou grãos sofrendo pelo final da geada ou pela praga de pestes.

Ele plantava de modo inteligente, combinando as técnicas de seu pai e seu avô com os métodos mais modernos, e muitas vezes experimentais, que lia nos livros. Quando passava o trator pelos campos marrons com carreiras de tomates verde-escuros ou quando ia até o celeiro ainda repleto das sombras da madrugada para começar a tirar leite, sabia que seu trabalho valia a pena.

Mas os cavalos eram puro prazer para ele.

Estalou a língua para um potrinho, observando como o cavalo baio de tórax largo sacudia preguiçosamente o rabo. Aqueles dois se conheciam bem e costumavam ficar muito tempo parados. Murphy esperou pacientemente, distraindo-se com a rotina. Mais adiante no campo, uma égua lustrosa pastava solenemente, enquanto o filhote mamava. Outros, incluindo a égua mãe do potro, e a premiada potranca castanha de Murphy, ergueram as orelhas e olharam o homem.

Murphy bateu no bolso e com orgulho eqüino o potrinho levantou a cabeça e se aproximou.

— Você é bem bonito, hein? Bom menino. — Riu, batendo no flanco do potro, enquanto o cavalo cutucava seu bolso com a cabeça e os outros se aproximavam. — Nada como suborno. Aqui, então. — Pegou um naco das maçãs que cortara e deixou o potro comer na sua mão. — Acho que você vai viver uma grande aventura hoje. Vou sentir sua falta. — Afagou-o, automaticamente lhe checando os joelhos. — Maldição, que falta vou sentir... Mas você não nasceu para passar o dia todo se espreguiçando no pasto. E todos nós temos que alcançar nossos objetivos.

Acolheu os outros cavalos, repartindo os pedaços de maçã, e então com o braço em torno do pescoço do potro deixou o olhar correr pelas terras. Flores silvestres explodiam por todo o campo, uma profusão de botões amarelos rebentando junto ao muro. Podia ver o silo e o celeiro, os chalés, a casa mais adiante, como uma pintura contra o céu repleto de nuvens.

Passava do meio-dia, calculou, e pensou em tomar uma xícara de chá antes de sair para o seu compromisso da tarde. Então olhou para o Oeste, logo além do círculo de pedras, adiante do muro que separava a pastagem da lavoura.

E lá estava ela.

O coração disparou. Imaginou se seria sempre assim quando a visse. Era algo perturbador para um homem que havia passado mais de trinta anos sem sentir mais do que um interesse passageiro por alguma mulher, encontrar uma e ter certeza de que ela estava no seu destino.

O desejo estava lá, a profunda agitação que o fazia querer tocá-la, senti-la. Pensou que poderia, com uma abordagem cuidadosa e paciente. Ela não era indiferente a ele. Sentira seu pulso disparar e vira o desejo despertaı nos olhos dela.

E havia amor, ainda mais profundo do que o desejo. E, estranho, pensava agora, que parecia ter estado sempre ali, esperando. Então não seria suficiente tocá-la e senti-la. Isso seria só o começo.

— Mas você precisa começar a se mexer, não é? — Murphy fez um último carinho no potro e caminhou para a pastagem.

Shannon o viu chegando. Na verdade, distraíra-se do seu trabalho, quando ele surgiu em meio aos cavalos. Parecia cena de um filme, pensou, o homem e seu potrinho, ambos espécimes excepcionais, passando alguns momentos juntos, num campo verde.

Soubera, também, o exato momento em que ele a vira. A distância não a impedira de sentir a força de seu olhar. O que ele deseja de mim?, perguntou-se, quando voltou à tela que havia começado.

O que desejo dele?

— Oi, Murphy. — Continuou a pintar, quando ele chegou ao muro que os separava. — Brianna disse que você não se importaria se eu trabalhasse aqui um pouco.

— Você é bem-vinda por todo o tempo que quiser. Está pintando o círculo de pedras?

— Sim. E tudo bem, você pode dar uma olhada. — Trocou os pincéis, prendendo um entre os dentes enquanto ele pulava o muro.

Ela estava captando o mistério daquilo, Murphy percebeu, enquanto estudava a tela sobre o cavalete. O círculo inteiro estava esboçado, com uma habilidade que admirou e invejou. Embora o fundo e o primeiro plano ainda estivessem brancos, ela começara a adicionar cor e textura às pedras.

— Magnífico, Shannon.

Embora aquilo a agradasse, sacudiu a cabeça.

— Ainda tenho um longo caminho a percorrer antes de chegar perto de ser algo magnífico. E quase perdi a luz boa do dia hoje. — Embora ela soubesse, de algum modo, que seria capaz de pintar as pedras verticais com qualquer luz, de qualquer ângulo. — Acho que vi você mais cedo, no trator.

— É bem possível. — Gostou do cheiro que ela exalava enquanto trabalhava: tinta e perfume. — Está aí há muito tempo?

— Não o bastante. — Franzindo o rosto, mergulhou o pincel na tinta que havia misturado na paleta. — Devia ter vindo de madrugada para pegar as sombras certas.

— Amanhã haverá outra madrugada. — Sentou-se no muro, batendo com um dedo no bloco de rascunhos. — O que significa esse CM em sua blusa?

Baixou os pincéis, afastou-se para examinar a tela e sujou um pouco mais o moletom com a tinta dos dedos.

— Carnegie Mellon. É a faculdade onde estudei.

— Estudou pintura lá.

— Humm. — As pedras não tinham ganhado vida ainda. Eu as queria vivas. — Me especializei em publicidade.

— Quer dizer que faz desenhos para comerciais?

— Mais ou menos.

Ele pegou o bloco de rascunhos e virou as folhas pensativo.

— Por que você ia querer desenhar sapatos ou garrafas de cerveja quando pode fazer isso?

Pegou um pano e embebeu-o com aguarrás.

— Queria me sustentar e consegui. — Por alguma razão, achou absolutamente fundamental remover a mancha de tinta cinza da mão. — Consegui a conta de um grande cliente antes de viajar. Provavelmente terei uma promoção.

— Isso é ótimo, não é? — Virou outra folha e sorriu ao ver um esboço de Brianna trabalhando no jardim. — Que tipo de conta é essa?

— Água engarrafada — murmurou, porque parecia uma grande tolice em meio à vastidão dos campos e ao ar perfumado.

— Água? — Ele fez exatamente o que ela esperava. Riu. — Daquelas borbulhantes? Por que você acha que as pessoas vão querer beber água que borbulha ou vem em garrafas?

— Porque é pura. Nem todos têm um poço no pátio ou uma fonte, qualquer coisa assim. A indústria de água está bem desenvolvida e, com a poluição e o crescimento urbano, vai ainda ficar maior.

Ele continuou sorrindo.

— Não perguntei para irritar você. Só estava querendo saber. — Ele virou o bloco para ela. — Gosto deste.

Ela deixou o pano de lado e sacudiu os ombros. Era um desenho dele no pub, tocando acordeom, a caneca de cerveja ao lado.

— E é pra ficar mesmo. Aposto que deixei você lisonjeado.

— Foi gentileza sua. — Deixou o bloco ao lado. — Estou esperando uma pessoa que vem para ver o potro. Então não vai dar pra convidar você para um chá. Que tal um jantar hoje à noite?

— Jantar? — Quando ele se levantou, ela automaticamente deu um passo atrás.

— Poderia vir mais cedo, umas seis e meia, para eu lhe mostrar o lugar primeiro. — Uma luz diferente brilhou em seus olhos, um ar divertido e perigoso ao segurar sua mão. — Por que está recuando?

— Não estou não. — Ou não estava agora que ele a segurara. — Estou pensando. Talvez Brianna tenha planejado alguma coisa.

— Brie é uma mulher flexível. — Uma leve pressão na mão trouxe Shannon um passo mais perto. — Venha, passe o fim da tarde comigo. Está com medo de nós dois ficarmos sozinhos?

— Claro que não. — Seria ridículo. — Não sei se você é bom na cozinha.

— Venha e descubra.

Jantar, pensou. Era apenas um jantar. Em todo caso, estava curiosa para ver como ele vivia.

— Tudo bem. Venho sim.

— Ótimo.

Enquanto uma de suas mãos segurava a dela, a outra empurrou sua cabeça para mais perto. Ela estava em brasas quando se lembrou de colocar a mão em seu peito num protesto.

— Murphy...

— Só vou beijar você — ele murmurou.

Não havia nada de *só* naquilo. Olhos abertos, atentos, presos nos dela enquanto a boca se abaixava. Foi a última coisa que ela viu, aquele azul intenso deslumbrante, antes de ficar surda, muda e cega.

A princípio, foi quase um sussurro de um toque, um ligeiro roçar de boca com boca. Ele a segurava como se fossem deslizar numa dança a qualquer instante. Ela pensou que podia se afastar, tão suave e doce fora aquele primeiro encontro de lábios.

Então, os lábios dele se afastaram de sua boca, provocando um suspiro, ao iniciar uma lenta e voluptuosa jornada pelo rosto dela. A exploração calma — por suas faces, têmporas, cílios — fez seus joelhos fraquejarem. O tremor começou ali e logo se espalhou, de modo que estava sem ar quando sua boca cobriu a dela pela segunda vez.

Mais fundo agora, lentamente. Os lábios dela se abriram e um gemido de aceitação saiu de sua garganta. A mão deslizou pelo ombro dele, apertou, então cedeu. Podia sentir o cheiro de cavalos, grama e algo como faísca no ar.

Ele voltaria, foi tudo o que pôde pensar antes que a cabeça mergulhasse em sonhos.

Ela era tudo o que ele havia desejado. Segurá-la assim, senti-la estremecer com o mesmo desejo que o dominava era muito mais que glorioso. A boca parecia ter sido feita para juntar-se à dele e os sabores que encontrava lá eram fortes, misteriosos e maduros.

Já era o bastante, de algum modo era o bastante, para se refrear, para experimentar o suplício de um desejo menos paciente. Podia ver como seria, sentir como seria, deitar na grama morna com ela, prendê-la embaixo dele, corpo com corpo e carne com carne. Ela se moveria sob ele, desejosa, ávida, fluida.

Mas sua boca era o bastante. Demorou-se ainda um instante saboreando o momento até afastar-se gentilmente, com a promessa de mais.

As mãos dele estavam trêmulas. Para acalmá-las, deixou que corressem pelo rosto dela, afundassem em seus cabelos. Suas faces estavam coradas, o que a tornava ainda mais adorável. Como podia ter esquecido que ela era esguia como um salgueiro ou quanta confiança e beleza podiam refletir dos olhos dela?

Sua mão pousou nos cabelos dela e suas sobrancelhas se uniram, quando uma imagem se sobrepôs à outra.

— Seus cabelos eram mais compridos então, e seu rosto estava molhado da chuva.

A cabeça dela girava, realmente girava. Sempre acreditara que aquilo era um ridículo e romântico lugar-comum. Mas teve de pôr uma mão sobre a testa para se equilibrar.

— O quê?

— Na outra vez que nos encontramos aqui. — Ele voltou a sorrir. Para ele era fácil aceitar tais coisas como visões e magia, assim como podia aceitar que seu coração estivera perdido por um longo tempo, antes de sentir pela primeira vez o adorável sabor dela. — Há muito tempo que eu desejava beijar você.

— Não nos conhecemos há tanto tempo assim.

— Nós nos conhecemos. Devo fazer isso outra vez para lembrá-la?

— Acho que não. — Por mais que aquilo a fizesse sentir-se ridícula, ergueu a mão para impedi-lo. — Foi um pouco mais potente do que eu imaginei, e acho que ficaremos melhor... medindo nossos passos.

— Já que estamos querendo chegar ao mesmo lugar.

Ela deixou a mão cair. Se tinha alguma certeza, era de que ele não forçaria nada, não seria inoportuno nem inconveniente. Serena, levou apenas um instante para examiná-lo e menos ainda para olhar dentro de si mesma.

— Não sabia que nos queríamos.

— Basta que um de nós saiba. Tenho um compromisso agora. — Roçou os dedos pelo rosto dela, queria levar consigo este último toque. — Espero por você hoje à noite. — Percebeu a expressão no rosto dela, antes de pular o muro. — Você não é covarde a ponto de inventar uma desculpa para não vir, só porque gostou de me beijar.

Não valia a pena o esforço de ficar aborrecida por ele perceber o que ela pretendia fazer. Em vez disso, virou-se para arrumar seu material.

— Não sou covarde. E já gostava de beijar homens antes.

— Claro, e beijou outros, Shannon Bodine, mas nunca beijou um como eu.

Saiu assoviando. Ela se certificou de que não podia mais ser ouvida antes de explodir numa gargalhada.

Não devia parecer estranho ir a um encontro — não para uma mulher que havia completado recentemente vinte e oito anos e já tivera sua cota de experiências no mundo dos solteiros.

Talvez tivesse sido o modo como Brianna a cercara de cuidados, alvoroçada como uma mãe nervosa em uma noite de baile. Shannon pôde apenas sorrir ao pensar naquilo. Brianna se oferecera para passar um vestido ou emprestar-lhe um, e subira duas vezes ao loft para sugerir algum acessório e um par de sapatos.

Shannon supôs que fora um grande desapontamento para Brianna quando desceu as escadas com calças esporte e uma camisa de seda lisa. Mas isso não impediu Brianna de falar que estava adorável, desejar que se divertisse e que não se preocupasse com nada quando voltasse. Se Gray não tivesse chegado e levado a esposa para fora do hall, Shannon não teria conseguido sair.

Um típico comportamento de irmã, pensou, surpresa por não se sentir incomodada com isso como esperaria ficar.

Estava agradecida por Brianna e Gray terem insistido para que usasse o carro. Não era uma viagem longa até a casa de Murphy, mas a estrada estaria escura após o pôr-do-sol e parecia que ia chover.

Apenas alguns minutos depois de ter saído, estava entrando por um longo caminho, que se estreitava entre as cercas de fúcsias que já haviam começado a florescer em corações vermelho-sangue.

Via a casa da fazenda de sua janela, mas era maior e indubitavelmente mais impressionante de perto. Três pavimentos de pedras e madeira que pareciam tão antigos quanto a terra, e igualmente bem cuidados, localizados atrás da cerca e antes de um aglomerado de flores variadas.

Havia grandes arcos revestidos de pedras acima das grandes janelas do primeiro andar. Percebeu um clarão na varanda lateral e imaginou que haveria portas internas conduzindo ao lugar.

Duas das chaminés fumegavam, soprando nuvens preguiçosas no céu ainda azul. Uma caminhonete estava na entrada adiante dela, salpicada de lama. Ao lado, um carro menor, antigo, sustentado por alguns blocos de madeira.

Não podia dizer que entendia muito de carros, mas aquele, certamente, já tivera dias melhores.

Mas as venezianas e a varanda da frente da casa tinham sido recentemente pintadas num azul suave que combinava delicadamente com a pedra cinza. Não havia muita coisa na varanda, apenas um par de convidativas cadeiras de balanço. A porta, que já estava aberta, completava o convite.

Mesmo assim, ela bateu no umbral e chamou.

— Murphy!

— Entre e seja bem-vinda. — A voz parecia vir das escadas que desciam ao saguão principal. — Desço num minuto. Estou acabando de tomar banho.

Ela entrou, fechando a porta atrás de si. Para saciar a curiosidade, seguiu pelo corredor e deu uma espiada no primeiro cômodo, onde, novamente, a porta estava acolhedoramente aberta.

Uma sala, naturalmente, notou. Quase tão arrumada como as de Brianna, faltando apenas alguns toques femininos.

Mobília antiga e resistente, disposta sobre um assoalho que brilhava. Um fogo de turfa chiava numa lareira de pedra, trazendo um aroma antigo e agradável à sala. Havia castiçais decorando a bancada de madeira grossa sobre a lareira, com suas sinuosas espirais de esmeralda. Certa de que eram trabalho de Maggie, aproximou-se para olhar de perto.

Pareciam bem fluidos, liquefeitos demais para serem sólidos. Entretanto, o vidro era frio contra os dedos dela. Havia uma sutil e fascinante insinuação de rubi por baixo, como se ali houvesse calor contido, esperando para flamejar.

— Você está pensando que poderia tocar com o dedo bem no coração dele — Murphy comentou da soleira da porta.

Shannon concordou, deslizando os dedos pelas espirais outra vez, antes de se virar.

— Ela é brilhante. Embora prefira que você não diga a ela que me ouviu dizer isso. — Ergueu uma sobrancelha ao observá-lo. Não parecia tão diferente do homem que caminhava pelos campos ou tocava sua música em pubs. Estava sem o boné e os cabelos eram fartos, crespos, ainda úmidos do banho. Usava um suéter cinza-claro, calças em tom mais escuro.

Achou estranho que pudesse imaginá-lo tanto na capa de uma revista moderna de moda quanto numa de temas rurais.

— Tomou um bom banho, hein?

Ele sorriu embaraçado.

— Você percebe coisas, pessoas, mais como uma artista faz quando está habituada com elas. Não tive a intenção de deixá-la esperando.

— Sem problemas. Estava gostando de ver onde você mora. — Desviou o olhar dele, prestando atenção numa parede cheia de livros. — É verdadeiramente uma biblioteca.

— Ah, aqui está só uma parte.

Permaneceu onde estava, enquanto ela se aproximava das prateleiras. Joyce, Yeats, Shaw. Aquele era de esperar. O'Neill, Swift e

Grayson Thane, claro. Mas havia algumas preciosidades. Poe, Steinbeck, Dickens, Byron. As poesias de Keats, Dickinson e Browning. Volumes surrados de Shakespeare e outros bem manuseados de contos de King, MacAffrey e McMurtrey.

— Coleção bem eclética — murmurou. — E ainda tem mais?

— Gosto de deixá-los espalhados. Então, quando se está a fim, não é preciso ir longe. Um livro é uma coisa boa de se ter por perto.

— Meu pai não era muito chegado à leitura, a menos que precisasse para os negócios. Mas minha mãe e eu amamos... amávamos. No fim, ela estava tão doente que eu lia para ela.

— Você foi um conforto para ela. E uma alegria.

— Não sei. — Estremeceu, tentando abrir um sorriso. — Então, vou ter um tour pela casa?

— Um filho sabe quando é amado — Murphy disse calmamente e pegou a mão dela. — E sim, haverá um tour. Vamos lá fora primeiro, antes que chova.

Mas ela o fez parar meia dúzia de vezes antes que fossem da frente da casa até os fundos. Ele falou do forro de barrotes e do pequeno cômodo ao lado onde a mãe ainda gostava de costurar quando vinha visitá-lo.

A cozinha era tão grande quanto um celeiro e escrupulosamente limpa, como nunca vira outra. Surpreendeu-se ainda ao ver potes coloridos de ervas e temperos distribuídos pelo balcão e o brilho das panelas de cobre penduradas.

— Seja o que for que tem no forno, cheira maravilhoso.

— É frango, e ainda vai levar algum tempo até ficar pronto. Tome, experimente isso aqui.

Estendeu-lhe um par de galochas que trouxera de um cômodo ao lado, fazendo com que Shannon franzisse as sobrancelhas.

— Não vamos precisar...

— É mais do que necessário. — Agachou-se, tirando-lhe os sapatos e fazendo as galochas deslizarem sobre os pés dela. — Onde tem animais tem estrume. Vai ficar melhor com isso.

— Pensei que mantinha as vacas no campo.

Deliciado, sorriu para ela.

— Não se tira leite delas no campo, querida, mas no estábulo de ordenhar. Isso é feito à noite. — Conduziu-a pelos fundos, onde enfiou facilmente suas próprias galochas. — Fiz você esperar porque uma das vacas ficou doente.

— Oh, é grave?

— Não, acho que não. Só precisava tomar um remédio.

— Você mesmo cuida disso? Não tem um veterinário?

— Não para problemas do dia-a-dia.

Olhou em volta e surpreendeu-se rindo outra vez. Outra tela, pensou. Construções de pedra caprichosamente distribuídas pelo pasto. Ovelhas lanudas se amontoavam perto de um cocho. Algumas máquinas enormes, maldosamente dentuças sob um telheiro, e o balido e o grasnar dos animais pareciam não ter fim.

Lá estava Con, sentado pacientemente ao lado do pasto mais próximo, abanando o rabo.

— Aposto que Brie o mandou, para ver se me comporto bem com você.

— Não sei. Parece ser mais seu do que dela. — Olhou por cima dele, quando ele se abaixou para afagar o cão. — Achava que um fazendeiro teria que ter, ao menos, um ou dois cães de caça.

— Tive um, morreu vai fazer sete anos no próximo inverno. — Com a intimidade do amor mútuo, Murphy coçou as orelhas de Con. — Às vezes penso em arranjar outro, mas acabo deixando pra lá.

— Você tem tudo o mais. Não sabia que criava ovelhas.

— Poucas. Meu pai é que gostava de ovelhas. — Erguendo-se, segurou a mão dela quando andou. — Gosto mais de gado leiteiro.

— Brianna falou que você prefere cavalos.

— Os cavalos são um prazer. Em um ano ou dois, devem dar o retorno do investimento. Hoje vendi um cavalinho de um ano, um lindo potrinho. O prazer de negociar cavalos quase equilibra a perda deles.

Ela olhou enquanto Murphy abria a porta do celeiro.

— Não sabia que os fazendeiros ficavam assim tão apegados aos animais.

— Um cavalo não é como uma ovelha que você mata para um jantar de domingo.

Imaginar aquela cena deixou-a suficientemente nauseada para mudar de assunto:

— É aqui que você ordenha?

— É. — Ele se encaminhou para um estábulo limpíssimo, com máquinas reluzentes e um leve cheiro de vaca e leite pairando no ar. — Não é tão romântico como usar as mãos... eu fazia isso quando menino, porém é mais rápido, mais limpo e mais eficiente.

— Isso todos os dias — Shannon murmurou.

— Duas vezes ao dia.

— É muito trabalho para um homem.

— O garoto da fazenda ao lado me dá uma ajuda. Fizemos um acordo.

Enquanto ele ia lhe mostrando o lugar, o celeiro, o silo do lado de fora e as outras construções, ela pensava que um garoto não faria muita diferença com todo aquele trabalho.

Mas era fácil esquecer todo o suor, os músculos necessários em cada hora do dia quando ele a levou aos estábulos para mostrar os cavalos.

— Ah, eles são ainda mais bonitos de perto. — Encantada demais para ter medo, ela levantou a mão para tocar o focinho da potranca castanha.

— Esta é a minha Jenny. Ela está comigo há dois anos, nunca vou vendê-la. É a minha mocinha.

Bastou o som de sua voz para que a égua voltasse a atenção para Murphy. Se Shannon acreditasse em coisas impossíveis, teria jurado que a potranca flertava com ele.

E por que não? Que fêmea poderia resistir àquelas mãos grandes, habilidosas, ao modo como elas a tocavam e acariciavam? Ou àquela voz macia, murmurando palavras tolas, carinhosas?

— Você sabe cavalgar, Shannon?

— Humm. — O nó que se fizera em sua garganta obrigou-a a engolir forte. — Não, nunca andei a cavalo. Na verdade, acho que nunca estive tão perto assim de um.

— Mas não tem medo deles. Então será fácil aprender, se quiser.

Foi andando com ela, deixando que falasse com os animais, alimentasse-os e brincasse com as potrancas nascidas naquela primavera, observando-a quando ria para o potro arisco que lhe teria mordiscado o ombro, se Murphy não o tivesse evitado com a mão.

— Deve ser maravilhoso crescer aqui — comentou quando voltavam para casa. — Tanto espaço e todos esses animais. — Ria quando parou na porta dos fundos para tirar as galochas. — E todo esse trabalho, claro. Mas você deve amar tudo isso, já que ficou aqui.

— Pertenço a tudo isso. Entre e sente. Tenho um vinho que vai gostar.

Com intimidade, ela lavou as mãos na pia da cozinha com ele.

— Ninguém de sua família quis ficar e trabalhar na fazenda?

— Sou o filho mais velho e, quando meu pai morreu, ficou para mim. Minhas irmãs mais velhas casaram e mudaram para começar a própria família. — Tirou uma garrafa da geladeira e um saca-rolhas de uma gaveta. — Então minha mãe casou outra vez, e minha irmã mais nova, Kate, também. Tenho um irmão mais novo, mas ele quis estudar, especializar-se em eletricidade.

Os olhos dela se arregalaram, enquanto ele servia o vinho.

— Quantos vocês são?

— Cinco. Éramos seis, mas minha mãe perdeu um filho quando ainda estava amamentando. Meu pai morreu quando eu tinha doze anos e ela não casou outra vez até que eu tivesse mais de vinte. Então somos só cinco.

— Só. — Riu sacudindo a cabeça e já ia erguer o copo, quando ele segurou sua mão.

— Que possamos ter palavras quentes numa tarde fria, lua cheia numa noite escura e um caminho descendo até a sua porta!

— *Sliante!* — ela brindou e sorriu para ele enquanto bebia. — Gosto da sua fazenda, Murphy.

— Fico contente que goste, Shannon. — Surpreendeu-a quando baixou a cabeça e apertou os lábios na testa dela.

A chuva começou a tamborilar suavemente, quando ele se endireitou outra vez e virou-se para abrir a porta do forno. Os aromas que se desprenderam encheram-lhe a boca d'água.

— Por que sempre pensei que comida irlandesa eram palavras contraditórias?

Ele pegou a assadeira, colocando-a sobre o fogão.

— Bem, é verdade que ela geralmente é meio sem graça. Quando era mais novo, nunca percebi isso. Mas, quando Brie começou a fazer suas experiências e provei seus pratos, comecei a ver que minha querida mãe tinha algumas falhas na cozinha. — Olhou por cima do ombro. — O que eu vou negar até a morte se você repetir essa calúnia.

— Ela nunca vai ouvir isso de mim. — Levantou, intrigada demais para evitar uma olhada mais de perto. O frango estava dourado, pincelado com temperos úmidos e coloridos, e circundado por batatas coradas e cenouras. — Está maravilhoso!

— Obra de Brie. Ela começou uma horta anos atrás e me perseguiu até eu arranjar tempo para cuidar delas.

Shannon inclinou-se sobre o balcão, observando-o.

— Não ficou um pouquinho chateado quando Gray apareceu e...?

Mostrou-se bem confuso por uns instantes, e então riu, enquanto transferia o frango para um prato.

— Ela nunca se interessou por mim, nem eu por ela. Há muito tempo somos como uma família. Tom foi um pai para mim quando o meu morreu. E Brie e Maggie sempre foram minhas irmãs. — Cortou uma pequena fatia do peito. — Não que eu tenha um sentimento de irmão por você, Shannon. Esperei por você muito tempo.

Assustada, ela se afastou, mas ele se movera suavemente para prendê-la contra o balcão. Entretanto, tudo o que fez foi levar a fatia de frango aos lábios dela.

E seu polegar passou, sedutoramente, sobre seu lábio inferior, quando ela aceitou.

— Está bom. De verdade. — Mas sentiu o peito pesado, e o atordoamento cresceu, quando ele acariciou seus cabelos. Ela se endireitou e seus olhos se encontraram.

— O que está fazendo, Murphy?

— Ora, Shannon. — Roçou os lábios nos dela, de leve, quase despreocupadamente. — Estou cortejando você.

Capítulo Dez

Cortejando? Espantada, Shannon encarou-o boquiaberta. Era ridículo, uma palavra tola que nada tinha a ver com ela ou com seu modo de vida.

Mesmo assim, ele o dissera tranqüilamente. Tinha de fazê-lo engolir aquilo, e rápido.

— Que loucura! Isso é um absurdo.

As mãos dele estavam no seu rosto outra vez, a ponta dos dedos apenas roçando seu maxilar.

— Por quê?

— Ora... porquê... — Para defender-se, ela recuou, gesticulando com a taça. — Em primeiro lugar, você mal me conhece.

— Mas eu a conheço sim. — Mais divertido do que ofendido pela reação dela, virou-se para trinchar o frango. — Conheci você no minuto em que a vi.

— Não venha com esse seu misticismo celta para cima de mim, Murphy. — Voltou até a mesa, serviu-se de mais vinho e bebeu. — Sou americana, diabos! As pessoas não andam por aí cortejando as pessoas em Nova York.

— Deve ser uma das coisas ruins de lá. — Levou o prato até a mesa. — Sente-se, Shannon. Coma enquanto está quente.

— Comer. — Revirou os olhos, antes de fechá-los, irritada. — Agora, você acha que vou comer.

— Você veio para jantar, não veio? — Assumindo seus deveres de anfitrião, serviu o prato dela, depois o seu, antes de acender as velas. — Não está com fome?

— Sim, estou. — Acomodou-se na cadeira. Depois de colocar o guardanapo no colo, pegou os talheres.

Passou os instantes seguintes apenas comendo, enquanto avaliava suas possibilidades.

— Vou tentar ser razoável com você, Murphy.

— Muito bem. — Cortou seu frango, provou-o e ficou satisfeito em constatar que fizera um bom trabalho. — Seja razoável, então.

— Antes de mais nada, você precisa entender que vou ficar só mais uma semana, duas no máximo.

— Vai ficar mais. — Falou isso calmamente, enquanto comia. — Nem começou a resolver os problemas e sentimentos que a trouxeram aqui. Ainda não perguntou nada sobre Tom Concannon.

Os olhos dela gelaram.

— Você não sabe nada sobre meus sentimentos.

— Acho que sei, mas vamos deixar pra lá, que isso faz você ficar triste. Mas você vai ficar, Shannon, porque há coisas que precisa enfrentar. E perdoar. Você não é covarde. Existe coragem em você, e coração.

Odiava que ele estivesse vendo nela coisas que se recusava a admitir. Partiu um dos pães que ele trouxera para a mesa e observou a fumaça sair dele.

— Se eu ficar uma semana ou um ano, nada tem a ver com isso.

— Tem tudo a ver — ele falou suavemente. — Gostou da comida?

— Está ótima.

— Pintou mais hoje, depois que a deixei?

— Sim, eu... — Engoliu mais uma garfada e apontou o garfo para ele. — Está mudando de assunto.

— Que assunto?

— Sabe muito bem que assunto, e vamos colocar de uma vez por todas os pingos nos is. Não quero ser cortejada por ninguém. Não sei como funcionam as coisas por aqui, mas, de onde venho, as mulheres são independentes, iguais.

— Tenho minhas próprias opiniões a esse respeito. — Negligentemente pegou a taça de vinho, considerando o que dissera, enquanto bebia. — É verdade que, em geral, os homens irlandeses têm alguma dificuldade para ver as mulheres como iguais. Já houve algumas mudanças em relação à geração anterior, mas é um processo lento. — Colocou o vinho ao lado e voltou ao prato. — Tem muitos caras que não concordariam comigo, mas andei lendo muita coisa nesses anos todos e pensando sobre o que li. Acho que a mulher tem os mesmos direitos que o homem, sobre o que ele tem, sobre o que ele faz.

— Quanta pretensão! — Shannon resmungou.

Ele apenas sorriu.

— Já é um grande passo para alguém que foi criado como eu. Mas, na verdade, não sei como eu reagiria se você quisesse me cortejar.

— Não quero.

— Lá vem você. — Levantou a mão, rindo ainda, como se ela tivesse marcado um ponto para ele. — E o fato de eu cortejar você não tem nada a ver com direitos ou igualdades, não faz você inferior nem a mim superior. Apenas tomei a iniciativa, por assim dizer. Você é a coisa mais linda que já vi na vida. E tive a sorte de ver tanta beleza.

Desconcertada pela súbita onda de prazer, ela olhou para seu prato. Havia um jeito de lidar com aquilo, de lidar com ele, tinha certeza. Só precisava descobrir qual era.

— Murphy, estou lisonjeada. Qualquer mulher ficaria.

— Você fica mais do que lisonjeada quando a beijo, Shannon. Nós dois sabemos o que acontece.

Ela espetou um pedaço de frango com o garfo.

— Muito bem, você me atrai. É um homem sedutor, charmoso. Mas se pensasse em levar isso adiante, não levaria.

— Não mesmo? — Deus, como era bom conversar com ela. — E por que isso, se você me quer tanto quanto eu a você?

Ela precisou esfregar as mãos, úmidas, no guardanapo.

— Porque obviamente é um erro. Estamos vendo as coisas por ângulos diferentes e nunca vamos chegar a um acordo. Gosto de você. É um homem interessante. Mas, simplesmente, não estou procurando uma relação. Droga, acabei de sair de uma faz algumas semanas. Estava praticamente noiva. — Súbita inspiração. — Estava dormindo com ele.

Murphy franziu o cenho.

— *Estava* parece ser a chave da questão. Você deve ter gostado dele.

— Claro que gostava dele. Não vou para a cama com qualquer um. — Ouvindo o que dissera, ela deixou escapar um suspiro. Como ele conseguira virar a situação daquele jeito?

— Pelo que estou vendo, isso é passado. Já gostei de algumas mulheres a ponto de dormir com elas. Mas nunca amei alguém antes de você.

O pânico fez a cor fugir do rosto dela.

— Você não me ama.

— Eu a amei no momento em que pus os olhos em você. — Disse isso com tanta calma, com tanta simplicidade que ela acreditou... por um momento acreditou completamente. — Antes disso, de alguma maneira, eu a esperava, Shannon. E aqui está você.

— Isso não está acontecendo — ela falou perturbada, afastando-se da mesa. — Ouça o que estou dizendo e tire essa maluquice da sua cabeça. Não vai adiantar nada. Você está romantizando a situação, tendo alucinações. Tudo o que vai conseguir é confundir a nós dois.

Os olhos dele se estreitaram, mas ela estava irritada demais para perceber a mudança ou para ter medo dela.

— Meu amor por você a confunde.

— Não distorça minhas palavras — falou furiosa. — E não tente me fazer parecer infantil ou frívola, porque não estou interessada em ser cortejada. Deus do céu, *cortejada.* Até a palavra é ridícula.

— Você prefere alguma outra?

— Não, não há nenhuma outra que eu prefira. O que prefiro, e espero, é que você desista.

Ele continuou calmamente sentado por um momento, lidando com uma raiva que aos poucos se avolumava.

— Porque não sente nada por mim?

— Isso mesmo. — E como aquilo era uma mentira, a voz dela soou aguda demais. — Você realmente tinha alguma ilusão de que eu cederia com docilidade a qualquer plano absurdo que estivesse maquinando? Casar com você? Viver aqui? Esposa de fazendeiro, pelo amor de Deus! Pareço uma esposa de fazendeiro? Tenho uma carreira, uma vida!

Ele se moveu tão rápido que ela mal conseguiu respirar. As mãos estavam nos braços dela, dedos cravados em sua pele. O rosto era uma abstração de fúria pálida e escura.

— E a minha vida não é digna de você? — ele rosnou. — O que tenho, as coisas pelas quais trabalhei, até mesmo o que eu sou não valem nada? São coisas para se desprezar?

Seu coração batia descompassadamente. Só pôde balançar a cabeça. Quem iria imaginar que ele podia ser tão intempestivo?

— Aceito que você não saiba que me ama, que não enxergue o que significamos um para o outro. Mas não admito que despreze o que sou ou que desdenhe tudo aquilo por que eu e minha família lutamos, por gerações.

— Não quis dizer isso...

— Você acha que a terra simplesmente fica lá, linda como um quadro, só esperando ser colhida? — As velas no castiçal lançavam sombras no rosto dele, tornando-o tão fascinante quanto perigoso. — Há sangue derramado nela e mais suor do que se pode imaginar. Manter é difícil e não é suficiente. Se você é orgulhosa demais para aceitá-la como sua, então devia se envergonhar.

Ela ofegava. Precisou esforçar-se para se acalmar.

— Está me machucando, Murphy.

Ele deixou cair as mãos como se a carne dela as queimasse. Recuou, abruptamente, de um modo como nunca agira antes, desde que ela o conhecera. — Desculpe-me.

Era a vez de Murphy sentir vergonha. Sabia que suas mãos eram grandes e conhecia a força que havia nelas. Estarrecia-o o fato de que pudesse tê-las usado, mesmo cego de fúria para deixá-la marcada.

O desapontamento em relação a si mesmo estampado em seu rosto impediu que ela massageasse o braço dolorido. Embora o conhecesse muito pouco, instintivamente sabia que era um cavalheiro, que consideraria machucar uma mulher o pior dos pecados.

— Não quis ofender você — ela falou lentamente. — Estava brava e chateada, tentava mostrar como somos diferentes. Quem somos, o que queremos.

Ele meteu as mãos nos bolsos.

— O que você quer?

Ela abriu a boca e então fechou-a, surpresa por perceber que a resposta não estava lá.

— Houve grandes mudanças em minha vida nos últimos meses, ainda preciso de algum tempo para pensar a respeito. Mas um relacionamento não é uma das coisas que quero.

— Está com medo de mim? — A voz era cuidadosamente neutra. — Não queria machucar você.

— Não, não estou com medo de você. — Não pôde evitar. Adiantou-se, colocou a mão no rosto dele. — Temperamento forte entende temperamento forte, Murphy. — Quase certa de que a crise havia passado, ela sorriu. — Vamos esquecer tudo isso e nos tornar amigos.

Em vez disso, ele fez seu coração parar, pegando-lhe a mão e pressionando-a.

— "Minha generosidade é tão imensa como o mar, meu amor, bastante profundo; quanto mais dou a ti, mais tenho, pois ambos são infinitos."

Shakespeare, ela pensou, enquanto o corpo relaxava. Citava Shakespeare naquela voz linda.

— Não diga essas coisas para mim, Murphy. Não está jogando limpo.

— Isso não é um jogo, Shannon. Não somos crianças, nem tolos. Ouça, não vou machucar você. — A voz era calma, como quando afagava um cavalo. Ficou nervosa quando ele deslizou os braços em volta dela. — Diga o que sentiu quando a beijei pela primeira vez.

Não era uma pergunta difícil de responder, pois sentia o mesmo agora.

— Tentada.

Ele sorriu, apertando os lábios curvados na testa dela.

— Não foi só isso. Houve mais, não houve? Uma espécie de lembrança.

O corpo dela recusava a ordem muito sensata de se manter rígida e indiferente.

— Não acredito nessas coisas.

— Não perguntei em que você acredita. — Os lábios passaram das têmporas para o maxilar, pacientemente. — Mas o que sentiu. — Através da tênue barreira da seda, sua pele estava se aquecendo. Ele sentia que era capaz de enlouquecer se não pudesse afastar aquela barreira e tê-la toda para si. — Não foi somente agora. — Permitiu-se um pouco mais, passando a beijá-la, saboreando o modo como sua boca cedia à dele. — Foi novamente.

— Isso é um absurdo. — Mas a própria voz dela parecia vir de um lugar distante. — E é loucura. — Mesmo enquanto falava, as mãos agarravam os cabelos dele para trazê-lo mais perto, até que o prazer venceu a razão. — Não podemos fazer isso. — Um gemido de encantamento vibrou na garganta dela, repercutindo maravilhosamente na boca dele. — É apenas química.

— Deus abençoe a ciência. — Quase tão sem ar como ela, ele a levantou, torturando a si mesmo. Só por um momento, jurou. E espoliou.

Explosões eclodiram dentro dela, uma depois da outra, até se sentir invadida pela cor e pela luz. Num rosnado selvagem de avidez, ela o arranhou, lutando por mais.

Toque-me, maldito. A ordem irrompeu na cabeça dela. Mas as mãos dele nada mais fizeram além de apertá-la, enquanto seu corpo doía para ser possuído. Ela sabia como as mãos dele seriam. Sabia e lamentava-se por saber. Palmas firmes, toques gentis que deixariam marcas.

Com um instinto animal que nem sabia que espreitava dentro dela, enterrou os dentes no lábio dele, mordendo-o, desafiando-o. Ao praguejar violentamente, arremessou o corpo para trás, o rosto afogueado de triunfo.

Então pouco a pouco foi empalidecendo. Os olhos dele eram olhos de guerreiro, escuros, mortais e terrivelmente familiares.

— Deus... — A palavra explodiu dela, enquanto lutava. Ansiando por ar, por equilíbrio, colocou as mãos no seio. — Pare. Deus, isso tem que parar.

Tentando equilibrar-se no tênue fio do controle, Murphy apertou os punhos perto do próprio corpo.

— Preciso de você mais do que preciso respirar. Esse desejo está me matando, Shannon.

— Cometi um erro. — Enterrou as mãos trêmulas nos cabelos. — Cometi um erro aqui. Desculpe. Não vou deixar isso ir adiante. — Podia se sentir sendo puxada para ele — negativo para positivo. Poder para poder. — Fique longe de mim, Murphy.

— Não posso. Sabe que não posso.

— Temos um problema. — Decidida a se acalmar, ela caminhou hesitantemente até a mesa e pegou sua taça. — Podemos resolvê-lo — disse para si mesma, bebericando o vinho. — Sempre há um jeito de resolver um problema. Não fale comigo — ela pediu, levantando uma das mãos como um guarda de trânsito. — Me deixe pensar.

A coisa mais estranha era que nunca se havia considerado uma criatura muito sexy. Tivera alguns momentos agradáveis com homens de quem gostara e respeitara.

"Agradável" era uma descrição ridiculamente pálida perto daquilo que brotara nela com Murphy.

Era sexo, pensou, balançando a cabeça. Aquilo era permitido, aquilo era certo. Ambos eram adultos, ambos eram desimpedidos. Com toda certeza gostava dele e o respeitava, até mesmo o admirava de muitas maneiras. O que havia de errado em entregar-se selvagemente, antes de se acomodar e decidir o que fazer do resto da vida?

Nada, decidiu, exceto aquela tolice de cortejar. Então, bebericou o vinho outra vez e se acalmou.

— Queremos dormir juntos — começou.

— Ora, acharia bem agradável dormir com você, mas, antes, preferiria fazer amor com você algumas dúzias de vezes.

— Você entendeu o que eu disse, Murphy. — Mas sorriu, aliviada por ver que o humor voltara aos olhos dele. — Acho que podemos resolver isso de maneira razoável e mutuamente satisfatória.

— Algumas vezes, você diz coisas maravilhosas. — A voz estava repleta de admiração e deleite. — Mesmo quando o que fala não faz sentido. É tão digna, sabe? E fina.

— Cale-se, Murphy. Então, se você apenas concordar que a idéia de um compromisso por longo prazo não é possível... — Suspirou ao ver que ele simplesmente continuava a sorrir. — Tudo bem, vou falar francamente. Nada dessa história de cortejar.

— Sei o que quer dizer, querida. Apenas gosto de ouvir você. Para mim não há nenhum problema na possibilidade de viver o resto da vida com você. E mal comecei a cortejá-la. Ainda nem dancei com você.

Desnorteada, ela esfregou as mãos no rosto.

— Você é mesmo tão cabeça-dura assim?

— Pelo menos, era o que minha mãe sempre dizia. "Quando Murphy coloca uma coisa na cabeça, ninguém tira", ela costuma dizer. — Ele sorriu. — Você vai gostar da minha mãe.

— Nunca vou conhecer sua mãe.

— Ah, vai sim. Já estou cuidando disso. Mas o que estava dizendo?

— O que eu estou dizendo... — repetiu, confusa. — Como posso me lembrar do que estava falando se você me interrompe a toda hora? Faz isso de propósito, só para complicar as coisas, quando elas poderiam ser perfeitamente simples.

— Amo você, Shannon — disse, deixando-a imóvel. — É simples assim. Quero me casar com você, ter uma família com você. Mas isso é atropelar as coisas.

— Vou repetir, Murphy. Serei o mais clara possível. Não amo você e não quero me casar com você. — Lançou-lhe um olhar cortante. — E se continuar rindo para mim, vou esmurrá-lo.

— Você pode me acertar um direto no queixo, e podemos brigar um pouquinho, mas então vamos acabar resolvendo a primeira parte disso bem aqui no chão da cozinha. — Chegou mais perto, deliciado quando ela levantou o queixo. — Porque, querida, depois de eu colocar as mãos em você outra vez, prometo não tirá-las até que tenha terminado.

— Estou só tentando ser razoável. Obrigada pelo jantar. Foi interessante.

— Vai precisar de um casaco por causa da chuva.

— Não vou...

— Não seja boba. — Já pegara um, o dele, do cabide. — Só iria molhar essa linda blusa e ficar congelada.

Agarrou-o antes que ele pudesse ajudá-la a vestir.

— Tudo bem. Devolvo depois.

— Se quiser, traga-o amanhã, quando vier pintar. Estarei andando por lá.

— Talvez eu não vá para o mesmo local. — Enfiou os braços pelo brim macio e quente, parando com as mangas cobrindo-lhe os dedos. — Boa-noite.

— Vou levá-la até o carro. — Mesmo quando ela começou a objetar, ele tomou-lhe o braço e a levou para fora da cozinha, em direção à entrada.

— Vai se molhar — ela protestou, quando chegaram à porta da frente.

— Não me incomodo com a chuva. — Quando alcançaram o carro, ele sabiamente engoliu um sorriso. — Está do lado errado, querida, a não ser que queira que eu a leve para casa.

Fazendo uma careta, mudou de direção, encaminhando-se para o lado certo do motorista.

Avaliando seu humor, optou por lhe beijar a mão, e não a boca, quando abriu a porta do carro para ela.

— Sonhe bastante — ele sussurrou. — Poe tem algumas frases adoráveis sobre isso. Vai sonhar comigo esta noite, Shannon, e eu com você.

— Não, não vou — disse isso firmemente, enquanto batia a porta. Depois de dobrar as mangas da jaqueta dele, deu ré e dirigiu-se à estrada lavada pela chuva.

O homem devia ter um parafuso solto, concluiu. Era a única explicação. Sua única opção era não lhe dar nenhum incentivo dali em diante.

Nada mais de jantares aconchegantes na cozinha, nada de música ou risadas no pub, nada de conversas leves ou beijos perturbadores nos campos.

Maldição, sentiria falta disso. De tudo isso. Estacionou diante da entrada de Brianna. Ele surgira despertando-lhe sentimentos e desejos que nunca se imaginara capaz de sentir, e então não lhe dera outra opção senão acabar com eles.

Idiota, pensou, batendo a porta antes de correr para casa.

Shannon conteve uma careta quando abriu a porta e deu de cara com o sorriso radiante de Brianna.

— Ah, que bom, ele lhe emprestou um casaco. Só me lembrei disso depois que você saiu. E então, divertiu-se?

Shannon abriu a boca, surpresa por não ouvir os costumeiros chavões.

— Ele é completamente louco.

Brianna piscou.

— Murphy?

— Quem mais? Estou dizendo a você, ele tem alguma coisa solta na cabeça. Não dá para argumentar com ele.

Num movimento tão natural que nenhuma delas percebeu, Brianna pegou a mão de Shannon e começou a levá-la para a cozinha.

— Vocês brigaram?

— Brigar? Não, não diria isso. Não se pode discutir com a loucura.

— E aí, Shannon? — Quando a porta da cozinha se abriu, Gray ergueu os olhos, com uma enorme colher de pavê a meio caminho da tigela. — Como foi o jantar? Ainda tem espaço para o pavê? Brie faz o melhor do mundo.

— Ela teve um bate-boca com Murphy — Brianna informou, levando Shannon para uma cadeira antes de pegar o bule de chá.

— Não brinque! — Intrigado, Gray serviu o pavê, pegando outra tigela. — Por quê?

— Ah, nada demais. Ele só quer que eu case com ele e tenha seus filhos.

Brianna quase deixou a xícara de chá se espatifar no chão.

— Você está brincando — disse, controlando uma risada.

— Parece brincadeira, mas não é não. — Distraidamente, atacou a tigela de doce que Gray colocara na sua frente. — Ele insiste que está me cortejando. — Bufou e engoliu um pedaço de pavê. — Dá pra acreditar nisso? — perguntou a Gray.

— Ah... — Ele correu a língua pelos dentes. — Não!

Com os olhos arregalados, Brianna deixou-se sentar lentamente.

— Ele disse que quer cortejar você?

— Disse que está me cortejando — Shannon corrigiu, enchendo outra colher de pavê. — Ele tem umas idéias loucas sobre amor à primeira vista, e que já nos conhecemos antes, e outras histórias ridículas. Essas besteiras de se lembrar e reconhecer. É um disparate — resmungou e serviu-se de chá.

— Murphy nunca cortejou ninguém. Nunca quis.

Apertando os olhos, Shannon voltou-se para Brianna.

— Gostaria que parassem de usar essa palavra antiquada. Me deixa nervosa.

— A palavra — Gray interveio — ou a ação?

— Ambas. — Apoiou o queixo sobre o punho. — Como se tudo já não estivesse bastante complicado.

— Você é indiferente a ele? — Brianna perguntou.

— Não indiferente. — Shannon fez uma careta. — Exatamente.

— A trama se complica. — Gray apenas sorriu diante do olhar irritado que Shannon lhe lançou. — Seria melhor você entender que os irlandeses são uma raça teimosa. Não tenho certeza se os irlandeses do Oeste não são até os mais teimosos. Se Murphy pôs o olho em você, não vai desistir.

— Não brinque com isso, Gray. — Solidária, Brianna pôs a mão sobre a de Shannon. — Ela está confusa e há corações envolvidos nisso.

— Não, não há. — Pelo menos quanto àquilo, Shannon podia ser firme. — Considerando que ir para a cama com um homem e passar o resto da vida com ele são duas coisas inteiramente diferentes. E, quanto a ele, é apenas um romântico.

Com as sobrancelhas franzidas, concentrou-se em raspar o restante do pavê da tigela.

— É um absurdo achar que alguns sonhos estranhos tenham alguma coisa a ver com destino.

— Murphy teve sonhos estranhos?

Novamente perturbada, Shannon olhou para Brianna.

— Não sei, não perguntei.

— Mas você teve. — Gray não podia estar mais deliciado. Inclinou-se para a frente. — Me conte, especialmente as partes eróticas

— Pare com isso, Grayson.

Mas Shannon surpreendeu-se rindo. Estranho, pensou, que viesse a encontrar ali o irmão mais velho que sempre desejara ter.

— É tudo muito erótico — disse a ele e lambeu os lábios.

— É mesmo? — Ele chegou ainda mais perto. — Comece do início. Não deixe nada de fora. Nem os mínimos detalhes.

— Não o leve a sério, Shannon.

— Tudo bem. — Mais do que satisfeita, empurrou a tigela vazia para o lado. — Vocês dois podem achar interessante. Nunca tive um sonho recorrente antes. Na verdade, parece mais com vinhetas, fora de ordem. Ou quase isso.

— Agora você está realmente me deixando louco — Gray reclamou. — Desembuche logo.

— Ok. Começa fora, no campo, onde está o círculo de pedras. Engraçado, é como se eu tivesse sonhado que ele estava lá, antes de vê-lo. Mas isso não é possível. De todo modo — ela afastou aquela idéia abanando a mão —, está chovendo. Frio, há geada. Quando piso, soa como se fosse gelo sendo triturado. Não eu — corrigiu-se com um meio-sorriso —, a mulher do sonho. Então há um homem, cabelos escuros, um capa escura, um cavalo branco. Dá para ver o vapor saindo deles e a lama salpicada nas botas e na armadura. Ele vem em direção a mim... a ela... diretamente. E ela fica lá, com os cabelos esvoaçando. E...

Interrompeu-se. Ela pôde perceber um lampejo de espanto em Brianna e o olhar silencioso que Gray e ela trocaram.

— O que foi? — inquiriu.

— Soa como a feiticeira e o guerreiro. — Os olhos de Gray tinham escurecido, focados intensamente no rosto de Shannon. — O que acontece depois?

Shannon pôs as mãos sob a mesa, cruzando-as.

— Me conte você.

— Muito bem. — Gray olhou para Brianna, que acenava para que ele contasse a lenda. — A lenda diz que havia uma mulher sábia, uma feiticeira, que vivia aqui nesta terra. Ela tinha visões. Ao mesmo tempo amaldiçoada por isso, vivia longe de todos. Uma manhã, quando ia à dança para comungar com seus deuses, encontrou o guerreiro no círculo, ferido, o cavalo ao lado dele. Ela possuía o dom da cura e tratou dos seus ferimentos, cuidando dele até que ficasse forte novamente. Eles se apaixonaram. Tornaram-se amantes.

Parou para servir um pouco de chá e bebericou antes de prosseguir:

— Ele a deixou, naturalmente, pois havia guerras que precisava enfrentar e batalhas que se empenhava em vencer. Jurou voltar e ela lhe deu um broche para prender em sua capa e lembrar-se dela.

— E ele? — Shannon pigarreou. — Voltou?

— Dizem que sim, correndo para ela pelos campos numa tempestade que fazia os céus desabarem. Queria torná-la sua esposa, mas jamais desistiria da espada e da armadura. Brigaram por causa disso, amargamente. Parecia não importar o quanto se amavam, não chegaram a um acordo. Quando partiu novamente, deu a ela o broche para que se lembrasse dele até que voltasse. Mas nunca voltou. Dizem que morreu em outro campo. E, com o dom da visão, ela soube no instante em que aconteceu.

— É só uma história. — Como estavam subitamente geladas, Shannon colocou as mãos em volta da xícara. — Não acredito nessas coisas. Não me digam que vocês conseguem acreditar nisso.

Gray deu de ombros.

— Consigo sim. Consigo acreditar que aquelas duas pessoas existiram e que houve alguma coisa forte entre eles que ainda permanece. O que me deixa curioso é por que você sonhou com elas.

— Tive alguns sonhos com um homem num cavalo — Shannon disse impaciente. — E tenho certeza de que muitos psicanalistas dariam mil explicações para isso. Uma coisa não tem nada a ver com a outra. Estou cansada — acrescentou, levantando-se. — Vou deitar.

— Tome seu chá — Brianna disse delicadamente.

— Obrigada.

Quando Shannon saiu, Brianna pôs a mão no ombro de Gray.

— Não a atormente muito, Grayson. Ela está tão perturbada.

— Ela se sentiria melhor se deixasse de guardar tanta coisa dentro de si. — Com um meio-sorriso, ele voltou a cabeça para apertar os lábios na mão de Brianna. — Eu sei disso como ninguém.

— Ela precisa de tempo, como você também precisou. — Suspirou profundamente. — Murphy. Quem imaginaria uma coisa dessas?

Capítulo Onze

Não que Shannon estivesse evitando ir até o círculo de pedras. Ela simplesmente havia dormido demais. E, se tivera tido sonhos, pensou, enquanto tomava um tardio desjejum de café e bolinhos, não seria surpresa.

Encher-se de pavê antes de dormir e ouvir um mestre das histórias contar uma lenda era sinônimo de uma noite agitada.

Entretanto, a clareza deles a preocupava. Para si mesma, podia admitir que ela sentia os sonhos, não apenas os imaginava. Sentia o cobertor áspero nas costas, as alfinetadas da grama, o calor e o peso do corpo do homem sobre o seu. No seu.

Exalou um longo suspiro, pressionando a mão sobre o estômago, onde a lembrança do sonho lhe fizera sentir a vertigem do desejo.

Sonhara que fazia amor com um homem com o rosto de Murphy, embora não fosse exatamente o rosto dele. Estavam no círculo de pedras, com estrelas pairando sobre as suas cabeças, e a lua branca, como um farol. Ouvira o pio de uma coruja, sentira a respiração morna vindo rápido contra seu rosto. Suas mãos conheciam o toque daqueles músculos. E soubera, mesmo quando seu corpo explodira de prazer, que aquela seria a última vez.

Doía pensar naquilo, doía tanto, que mesmo agora, acordada e consciente, as lágrimas ainda ameaçavam correr, ardendo amargamente nos olhos.

Ergueu a xícara de café outra vez. Precisava fugir daquilo, alertou a si mesma, ou se juntar à legião de colegas seus que enchiam os consultórios de terapia.

O movimento na porta de trás fez com que recompusesse a expressão em seu rosto. Quem quer que fosse, Shannon sentiu-se grata por ter distração.

Mas não tão grata a ponto de se sentir satisfeita ao ver que era Maggie.

— Estou deixando você entrar, não estou? — Maggie disse a Con. — Não precisa empurrar.

O cachorro irrompeu pela porta aberta, correndo para baixo da mesa, esparramando-se com um longo e sofrido suspiro.

— Sei que você é bem-vindo. — O sorriso espontâneo de Maggie gelou vários graus quando enxergou Shannon sozinha na cozinha. — Bom-dia, trouxe algumas amoras para Brie.

— Ela tinha alguns afazeres. Gray está trabalhando lá em cima.

— Vou deixá-las. — À vontade, Maggie atravessou a cozinha para colocar o saco na geladeira. — Gostou do jantar com Murphy?

— As novidades voam. — Shannon não pôde disfarçar o ar aborrecido. — Estou até surpresa de você não saber o que ele serviu.

Com um sorriso tão breve quanto seu bom humor, Maggie voltou-se.

— Ah, deve ter sido frango. Ele tem uma mão boa para assados, apesar de não ter o hábito de cozinhar para mulheres. — Tirou o boné, metendo-o no bolso. — Mas ele está caidinho por você, não está?

— Diria que isso é assunto dele e meu.

— Diria que está errada, e aconselharia você a tomar cuidado com ele.

— Não estou interessada em seus avisos nem em suas atitudes desagradáveis.

Maggie balançou a cabeça num gesto que tinha mais a ver com desdém do que com curiosidade.

— O que você está pretendendo, Shannon Bodine? Acha divertido ficar se exibindo para um homem? Alguém com quem só tem intenção de se distrair? É coisa de família, não é?

A bruma vermelha da fúria cegou-a. Num salto, estava de pé, punhos em riste.

— Maldita seja! Você não tem o direito de atirar pedras em minha mãe.

— Você está certa. Absolutamente certa. — Se pudesse voltar atrás, Maggie teria engolido suas palavras e a injustiça por trás delas. — Peço desculpas.

— Por quê? Você falou exatamente como sua própria mãe.

Maggie apenas estremeceu.

— Você acertou bem no alvo. Falei como ela, e estava tão errada quanto ela. Então, peço desculpas outra vez por isso, mas não pelo resto.

Para se acalmar, ou tentar, voltou-se para esquentar a água na chaleira.

— Mas quero perguntar uma coisa a você, e pode ser honesta, já que estamos só nós duas aqui: você não pensou a respeito de meu pai o mesmo que falei de sua mãe?

A acuidade da pergunta fez Shannon recuar.

— Se pensei, ao menos fui polida o bastante para não dizer.

— Para mim, polidez e hipocrisia andam freqüentemente de mãos dadas. — Satisfeita com o súbito rosnado que Shannon deixou escapar, Maggie pegou a lata de chá. — Então vamos jogar limpo. As circunstâncias dizem que somos do mesmo sangue, um fato que não agrada muito a nenhuma de nós. Pelo que pude ver, você não é uma mulher frágil. Eu também não. Mas Brianna é.

— Então vai protegê-la de mim também?

— Se for necessário. Se machucar algum dos meus, vou em cima de você. — Expressão recomposta, ela se virou. — Entenda o que quero dizer. É claro que Brie já abriu seu coração para você, e, se Murphy ainda não fez isso, logo fará.

— E você já fechou o seu, e sua mente também.

— Você não? — Maggie aproximou-se da mesa, espalmando as mãos sobre ela. — Não veio com coração e alma fechados? Você não se importa com o que papai sofreu. Só pensa em si mesma. Não dá a mínima para o fato de que ele nunca pôde ser feliz. Nunca...

Vacilou quando a vista escureceu. Praguejando, inclinou-se sobre a mesa, lutando pelo equilíbrio. Mesmo com ela praguejando, Shannon segurou-a pelos ombros.

— Sente-se, pelo amor de Deus.

— Estou bem.

— Claro. — Maggie estava terrivelmente pálida, os olhos revirando. — Vamos partir para outro round.

Mas Maggie desabou sobre a cadeira, não mostrando nenhum protesto quando Shannon lhe empurrou a cabeça entre as pernas.

— Respire. Apenas respire, ou sei lá... merda. — Deu uma batidinha desajeitada no ombro de Maggie e imaginou o que deveria fazer em seguida. — Vou chamar Gray. Vamos ligar para o médico.

— Não preciso de médico. — Lutando contra a vertigem, Maggie tateou até encontrar a mão de Shannon. — Não o incomode. É só por causa da gravidez. Foi a mesma coisa durante as primeiras semanas, quando estava esperando Liam.

Trôpega e descontente consigo mesma, Maggie voltou a sentar-se. Conhecia a rotina e manteve os olhos fechados, inspirando lenta e firmemente. Os olhos se abriram em surpresa, quando sentiu uma toalha fria na cabeça.

— Obrigada.

— Beba um pouco de água. — Esperando para que fosse o movimento certo, Shannon se apressou em colocar em suas mãos o copo de água que acabara de encher. — Ainda está terrivelmente pálida.

— É o jeito que a natureza tem de lembrar a você que ainda há coisas piores pela frente nesses nove meses.

— Pensamentos animadores. — Shannon sentou-se novamente, mantendo os olhos grudados no rosto de Maggie. — Por que está tendo outro filho?

— Gosto de desafios. E quero mais filhos, o que é uma grande surpresa para mim, pois nunca soube que queria o primeiro. É uma grande aventura, realmente, um pouco de vertigem, náuseas pela manhã, engordar como uma vaca premiada.

— Vou acreditar em você. A cor está voltando ao seu rosto.

— Então pode parar de me olhar como se eu fosse criar asas. — Deslizou a toalha pelas sobrancelhas, colocando-a sobre a mesa, entre elas. — Obrigada.

Aliviada, Shannon se recostou na cadeira.

— Não foi nada.

— Por falar nisso — Maggie falou, segurando a toalha —, ficaria agradecida se não contasse a Brie, nem a ninguém, que passei mal. Ela vai se apavorar, entende... e Rogan vai começar a me vigiar.

— E você prefere proteger a ser protegida.

— Pode-se dizer assim.

Pensativa, Shannon tamborilava os dedos na mesa. Tinham atravessado uma barreira, pensou, sem que nenhuma das duas percebesse. Talvez ela desse o próximo e deliberado passo.

— Quer que mantenha isso em segredo?

— Sim.

— Quanto isso vale pra você?

Apanhada de surpresa, Maggie piscou.

— Quanto vale?

— Podemos chamar de troca de favores.

Sobrancelhas cerradas, Maggie concordou:

— Tudo bem. O que você quer em troca?

— Quero ver onde trabalha.

— Onde trabalho? — Havia alguma suspeita em sua voz e em seus olhos. — Dentro da minha casa de vidro?

Nada poderia ser mais melodioso, Shannon concluiu.

— Ouvi dizer que você realmente odeia quando as pessoas entram em sua casa de vidro, fazem perguntas, bisbilhotam. É o que quero fazer. — Levantou para levar a xícara até a pia. — De outra maneira, a notícia de que você desmaiou na cozinha pode correr por aí.

— Não desmaiei — Maggie resmungou. — Não posso ter nem uma simples tontura em paz — continuou enquanto se afastava da mesa. — As pessoas costumam ser tolerantes com mulheres grávidas.

Vamos, então. — Nitidamente aborrecida, tirou o boné do bolso e enfiou-o na cabeça.

— Acho melhor eu dirigir.

— Como uma ianque... — Maggie disse com desagrado. — Não, vamos a pé.

— Ótimo. — Shannon pegou a jaqueta de Murphy do cabide e seguiu-a. — Onde está Liam? — perguntou quando se dirigiram para o gramado dos fundos.

— Com o pai. Rogan cismou que eu tinha que ficar deitada de manhã e o levou à galeria por algumas horas.

— Gostaria de conhecer. A galeria. Estive na Worldwide de Nova York.

— Esta não é tão sofisticada. O objetivo de Rogan era fazer mais uma casa para a arte do que uma exposição. Apresentamos somente artistas irlandeses e artesãos. Faz um ano que foi aberta e ele fez exatamente aquilo a que se propôs. Como sempre. — Ágil, ela pulou o primeiro muro.

— Está casada há bastante tempo?

— Logo vai fazer dois anos. Isso foi outra coisa que ele decidiu fazer. — Sorriu ao pensar naquilo, lembrar como brigara com ele a cada passo do caminho. — Não pensa em se casar, ter um homem esperando você voltar?

— Não. — Bem nesse momento, ouviu o som de um trator, então viu Murphy no campo ao longe. — Estou concentrada em minha carreira.

— Sei como é isso. — Maggie abanou a mão. — Ele vai voltar para a turfeira, cortar a turfa. Está um dia ótimo para isso e ele prefere pedaços de turfa a madeira ou carvão.

Fogo de turfa e turfeiras, Shannon pensou. Mas, Deus, ele não parecia ótimo dirigindo sobre a própria terra com o sol fluindo sobre ele?

— Ele vai fazer tudo isso sozinho?

— Não, terá alguma ajuda. É raro um homem cortar turfa sozinho. Poucos fazem isso hoje em dia; exige tempo e esforço. Mas Murphy sempre usa o que tem. — Maggie parou um minuto para fazer um círculo lento. — Vai ter uma ótima colheita este ano. Depois que o pai morreu, ele deu tudo de si a essa terra. E tem tido sucesso como o pai dele e o meu nunca conseguiram. — Quando voltaram a caminhar, lançou um olhar a Shannon. — Um dia estas terras pertenceram aos Concannon.

— Murphy me contou que as comprou. — Pularam o próximo muro. Estavam perto da casa da fazenda agora e Shannon podia ver galinhas esgravatando o chão. — Então esta casa era de vocês?

— Sim, mas não me lembro disso. Crescemos em Blackthorn. Se recuarmos algumas gerações, chegaremos a um parentesco dos Muldoon e dos Concannon. Uns irmãos, sabe, herdaram toda a terra aqui e dividiram entre eles. Um deles não podia jogar uma semente na terra. E o outro só parecia cultivar pedras. Mas diziam que ele bebia mais do que arava. Havia muito ciúme e disputa entre eles, suas esposas não podiam conversar quando se encontravam.

— Muito amistoso — Shannon comentou, interessada demais na conversa para se lembrar de colocar a jaqueta emprestada no alpendre.

— E um belo dia, o segundo irmão, aquele que preferia cerveja a fertilizante, desapareceu. Sumiu. Quanto à herança, o primeiro irmão virou o dono de toda a terra. Deixou a esposa e os filhos do outro ficarem no chalé, que é a minha casa agora. Alguns dizem que fez isso por culpa, pois suspeitavam de que tivesse sumido com o irmão.

— Matado? — Surpresa, Shannon olhou para longe. — Que é isto? Caim e Abel?

— Acho que algo parecido. Embora o irmão assassino tenha herdado o jardim, em vez de ser banido dele. O nome deles era Concannon, e, com o passar dos anos, uma das filhas do irmão sumido casou com um Muldoon. Ganharam um pedaço de terra do tio e trabalharam bem nela. E, com o tempo, tudo mudou. Agora as terras são dos Muldoon e os Concannon têm só um pedacinho.

— Não se ressente disso?

— Por que deveria? É justo. E, mesmo que não fosse, mesmo que aquele irmão distante tivesse caído num pântano num estupor alcoólico, é Murphy quem ama a terra como meu próprio pai nunca amou. Cá estamos. Isto é que é meu.

— É uma linda casa.

E era mesmo, pensou, estudando-a. Pouco mais do que um chalé, embora isso talvez fosse a essência da casa. As pedras bonitas que eram tão típicas da área se erguiam em dois pavimentos. Havia um prédio interessante na mesma linha, que ela supôs ser um anexo. E o toque da artista, pintando-o de azul vivo.

— Acrescentamos isso aqui para Rogan ter espaço para o escritório e termos um quarto para Liam. — Maggie sacudia a cabeça enquanto fazia a volta. — E, claro, ele insistiu para acrescentarmos um ou dois cômodos enquanto a reformávamos. Já estava planejando a nova cria, embora eu nem me desse conta disso na época.

— Parece que você o atendeu.

— Ah, ele está tão contente com a idéia de uma família. Assim é Rogan. Talvez por ser filho único. E descobri que sinto o mesmo. Tenho jeito para a maternidade e me orgulho disso. Estranho como alguém pode mudar tudo.

— Acho que não consigo perceber o quanto você o ama — Shannon disse calmamente. — Parece tão... individualista.

— O que uma coisa tem a ver com a outra? — Maggie deixou escapar um suspiro e franziu o rosto para o prédio de pedras que era a sua solitude, seu santuário. Sua oficina. — Bom, vamos até lá, então. Mas nosso trato não quer dizer que você pode ir mexendo em todas as minhas coisas.

— A famosa hospitalidade irlandesa.

— Dane-se! — Maggie disse com um sorriso e abriu a porta.

O calor foi um choque. Ele explicava aquele troar retumbante que Shannon começara a ouvir a distância. O forno estava aceso. Percebendo isso, sentiu-se culpada por afastar Maggie do trabalho.

— Desculpe. Não sabia que estava atrasando você.

— Não tenho nada urgente.

A culpa não teve nenhuma chance diante de seu fascínio. Bancadas e estantes estavam cheias de ferramentas, esboços, trabalhos em andamento. Havia uma enorme cadeira de madeira com braços largos, fendas e ângulos nas laterais. Baldes cheios de água ou areia.

Num canto, como lanças empilhadas, estavam longas varas de metal.

— São pipetas?

— Pontéis. Você une o vidro no final deles, faz fusões no forno. Você usa a pipeta para soprar a bolha. — Maggie levantou um.

— Uma bolha de vidro. — Interessada, Shannon examinou as curvas e colunas, as tigelas e velas finas com que Maggie enchia as estantes. — E você faz o que quiser com isso.

— Você faz o que sente. É preciso fazer uma segunda fusão, enrolar e esfriar para fazer o que se chama de uma pele. É um longo tempo trabalhando sentada na cadeira, levantando vezes sem conta para ir até o forno. Precisa manter o pontel ou a pipeta em movimento, usando a gravidade, lutando contra ela. — Maggie sacudiu a cabeça. — Quer tentar?

Fascinada demais para se surpreender com o convite, Shannon sorriu.

— Pode apostar que sim.

— Alguma coisa simples — Maggie murmurou enquanto começava a separar o material. — Uma bola, chata no fundo. Como um peso para papel.

Um instante, Shannon viu suas mãos enfiadas em pesadas luvas segurando um pontel. Seguindo as instruções, afundou-o na fundição, virou-o.

— Não seja tão ansiosa. Leva algum tempo — Maggie falou.

E também algum esforço, Shannon descobriu. Não era trabalho para um fraco. O suor descia pelas costas, mas ela nem o notou mais ao ver a bolha começar a se formar na ponta da pipeta.

— Consegui!

— Não, ainda não. — Mas Maggie guiava as mãos dela. Mostrando como fazer a segunda fusão, rolá-la sobre o mármore. Explicou cada passo, nenhuma delas totalmente consciente de que estavam trabalhando juntas e gostando disso.

— Ah, é maravilhoso. — Feliz como uma criança, Shannon riu para a bola de vidro. — Olhe para aqueles redemoinhos de cores dentro dela.

— Não costuma haver uma parte feia. Usará isso para achatar a base. Cuidado, agora está bom. Você tem a mão boa para isso — Levantou a pipeta, mostrando a Shannon como prender a outra ponta no pontel. — Agora, golpeie forte, aí.

Shannon piscou quando a bola se desprendeu da pipeta, mantendo-se presa agora no pontel.

— De volta à fornalha, primeiro — Maggie instruía, impaciente agora. — Para esquentar o bocal. É isso, não muito. Vai ao forno agora. Para aquecer. Agora pegue aquela lima, golpeie outra vez.

Quando a bola aterrissou numa almofada de amianto, Maggie fechou o forno habilmente e ajustou o timer.

— Foi maravilhoso!

— Você se saiu muito bem. — Maggie curvou-se junto a uma pequena geladeira e pegou dois refrigerantes. — Não tem a mão mole não.

— Obrigada — Shannon disse secamente. Tomou um bom gole do refrigerante. — Acho que as aulas foram muito além do nosso trato.

Maggie sorriu.

— Então você está me devendo, não é?

— Pelo jeito. — Distraidamente, Shannon deu uma olhada nos esboços espalhados sobre a bancada. — Estes são excelentes. Vi alguns dos seus esboços e telas em Nova York.

— Não sou uma pintora. Rogan é do tipo que não deixa escapar nenhuma oportunidade de negócio. Então pegou os que gostou e mandou emoldurar.

— Não vou nem discutir que sua arte em vidro é superior aos seus desenhos.

Maggie engoliu o refrigerante antes que se engasgasse.

— Não?

— Não. Mas Rogan tem um olho excelente, e aposto que escolheu os melhores.

— Ah, pode ter certeza. Você é pintora, não é? Aposto que é preciso ter muito talento para desenhar comerciais.

Sentindo-se provocada, Shannon colocou o copo sobre a bancada.

— Você acha mesmo que é melhor nisso do que eu.

— Bem, ainda não vi nada seu, vi? A não ser que tenha passado por algo ao folhear uma revista na sala de espera no dentista.

Shannon controlou-se e pegou um pedaço de carvão de Maggie. Levou algum tempo até encontrar um bloco de rascunhos e uma folha em branco. Enquanto Maggie encostava o quadril negligentemente na beira da bancada, Shannon se curvou sobre o trabalho.

Começou com toques rápidos, a contrariedade provocando-a. Até o prazer despertar e sentir desejo pela beleza.

— Olhe, é o Liam. — A voz de Maggie se derreteu ao ver o filho surgir. Shannon estava desenhando apenas a cabeça e os ombros, concentrando-se naquela travessura que dançava nos olhos e em torno da boca dele. Os cabelos estavam em desordem, os lábios ardilosos à beira de uma risada.

— Ele sempre olha como se estivesse em apuros ou procurando por isso — Shannon murmurou enquanto dava uns retoques.

— É mesmo. Ele é um amor, meu Liam. Você o captou tão bem, Shannon.

Alarmada com o tom de voz de Maggie, Shannon olhou de relance.

— Por favor, não vá começar a chorar.

— São os hormônios. — Maggie fungou e sacudiu a cabeça. — Agora vou ter que admitir que você tem a mão melhor do que a minha para desenhos.

— Opinião aceita. — Shannon rabiscou suas iniciais no canto da folha. Então, cuidadosamente, destacou-a do bloco. — Um negócio justo por um peso para papel — falou, entregando o desenho a Maggie.

— Não, não é. Está tudo desigual outra vez. Estou devendo outro favor a você.

Shannon pegou um pano para limpar o pó de carvão das mãos. Ficou olhando os próprios dedos. — Fale-me sobre Thomas Concannon.

Não sabia de onde aquela vontade havia surgido, e não estava menos surpresa do que Maggie por ter perguntado. A pergunta ficou zumbindo por vários longos segundos.

— Vamos lá para dentro. — O tom de Maggie era subitamente gentil, assim como a mão que pousou no braço de Shannon. — Vamos tomar um chá e conversar.

Foi lá que Brianna as encontrou quando entrou na cozinha de Maggie com Kayla e uma cesta de pães.

— Ah, Shannon. Não sabia que estava aqui. — E nunca a teria imaginado lá, sentada à mesa de Maggie, enquanto as duas tomavam chá. — Eu... eu trouxe pão, Maggie.

— Obrigada. Por que não partimos logo um? Estou morrendo de fome.

— Não pretendia ficar...

— Acho que devia. — Os olhos de Maggie encontraram os de Brianna. — Kayla está dormindo em sua cadeirinha, Brie. Por que não a põe para um cochilo aqui?

— Muito bem. — Percebendo a tensão que dominava o ambiente, deixou o pão sobre a mesa e saiu com o bebê.

— Ela está preocupada achando que vamos começar a cuspir uma na outra — Maggie comentou. — Brie não gosta de brigas.

— Ela é muito delicada.

— É, sim. Até você tocar em seu ponto sensível. Então ela vira uma fera. E parece mais feroz, porque nunca se espera isso dela. Foi ela que achou as cartas que sua mãe escreveu. Ele as guardou no sótão, sabe? Em uma caixa onde gostava de guardar coisas importantes. Não mexemos nela nem em algumas outras coisas dele, por um longo tempo após a sua morte.

Pegou a chaleira e se sentou.

— Foi difícil para nós, e minha mãe estava morando com Brie, na casa, até alguns anos atrás. Para manter a paz que era possível manter, Brie não falava muito em papai.

— As coisas eram realmente tão ruins assim entre seus pais?

— Muito pior que isso. Eles chegaram tarde, um na vida do outro. Foi impulso e paixão. Embora ele tenha me contado que um dia houve amor, bem no início.

— Maggie? — Brianna hesitou na soleira da porta.

— Venha e sente-se. Ela quer falar sobre papai.

Brianna entrou, deslizando a mão sobre o ombro de Shannon, num gesto talvez de apoio ou gratidão, antes de se juntar a elas. — Sei que é difícil para você, Shannon.

— Preciso enfrentar isso. Estava evitando. — Levantou os olhos, fixando atentamente cada uma das irmãs. — Quero que entendam que tive um pai.

— Acho que você é uma mulher de sorte, que poderia dizer que teve dois — Maggie falou. — Ambos a amaram. — Quando Shannon sacudiu a cabeça, ela se aproximou. — Ele era um homem adorável.

Generoso. Generoso demais, às vezes. Como pai, foi delicado, paciente e divertido. Não era esperto nem bem-sucedido. E tinha o hábito de deixar as coisas pela metade.

— Estava sempre por perto quando você precisava de ânimo. — Brianna murmurou. — Tinha grandes sonhos, alguns bem extravagantes, e planos bem idiotas. Estava sempre querendo fazer fortuna, mas morreu mais rico em amigos do que em dinheiro. Lembra aquela vez, Maggie, quando decidiu que criaria coelhos por causa das peles?

— E construiu cercados para eles e comprou um par daqueles brancos de pêlo longo. Ah, mamãe ficou furiosa com o dinheiro que ele gastou e com a idéia em si. — Maggie riu silenciosamente. — Coelhos no pátio.

Brianna sorriu servindo o chá.

— E logo estavam lá. Depois que nasciam, ele não tinha coragem de vendê-los para serem esfolados. E Maggie e eu ficávamos chorando diante da idéia dos coelhinhos sendo mortos.

— Então saímos uma noite — Maggie continuou a contar a história —, nós três, nos esgueirando como ladrões, os deixamos fugir, a mãe, o pai e os filhotinhos. E rimos como tolos quando eles saíram saltando pelos campos. — Suspirou e pegou o chá. — Não tinha coração, ou cabeça, para negócios. Costumava escrever poesias — lembrou. — Negócios terríveis, versos vazios. Ficava sempre desapontado por não encontrar as palavras certas.

Brianna apertou os lábios.

— Ele não era feliz. Tentava ser e trabalhou duro para que Maggie e eu fôssemos. Mas a casa vivia cheia de raiva, e, como descobrimos mais tarde, a tristeza dele tornou-se mais profunda do que alguém podia alcançar. Ele tinha orgulho. Estava muito orgulhoso de você, Maggie.

— Tinha orgulho de nós duas. Enfrentou uma batalha terrível com a mamãe para que eu fosse para Veneza estudar. Nunca desistiu. E o que conseguiu pra mim teve um preço para ele e Brianna.

— Não...

— É verdade — Maggie cortou Brianna. — Todos nós sabemos disso. Comigo lá, não havia escolha a não ser se apoiar em você, depender de você para cuidar da casa, dela, de tudo.

— Era o que eu queria também.

— Ele teria lhe dado a lua, se pudesse. — Maggie pousou a mão sobre a de Brianna. — Você era sua rosa. Foi como falou em você no dia em que morreu.

— Como ele morreu? — Shannon perguntou. Era duro juntar as coisas, mas ela estava começando a ver um homem, de carne e osso, faltas e virtudes. — Estava doente?

— Estava, mas nenhuma de nós sabia. — Era penoso para Maggie, sempre seria, voltar àquele dia. — Fui procurar por ele no O'Malley. Acabara de vender minha primeira peça de vidro, em Ennis. Comemoramos lá. Era um grande dia para nós dois. Estava frio, ameaçando chuva, mas ele me pediu para dar uma volta com ele. Fomos a Loop Head, como ele sempre ia.

— Loop Head. — O coração de Shannon deu um pulo.

— Era um dos lugares prediletos dele. Gostava de parar à beira da Irlanda, olhando o mar na direção da América.

Não, Shannon pensou, não na direção de um lugar. Na direção de uma pessoa.

— Minha mãe contou que se conheceram lá. Conheceram-se em Loop Head.

— Ah! — Brianna cruzou as mãos e olhou para elas. — Ah, pobre papai. Deve tê-la visto cada vez que ia lá.

— Foi o nome dela que ele falou quando estava morrendo. — Maggie não deu importância às lágrimas, deixando-as rolar. — Estava frio, muito frio, e ventava, a chuva apenas começava a desabar. Eu perguntava a ele por que, por que ficara vivendo todos aqueles anos na infelicidade. Ele tentou me explicar que cabia a duas pessoas tornar o casamento bom ou ruim. Eu não queria ouvir aquilo. E fiquei imaginando se teria havido mais alguém na vida dele. E ele me contou que amara alguém e que tinha sido como uma flecha no coração. Que ele não tivera direito a ela.

Após um suspiro estremecido, ela continuou:

— Ele cambaleou e ficou cinza. A dor fez com que caísse sobre os joelhos, e eu estava muito apavorada, gritando para que ele levantasse e tentando segurá-lo. Ele queria um padre, mas estávamos só nós dois lá, na chuva. Ele me dizia para ser forte, para nunca desistir dos meus sonhos. Não consegui tirá-lo da chuva. Ele disse meu nome. Então disse Amanda. Só Amanda. E morreu.

Subitamente, Maggie empurrou a cadeira e saiu da cozinha.

— Isso a machuca — Brianna murmurou. — Ela não tinha ninguém para ajudar, teve que levá-lo até o caminhão sozinha, fazer todo o trajeto de volta com ele. Preciso ir vê-la.

— Não, deixe que eu vou. Por favor.

Sem esperar permissão, Shannon levantou-se e se dirigiu para o cômodo em frente. Maggie estava lá, olhando pela janela.

— Eu estava sozinha com minha mãe quando entrou em coma, de onde nunca mais voltou. — Levada pelos sentimentos, Shannon chegou mais perto, pousando uma mão no ombro de Maggie. — Não era o fim do mundo e o sol estava brilhando. Tecnicamente ela estava viva. Mas eu sabia que a perdera. Não havia ninguém lá para ajudar.

Sem dizer nada, Maggie ergueu a mão, descansando-a sobre a de Shannon.

— Foi no dia em que ela me contou sobre... mim. Sobre ela e Tom Concannon. Fiquei brava, magoada e disse coisas a ela que nunca pude apagar. Sei que amou meu pai. Ela amou Colin Bodine. E sei que pensava em seu Tommy quando me deixou.

— Nós os culpamos? — Maggie falou calmamente.

— Não sei. Ainda estou brava e também machucada. E, além disso, não sei quem sou realmente. Diziam que eu parecia com meu pai. Eu achava que parecia mesmo. — A voz falhou e ela lutou para imprimir-lhe equilíbrio outra vez. — O homem que você e Brie descreveram é um estranho para mim, e não tenho certeza se posso gostar dele.

— Entendo bem sua raiva. Sinto-a também. E sei, por diferentes razões, o que é não ter certeza sobre o que existe realmente dentro de você.

— Ele não teria pedido mais do que você pudesse dar, Shannon. — Brianna entrou na sala. — Nunca pediu isso a ninguém. — Deslizou a mão sobre a de Shannon, de modo que as três ficaram paradas juntas se olhando. — Somos uma família, pelo sangue. Depende só de nós sermos uma família pelo coração.

Capítulo Doze

Havia muita coisa em que pensar e ela queria ter tempo para isso. Shannon sabia que dera um passo importante com Maggie.

Tinha irmãs.

Não negaria mais a ligação entre elas, e parecia que não poderia estancar a força da emoção. Importava-se com elas, com as famílias delas, com a vida delas. Quando voltasse a Nova York, imaginava que o contato continuaria, com cartas, telefonemas, visitas ocasionais. Podia mesmo ver-se voltando a Blackthorn Cottage por uma semana ou duas, de vez em quando, ao longo dos anos.

Teria as telas também. O primeiro estudo da dança nas pedras estava terminado. Quando se afastara da tela concluída, ficara deslumbrada com o fato de que toda aquela intensidade, a pura paixão, tivesse vindo dela mesma.

Nunca pintara tão vividamente, nem sentira tal conexão emocional arrebatadora com outro trabalho.

E aquilo a levara a começar outra, mesmo enquanto a primeira ainda estava secando. O esboço que fizera de Brianna no jardim era agora uma aquarela suave e inegavelmente romântica, quase acabada.

Havia muitas outras idéias, assuntos variados. Como poderia resistir a toda aquela luminosidade, aos variados tons de verde, ao velho com o grosso cajado, tocando as vacas pela estrada sinuosa? Tudo isso, cada coisa e cada rosto que vira suplicava para ser pintado.

Não viu problema algum em prolongar sua estada por mais uma ou duas semanas. Umas férias para trabalhar, gostava de pensar assim, em que poderia explorar uma faceta de sua arte que fora largamente ignorada ao longo da carreira.

A independência financeira era uma excelente justificativa para estender sua permanência na Irlanda. Se seus antecedentes na Ry-Tilghmanton não eram fortes o suficiente para garantir essa licença, então simplesmente encontraria outro emprego — melhor ainda — quando retornasse a Nova York.

Agora caminhava pela estrada com a jaqueta de Murphy sobre o braço. Pretendera devolvê-la antes, mas, como estivera trabalhando perto da pousada durante os últimos dias, não tivera a oportunidade.

E teria sido covardia demais passar tal tarefa insignificante para Brianna ou Gray.

Em todo caso, dirigiu-se à frente da casa, imaginando que ele estaria nos campos ou no celeiro. Deixá-la na varanda com um simples bilhete preso nela parecia uma ótima saída.

Mas, naturalmente, ele não estava no campo nem no celeiro. Pensou que devia saber que não estaria, do jeito como as coisas aconteciam quando se tratava dele.

Quando contornou o jardim, pôde ver as botas surradas apontando sob o deteriorado carrinho.

— Merda!

Os olhos dela se arregalaram, e então brilharam divertidos ante a torrente de criativos impropérios que soaram debaixo do carro.

— Que bosta! Que nem um vira-lata emperrado na cadela. — Havia o soar de metal contra metal, o barulho de ferramentas caindo. — Que monte de merda!

Dizendo isso, Murphy empurrou o corpo de baixo do carro. O rosto, sujo de graxa, rubro de frustração, passou por várias e rápidas transformações quando viu Shannon.

Consternação virou embaraço, transformando-se então num sorriso deliciosamente encabulado.

— Não sabia que você estava aqui. — Passou as costas da mão no queixo, espalhando graxa e um risco de sangue. — Teria tomado um pouco mais de cuidado com meu linguajar.

— Sou famosa por usar algumas dessas palavras — falou calmamente. — Embora não com esse lindo sotaque bem cadenciado. Problemas?

— Podia ser pior. — Sentou onde estava por um momento, e então levantou-se num movimento que era quase um passo de balé. — Prometi ao meu sobrinho Patrick que o colocaria na estrada para ele, mas está sendo um pouco mais demorado do que pensei.

Ela estudou o carro outra vez.

— Se conseguir fazer isso andar, será milagroso.

— É só o arranque. Posso consertar. — Endereçou ao carro uma última careta. — Não é serviço meu torná-lo mais bonito. Graças a Deus.

— Não vou atrasar você. Eu só... ei, você está sangrando. — De um salto, aproximou-se dele, pegando sua mão, aflita com o corte superficial que sangrava.

— Cortei num dos parafusos.

— Aquele que emperrou como...

— Sim. — Ele corou, divertindo-a. — O próprio.

— Melhor limpar. — Foi a vez dela ficar encabulada pela maneira como agarrara a mão dele. Deixou-a cair.

— Vou fazer isso. — Olhando-a, tirou uma bandana do bolso para estancar o fluxo. — Estava imaginando quando você viria. Tem me evitado.

— Não, é que ando ocupada. Pretendia devolver isso a você antes.

Pegando a jaqueta que ela lhe estendia, atirou-a sobre o capô do carro.

— Sem problemas. Tenho outra. — Com um meio-sorriso no rosto, apoiou-se no carro e pegou um cigarro. — Está adorável hoje, Shannon Bodine. E confiante também, já que estou muito sujo para importunar você. Sonhou comigo?

— Não comece, Murphy.

— Sonhou. — Riscou um fósforo, fazendo uma concha com as mãos sobre a ponta do cigarro. — Tive sonhos com você, agora e antes. Seriam reconfortantes se você estivesse ao meu lado, na cama.

— Então, vai ficar desconfortável, porque isso não vai acontecer.

Ele apenas puxou a orelha dela e sorriu.

— Vi você poucos dias atrás, andando pelo campo com Maggie. Você parecia mais à vontade com ela.

— Íamos até o ateliê dela. Eu queria conhecê-lo.

Ele ergueu a sobrancelha.

— E ela mostrou a você?

— Isso mesmo. Nós fizemos um peso para papéis.

— Nós. — Agora ele estava boquiaberto. — Tocou as ferramentas dela e seus dedos não estão quebrados? Já entendi — ele concluiu. — Você a venceu e a amarrou primeiro.

Sentindo-se meio convencida, Shannon ajeitou as mangas da camisa.

— Não foi necessário recorrer à violência.

— Devem ter sido seus olhos de fada. — Inclinou a cabeça. — Não há tanta tristeza neles agora. Você está melhorando.

— Penso nela todo dia. Minha mãe. Estive bastante afastada dela e de papai nos últimos anos.

— É a ordem natural das coisas, Shannon, que os filhos cresçam e sigam seu caminho.

— Continuo pensando que deveria ter telefonado mais, arranjado mais tempo para ir lá. Especialmente depois que meu pai morreu. Vi como a vida pode ser curta, depois daquilo, mas, mesmo assim, não arranjei tempo.

Voltou-se para olhar as flores que brotavam em profusão, na brandura da primavera.

— Perdi os dois em um ano e achei que nunca superaria esse sofrimento. Mas a gente supera. A dor entorpece, mesmo quando você não quer.

— Nenhum deles ia querer que você ficasse de luto muito tempo. Aqueles que nos amam querem ser lembrados, mas com alegria.

Ela olhou sobre o ombro.

— Por que é tão fácil falar com você sobre isso? Não devia ser. — Voltando o rosto para ele, sacudiu a cabeça. — Eu ia largar essa jaqueta aqui, imaginando que você estava longe. E ia me manter afastada de você.

Ele jogou o cigarro no chão e amassou-o com a bota.

— Eu iria atrás de você, quando achasse que já tivera tempo para se recompor.

— Não vai dar certo. Em parte ainda estou triste, porque estou começando a achar que você é um num milhão. Mas não vai dar certo.

— Por que não vem até aqui e me beija, Shannon? — O convite era suave, amigável e confiante. — Depois repita essa besteira.

— Não — ela disse firmemente e deu uma risada estrondosa. — Essa sua petulância devia me irritar até o inferno. — Jogou os cabelos para trás. — Estou indo.

— Vamos entrar. Tomar uma xícara de chá. Vou tomar um banho. — Avançou, mas tomou cuidado para não tocá-la. — Então vou beijar você.

O grito de alegria o fez procurar o que estava acontecendo. Olhando em volta, viu Liam correndo pela entrada. Com esforço, Murphy dominou o desejo.

— Ora, aqui está um cara legal que veio me visitar. — Murphy se agachou para o beijo barulhento. — Como vão as coisas, Liam? Ia carregar você, ô cara — disse para Liam quando a criança levantou os braços. — Mas sua mãe ia me esfolar vivo.

— E eu?

Liam voltou-se e se entregou alegremente aos braços de Shannon. Ela o acomodou no colo enquanto Rogan chegava.

— Ele dispara feito uma bala quando chega aqui. — Rogan levantou a sobrancelha quando viu o pequeno carro. — Como está indo?

— Muito mais do que devagar. Shannon ia entrar para tomar um chá. Quer também?

— Não íamos nos importar, não é, Liam?

— Chá — Liam disse, rindo, e beijou Shannon direto na boca.

— É a idéia do bolo que vem junto que o deixa tão animado — Rogan disse secamente. — É você que eu queria ver, Shannon. Você me economizou um tanto do caminho.

— Oh. — Parecia que ela estava presa agora. Tomando aquilo filosoficamente, carregou Liam para a casa.

— Vão para a cozinha — Murphy disse a eles. — Preciso de uma chuveirada.

Enquanto Liam tagarelava num palavrório ardente, Shannon se acomodou na cozinha com Rogan. Surpreendeu-a vê-lo encher a chaleira, medir o chá, esquentar o bule. Achava que não devia ser assim, mas ele era tão... afável, concluiu. Mesmo com suas roupas esportivas, tudo nele falava de dinheiro, privilégio e poder.

— Posso fazer uma pergunta? — ela falou rapidamente, antes que pudesse mudar de idéia.

— Claro.

— O que um homem como você está fazendo aqui?

Ele sorriu, tão prontamente, tão deslumbrantemente, que ela precisou lutar para não ficar boquiaberta. Aquele sorriso, percebeu, era uma arma e tanto.

— Nenhum prédio de escritórios — ele começou —, nenhum teatro ou restaurante francês à vista.

— Exatamente. Não que não seja uma paisagem maravilhosa, mas fico esperando alguém dizer "corta". Então a tela ficará branca e perceberei que estava num filme.

Rogan abriu uma lata e pegou um dos biscoitos de Murphy para distrair Liam.

— Minha reação inicial a esta parte do mundo não era tão romântica quanto essa. A primeira vez que vim aqui, praguejava a cada quilômetro enlameado. Cristo, parecia que nunca pararia de chover, e o Oeste fica bem longe de Dublin. Ei, deixe que eu o seguro, senão você vai ficar cheia de farelos.

— Não tem importância. — Shannon aconchegou Liam em seu colo. — Mas você se instalou aqui — ela provocou Rogan.

— Temos uma casa aqui e outra em Dublin. Eu queria a nova galeria funcionando dentro desse conceito, antes de conhecer Maggie. E depois de tê-la sob contrato, me apaixonar por ela, importuná-la para casar comigo, o conceito se tornou Galerias Worldwide, Clare.

— Quer dizer que foi uma decisão de negócios?

— Isso foi secundário. Ela estava enraizada aqui. Se eu a levasse daqui, partiria seu coração. Então temos Clare, e Dublin, e isso nos satisfaz.

Levantando-se, ele foi até a chaleira que disparava vapor, para terminar de preparar o chá.

— Maggie me mostrou o esboço que você fez de Liam. É preciso ter muita habilidade para expressar tanto com tão poucos traços e sombras.

— É fácil desenhar com carvão. E pra mim é um hobby.

— Ah, um hobby. — Guardando as cartas na manga, Rogan se voltou quando Murphy entrou. — A música é um hobby para você, Murphy?

— É minha alma. — Parou perto da mesa para arrepiar os cabelos de Liam. — Roubando meus biscoitos. Vai ter que pagar por eles. — Pegou o garoto, fazendo cócegas em suas costelas, até levá-lo às gargalhadas.

— Caminhão — Liam exigiu.

— Você sabe onde está, não sabe? Vá e pegue. — Murphy desceu Liam, dando-lhe uma palmada no traseiro. — Sente no chão e brinque com ele. Se eu ouvir alguma coisa que não deva, vou atrás de você.

Quando Liam saiu correndo, Murphy abriu o armário onde guardava as xícaras.

— Ele adora o caminhãozinho de madeira que eu tinha quando garoto — explicou. — Gosta tanto que é capaz de ficar quieto e longe de problemas por dez ou quinze minutos. Sente-se, Rogan. Deixe que eu cuido disso.

Rogan se juntou a Shannon, sorrindo outra vez para ela.

— Dei uma olhada na tela que você terminou, aquela das pedras antigas. Espero que não se importe.

— Não. — Mas ergueu a sobrancelha.

— Brie não gostou nada da minha insistência em subir para olhar, quando ela me contou. Disse que eu mesmo devia lhe dizer que tinha invadido sua privacidade e pedir desculpas.

— Não tem importância, realmente. — Olhou para Murphy enquanto ele enchia as xícaras. — Obrigada.

— Vou oferecer a você mil libras por ele.

Ela ficou grata por já ter engolido o chá. Certamente teria se engasgado com ele.

— Não está falando sério.

— Sou sempre sério em relação à arte. Se tiver alguma coisa mais, acabada ou em andamento, estaria interessado em ser o primeiro a ver.

Ela estava mais do que confusa.

— Não vendo minhas telas.

Rogan sacudiu a cabeça e bebericou o chá, satisfeito.

— Ótimo. Venderei para você. A Worldwide ficará satisfeita de comercializar seu trabalho.

Era impossível dizer qualquer coisa, pelo menos até a cabeça parar de girar. Sabia que tinha talento. Nunca teria ido tão longe na Ry-Tilghmanton se fosse medíocre. Mas pintar era para as manhãs de sábado ou férias.

— Realmente adoraríamos — Rogan continuou, sabendo como e quando pressionar — expor seu trabalho na galeria de Clare.

— Não sou irlandesa. — Como a voz não soou muito firme, Shannon franziu o rosto e tentou novamente: — Maggie disse que você só expõe artistas irlandeses aqui, e eu não sou irlandesa. — Aquela afirmação foi recebida com um silêncio respeitoso. — Sou americana — insistiu, um tanto desesperada.

A esposa lhe dissera que Shannon reagiria exatamente daquele modo. Rogan estava, como preferia estar, dois passos adiante de sua vítima.

— Se concordar, podemos apresentar você como nossa hóspede americana, de ascendência irlandesa. — Para mim, não haveria qualquer problema em comprar já seus trabalhos, individualmente, mas acho que seria mais interessante para nós dois fazermos um contrato em termos mais precisos.

— Foi assim que ele fisgou Maggie — Murphy disse a Shannon, divertindo-se. — Mas espero que não venda a ele aquela tela, Shannon, até que eu a veja. Pode ser que eu dê um lance mais alto.

— Acho que não quero vendê-la. Não sei. Nunca tive que pensar nisso. — Confusa, afastou os cabelos da testa. — Rogan, trabalho com publicidade.

— Você é uma artista — ele corrigiu. — E é uma tolice ficar se menosprezando. Se preferir pensar mais sobre as pedras verticais...

— É *A Dança* — ela murmurou. — Chamei-a apenas *A Dança.*

Foi então, pelo tom da voz, pelo brilho dos olhos, que Rogan soube que havia vencido. Mas ele não era de se vangloriar.

— Se prefere pensar naquele trabalho em particular — continuou no mesmo tom suave, razoável —, espero que pelo menos me empreste para expor na galeria.

— Eu... bem... — Parecia não apenas estúpido, mas também indelicado recusar. — Claro, se você quiser. Não tenho problemas em relação a isso.

— Sinto-me grato. — Levantou-se, metade da missão cumprida. — Preciso levar Liam para casa, para sua soneca. Maggie e eu estamos revezando turnos hoje. Ela trabalhou pela manhã, e agora eu vou à galeria. Posso passar e pegar a tela no caminho?

— Acho que... sim, tudo bem. Não está emoldurada.

— Cuidaremos disso. Vou rascunhar um contrato para você ver depois.

Confusa, ela o olhou.

— Um contrato? Mas...

— Leve o tempo que quiser lendo, analisando, e naturalmente negociaremos eventuais mudanças. Obrigado pelo chá, Murphy. Estou ansioso pela *ceili.**

Murphy apenas sorriu, voltando-se com o sorriso nos lábios para Shannon quando Rogan saiu para apanhar o filho.

— Ele é bem ardiloso, não é?

Seus olhos estavam parados, ainda atordoados com toda aquela conversa.

— Concordei?

— Dependendo do ponto de vista, com nada. Ou com tudo. É bem esperto nosso Rogan. Eu estava esperando por isso, observando, mas nem o percebi passar a perna em você até tudo estar feito.

— Não sei como me sinto a esse respeito — Shannon resmungou.

— Bem, se eu fosse um artista, e um homem conhecido no mundo todo por ser um expert no assunto, um apaixonado e profundo conhecedor das artes, achasse meu trabalho de valor, eu me sentiria orgulhoso.

— Mas não sou uma pintora.

Paciente, Murphy cruzou os braços sobre a mesa.

— Por que você tem essa mania, Shannon, de dizer que não é? Não é irlandesa, não é irmã de Maggie e Brie, não é uma pintora. Não está apaixonada por mim.

— Porque é mais fácil saber o que você não é do que o que é.

Ele sorriu.

— Agora você disse uma coisa sensata. Sempre quer o mais fácil?

— Nunca pensei nisso. Sempre acreditei que buscava desafios. — Confusa e um pouco assustada, ela fechou os olhos. — Tem tanta coisa mudando em mim. Não consigo dar um passo sequer com firmeza. Quando acho que consegui, tudo muda novamente.

---

* *Ceili*, noite festiva com músicas e danças irlandesas. (N. T.)

— E é difícil mudar quando estamos acostumados a nos manter firmes. — Levantou-se, envolvendo-a com os braços. — Não, não se preocupe. — Sua voz soou calma quando percebeu sua tensão. — Não vou fazer nada além de abraçar você. Só descanse a cabeça por um minuto, querida. Esqueça um pouco as preocupações.

— Minha mãe ficaria emocionada.

— Não pode conhecer os sentimentos dela. — Delicadamente afagou os cabelos dela, esperando que tomasse a carícia como devia. Apenas amizade. — Sabe, minha mãe sempre sonhou que eu sairia da cidade e ganharia a vida com a música.

— Verdade? — Percebeu que sua cabeça estava bem aninhada na curva do ombro dele. — Pensei que toda a sua família teria esperado... desejado... que administrasse a fazenda.

— Ela alimentou essa esperança quando demonstrei interesse pelos instrumentos. Ela queria que os filhos fossem além do que ela havia conhecido, e sabe como é, ela me amava mais do que a fazenda.

— E ficou desapontada?

— Talvez um pouco, até ver que era isso que eu queria. — Sorriu sobre os cabelos dela. — Talvez um pouco, mesmo depois. Diga, Shannon, é feliz em sua profissão?

— Claro. Sou boa no que faço, tive a oportunidade de crescer. Em poucos anos, poderei escolher entre estar no topo da Ry-Tilghmanton ou começar meu próprio negócio.

— Humm. Soa mais como ambição do que felicidade.

— Por que seriam coisas diferentes?

— Gostaria de saber. — Afastou-a porque se sentia tentado a beijá-la outra vez, e não era disso que precisava naquele momento. — Talvez deva perguntar a si mesma, pensar a respeito, se desenhar para outra pessoa lhe dá a mesma sensação do que desenhar o que a atrai.

Ele afinal a beijou, mas levemente, na testa.

— Enquanto isso, devia estar rindo à toa, em vez de se preocupar. Rogan apenas pega o que há de melhor para suas galerias. Não foi a Ennistymon ainda, foi?

— Não. — Lamentava tê-la deixado se afastar. — É onde fica a galeria?

— Perto. Levo você lá, se quiser. Hoje não posso — disse dando uma olhada no relógio de parede. — Ainda tenho algumas coisas para fazer por aqui e prometi ir à casa de Feeney para lhe dar uma mão com o trator.

— Não, e já prendi você o bastante de qualquer maneira.

— Pode me prender o quanto quiser. — Pegou-lhe a mão, correndo o polegar pelos dedos dela. — Quem sabe você aparece no pub hoje à noite? Ofereço um drinque para celebrar.

— Não sei bem o que estou celebrando, mas de repente apareço. — Ao se aproximar dele, ela recuou. — Murphy, não vim aqui para lutar no chão da cozinha.

— Não disse isso.

— Você está ficando com aquele olhar — ela murmurou. — E esta é minha dica para ir embora.

— Minhas mãos estão limpas agora. Então não vou sujá-la se a beijar.

— Não estou preocupada se você vai me sujar, mas se... esqueça. Mantenha suas mãos onde eu as possa ver, entendeu?

Obedecendo, ele levantou as palmas das mãos e sentiu o coração disparar quando ela ficou na ponta dos pés e o beijou no rosto.

— Obrigada pelo chá e pelo ombro amigo.

— Você é bem-vinda para ambos, a qualquer hora.

Ela suspirou e se afastou mais um pouco.

— Eu sei. Você torna bem difícil a gente manter o juízo.

— Se tiver a intenção de ser insensata, Feeney pode esperar.

Ela teve de rir. Nenhum homem a tinha convidado para a cama com tanto estilo.

— Volte ao trabalho, Murphy. Acho que estou a fim de pintar.

Saiu pelos fundos, já acostumada com o caminho pelos campos.

— Shannon Bodine.

— Sim? — Rindo novamente, ela virou-se, quando viu que ele saía pela porta da cozinha.

— Vai pintar alguma coisa para mim? Alguma coisa que a faça lembrar-se de mim.

— Talvez. — Acenou para ele, girou nos calcanhares e correu para Blackthorn.

Nos jardins dos fundos da pousada, Kayla cochilava num bercinho de armar perto da amendoeira em flor que Murphy havia plantado para ela.

A mãe cuidava do canteiro ali perto, enquanto o pai fazia o possível para convencer Brianna a se dedicar a outras atividades dentro de casa.

— A casa está vazia. — Gray corria os dedos pelo braço de Brianna. — Todos os hóspedes estão passeando. O bebê está dormindo. — Aproximou-se um pouco mais, para mordiscar a nuca de Brianna, encorajado pelo rápido tremor dela. — Vamos para a cama, Brianna.

— Tenho que trabalhar.

— As flores não vão a lugar algum.

— Só as ervas daninhas. — Quase perdeu a cabeça quando ele deslizou a ponta da língua pela sua pele. — Ah, olhe, quase arranquei uma margarida. Vá embora, e...

— Amo você, Brianna. — Pegou-lhe as mãos, pressionando os lábios nas costas de cada uma.

Coração e corpo se derreteram.

— Ah, Grayson. — Os olhos tremeram, fechados, quando ele roçou persuasivamente os lábios sobre os dela. — Não podemos. Shannon pode voltar a qualquer hora.

— Ora! Acha que ela imagina que Kayla saiu de onde?

— Não é isso. — Mas os braços já estavam em torno do pescoço dele.

Ele tirou o primeiro grampo dos cabelos dela.

— O que é então?

Ela tinha certeza de que havia algo bem simples e importante.

— Amo você, Grayson.

Entrando pelo jardim, Shannon parou de repente. A primeira reação foi de divertido embaraço por estar espionando uma cena íntima. A seguinte, sobrepondo-se à primeira, foi de interesse.

Era uma adorável imagem romântica. A criança dormindo sob um cobertor claro, as flores despontando, as roupas balançando na corda, ao fundo. E homem e mulher, ajoelhados na grama, abraçados.

Era uma pena, pensou, que não estivesse com o bloco.

Ela devia ter feito algum ruído, porque Brianna se mexeu, e então a viu e corou intensamente.

— Desculpe. Tchau.

— Shannon. — Mesmo quando Shannon já ia embora, Brianna tentava se soltar. — Não seja boba!

— Vá em frente! — Gray corrigiu, quando Shannon hesitou. — Seja boba! Suma!

— Grayson! — Chocada, Brianna afastou as mãos dele e se levantou. — Nós... eu só estava cuidando do jardim.

Shannon empurrou a língua na bochecha.

— Ah, deu para perceber isso. Vou dar uma volta.

— Você acabou de chegar.

— Então, deixe-a dar outra voltinha. — Gray levantou-se, enlaçou a cintura de Brianna, dirigindo a Shannon um olhar significativo. — Uma voltinha bem grande. — Ignorando a luta indiferente da esposa, tirou outro grampo dos cabelos dela. — Melhor ainda, pegue meu carro. Pode... — Deixou escapar um gemido quando Kayla começou a choramingar.

— Tenho que trocar as fraldas dela. — Brianna deslizou para perto do berço. — Divertida, sentindo-se deliciosamente desejada, ela sorriu para o marido enquanto levantava o bebê. — Você podia gastar um pouco dessa energia capinando, Grayson. Ainda tenho tortas para assar.

— Certo. — Claramente pesaroso, viu a esposa e suas esperanças de uma hora de intimidade sumirem do seu alcance. — Assar umas tortas.

— Desculpe. — Shannon ergueu os ombros, quando Brianna levou o bebê para dentro. — Hora errada.

— Você é quem diz. — Passou-lhe um braço pelo pescoço. — Agora tem que me ajudar a capinar.

— É o mínimo que posso fazer. — Amistosamente, sentou-se na grama ao lado dele. — Deu pra ver que nenhum dos hóspedes está em casa.

— Saíram por motivos variados. Já soubemos das novidades. Parabéns!

— Obrigada. Acho que ainda estou meio atordoada. Rogan tem um jeito de dar voltas e mais voltas em torno de suas objeções até que você concorde e aceite todas as coisas que diz.

— Tem mesmo. — Intrigado, Gray observou-a. — Tem alguma coisa contra a Worldwide?

— Não. Não sei. — Moveu os ombros, inquieta. — Aconteceu tudo tão de repente. Gosto de estar preparada para as coisas. Já tenho uma carreira. — À qual, percebeu com um sobressalto, não havia dedicado um só pensamento em semanas. — Estou acostumada a trabalhar com prazos apertados, com a confusão de uma grande empresa. A pintura, esse tipo de pintura, é solitária e motivada pelo humor mais do que pela comercialização.

— Estar acostumada a um tipo de vida não significa que não pode mudar as engrenagens, se as recompensas forem grandes o bastante. — Ele olhou para a janela da cozinha. — Depende do que você deseja e de quanto deseja.

— É isso que ainda não decidi. Estou confusa, Gray. Não estou habituada a isso. Sempre soube qual o próximo passo a dar, e era segura, talvez segura demais, a respeito de mim mesma.

Pensativa, roçou os dedos pela face brilhante de um amor-perfeito.

— Talvez porque fôssemos só meus pais e eu, nenhuma outra família, sempre me senti capaz de decidir, fazer exatamente o que queria. Nunca tive, realmente, ligações fortes na infância, porque mudávamos muito. Isso me deixava à vontade com estranhos e confortável em lugares e situações novas, mas nunca senti nenhuma ligação verdadeira com ninguém, exceto com meus pais. Quando nos instalamos em Columbus, tracei meus objetivos e me concentrei neles. Agora, em um ano, perdi meus pais e soube que minha vida não era o que eu achava que era. De repente, mergulhei numa família que nunca soube ter. Não sei como me sinto em relação a eles ou a mim mesma.

Olhou para ele, forçando um sorriso.

— Puxa, falei à beça, hein?

— Sempre ajuda colocar os sentimentos para fora. — Delicadamente, tocou os cabelos dela. — Acho que, se alguém é capaz de traçar seus objetivos e avançar passo a passo, vai continuar assim, mesmo que em outra direção. Você só tem que ficar sozinha, quando quiser ficar sozinha. Levei um bom tempo para entender isso. — Ele a beijou, fazendo-a sorrir. — Shannon, minha querida, relaxe e aproveite seu passeio.

Capítulo Treze

Pela manhã, ela escolheu pintar no jardim, acrescentando os toques finais à aquarela de Brianna. Da casa, vinha o rumor de atividade, enquanto uma família do Condado de Mayo se reunia para deixar a pousada para o trecho seguinte de sua viagem ao Sul.

Ela podia sentir o aroma dos pãezinhos que Brianna fizera para o café-da-manhã e das rosas que haviam desabrochado, subindo pelo caramanchão.

Mordiscando o nó do dedo, Shannon deu um passo atrás para examinar a tela pronta.

— Puxa, está lindo! — Com Liam a reboque, Maggie atravessou o gramado atrás dela. — Claro que ter Brianna como modelo já é uma grande ajuda. — Ela se inclinou e beijou Liam no nariz. — Tia Brie fez seus pãezinhos, querido. Vá pegá-los.

Quando ele se afastou, batendo a porta às suas costas, Maggie franziu as sobrancelhas olhando a tela.

— Rogan estava certo, então — ela concluiu. — É raro ele não estar, o que é um tormento para mim. Ele levou seu desenho das pedras para a galeria, antes que eu tivesse a chance de ver.

— E você queria examinar por si mesma.

— Seu esboço de Liam estava mais do que bom — Maggie reconheceu. — Mas um desenho a carvão não é o suficiente para avaliar. Posso lhe adiantar que ele vai querer este, e vai atormentá-la até que você concorde com isso.

— Ele não atormenta, ele simplesmente arrasa tudo, sem dó nem piedade.

Maggie soltou uma risada sonora.

— Ah, é a pura verdade. Deus o abençoe! O que mais você tem aí? — Sem qualquer convite, pegou o bloco de esboços e começou a folheá-lo.

— Sirva-se — Shannon disse secamente.

Em meio a murmúrios de aprovação e interesse, Maggie deixou escapar outra risada encantada.

— Você tem de fazer este, Shannon. Tem mesmo. É o próprio Murphy. O homem e seus cavalos. Diabos, queria ter mãos para fazer retratos como este.

— Eu o vi lá, algumas vezes, quando estava pintando o círculo. — Shannon inclinou a cabeça para poder ver a folha. — Foi irresistível.

— Quando você o pintar, terei prazer em comprá-lo para a mãe dele. — Ela fez uma careta. — A menos que então já tenha feito o contrato com Sweeney. Se ele estiver metido nisso, vai me cobrar metade de uma perna e de dois braços. O cara é terrível na hora dar preços.

— Não pensei que isso a incomodasse. — Com cuidado, Shannon tirou a tela acabada do cavalete e colocou-a sobre a mesa. — Quando fui à sua mostra em Nova York, alguns anos atrás, me apaixonei por uma peça, era como um sol, todas aquelas cores quentes explodindo de um núcleo central. Não era muito meu estilo, mas, Deus, como eu a desejei.

— *Sonhos de Fogo* — Maggie murmurou, profundamente lisonjeada.

— Sim, era isso. Tive que colocar na balança: o desejo ou um ano de aluguel... a preços de Nova York. E eu precisava de um teto sobre minha cabeça.

— Ele vendeu aquela peça. Se não a tivesse vendido, eu a daria a você. — Ao olhar espantado de Shannon, Maggie deu de ombros. — Negócios de família.

Comovida e sem saber o que dizer, Shannon colocou uma tela nova no cavalete.

— Eu diria que você tem sorte de ter um empresário astuto cuidando dos seus lucros.

Tão desconcertada quanto Shannon, Maggie afundou as mãos nos bolsos.

— É o que ele está sempre me dizendo. Ele decidiu fazer o mesmo por você.

— Não terei tanto tempo para pintar quando voltar a Nova York. — Pegando o lápis, Shannon rabiscou diretamente na tela.

Maggie apenas levantou a sobrancelha. Quando uma mulher é uma artista de verdade, logo reconhece outra.

— Ele está aprontando os contratos hoje.

— Ele é rápido demais.

— Mais rápido do que um piscar de olhos. Ele vai querer cinqüenta por cento — ela acrescentou, sorrindo malvadamente. — Mas você pode levá-lo aos quarenta, fazendo valer os laços de família.

A garganta de Shannon, de repente, ficou desconfortavelmente seca.

— Ainda não concordei com coisa alguma.

— Ah, mas vai concordar. Ele virá com um bom papo, e vai encantar você. Será razoável e eficiente. Você vai dizer não, muito obrigada, e ele vai ignorar o que você disse. Se a razão não funcionar, ele encontrará algum ponto fraco para provocar ou vai atiçar algum desejo secreto. E você estará assinando seu nome antes que o perceba. Você sempre segura o lápis assim?

Ainda franzindo a testa diante daquela profecia, Shannon olhou para a sua mão.

— Sim, mantenho o pulso solto.

— Humm. Seguro com mais firmeza, mas vou tentar assim. Eu devia dar isso a você antes de começar a misturar as tintas. Tirou uma bola envolta num pedaço de papel.

No momento em que Shannon sentiu o peso, soube o que era.

— Ah, que maravilha! — Deixando o papel de lado, ela levantou o globo para a luz.

— Você fez quase tudo. Então deve ficar com ele.

Shannon girou-o de modo que os redemoinhos em azul-escuro do seu interior mudassem de forma e tom.

— É lindo! Obrigada.

— De nada. — Maggie voltou à tela. Ela podia ver o contorno do homem, o cavalo. — Quanto tempo vai levar para terminá-lo? É uma pergunta detestável e só a faço porque adoraria dá-lo à Sra. Brennan, mãe de Murphy, quando ela vier para a *ceili*.

— Se der o estalo, levará apenas um dia ou dois. — Shannon deixou o globo de lado e pegou o lápis novamente. — *Ceili*... Quando é, e o que é isso?

— É no próximo sábado. *Ceili* é um tipo de festa, com música, dança e comida. — Ela viu Brianna aparecer na porta da cozinha. — Estou explicando a esta pobre e ignorante ianque o que é uma *ceili*. Cadê meu furacãozinho?

— Foi à vila com Grayson. Disseram-me que era negócio de homens. — Brianna parou, sorrindo ao ver a tela sobre a mesa. — Ah, sinto-me tão lisonjeada. Que trabalho adorável você fez, Shannon! — Ela espiou a tela nova, cautelosa. Sua experiência com Maggie já lhe ensinara que artistas tinham temperamento explosivo. — É Murphy, não?

— Será — Shannon murmurou, estreitando os olhos, enquanto desenhava. — Não estava sabendo que você daria uma festa, Brie.

— Uma festa? Ah, a *ceili*. Não, Murphy é quem vai dar. Ficamos surpresos, de início, pois sua família veio há poucas semanas para o batizado de Kayla. Mas todos estão vindo outra vez. Então eles poderão conhecer você.

Shannon deixou cair o lápis. Lentamente, ela abaixou-se a fim de apanhá-lo.

— Como?

— Eles estão ansiosos para conhecer você — Brianna continuou, fascinada demais pela tela para notar que Maggie estava revirando os olhos e fazendo caretas. — É ótimo que a mãe de Murphy e seu marido possam vir de Cork outra vez.

Shannon virou-se.

— Por que querem me conhecer?

— Porque... — Ela entendeu o aviso, só que era tarde demais. Atrapalhada, Brianna começou a alisar o avental. — Bem, é só que... Maggie?

— Não olhe para mim. Você é quem se meteu nisso.

— É uma pergunta simples, Brianna. — Shannon esperou até que Brianna levantasse os olhos novamente. — Por que a mãe de Murphy e sua família voltariam aqui para me conhecer?

— Bem, quando ele falou que estava fazendo a corte a você, eles...

— Ele o quê? — Ela atirou o lápis para coroar a explosão. — Ele é louco ou só retardado? Quantas vezes vou ter de dizer a ele que não estou interessada, antes que isso entre naquela cabeça dura?

— Aposto que muitas vezes mais — Maggie disse com uma risada. — Já existe até um bolão na vila, apostando num casamento em junho.

— Maggie! — Brianna falou entre dentes.

— Casamento? — Shannon rosnou algo entre um gemido e uma praga. — Isto é o cúmulo! Ele está chamando a mãe para me inspecionar, há pessoas apostando...

— A verdade é que foi Tim O'Malley quem começou a aposta — Maggie acrescentou.

— Mas é preciso detê-lo.

— Ah, não há como deter Tim depois que um bolo de apostas é feito.

Incapaz de encontrar humor nisso, Shannon fuzilou Maggie com um olhar abrasador.

— Você acha engraçado? Pessoas que nem conheço estão apostando em mim!

Maggie não precisava refletir sobre o assunto.

— Sim. — Então, com uma risada, ela pegou Shannon pelos ombros e sacudiu-a. — Ah, acalme-se. Ninguém pode obrigá-la a fazer o que não quer.

— Murphy Muldoon é um homem morto.

Mais se divertindo do que sentindo pena, Maggie acariciou-lhe o rosto.

— Acho que você não ficaria tão exaltada se estivesse tão desinteressada como diz. O que você pensa disso, Brie?

— Acho que falei demais. — Mas o coração dela extravasou as palavras. — Ele ama você, Shannon, e eu o entendo bem. Sei o que é sentir-se perdidamente apaixonada e não encontrar uma saída, por mais que se pareça ridícula. Não seja dura demais com ele.

A raiva desapareceu tão rápido quanto brotara.

— Seria muito mais duro, não seria, se eu deixasse isso continuar, quando não tem chance de levar a lugar algum?

Maggie pegou o bloco de esboços e levantou a folha onde estava Murphy.

— Não mesmo? — Quando Shannon não respondeu, Maggie deixou o bloco de lado outra vez. — Falta mais de uma semana para a *ceili*. Você terá tempo para decidir o que fazer.

— Vou começar agora.

Shannon pegou a aquarela e a carregou para dentro. A caminho de seu quarto, ela planejava exatamente o que diria a Murphy quando o encontrasse.

Era uma pena que tivessem de romper a amizade, justamente agora, quando começava a perceber o quanto significava para ela. Mas duvidava que ele pudesse entender alguma coisa que não fosse a total amputação.

E ele mesmo havia causado isso, o idiota. Com grande esforço, controlou-se o bastante para colocar a tela com cuidado contra a parede do quarto. Indo até a janela, ela esquadrinhou os campos. Depois de algum tempo, percebeu um movimento perto da parte de trás da casa.

Ótimo. Enfrentaria a fera em sua toca.

A corrida precipitada levou-a escadas abaixo e para fora de casa. Estava a meio caminho do portão quando viu o carro estacionado na rua, e Brianna e Maggie, uma de cada lado.

Não precisava olhar para saber que a discussão estava em pleno furor. Podia perceber no tom agudo e impaciente da voz de Maggie. Teria sido mais fácil continuar seu caminho... mas ela viu o rosto de Brianna.

Estava pálido, e rigidamente controlado, com exceção dos olhos. Mesmo de longe, podia ver a mágoa neles.

Ela cerrou os dentes. Parecia que era seu dia de lidar com crises emocionais. E, maldição, ela estava no humor perfeito para isso.

As palavras azedas tiveram uma parada abrupta, quando ela avançou até o carro e olhou nos olhos de Maeve.

— Shannon. — Brianna apertou as mãos. — Ainda não apresentei você a Lottie. Lottie Sullivan, Shannon Bodine.

A mulher de rosto redondo e expressão preocupada continuou no processo de sair do lugar do motorista.

— Prazer em conhecê-la — ela disse com um sorriso de desculpas. — Seja bem-vinda.

— Entre no carro, Lottie — Maeve rosnou. — Não vamos ficar.

— Dirija de volta, então — Maggie rosnou de volta. — Lottie é bem-vinda aqui.

— E eu não sou?

— Foi você quem escolheu assim. — Maggie cruzou os braços. — Faça-se de infeliz, se quiser, mas não fará isso com Brie.

— Sra. Concannon. — Shannon afastou Maggie para o lado. — Gostaria de falar com a senhora.

— Não tenho nada para dizer a você.

— Ótimo. Então pode me ouvir. — Pelo canto dos olhos, Shannon pôde observar o gesto de aprovação de Lottie e esperava merecê-lo. — Queiramos ou não, a senhora e eu temos uma ligação. Suas filhas nos unem e não quero ser a causa de atrito entre elas.

— Ninguém está causando desavença alguma, só ela — Maggie falou irritadamente.

— Fique quieta, Maggie. — Shannon ignorou o sibilar de ira da irmã e continuou: — A senhora tem o direito de ficar irritada, Sra. Concannon. E de sentir-se ofendida, seja seu orgulho que esteja sofrendo ou seu coração, mas não importa. Mesmo assim, o fato é que a senhora não pode mudar o que aconteceu, ou o resultado disso, nada mais do que eu posso.

Embora Maeve não dissesse nada, apenas continuasse fitando-a, feroz e inflexível, Shannon estava determinada a ir até o fim:

— Minha parte em toda essa coisa é um tanto indireta, um resultado mais do que uma causa. Se a senhora é ou não parte da causa, realmente não interessa.

Aquilo fez Maeve voltar a cabeça e cuspir seu veneno:

— Você se atreve a dizer que eu fui a causa de sua mãe cometer adultério com meu marido.

— Não, eu não estava lá. Minha mãe não culpou ninguém, certamente não a senhora, por suas ações. E o que estou dizendo é que não importa qual a sua parte nisso. Alguém poderia dizer que como a senhora não o amava não deveria se importar com o fato de ele ter encontrado alguém mais. Não concordo. A senhora tem todo o direito do mundo de se importar. O que eles fizeram foi errado.

O novo protesto de Maggie foi cortado por um olhar frio de Shannon.

— Foi errado — ela disse outra vez, satisfeita por ninguém interrompê-la. — Seja do ponto de vista moral, religioso ou intelectual. A senhora era sua esposa, e não importa o quanto insatisfeita estivesse no casamento, ele devia ter sido respeitado. Honrado. Não foi, e descobrir que não foi depois de todos esses anos não diminui a raiva e a traição.

Ela inspirou com calma, sabendo que a atenção de Maeve estava totalmente centrada nela.

— Não posso voltar atrás e não ter nascido, Sra. Concannon. Nada do que possamos fazer quebrará nossa ligação. Então teremos de conviver com ela.

Ela fez outra pausa. Maeve a olhava agora, intrigada, e seus olhos se estreitaram.

— Minha mãe morreu com minhas palavras duras entre nós. Não posso consertar isso, também, e me arrependerei disso pelo resto de minha vida. Não deixe alguma coisa que não pode mudar arruinar o que tem agora. Logo irei embora. Maggie, Brie e seus netos estão aqui.

Satisfeita por ter dado o melhor de si, Shannon recuou.

— Agora, se me der licença, preciso matar um homem.

Ela seguiu pela estrada. Não dera mais do que cinco passos, quando ouviu a porta do carro abrir.

— Garota!

Shannon parou, voltou-se e enfrentou o olhar de Maeve.

— Sim?

— Você disse o que queria. — Qualquer que fosse o esforço exigido para admitir isso, Maeve disfarçou com um rápido aceno de cabeça. — E você tem algum juízo, mais do que o homem cujo sangue corre em suas veias teve algum dia.

Shannon inclinou a cabeça em reconhecimento.

— Obrigada.

Enquanto Shannon prosseguia em seu caminho, todos olharam boquiabertos para Maeve, como se ela tivesse criado asas.

— Bem, vão ficar aí parados do lado de fora o dia todo? — ela reclamou. — Mexa-se, Lottie. Quero entrar e ver minha neta.

Nada mau, Shannon concluiu e apressou o passo. Se tivesse metade daquela sorte ao lidar com Murphy, poderia considerar aquele um excelente dia de trabalho.

Quando ela chegou à fazenda e fez a volta pelos fundos, viu Murphy parado perto do curral das ovelhas, ao lado de um homem baixo, de pernas arqueadas, que apertava os dentes em torno de um cachimbo.

Eles não estavam falando, mas ela juraria que algum tipo de comunicação estava acontecendo.

Subitamente, o homem mais velho sacudiu a cabeça. — Tudo bem, então, Murphy. Dois leitões.

— Ficaria muito grato se pudesse guardá-los para mim, Sr. McNee. Por um ou dois dias.

— Posso sim. — Ele empurrou o cachimbo mais para dentro da boca e havia começado a andar em direção ao curral quando deu com Shannon. — Você tem companhia, rapaz.

Murphy ergueu os olhos e abriu um sorriso. — Shannon. Estou feliz de ver você.

— Não comece, seu idiota. — Ela avançou para espetar um dedo no peito dele. — Você tem muito que me explicar.

Ao lado dele, McNee aguçou os ouvidos.

— Então é ela, Murphy?

Calculando onde pisava, Murphy esfregou o queixo.

— É ela.

— Você levou um bom tempo para escolher, mas acabou escolhendo uma bem bonita.

Explodindo de irritação, Shannon voltou-se para McNee.

— Se o senhor apostou neste idiota, pode dizer adeus a seu dinheiro.

— Há uma aposta? — McNee perguntou, ofendido. — Por que não me disseram nada?

Enquanto Shannon considerava a satisfação de bater a cabeça deles uma na outra, Murphy tocou-lhe de leve no braço.

— Se me desculpa por um minuto, querida. Precisa de ajuda com o cordeiro, Sr. McNee?

— Não, posso dar conta do serviço, e parece que você tem bastante nas mãos, no momento. — Com surpreendente agilidade, o velho saltou no padoque e fez as ovelhas balirem e se espalharem.

— Vamos para dentro.

— Vamos ficar bem aqui — Shannon disparou de volta e rogou-lhe pragas quando ele pegou seu braço com mãos firmes.

— Vamos para dentro — ele repetiu. — Prefiro que grite comigo em ambiente privado.

Com sua calma habitual, parou na entrada para tirar as botas cobertas de lama. Abriu a porta para ela e esperou, como um homem bem-educado, que ela irrompesse casa adentro na frente dele.

— Quer sentar?

— Não, vá para o inferno, que não vou sentar coisa nenhuma.

Ele sacudiu os ombros e recostou-se na bancada.

— Ficaremos de pé, então. Tem alguma coisa para dizer?

Seu tom suave apenas atiçou as chamas.

— Como ousa? Como ousa chamar sua família e dizer a eles para virem me conhecer, como se eu fosse um dos seus cavalos indo a leilão?

O rosto dele relaxou.

— Você está enganada. Perguntei a eles se viriam conhecer você. É algo inteiramente diferente.

— Não é diferente. E você está fazendo com que venham por falsos motivos. Disse a eles que estava me fazendo a corte.

— Mas estou lhe fazendo a corte, Shannon.

— Já falamos sobre isso, e não vou falar novamente.

— Está bem, então. Posso lhe oferecer um chá?

Ela surpreendia-se por ainda manter os dentes inteiros, tanta era a força com que os trincava.

— Não, não pode me oferecer um chá.

— Na verdade, tenho outra coisa para você. — Ele estendeu o braço para o armário atrás dele e pegou uma caixa. — Eu estava em Ennis, um dia ou dois atrás, e comprei isto para você. Esqueci de lhe dar ontem.

Num gesto que ela reconheceu infantil, cruzou as mãos para trás, nas costas.

— Não, absolutamente não. Não vou receber presente algum de você. Isso não é nem remotamente engraçado, Murphy.

Ele mesmo abriu a caixa.

— Você gosta de usar coisas bonitas. Estes me chamaram a atenção.

Apesar de suas melhores intenções, ela baixou os olhos para a caixa aberta. Eram lindos — brincos incrivelmente lindos, exatamente do tipo que ela mesma teria escolhido. Corações de citrino e ametista engastados um acima do outro.

— Murphy, isso custou uma fortuna. Leve de volta.

— Não sou nenhum pobretão, Shannon, se é minha carteira que a está preocupando.

— É uma coisa a considerar, mas é secundária. — Ela se obrigou a tirar os olhos das pedras encantadoras. — Não vou receber presentes de você. Isto só vai encorajá-lo.

Ele avançou, até que ela se viu contra a geladeira.

— Não se atreva.

— Você não está usando nenhum hoje — ele observou. — Então vamos experimentá-los. Fique quieta, querida. Não sei se tenho muito jeito para isso.

Ela lhe bateu nas mãos quando ele começou a colocar o primeiro brinco e gritou quando ele empurrou o pino no lóbulo.

— Você pediu isto — ele murmurou, totalmente concentrado naquela tarefa.

— Vou bater em você — disse ela entre dentes.

— Espere até eu terminar. Os homens são meio desajeitados para essas coisas. Por que fazem estes fechos tão terrivelmente pequenos? Pronto. — Como um homem satisfeito com a realização de uma obrigação incômoda, ele chegou para trás e avaliou o resultado. — Ficam perfeitos em você.

Não se pode usar a razão com um irracional, ela lembrou a si mesma.

— Murphy, quero que ligue para a sua família e diga a eles para não virem.

— Não posso fazer isso. Eles estão ansiosos pela *ceili* e para conhecer você.

Ela cerrou os punhos.

— Muito bem, então ligue e diga-lhes que você cometeu um engano, mudou de idéia, qualquer coisa, e que você e eu não temos nada.

Ele franziu as sobrancelhas.

— Quer dizer que devo dizer a eles que não vou casar com você?

— Isto mesmo, exatamente. — Ela deu-lhe um tapinha no braço, congratulando-o. — Finalmente, você entendeu.

— Detesto dizer não a você por qualquer motivo, mas não posso mentir para a minha família.

Ele foi rápido o suficiente para evitar o primeiro golpe dela, e então o segundo. O terceiro quase o acertou, pois estava curvado de tanto rir, mas esquivou-se, pegando-a pela cintura e girando-a num círculo vertiginoso.

— Deus, você é minha, Shannon. Estou louco de amor por você.

— Louco... — ela começou, mas o resto foi abafado contra a boca dele.

Ele roubou-lhe a respiração. Não conseguia recuperá-la. Enquanto ela apertava seus ombros, ele continuava a girá-la, somando tontura à falta de ar. Sua boca aumentava o calor. Mesmo quando ele parou com o louco rodopio, a cozinha continuou a girar, e seu coração também.

Havia um ligeiro e atordoante pensamento, através do nevoeiro de desejo, de que ele não lhe estava dando nenhuma escolha, a não ser amá-lo.

— Não vou permitir que isso aconteça. — Num impulso aterrorizado, ela o empurrou.

Seus cabelos estavam desalinhados, e seus olhos, arregalados e aturdidos. Ele podia ver a pulsação vibrando na garganta dela, e a cor, que o beijo deixara, florescendo em seu rosto.

— Venha para a cama comigo, Shannon. — Sua voz soou rouca e ansiosa. — Deus do céu, como preciso de você. Cada vez que vai embora, deixa um buraco dentro de mim e o medo terrível de que você não volte. — Desesperado, ele a puxou para perto outra vez, enterrando o rosto nos cabelos dela. — Não posso ficar vendo você se afastar e nunca ter você.

— Não faça isso. — Ela fechou os olhos, bem apertados, e lutou cruelmente contra o que estava dentro dela. — Você não vai aceitar que seja simplesmente ir para a cama, e eu não vou aceitar que seja algo mais do que isso.

— É algo mais. É tudo mais. — Ele a puxou com força. Dando-se conta, ele deixou as mãos caírem antes que seus dedos pudessem machucá-la. — É porque eu ando à sua volta? Mostro-me desajeitado muitas vezes porque nem sempre consigo pensar claramente quando estou perto de você.

— Não, não é você, Murphy. Sou eu. Sou eu e seu pensamento a nosso respeito. E tenho lidado com isso muito mais desajeitadamente do que você. — Ela tentou respirar fundo, mas sentiu o peito dolorosamente apertado. — Então, vou consertar isso. Não vou mais vê-lo. — Custava-lhe manter os olhos nos dele, mas ela se recusava a voltar atrás. — Isso vai tornar as coisas mais fáceis para nós dois. Vou começar a tratar da minha volta a Nova York.

— Isso é fugir — ele falou calmamente. — Mas você pelo menos sabe se está fugindo de mim ou de si mesma?

— É a minha vida. Tenho que voltar a ela.

O descontrole se alastrava dentro dele, não deixando lugar nem mesmo para o medo. Com os olhos queimando nos dela, ele enfiou a mão no bolso e atirou sobre a mesa o que havia lá.

Seus nervos ficaram tensos, antes mesmo que ela baixasse os olhos e visse. O círculo de cobre com a figura do garanhão em alto-relevo. Devia haver um alfinete na parte de trás, ela sabia, firme e forte o suficiente para prender-se numa capa de homem.

Murphy a viu empalidecer. Seus dedos buscaram o broche e recuaram repentinamente, fechando-se num punho defensivo.

— O que é isto?

— Você sabe o que é. — Ele blasfemou com violência intencional, quando ela sacudiu a cabeça. — Não minta para si mesma. É pobreza de espírito.

Ela podia vê-lo contra a lã escura, ambos, broche e capa, molhados de chuva.

— Onde o conseguiu?

— Eu o achei no círculo de dança, quando era menino. Adormeci com ele na mão, lá mesmo. E sonhei com você pela primeira vez.

Ela não conseguia desviar os olhos daquilo, mesmo quando a visão se turvou.

— Não é possível.

— Aconteceu, bem como contei a você. — Ele o apanhou e estendeu a mão para ela.

— Não quero isso. — Uma sensação de pânico dominava-lhe a voz.

— Guardei-o para você durante metade da minha vida. — Mais calmo agora, ele o deslizou de volta para o bolso. — Posso guardá-lo por mais algum tempo. Não há necessidade de você partir antes de ter tido o tempo que estava desejando com suas irmãs. Não vou tocá-la mais dessa maneira ou pressioná-la para me dar o que você não está querendo. Você tem minha palavra.

Ele a manteria. Agora ela o conhecia o bastante para não duvidar disso. Como podia culpá-lo por prometer-lhe algo que a fazia sentir-se frágil e chorosa?

— Gosto de você, Murphy. Não quero magoá-lo.

Ela não podia fazer idéia do quanto o magoara. Mas ele manteve a voz neutra:

— Sou um homem adulto, Shannon, e posso cuidar de mim.

Até então, ela estivera bastante segura de que poderia se afastar, indiferente. Agora descobria que queria abraçá-lo e ser abraçada outra vez.

— Não quero perder sua amizade. Tornou-se muito importante para mim em pouco tempo.

— Você não poderia perdê-la. — Ele sorriu, embora precisasse manter as mãos ao lado do corpo para evitar buscar por ela. — Nunca precisará se preocupar com isso.

Ela tentou não se preocupar, quando saiu e seguiu pela estrada outra vez. E tentou não pensar muito por que sentia tanta vontade de chorar.

Capítulo Quatorze

Murphy usou toda a sua energia para limpar os estábulos. Atividade física era parte de sua vida, e sabia como usar força e suor para arejar a mente.

Pena que não estava funcionando dessa vez.

Afundou a pá na palha suja, atirou a carga no monte que crescia no carrinho de mão.

— Você sempre teve um bom alvo, Murphy.

Maggie andava atrás dele. Ela estava sorrindo, mas os olhos examinavam o rosto dele, por sinais. E o que encontrou partiu seu coração.

— Por que não está trabalhando? — ele perguntou sem olhar ou parar. — Ouvi seu forno.

— Já estou indo. — Chegou mais perto, colocando a mão na porta aberta da baia. — Não vim ontem porque achei que podia querer um tempo para respirar. Então esperei até esta manhã. Shannon parecia angustiada quando chegou depois de ver você ontem.

— Fiz o máximo para deixá-la à vontade. — Cuspiu as palavras, antes de enterrar novamente a pá.

— E quanto a você, Murphy? — Maggie pousou a mão nas costas dele, deixando-a lá, apesar de sacudir os ombros, irritado. — Posso ver o que sente por ela. Odeio vê-lo tão infeliz.

— Então, o melhor é ficar fora, como estou planejando fazer também. Chegue para trás, droga, você está com esterco no rosto.

Em vez de se afastar, ela agarrou firme o cabo da pá e tiveram uma acirrada e pequena disputa por ele. — Tudo bem. — Ela acabou soltando a pá e esfregou as mãos uma na outra. — Pode continuar atirando esterco até quando queira, mas você vai falar comigo.

— Não estou a fim de companhia.

— E desde quando sou companhia?

— Droga, Maggie, vá embora! — Virou-se para ela, a irritação incendiando-lhe os olhos. — Não quero sua compaixão, não quero sua piedade e não quero nenhum diabo de conselho.

Ela cerrou os punhos, colocando-os na cintura, e ficou cara a cara com ele.

— Se pensa que pode se livrar de mim com grosserias, está muito enganado, cara.

Claro que não podia, e, como não ia ajudar em nada, Murphy fez o possível para enterrar a própria fúria.

— Desculpe, Maggie Mae. Não devia ter sacudido você. Preciso ficar um pouco sozinho.

— Murphy...

Ela o dominaria se não fosse embora, e rapidamente.

— Não é que não esteja grato por você vir aqui e querer ajudar. Não estou pronto pra isso ainda. Preciso lamber minhas feridas. Seja uma boa amiga, querida, e me deixe sozinho.

Sem argumentos, fez a única coisa que sabia que podia fazer e apertou o rosto contra o dele.

— Vai me procurar quando puder?

— Claro que vou. Vá agora, vá embora. Tenho muito que fazer hoje.

Quando ela o deixou, Murphy enterrou a pá na palha e praguejou violentamente até ficar sem palavras.

* * *

Trabalhou obsessivamente até o sol desaparecer, levantou-se quando o sol nasceu e voltou ao trabalho. Até os músculos bem treinados doíam quando parou para comer um sanduíche e tomar uma cerveja.

Já pensava na cama, embora mal passasse das oito, quando a porta dos fundos se abriu. Rogan e Gray entraram, alegremente seguidos por Con.

— Viemos numa missão, Murphy. — Gray bateu em suas costas e voltou-se para o armário.

— Uma missão. — Automaticamente coçou as orelhas de Con, quando o cachorro deitou a cabeça em seu colo. — Que tipo de missão?

— Recebemos ordens de acabar com seu péssimo humor. — Rogan colocou uma garrafa no balcão e quebrou o lacre. — Não temos permissão de voltar até conseguir isso.

— Há dois dias que Brie e Maggie só pensam em você — Gray observou.

— Isso não é necessário. Já estou indo deitar.

— Como bom irlandês, você não pode simplesmente dar as costas para dois amigos e uma garrafa de Jamison. — Gray enfileirou três copos, um a um, sobre a mesa.

— Então, o negócio é ficarmos bêbados? — Murphy olhou a garrafa. Não havia pensado nisso.

— As mulheres não conseguiram reverter o quadro. — Rogan serviu três doses generosas. — Então admitiram que é serviço para homem. — Sentou-se confortavelmente à mesa, levantando o copo. — *Slainté*!

Murphy coçou o queixo e soltou um suspiro.

— Que merda! — Esvaziou o primeiro copo, estremecendo antes de estendê-lo para mais uma dose. — Só trouxeram uma garrafa?

Rindo, Gray serviu a rodada seguinte.

Quando a garrafa estava pela metade, Murphy se sentia mais calmo. Uma ajuda passageira, ele sabia, e idiota. Mas se sentia mesmo um idiota.

— Preciso dizer uma coisa... — Já meio cambaleante, Gray recostou-se na cadeira e tragou um dos cigarros que Rogan lhe dera. — Não posso ficar bêbado.

— Pode sim. — Rogan estudou a ponta do próprio cigarro. — Já vi você assim.

— Não podia ver coisa alguma. Estava bêbado demais. — Achando aquilo muito engraçado, Gray inclinou o corpo outra vez e quase ficou em pé. — Mas o que quero dizer é que não posso ficar tão zonzo que não consiga fazer amor com minha mulher esta noite. Ah, obrigado. — Pegou o copo que Rogan tinha completado e gesticulou com ele. — Estou tirando o atraso. — Com toda a seriedade, descansou o cotovelo na mesa. — Vocês sabem por quanto tempo não rola nada quando uma mulher está grávida?

— Sei. — Rogan sacudiu a cabeça sabiamente. — Posso dizer que sei muito bem.

— E elas nem ligam muito pra isso. Elas estão... — Gray abriu os braços num gesto largo — chocando. Então estou compensando e não vou ficar bêbado.

— Tarde demais — Murphy resmungou com uma careta.

— Você acha que não sabemos o que está errado com você? — Solidário, Gray socou o ombro de Murphy. — Tesão.

Com uma risada, Murphy virou outro copo.

— Tudo devia ser tão fácil assim.

— Verdade. — Com um suspiro sibilante, Gray voltou ao cigarro. — Quando elas pegam você, pegam mesmo. Não é mesmo, Sweeney?

— É a pura verdade. Ela está pintando uma tormenta, sabia?

Murphy olhou-o seriamente.

— Minha desgraça será seu lucro?

Rogan riu.

— Vamos fazer a primeira exposição dela no outono. Ela não sabe, mas estamos acertando tudo. Você sabe que ela enfrentou Maeve Concannon cara a cara?

— O que quer dizer? — Preferindo seus cigarros aos de Rogan, Murphy acendeu um. — Tiveram uma briga?

— Não exatamente. Shannon apenas foi direto até ela e disse o que queria. Quando terminou, Maeve disse apenas que ela era uma mulher sensata, e entrou na pousada para ver o bebê e Liam.

— Verdade? — Tomado de admiração e amor, Murphy bebeu outro drinque. — Deus do céu, ela é demais, não é? Shannon Bodine, cabeça dura e coração mole. Acho que vou lá agora para dizer isso a ela. — Levantou-se, a constituição forte o suficiente para não deixá-lo titubear. — Talvez eu só vá até lá para buscá-la e trazê-la de volta ao seu lugar.

— Posso ver? — Gray quis saber.

— Não. — Suspirando, Murphy atirou-se na cadeira. — Não, prometi a ela que não iria. Odeio isso.

Pegou a garrafa, encheu o copo até a borda.

— Vou odiar minha cabeça de manhã, essa é a verdade. Mas vale a pena. — Deu um grande gole. — Partilhar minha tristeza com dois dos melhores amigos que Deus deu a um homem.

— É isso aí. Vamos brindar, Rogan!

— Estava aqui pensando que podia ser esperto e recuperar o tempo de que você estava falando agora... Já que vou perdê-lo em sete meses.

Gray inclinou-se conspiratoriamente em direção a Murphy.

— Esse cara é tão esperto! É assustador.

— Gostaria que vocês dois parassem de tagarelar sobre levar mulheres para a cama. Isso está me fazendo sofrer mais ainda.

— Que falta de consideração a nossa! — Rogan concordou. — Não tem por que ficarmos falando de mulheres. Soube que sua égua baia está prenhe.

— Ei! — Gray levantou a mão. — Égua, mulher. Fêmeas.

— Droga, mas você está certo. — Concordando, Rogan procurou outro assunto: — Recebemos uma escultura linda hoje de um artista do Condado de Mayo. Ele usa mármore Conemarra e faz um trabalho admirável. Um nu.

— Droga, Rogan. Lá vem você de novo. — A aflição desesperada de Gray levou Murphy às gargalhadas.

Como bons amigos, colocaram Murphy na cama quando a garrafa ficou vazia. Então saíram satisfeitos por terem cumprido sua missão.

Ficar longe dela era difícil. Mesmo com as exigências da fazenda, Murphy achava duro passar dia após dia, e noite após noite, sabendo que ela estava tão próxima. E tão fora do seu alcance. Ajudava pensar que fazia aquilo por ela.

Nada abranda a alma como o martírio.

Amigos bem-intencionados não ajudavam. Uma semana depois de tê-la visto ir embora, ele aproximou-se dos fundos do jardim de Brianna e a viu parada junto do cavalete. Usava o moletom da faculdade, respingado de tinta, e jeans folgados rasgados no joelho.

Achou que ela parecia um anjo.

Com os olhos apertados e a ponta do pincel roçando os lábios, ela estudava o trabalho. Soube o momento em que ela o pressentiu, pela mudança nos olhos, o movimento cuidadoso de baixar o pincel antes de virar a cabeça.

Ele não falou nada. Sabia que a língua enrolaria. Depois de um movimento desajeitado, aproximou-se e olhou firme para o desenho.

Era a pousada, a vista dos fundos, com o lindo prédio de pedras e as janelas abertas. Os jardins de Brianna estavam plenos de cores e formas. A porta da cozinha estava convidativamente aberta.

Shannon gostaria de não ter largado o pincel e pegou um pano mais para ter as mãos ocupadas do que para limpar a tinta.

— Então, o que acha?

— Lindo. — Não podia pensar nas palavras. — Parece acabado.

— Está. Agora.

— Bem. — Ele mudou de mão as caixas de ovos que carregava. — É lindo.

Ela virou-se remexendo nos tubos e pincéis na pequena estante que Gray equipara para ela.

— Achei que andava ocupado.

— Andava mesmo. — Desviou os olhos para o rosto dele e sua mente pareceu se desconectar. — Ocupado. — Furioso consigo mesmo, ele fez uma careta para as caixas. — Ovos — resmungou. — Brianna me pediu ovos. Disse que estava precisando.

— Oh. — Como resposta, Shannon olhou para as caixas. — Estou vendo.

Da janela da cozinha, Brianna revirava os olhos.

— Olhe só para eles, para os dois. Agindo como tolos.

Como pareciam tão patéticos, ela mudou seu plano mestre de deixá-los sozinhos e correu até a porta.

— Ah, aí está você, Murphy, e trouxe os ovos. Deus o abençoe! Entre e prove uma torta de maçã que acabei de fazer.

— Preciso... — Mas ela já correra para a cozinha, deixando-o a fixar desconcertadamente a porta. Mexendo nas caixas outra vez, olhou para Shannon. — Eu... ah... — Maldita lerdeza, pensou. — Será que você podia levá-las pra Brianna para eu poder ir embora?

— Murphy. — Aquilo tinha de parar, Shannon disse a si mesma, e colocou-se à prova, tocando o braço dele. Sentiu a tensão dos seus músculos e não pôde culpá-lo. — Você não aparece há uma semana, e sei que vinha sempre ver Brianna e Gray.

Olhou para a mão dela e voltou a fixar seu rosto.

— Achei melhor me afastar.

— Sinto por isso. Não quero que se sinta assim. Pensei que ainda fôssemos amigos.

Os olhos dele pararam nos dela.

— Você não passeou pelos campos.

— Não. *Achei* melhor manter-me afastada, e sinto por isso também. — Queria dizer a ele que sentira sua falta e que estava com medo. — Está bravo comigo?

— Mais comigo mesmo. — Firmou o corpo. Os olhos dela, pensou, a suave súplica que havia neles, eram capazes de desmontar qualquer homem. — Quer torta de maçã?

O sorriso dela se abriu lentamente.

— Quero sim.

Quando entraram, Brianna parou de prender a respiração.

— Obrigada pelos ovos, Murphy. — Alvoroçada agora, pegou os ovos das mãos dele e foi ao refrigerador. — Preciso deles para um prato que vou fazer para a *ceili*. Você viu a tela de Shannon? É magnífica, não é?

— É sim. — Tirou o boné e pendurou-o num cabide.

— Esse doce de maçã se chama strudel, é de uma receita que uma alemã me deu semana passada, quando esteve aqui. Se lembra dela, Shannon? A Sra. Metz? Aquela com voz grossa.

— Inspetora da tropa — Shannon disse com um sorriso. — Alinhava os três filhos para inspeção de manhã, e o marido também.

— Todos impecáveis. Me digam se o strudel é tão bom como ela anunciava.

Brianna lavava a louça quando o telefone tocou. Shannon estendeu a mão para o aparelho preso à parede.

— Eu atendo. Blackthorn Cottage. — Hesitou um momento, sobrancelhas altas em surpresa. — Tod? Sim, sou eu. — Ela riu. — Não pareço nada uma irlandesa.

Sem conseguir conter um crispar dos lábios, Murphy sentou à mesa.

— Tod — murmurou, quando Brianna colocou a torta na frente dele. — Parece mais um inseto do que um nome.

— Psiu — Brianna ordenou batendo no braço dele.

— É lindo — Shannon continuou. — Parece muito com *Local Hero*. Lembra? Burt Lancaster. — Ela riu de novo. — Certo. Bem, tenho caminhado bastante e comido muito. E estou pintando.

— Meio enfadonho, hein? — A voz dele era divertida e levemente solidária.

— Não. — Ergueu a sobrancelha. — Não mesmo.

— Não parece muito com você. De qualquer modo, quando volta?

Ela começou a enrolar o fio do telefone nos dedos.

— Não tenho certeza. Umas duas semanas, provavelmente.

— Por Deus, Shan, você está aí há um mês!

Os dedos dela apertavam o fio. Estranho, não parecia ter passado um mês.

— Vai fazer três semanas. — Percebeu seu tom defensivo e detestou-se por isso. — Deixe comigo. Como vão as coisas aí?

— Sabe como é. Um verdadeiro hospício desde que pegamos a conta de Gulfstream. Você é a garota de ouro aqui, Shannon. Marcou muitos pontos em seis meses, entre Gulfstream e Titus.

Ela esquecera Titus e torceu o nariz agora ao lembrar-se da idéia que tivera para ajudar a vender pneus.

— Gulfstream é seu.

— Agora, claro, mas os chefes sabem quem começou. Ei, você não acha que eu levaria o crédito por seu trabalho.

— Não, claro que não.

— De toda maneira, preciso lhe dizer que os caras lá de cima estão bem contentes, mas nosso departamento está começando a sentir a pressão com o outono se aproximando e as campanhas de Natal em andamento. Precisamos mesmo que você volte logo.

Sentiu um leve latejar na têmpora, o sinal de uma enxaqueca despontando.

— Tenho coisas para resolver, Tod. Coisas pessoais.

— Você passou por maus pedaços. Mas conheço você, Shannon, vai se recuperar disso. E sinto sua falta. Sei que as coisas andaram um pouco desgastadas entre nós quando você partiu, e não fui tão compreensivo como devia ter sido, nem sensível aos seus sentimentos. Acho que podemos conversar e voltar numa boa.

— Anda assistindo ao programa da Oprah?

— Vamos, Shannon. Deixe passar uns dias, então me ligue. Me passe o número do seu vôo. Pego você no aeroporto e vamos nos aconchegar com uma garrafa de vinho, para resolver tudo.

— Dou notícias, Tod. Obrigada por ter ligado.

— Não demore muito. Os chefes têm memória curta.

— Vou me lembrar disso. Tchau.

Desligou, descobrindo que o fio estava enrolado e preso em seus dedos. Concentrou-se em arrumá-lo meticulosamente outra vez.

— Era de Nova York — disse sem se voltar. — Um amigo de trabalho. — Antes de se virar, quis ter a certeza de ter um sorriso brilhante no rosto. — Então, como está a torta?

— Prove você mesma. — Brianna serviu-a de chá. O primeiro impulso foi confortá-la. Afastou a vontade, deixando a tarefa para Murphy. — Acho que ouvi o bebê — falou e correu para a porta ao lado.

O apetite de Shannon havia desaparecido. Olhou, indiferente, para a torta, então para o chá.

— Meu, ah... o escritório está assoberbado.

— Ele a quer de volta. — Quando os olhos de Shannon fixaram os dele, Murphy inclinou a cabeça. — Esse Tod a quer de volta.

— Ele está tocando algumas das minhas contas enquanto estou fora. É um monte de trabalho extra.

— Ele a quer de volta — Murphy disse outra vez, e Shannon começou a cutucar a torta com o garfo.

— Ele mencionou isso... sem muita convicção. Tivemos uma discussão estressante antes de eu viajar.

— Uma discussão — Murphy repetiu. — Uma discussão estressante. Quer dizer uma briga?

— Não. — Ela sorriu. — Tod não briga. Ele discute — ela murmurou. — É muito civilizado.

— E estava discutindo, num modo civilizado, agora? É por isso que está tão confusa?

— Não, ele estava apenas me contando as novidades do escritório. E não estou confusa.

Murphy colocou as mãos sobre as dela, acalmando-a até que ela olhou para ele outra vez.

— Você me pediu para ser seu amigo. Estou tentando.

— Estou confusa com um monte de coisas — disse lentamente. — Em geral, não levo tanto tempo para descobrir o que quero e como conseguir. Sou boa em analisar. Em fazer as melhores escolhas. Meu pai o era também. Ele sempre conseguia solucionar tudo. Eu admirava isso, aprendi com ele.

Impaciente, soltou as mãos das de Murphy.

— Eu tinha tudo bem definido e estava funcionando. Um emprego na empresa certa, um apartamento num bairro legal, um guarda-roupa poderoso, uma pequena coleção de objetos de arte bem selecionados. Freqüentava uma boa academia, mantinha uma relação sem muitas cobranças com um homem bem-sucedido com quem dividia meus interesses. Então tudo isso desmoronou e estou cansada demais para pensar em juntar os pedaços.

— É isso que quer fazer? Tem que fazer?

— Não posso continuar adiando. Esse telefonema me fez lembrar que tenho deixado o barco correr. Preciso ter chão sólido sob meus pés, Murphy. Não funciono bem de outro modo. — Quando a voz fraquejou, pressionou a mão contra os lábios. — Ainda dói muito. Ainda dói lembrar meus pais. Saber que nunca mais os verei outra vez. Não disse adeus, não disse adeus para nenhum dos dois.

Sem dizer nada, aproximou-se dela e simplesmente a embalou nos braços. No silêncio dele, havia um entendimento tão perfeito, tão primordial, que era devastador. Ela podia chorar e saber que suas lágrimas cairiam num ombro que nunca sairia de perto dela.

— Fico pensando que já superei isso. Então tudo volta sorrateiramente e me dilacera o coração.

— Você ainda não se permitiu chorar por tudo isso. Continue, querida. Vai se sentir melhor.

Cada soluço estremecido cortava-o por dentro, por saber que não podia fazer nada mais do que estar ali.

— Eu os quero de volta.

— Eu sei, querida. Sei que você quer.

— Por que as pessoas têm que partir, Murphy? Por que as pessoas que amamos e de que precisamos tanto têm que partir?

— Eles não partem, não completamente. Você ainda os tem dentro de si, e nunca irá perdê-los. Às vezes não ouve sua mãe falando com você, ou seu pai lembrando alguma coisa que fizeram juntos?

Cansada e dolorida de chorar, virou o rosto molhado e descansou-o no peito dele. Tola, pensou. Como tinha sido tola por achar que era mais forte por segurar as lágrimas, em vez de deixá-las rolar.

— Sim. — Os lábios se crisparam num sorriso úmido. — Bati fotos, algumas vezes, de coisas que fizemos juntos. Mesmo coisas comuns, como tomar o café-da-manhã.

— Então, eles não se foram de todo, foram?

Ela fechou os olhos, confortada pelo bater compassado do coração de Murphy sob o seu ouvido.

— Logo depois da missa, da missa do funeral da minha mãe, o padre sentou-se comigo. Foi bondoso, piedoso, como fora poucos meses antes, quando enterramos meu pai. Mesmo assim, disse as coisas de sempre... a vida eterna, a misericórdia e a recompensa divina que meus pais encontrariam por terem sido católicos devotos e pessoas boas e caridosas.

Ela se apoiou nele mais uma vez e recuou.

— Dizia isso para me confortar, e talvez até tenha conseguido um pouco. Mas o que você me falou agora ajudou muito mais.

— A fé é uma espécie de lembrança, Shannon. Deve valorizar suas lembranças, em vez de se deixar machucar por elas. — Afastou uma lágrima do rosto dela com o polegar. — Você está bem agora? Posso ficar, se quiser, ou chamar Brie para fazer-lhe companhia.

— Não, estou bem. Obrigada.

Levantando o queixo dela, beijou-a na testa.

— Então sente, beba seu chá. E não canse sua cabeça com Nova York até que esteja pronta.

— É um bom conselho. — Quando ela fungou, ele pegou a bandana do bolso.

— Assoe o nariz.

Sorriu levemente e obedeceu.

— Estou feliz por ter vindo, Murphy. Não se afaste outra vez.

— Estarei por perto. — Como sabia que ela precisaria ficar um pouco sozinha, pegou o boné do cabide. — Logo vai aparecer pelos campos outra vez? Gosto de ver você pintando ao sol.

— Sim, vou aparecer. Murphy... — interrompeu-se, não tendo certeza de como fazer a pergunta ou da razão pela qual parecia tão importante perguntar. — Esqueça.

Ele parou no umbral da porta.

— O que é? É sempre melhor dizer o que está passando pela cabeça do que deixar circulando aí dentro.

Circulando era exatamente o que estava fazendo.

— Estava imaginando... Se fôssemos amigos quando minha mãe estava doente, e eu tivesse que me afastar para cuidar dela. Ficar com ela. Quando ela morreu, se eu lhe dissesse que poderia resolver tudo, que preferia fazer tudo sozinha, você teria respeitado isso? Teria se afastado?

— Não, claro que não. — Embaraçado, colocou o boné na cabeça. — É uma pergunta estúpida. Um amigo não se afasta quando o outro está sofrendo.

— Foi o que pensei — ela murmurou e olhou-o longamente, com tal intensidade que o fez passar as costas da mão no queixo em busca de farelos.

— O que foi?

— Nada. Estava... — Levantou a xícara e riu dos dois — devaneando.

Mais surpreso do que nunca, ele retribuiu o sorriso.

— Vejo você, então. Vai... ah, ir à *ceili*, não vai?

— Não o perderia por nada.

Capítulo Quinze

Música derramava-se da casa da fazenda, quando Shannon chegou com Brianna e a família. Tinham vindo de carro, pois Brianna fizera comida demais para os três carregarem, mais o bebê, se viessem caminhando.

A primeira surpresa da noite, para Shannon, foi a quantidade de veículos na estrada. As rodas ultrapassavam a borda verde, deixando espaço apenas para motoristas corajosos ou insensatos passarem raspando.

— Pelo visto, ele terá a casa cheia — Shannon comentou, quando começaram a descarregar os pratos e as tigelas de Brianna.

— Ah, os carros são só dos que moram longe demais para vir a pé. Muitos vêm à *ceili* caminhando. Gray, não incline essa panela. Vai entornar o caldo.

— Eu não a inclinaria, se tivesse três mãos.

— Ele está contrariado porque o pessoal da divulgação incluiu mais uma cidade na turnê dele. — Mal conseguia disfarçar o tom orgulhoso. — E já houve tempo em que ele não podia esperar para sair perambulando por aí.

— Os tempos mudam, e se você viesse comigo...

— Sabe que não posso deixar a pousada por três semanas no meio do verão. Vamos agora. — Apesar do peso que carregava, Brianna se inclinou para beijá-lo. — Não fique se atormentando com isso nesta noite. Ah, olhe, é Kate.

Ela apressou o passo, a saudação pairando no ar.

— Sempre é possível cancelar uma turnê — Shannon sussurrou, quando ela e Gray seguiram andando.

— Diga isso a ela. "Não vai falhar em suas responsabilidades com o trabalho por minha causa, Grayson Thane. Estarei bem onde me deixar quando você voltar."

— É... — Shannon teria dado um tapinha no rosto dele, se não tivesse as mãos cheias. — Entendo. Alegre-se, Gray! Se já vi um homem que tem tudo, é você.

— Verdade. — Aquilo levantou um pouco o ânimo dele. — Tenho mesmo. Mas será duro sentir isso quando estiver dormindo sozinho em Cleveland, em julho.

— Sofrendo com o serviço de quarto. Com os filmes na tevê e o assédio das fãs.

— Chega, Bodine! — Empurrou-a em direção à porta.

Ela não se dera conta de que havia tanta gente no condado inteiro. A casa estava cheia, animada com suas vozes, repleta de movimento. Mal tinha dado dez passos e já havia sido apresentada a uma dúzia e saudada por mais pessoas do que já tinha encontrado.

Música de flautas e violinos fluía da sala, onde alguns já dançavam. Pratos transbordando de comida equilibravam-se nos joelhos, enquanto pés marcavam o ritmo com entusiasmo. Copos eram levantados ou seguros por mãos ansiosas.

Mais pessoas ainda lotavam a cozinha, onde bandejas e tigelas cobriam as bancadas e a mesa central de ponta a ponta. Brianna estava lá, já de mãos vazias, enquanto o bebê era paparicado por um e outro.

— Ah, aqui está Shannon. — Brianna sorriu enquanto começava a pegar os pratos que Shannon carregava. — Ela nunca esteve numa *ceili* antes. Tradicionalmente, a música ficava na cozinha, mas não havia espaço. Mas podemos ouvi-la do mesmo modo. Você conhece Diedre O'Malley?

— Sim, oi...

— Pegue um prato para você, garota — Diedre falou —, antes que a turba não deixe senão os farelos. Passe-me estes, Grayson.

— Troco por uma cerveja.

— Posso conseguir isso para você. — Ria enquanto pegava as travessas. — Há muito para ser trazido do alpendre.

— Vai querer, Shannon?

— Claro. — Ela sorriu quando Gray foi buscar as garrafas. — Pelo jeito, o pub não vai ter muito movimento esta noite, Sra. O'Malley.

— Não mesmo. Nós até fechamos. Uma *ceili* na casa de Murphy esvazia a vila. Ah, Alice, estava agora mesmo falando do seu menino.

Com a garrafa que Gray lhe passara a meio caminho dos lábios, Shannon virou-se para ver uma mulher esguia, com os cabelos castanhos levemente ondulados, entrar na cozinha. Tinha os olhos de Murphy e seu sorriso largo.

— Largaram um violino nas mãos dele. Então não vai sair da sala por um bom tempo. — A voz era branda, com uma risada no final. — Acho que vou fazer um prato para ele, Dee, para o caso de ele arranjar um minuto para comer alguma coisa.

Ela pegou um, então seu sorriso brilhou.

— Brie, não tinha visto você. Cadê seu anjinho?

— Bem aqui, Sra. Brennan. — Com um sorriso presunçoso, Gray avançou para beijá-la.

— Até parece. Você está mais é para um demônio. Onde está o bebê?

— Nancy Feeney e Mary Kate fugiram com ela — Diedre disse, destampando os pratos que Brianna trouxera. — É preciso ir atrás delas e brigar para pegar o bebê.

— Ah, vou fazer isso. Ah, ouçam esta música. — Orgulho brilhava nos olhos dela. — Ele tem o dom de Deus nas mãos.

— Fico contente que tenha vindo de Cork, Sra. Brennan — Brianna começou. — Não conhece Shannon, minha... amiga da América.

— Não. Não conheço. — O orgulho reluzente transformou-se em precaução e curiosidade. A voz não propriamente congelou, mas adquiriu um certo quê de formalidade. — Prazer em conhecê-la, Shannon Bodine. — Ela estendeu a mão.

Shannon surpreendeu-se secando a palma da mão na calça, antes de aceitar a saudação.

— Prazer em conhecê-la, Sra. Brennan. — E agora? — Murphy parece com a senhora.

— Obrigada. Ele é um rapaz bonito, com certeza. E você mora em Nova York e trabalha com desenho.

— Sim. — Terrivelmente constrangida, tomou um gole de cerveja. Quando Maggie entrou, ruidosamente, pela porta dos fundos, Shannon seria capaz de beijar os pés dela.

— Estamos atrasados — Maggie anunciou. — E antes que Rogan comece a dizer pra todo mundo que a culpa é minha, já vou logo explicando. Tinha que terminar um trabalho. — Largou uma tigela sobre a mesa, e pôs Liam no chão para andar. — Estou morrendo de fome também. — Roubou um cogumelo recheado de Brianna de um dos pratos e devorou-o. — Sra. Brennan, exatamente a mulher que procuro.

Toda aquela formalidade desapareceu do rosto de Alice, enquanto rodeou a mesa para dar um abraço apertado em Maggie.

— Deus, você não mudou nada desde que era menina, continua tão barulhenta quanto seis tambores.

— Vai se desculpar por ter dito isso quando eu lhe der seu presente. Venha, Rogan!

— Um homem tem o direito de parar e pegar uma cerveja. — Com uma na mão, ele chegou equilibrando na outra o embrulho que carregava.

A entrada dele provocou novas saudações e bate-papos. Vendo ali uma excelente oportunidade para escapar, Shannon esgueirou-se para o corredor.

— Não, nada disso, sua covarde! — Divertido, Gray impediu sua passagem. Passou um braço firme em torno dela, num gesto de afeição.

— Dá um tempo, Gray.

— Sem chance.

Presa, olhou Alice cuidadosamente desembrulhar a tela. Quando as pessoas a rodearam, houve murmúrios de surpresa e aprovação.

— Ah, é ele direitinho — Alice murmurou. — Até o jeito como mantém a cabeça, olha só. E o modo como fica de pé. É o presente mais lindo que já ganhei, Maggie, juro. Nem tenho como agradecer por me dar e mesmo por pintá-lo para mim.

— Pode agradecer por ter lhe dado. Mas Shannon o pintou.

Todas as cabeças da cozinha mudaram de direção.

— É admirável o talento que você tem — Alice disse, depois de um momento, a voz voltando ao mesmo tom cadenciado. — E uma grande sensibilidade para retratar a pessoa de forma tão viva. Estou orgulhosa de ganhar esse presente.

Antes que Shannon pudesse pensar numa resposta, uma mulher pequena, de cabelos pretos, irrompeu pelo hall.

— Mãe, não imagina quem está... O que é isto? — Espiando a tela, abriu caminho com os cotovelos. — Ora essa, é Murphy com os cavalos.

— Shannon Bodine pintou — Alice informou.

— Oh? — Olhos brilhantes e curiosos, a mulher voltou-se, examinando o lugar. Levou apenas alguns segundos para acertar o alvo. — Bem, sou Kate, a irmã dele, e tenho prazer em conhecê-la. Você é a primeira garota que Murphy corteja.

Shannon apoiou-se um pouco no braço amigo de Gray.

— Não é... nós não... Murphy exagerou — ela concluiu enquanto diversos pares de olhos a estudavam. — Somos apenas amigos.

— É sensato manter a amizade quando se está cortejando alguém — Kate concordou. — Será que qualquer dia pode pintar meus filhos? Maggie nunca pode.

— Trabalho com vidro — Maggie lembrou-a enquanto continuava a encher seu prato. — E você tem que combinar com Rogan. Ele a está empresariando.

— Ainda não assinei nenhum contrato — Shannon disse rapidamente. — Ainda nem...

— Quem sabe você faz isso antes de assinar com ele — Kate interrompeu. — Posso juntá-los e trazê-los quando quiser.

— Pare de chateá-la, Kate — Alice falou brandamente. — E o que ia me dizer quando entrou aqui?

— Dizer a você? — Kate pareceu distante por alguns momentos, até seus olhos brilharem. — Ah, nem imagina quem acabou de chegar.

Maeve Concannon — disse antes que alguém pudesse tentar adivinhar. — Em carne e osso.

— Ora essa, Maeve não vem a uma *ceili* há uns vinte anos — Diedre falou. — Acho até que mais do que isso.

— Bem, ela veio, e Lottie está com ela.

Brianna e Maggie se entreolharam, mudas, e se apressaram, como se fossem uma só pessoa.

— Melhor vermos se ela quer comer algo — Brianna explicou.

— Melhor vermos se ela não está fazendo nenhum estrago — Maggie corrigiu. — Por que não vem, Shannon? Teve jeito com ela, da última vez.

— Bem, na verdade, não sei...

Mas Maggie já lhe segurava o braço, arrastando-a para fora da cozinha.

— A música ainda está tocando — disse com um suspiro. — Ela ainda não mandou parar.

— Olhe, não tenho nada a ver com isso — Shannon protestou. — Ela é sua mãe.

— Vou lembrar você de suas próprias palavras a respeito de ligações.

— Droga, Maggie! — Shannon não teve outra escolha a não ser trincar os dentes e se deixar arrastar até a sala.

— Meu Jesus! — Foi tudo o que Brianna conseguiu dizer.

Maeve estava sentada, Liam no colo, os pés acompanhando o ritmo da música. O rosto podia estar sério, os lábios crispados, mas o movimento dos pés a denunciava.

— Ela está se divertindo. — Maggie arregalou os olhos de assombro.

— Ora, pelo amor de Deus. — Com um gesto irritado, Shannon se soltou. — Por que não deveria?

— Ela nunca freqüentou lugares onde há música — Brianna murmurou. — Não que eu lembre. — Enquanto Lottie rodopiava nos braços de um vizinho, Brianna apenas balançou a cabeça. — Como Lottie conseguiu que ela viesse?

Mas Shannon esquecera Maeve. Do outro lado da sala, Murphy estava parado, um violino preso entre o ombro e o queixo. Seus olhos estavam semifechados e ela pensou que deveria estar absorto na música que os dedos e as mãos ágeis faziam. Então ele sorriu e piscou.

— O que estão tocando? — Shannon perguntou. O violinista era acompanhado por uma flauta e um acordeão.

— É a *reel* de Saint Steven, uma dança de origem celta. — Brianna sorriu, sentindo os próprios pés ficarem inquietos. — Ah, veja só como eles dançam.

— Está na hora de fazer mais do que olhar. — Gray puxou a esposa e saiu dançando com ela pela sala.

— Nossa, ela é maravilhosa — Shannon disse depois de um instante.

— Nossa Brie teria sido uma grande dançarina, se as coisas tivessem sido diferentes. — Franzindo as sobrancelhas, Maggie desviou os olhos para a mãe. — Talvez as coisas fossem diferentes então, mais do que estão começando a ser agora.

Depois de um longo suspiro, Maggie entrou na sala. Após um momento de hesitação, esgueirou-se em meio ao baile e foi sentar-se ao lado da mãe.

— Está aí uma cena que nunca imaginei que fosse ver. — Alice parou junto de Shannon. — Maeve Concannon sentada com a filha numa *ceili*, com o neto no colo, os pés acompanhando o compasso da música. E quase sorrindo.

— A senhora deve conhecê-la há muito tempo.

— Desde que éramos bem mocinhas. Ela fez da própria vida e da de Tom um inferno. E essas meninas sofreram com isso. É duro lutar para ter amor. Agora parece ter encontrado algum contentamento na vida que leva e nos netos. Sinto-me feliz por isso.

Alice olhou para Shannon com certo ar divertido.

— Devo pedir desculpas por minha filha ter embaraçado você na cozinha. Ela sempre foi de falar primeiro e pensar depois.

— Não, está tudo bem. Ela só estava... mal informada.

Alice apertou os lábios para concluir:

— Bem, se ela não causou nenhum problema... Ah, lá está minha filha Eileen e o marido, Jack. Vou apresentá-la a eles.

— Claro.

Ela os conheceu, assim como as outras irmãs de Murphy, o irmão, as sobrinhas, sobrinhos e primos. Sua cabeça girava com tantos nomes e sentia o coração balançar diante da espontânea acolhida que recebia, cada vez que sua mão era apertada.

Serviram-lhe um prato generoso, uma cerveja gelada e lhe arranjaram um lugar perto dos músicos, onde Kate tagarelava em seu ouvido.

O tempo simplesmente passou, sem se importar com a música e a cordialidade da noite. Crianças corriam agitadas ou caíam no sono nos braços acolhedores de alguém. Viu homens e mulheres flertarem enquanto dançavam, e os que estavam velhos demais para dançar divertiam-se assistindo.

Como pintaria aquilo? Em cores vívidas e vibrantes ou em tons pastéis suaves e enevoados? Qualquer dessas formas combinaria. Ali havia tanto excitação e vigor como o agradável contentamento das tradições inquebrantáveis.

Podia-se sentir isso na música, pensou. Murphy estava certo a esse respeito. Cada nota, cada voz admirável que se levantava numa canção falava de raízes profundas demais para serem rompidas.

Encantou-a ouvir a Sra. Conroy cantar uma balada de amor não correspondido numa voz esganiçada que, entretanto, exalava verdade. Riu com os outros da canção engraçada que entoaram aos berros. Com um misto de admiração e espanto, viu Brianna e Kate executarem um sapateado complexo que atraiu mais pessoas para a sala.

Quando a música parou, suas mãos estavam vermelhas de tanto aplaudir. Com uma rápida olhada, viu Murphy passar o violino para outra pessoa.

— Está se divertindo? — ele perguntou.

— Estou adorando cada segundo. — Ela estendeu-lhe seu prato. — Você não teve chance de comer nada. Então, ande logo. — Riu para ele. — Não quero que pare de tocar.

— Sempre há alguém para substituir. — Mas pegou metade do sanduíche dela.

— O que mais sabe tocar, além de violino e acordeom?

— Ah, um pouquinho de cada coisa. Vi que conheceu minha família.

— São tantos. E todos eles acham que o sol nasce nos olhos de Murphy. — Riu quando ele estremeceu.

— Acho que podíamos dançar.

Ela sacudiu a cabeça, quando ele lhe tomou a mão.

— Como já expliquei a vários cavalheiros adoráveis, prefiro assistir. Não, Murphy. — Riu outra vez, quando ele a puxou, fazendo-a levantar. — Não consigo... rodopiar, me requebrar, não levo jeito para essas coisas.

— Claro que consegue. — Ele a conduziu firmemente para a pista. — E vão tocar uma valsa, como pedi. A primeira vez que dançarmos deve ser uma valsa.

Foi a voz dele que a fez fraquejar, o jeito como tornava suave cada palavra.

— Nunca dancei valsa na vida.

Ele começou a rir, arregalando os olhos.

— Está brincando!

— Não. Não é uma dança comum nos clubes aonde vou, então vou sentar.

— Vou mostrar a você. — Deslizou o braço em torno da cintura dela, segurando-lhe a mão. — Ponha a outra mão em meu ombro.

— Conheço a posição, o problema são os passos.

A noite estava por demais encantadora para não atendê-lo. Baixando a cabeça, ela olhou para os pés dele.

— Conhece o compasso, naturalmente. — Riu acima da cabeça dela. — Então vai, um, dois e três. Depois é só deixar o pé de trás deslizar. Isto, é isto mesmo.

Quando ele a enlaçou, ela olhou para cima outra vez, rindo.

— Não se entusiasme demais. Aprendo rápido, mas gosto de treinar bastante.

— Pode praticar o quanto quiser. Não é penoso para mim segurá-la nos braços.

Algo disparou dentro dela.

— Não me olhe assim, Murphy.

— Tenho que olhar, se estou dançando valsa com você. — Ele a girou em três longos círculos, tão fluidos como vinho. — O segredo, quando se está dançando uma valsa, é olhar direto nos olhos do seu par. Assim você não fica tonta, quando está girando.

A idéia de se concentrar nos olhos podia ter seus méritos, mas não, Shannon descobriu, não quando o foco eram aqueles olhos azul-escuros.

— Seus cílios são mais longos do que os de suas irmãs — murmurou.

— Isso sempre motivou discussões entre nós.

— Seus olhos são tão lindos! — A cabeça girava tanto quanto a dança. À beira da vertigem, às margens do sonho. — Vejo-os enquanto estou dormindo. Não consigo parar de pensar em você.

Era como se tentáculos de ferro lhe apertassem o estômago.

— Querida, estou fazendo o possível para cumprir minha promessa.

— Eu sei. — De repente, era como se o mundo se movesse em câmera lenta, um rodopio, um girar, uma nota. Todas as cores, movimentos e vozes pareciam desvanecer-se enevoadamente ao fundo, até que restavam apenas eles dois e a música. — Nunca quebraria uma promessa, não importa quanto isso lhe custasse.

— Nunca, antes. — A voz dele era tão tensa quanto a mão segurando a dela. — Mas você está me tentando. Está me pedindo para quebrá-la?

— Não sei. Por que você nunca sai da minha cabeça, Murphy? — Cerrou os olhos, deixando a cabeça cair no ombro dele. — Não sei o que estou fazendo... o que estou sentindo. Preciso sentar, preciso pensar. Não consigo pensar quando você está me tocando.

— Você leva um homem à loucura, Shannon. — Com grande esforço, manteve as mãos suaves, quando a guiou de volta à sua cadeira. Agachou-se na frente dela. — Olhe para mim. — A voz era calma sob a música e as risadas. — Não vou perguntar outra vez, jurei que não o faria. Não é orgulho o que me contém, ou que me faz dizer a você que o próximo passo, seja ele qual for, tem que ser seu.

Não, Shannon pensou. É *honra.* Palavra tão fora de moda quanto *cortejar.*

— Pare de flertar com a moça. — Tim aproximou-se, dando um tapa nas costas de Murphy. — Cante alguma coisa para nós, Murphy.

— Estou ocupado agora, Tim.

— Não. — Shannon aprumou-se, encontrando um sorriso. — Vá cantar alguma coisa, Murphy. Nunca ouvi você cantar.

Lutando para se recompor, ele olhou fixamente para as mãos que descansara nos joelhos.

— O que gostaria de ouvir?

— Sua música predileta. — Num gesto que era tanto um pedido de desculpas quanto uma súplica, ela colocou a mão sobre a dele. — A canção que significa mais para você.

— Tudo bem. Vai falar comigo mais tarde?

— Mais tarde. — Sorriu para ele, quando se levantou, certa de que se sentiria mais confiante mais tarde.

— Então, o que achou da sua primeira *ceili*? — Brianna sentou-se ao lado dela.

— Humm? Ah, foi tudo maravilhoso. Tudo.

— Não tínhamos tido uma festa tão grande assim desde que Gray e eu nos casamos, ano passado. Tivemos *Bacachs* na noite em que chegamos da lua-de-mel.

— Como?

— Ah, *Bacachs* é uma velha tradição em que as pessoas se fantasiam e vão até a casa quando está escuro e... Ah, é o Murphy. — Ela apertou a mão de Shannon. — Só quero ver o que ele vai cantar.

— A predileta dele.

— "Quatro Campos Verdes" — Brianna murmurou e sentiu os olhos arderem antes de a primeira nota ser tocada.

Bastou essa primeira nota para as vozes se calarem. O silêncio invadiu a sala quando Murphy levantou a voz acompanhado por uma única flauta.

Ela não sabia que ele tinha aquilo dentro de si — aquele tenor puro e claro, ou o sentimento por trás dele. Cantou uma melodia de tristeza e esperança, perda e renovação. E durante todo o tempo em que a casa mergulhou num silêncio como o de uma igreja, os olhos dele estavam presos nos dela.

Era uma canção de amor, mas amor pela Irlanda, pela terra e pela família.

Ouvindo-o, voltou a sentir algo que vibrara dentro dela durante a dança, só que agora de um modo mais forte, mais intenso, mais duradouro. O sangue começou a latejar sob sua pele, não tanto pela paixão, mas pela aceitação. Antecipação. Todas as barreiras que havia levantado caíram e se esfarelaram silenciosamente ante a beleza daquela canção.

A voz dele simplesmente a subjugou.

Havia lágrimas quentes no rosto dela, liberadas pela voz e pelas palavras sentimentais da balada. Não houve aplausos quando ele terminou. O silêncio revelava o reconhecimento daquele instante de pura e intensa beleza.

Os olhos de Murphy detiveram-se nos de Shannon, enquanto ele murmurava algo para o flautista. A um sinal, soou uma melodia ágil e animada. A dança recomeçou.

Ela sabia que ele entendera tudo antes de dar o primeiro passo em sua direção. Ele sorriu. Ela levantou-se e segurou a mão que ele oferecia.

Ele não conseguiu sair logo com ela. Havia muitas pessoas que o interrompiam para uma palavra. Quando a levou para fora, podia sentir a mão dela tremendo na sua.

Então se virou para ela.

— Tem certeza?

— Sim, tenho certeza. Mas, Murphy, isto não vai fazer nenhuma diferença. Você precisa entender...

Ele a beijou, de um modo lento, suave e profundo, e as palavras deslizaram de volta para a garganta dela. Segurando-lhe a mão, circundou a casa, dirigindo-se para os estábulos.

— Aqui? — Os olhos dela se arregalaram e ela sentiu o duelo entre medo e prazer. — Não podemos. Toda aquela gente.

Ele percebeu que conseguia rir afinal.

— Vamos deixar para rolar no feno uma outra vez, amor. Só estou pegando cobertores.

— Ah. — Sentiu-se boba e não tinha certeza de não estar também desapontada. — Cobertores — repetiu quando ele tirou dois da corda onde estavam pendurados para arejar. — Aonde vamos?

Ele os dobrou, colocou-os sobre o braço, pegou a mão dela.

— Onde começamos.

A dança. O coração dela voltou a disparar.

— Eu... podemos sair assim? Todas aquelas pessoas na sua casa.

— Não creio que sentirão nossa falta. — Detendo-se, olhou para ela. — Você se importa se sentirem?

— Não. — Ela sacudiu a cabeça sem hesitar. — Não, não me importo.

Atravessaram os campos sob a fluida luz do luar.

— Gosta de contar estrelas? — perguntou a ela.

— Não sei. — Distraidamente, ela olhou para o céu, repleto delas. — Acho que nunca contei.

— Você nunca consegue terminar. — Levou as mãos deles, unidas, aos lábios. — Não é o total delas que importa. Nem o número. É o deslumbramento de tudo isso. É o que vejo quando olho para você. Um completo deslumbramento.

Com uma risada, ele a levantou do chão. Quando a beijou novamente, foi no desabrochar de uma profunda alegria.

— Pode fazer de conta que estou levando você por uma linda escadaria de caracol para uma cama, com almofadas de cetim e rendas cor-de-rosa?

— Não preciso fazer de conta. — Apertou o rosto contra o pescoço dele, quando a emoção brotou e tomou conta dela. — Nesta noite, só preciso de você. E você está bem aqui.

— Sim. — Roçou os lábios na testa dela, até que ela virou a cabeça para olhar para ele. — Estou aqui. Estamos aqui.

O círculo de pedras continuava lá, esperando sob a cálida luz da lua.

Capítulo Dezesseis

Sob o mar de estrelas e uma lua que brilhava branca como um farol, ele a carregou para o centro do espaço de dança. Ela escutou o pio de uma coruja, o longo grito que se prolongava no ar, até reduzir-se a um zumbido silencioso.

Colocando-a no chão, estendeu o primeiro cobertor, deixando o outro cair antes de ajoelhar diante dela.

— O que está fazendo?

De onde surgira aquele nervosismo? Não estava nervosa um minuto antes.

— Tirando seus sapatos.

Um gesto tão simples, tão habitual. Entretanto, tão sedutor quanto seda preta. Ele tirou os próprios sapatos, arrumando-os ao lado dos dela. Suas mãos correram pelo corpo dela, do tornozelo aos ombros, quando ele se levantou.

— Está tremendo. Está com frio?

— Não. — Pensou que era incapaz de sentir frio com o fogo que pulsava dentro dela. — Murphy, não quero que pense que isso significa... nada além do que realmente é. Não seria justo...

Ele estava sorrindo quando segurou delicadamente o rosto dela entre as mãos e a beijou.

— Sei o que significa. "Beleza é a própria razão de ser." — Ainda suave e delicadamente, seus lábios deslizaram pelo queixo dela. — Emerson escreveu isso.

Que homem era aquele, pensou, capaz tanto de citar poemas como de arar os campos?

— Você é a própria beleza, Shannon. Isto é a beleza.

Ele cuidaria disso, dando a ela tanto o coração quanto o corpo. E tomaria o dela. As mãos eram suaves, leves, quando a tocava — os ombros, as costas, permeando os cabelos, enquanto a boca pacientemente a persuadia a dar mais. Tomar mais. Apenas um pouco mais.

Ainda tremia, embora o corpo se inclinasse mais confiante sobre o dele, quando o som de puro prazer exalou de seus lábios para os dele. Uma brisa leve dançava pela grama, girando como música à volta deles.

Ele recuou, olhos nos dela, e fez deslizar o casaco de homem que ela usava nos ombros, deixando-o cair. Um murmúrio de surpresa e desejo ressoou em sua garganta quando ele a beijou de novo, as mãos no rosto dela, dedos tateando.

Ela pensava que conhecia as regras da sedução, os movimentos que homens e mulheres executavam a caminho do prazer. Mas aquilo era novo, aquela dança calma, paciente, aquele saborear de cada passo elementar. Como na valsa que ele lhe ensinara, ela não podia fazer nada mais além de segurar firme e ter prazer.

Prendeu o ar, soltando-o tremulamente, quando os dedos dele tocaram o botão de cima de sua blusa. Ah, gostaria de estar usando seda, algo delicado e feminino, debruado de rendas, para encantá-lo.

Vagarosamente, ele abriu a blusa, colocando de leve a palma da mão sobre o coração dela.

Um tremor percorreu-lhe todo o corpo como uma bala derretida.

— Murphy...

— Sonhava tanto em tocar você. — Tomou a mão que lhe apertava o ombro, levou-a aos lábios. — Como seria sentir sua pele. Que gosto teria. Seu perfume. — Olhando-a, deslizou a blusa pelos ombros. — Tenho mãos rudes.

— Não. — Só conseguiu sacudir a cabeça. — Não.

Os olhos eram solenes quando ele deslizou a ponta do dedo sobre a curva do sutiã, descendo e subindo outra vez. Sabia que sua pele seria assim suave. Mas o modo como a pele tremia ao mais leve toque, o modo como a cabeça pendeu para trás numa total entrega, trouxe doçura ao desejo.

Não tocou em seus seios — embora já pudesse pressenti-los, pequenos e firmes, em suas mãos. Em vez disso, voltou a beijá-la. Os lábios dela eram incrivelmente generosos, abertos e receptivos aos seus. O gosto forte e intenso o dominou, sugerindo-lhe o ardor de sabores mais íntimos.

— Eu quero... — As mãos dela tremeram quando agarraram a camisa dele. Ela se firmou olhando-o nos olhos. — Quero você mais do que jamais imaginei. — Fitando-o, desabotoou a camisa dele, tirando-a pelos ombros. Então seus olhos baixaram.

— Ah.

Foi um suspiro de prazer e admiração. Era um corpo firme e definido pelo trabalho e suor, não por aparelhos de ginástica. Experimentando, ela espalmou as mãos sobre o tórax enrijecido e os batimentos cardíacos dele dispararam.

Os dela pulsaram na garganta quando ele lhe soltou o cinto da calça. Hipnotizada, sentiu que ele lhe pegava a mão, equilibrando-a. Mas, quando ela o alcançou, ele sacudiu a cabeça. Até a paciência do amor tinha limites.

— Deite-se comigo — murmurou. — Venha deitar comigo.

Deitou-a no cobertor e aprisionou-lhe a boca.

Ele a tocava com uma profunda ternura, moldando seus seios, dando a si mesmo o prazer dolorido de deslizar a mão sob o tecido para testar e provocar. Precisava do sabor que o tentava ao longo da garganta dela, sobre os ombros dela. Quando a língua deslizou, como os dedos, por baixo do tecido para banhar o mamilo, ela se curvou como um arco.

— Agora. — Ela ofegou. — Pelo amor de Deus...

Ele apenas abriu o fecho do sutiã e sua boca deslizou suavemente.

Tonta de prazer, ela o abraçou. Sob o corpo dele, seus movimentos eram frenéticos, desinibidos. Ele a possuía com a língua, dentes, lábios, fazendo-a suplicar com palavras ofegantes, arquejantes. O súbito e intenso prazer fez seu corpo se erguer enquanto se agarrava ao cobertor. A ânsia e a intensidade do clímax fizeram seu corpo estremecer, até que se deixou cair, sem forças.

Impossível. Ofegante, ela levantou uma mão pesada para afastar os cabelos. Não era possível. Ninguém fora capaz de fazê-la sentir aquilo.

Num gemido, Murphy pressionou os lábios na carne dela, deixando a mão correr mais para baixo, deslizando pela curva da cintura e dos quadris.

— Shannon, amo você. Desde sempre.

— Não posso... — Enfraquecida, descansou uma das mãos nas costas dele. Estavam úmidas, percebeu vagamente, os músculos tensos. — Preciso de um minuto. — Mas a boca dele já estava deslizando por seu abdômen. — Deus, o que está fazendo comigo?

— Dando-lhe prazer. — E pretendia dar mais a ela, tinha de dar mais. O desejo crescia dolorosamente dentro dele, todo o sangue quente e a violenta luxúria que sabia ter represado por tanto tempo. Puxou dos seus quadris as reduzidas calcinhas e mordiscou-a.

— Dando-me prazer.

O corpo dela era um tesouro de intensas delícias fortes que ele pretendia explorar completamente. Mas a hora da ociosidade já terminara. Ávido agora, ele a tomou, adorando seus movimentos arrebatados, seus suspiros, seus gritos.

Ele a queria assim, desamparadamente sua, agarrando-se a ele, enquanto a levava cruelmente às brasas da paixão. E quando ela se contorcia, úmida e selvagem, ainda não era suficiente.

Arrancou os próprios jeans, enquanto a boca percorria o corpo dela, lambendo seu tronco e seios, voltando aos lábios trêmulos.

Ela curvou-se avidamente contra ele, as pernas se entrelaçando em seu corpo. Ele sacudiu a cabeça, não para afastá-la, mas para clarear a visão. Queria vê-la, e queria que ela o visse.

— Olhe para mim — exigiu, lutando para expelir cada palavra acima do coração, que batia descompassado na garganta. — Inferno, olhe para mim agora!

Ela abriu os olhos. A vista enevoada até conseguir se fixar e ver o rosto dele.

— Amo você — disse ele ferozmente, os olhos penetrando os dela. — Está me ouvindo?

— Sim. — Ela agarrou os cabelos dele. — Sim.

Então ela gritou em triunfo, quando ele se introduziu nela, forte e profundo. O orgasmo rugiu dentro dela como uma onda de lava, deixando-a trêmula e sem forças. Quando seus olhos se fecharam outra vez, ele dominou sua boca, enquanto a possuía de novo, incansavelmente.

Inconscientemente, ela entrou no ritmo dele, saltando descuidada na tormenta que crescia entre eles. Pensou que ouvira trovões e raios estendendo seus dedos cruéis pelo céu. Seu corpo explodiu, estilhaçou-se, até se deixar ficar enfraquecido pela paixão.

As mãos dela deslizaram, inertes, das costas dele. Ouviu-o dizer seu nome, sentiu-o se agitar, então estremecer e deixar cair seu peso sobre ela.

Deixou-se mergulhar nos cabelos dela, mantendo o rosto ali, enquanto o corpo vibrava. Ela tremia outra vez, ou tinha pequenos frêmitos que ele sabia que sempre vinham depois de uma boa transa. Ele a teria afagado para acalmá-la, se pudesse se mover.

— Vou sair de você em um minuto — murmurou.

— Não se atreva...

Sorrindo, ele esfregou o rosto nos cabelos dela.

— Ao menos posso mantê-la aquecida assim.

— Acho que nunca mais vou sentir frio na vida. — Com um gemido de prazer, ela o envolveu com seus braços. — Você provavelmente vai ficar todo convencido quando eu disser isso, mas acho que não me importo. Nunca ninguém me fez sentir assim.

Não foi convencimento que sentiu, mas alegria.

— Não houve ninguém antes de você.

Ela o afagou e riu.

— Você é muito bom nisso, Murphy. Imagino que há um monte de mulheres...

— Elas serviam só para exercitar. — Ele interrompeu-se e esforçou-se para se apoiar no cotovelo, para olhar para ela. O jeito como ela ria fez com que ele abrisse um largo sorriso. — Bem, não é que eu vá dizer que não houve uma ou duas vezes em que gostei bastante do exercício.

— Lembre-me de socar você mais tarde. — Riu quando ele a fez rolar pelo chão, até chegarem à beirada do cobertor, ela agarrada ao peito dele. — Vou ter que pintar você — disse enquanto o dedo acompanhava os músculos de seu peito. — Desde que saí da escola de arte não faço um nu, mas...

— Querida, quando me pegar nu, vamos estar ocupados demais para pensar em seus pincéis.

O riso dela brilhou maldoso.

— Tem razão. — Apertou os lábios nos dele, entregando-se ao prazer daquele instante. Com um suspiro, descansou a cabeça no peito dele. — Nunca fiz amor ao ar livre antes.

— Está brincando.

Levantou a cabeça de novo e dirigiu um olhar afável a ele.

— Minha vizinhança faria cara feia.

Sentindo a pele dela gelada, ele puxou o resto do cobertor.

— Então é uma noite de "primeiras vezes" para você. Sua primeira *ceili*. — Colocou o cobertor sobre ela, ajeitando as pontas até se convencer de que estava bem coberta. — Sua primeira valsa.

— Foi a valsa que fez isso. Não, não é bem assim. — Sacudiu a cabeça, mudando a posição do corpo para poder envolver o rosto dele com as mãos. — A valsa me seduziu. Mas foi quando você cantou. Quando o ouvi cantar, não pude entender como, por que eu dizia não.

— Preciso me lembrar de cantar para você mais vezes, então. — As mãos envolveram sua nuca. — Linda Shannon de olhos verdes, amor de todas as minhas vidas. Venha me beijar.

Ele a acordou de um leve cochilo quando o céu do Oeste se tornava perolado. Sentia por isso, pois gostava de olhá-la dormindo, o jeito como os cílios sombreavam o rosto com o leve colorido sob eles. E desejou que houvesse tempo de amá-la uma vez mais, antes do amanhecer.

Mas havia obrigações e a família esperando por ele.

— Shannon. — Delicadamente, ele lhe tocou o rosto, beijando-o. — Querida, é quase de manhã. As estrelas estão desaparecendo.

Ela se mexeu, resmungando, e apertou a mão dele.

— Por que não fica? Por quê? Como pode voltar para mim só para partir outra vez?

— Ssh. — Ele a puxou para perto, apertando os lábios na testa dela. — Estou aqui. Bem aqui. Isso é só um sonho.

— Se me amasse o bastante, não iria embora outra vez.

— Amo você. Abra os olhos agora. Está sonhando.

Seguindo o som da voz dele, abriu os olhos como ele pedia. Por um momento, ficou perdida entre dois mundos, ambos bem familiares e reais.

Amanhecer, antes do amanhecer, pensou preguiçosamente. E o perfume da primavera. As pedras se erguendo, cinzentas e geladas no escuro, e a sensação dos braços firmes do amante em torno dela.

— Seu cavalo. — Olhou em volta, confusa. Devia ter ouvido o tinir dos freios e a impaciente pisada dos cascos, enquanto esperava para partir.

— Ainda estão no estábulo. — Firmemente, Murphy lhe tomou o queixo entre as mãos e virou-lhe o rosto para o seu. — Onde você está?

— Eu... — Piscou os olhos, retornando do sonho. — Murphy?

Ele a observara com os olhos apertados, uma ponta de frustração neles.

— Lembra o que aconteceu, então? O que fiz para perder você?

Ela sacudiu a cabeça. As sensações de desespero e de medo estavam diminuindo.

— Acho que estava sonhando. É só isso.

— Diga-me o que eu fiz.

Mas ela enterrou o rosto no ombro dele, aliviada por encontrá-lo quente e sólido.

— Era só um sonho — ela insistiu. — Já é de manhã?

Ele ia argumentar, mas desistiu.

— Quase. Preciso levar você de volta para a pousada.

— É tão cedo.

— Mandaria o sol de volta, se pudesse. — Abraçou-a mais uma vez. Então se levantou para pegar as roupas.

Aconchegada sob os cobertores, Shannon olhou para ele e voltou a sentir o arrepio do desejo lhe invadindo o corpo. Sentou-se, deixando o cobertor escorregar pela cintura.

— Murphy? — Quando ele se virou, ela teve a satisfação de ver seus olhos se enevoarem. — Faça amor comigo.

— Não há nada que eu quisesse mais, mas minha família está lá em casa e não dá para adivinhar quando um deles...

Recuou quando ela levantou-se, esguia e lindamente nua. As roupas escorregaram das mãos dele, enquanto ela avançava em sua direção.

— Faça amor comigo — ela repetiu, lançando os braços em volta do pescoço dele. — Rápida e desesperadamente. Como foi da última vez.

Havia uma feiticeira nela. Soubera disso desde a primeira vez em que a olhara nos olhos. Seu poder os incendiava agora, confiante e desafiador. Embora gemesse, quando ele lhe puxou a cabeça para trás pelos cabelos, o olhar dela não vacilou.

— Como esse, então. — A voz era rouca, quando ele a arrastou. Firmou as costas dela contra a pedra e, pegando-a pelos quadris, levantou-a do chão.

Ela fechou as pernas em torno dele, desejosa e ávida. O poder explodiu quando ele mergulhou nela, golpeando os dois com a velocidade e o desespero que ela exigia.

Mantinham olho no olho, cada toque violento aquecendo o ar ofegante que inspiravam. As unhas dela se enterravam nos ombros dele, os lábios curvados em triunfo, enquanto seus corpos se entregavam à mesma vertigem.

As pernas dele fraquejaram e as palmas de suas mãos estavam tão úmidas que teve medo de perder as forças e deixá-la cair. Podia ouvir a própria respiração, resfolegante como a de um cachorro.

— Meu Deus! — Piscou, quando o suor lhe ardeu nos olhos. — Deus do céu!

Com o rosto enterrado em seu ombro, ela começou a rir. O riso borbulhava nela, pleno de alegria e fascinação. Ele só podia lutar para recuperar o ar e equilibrá-la, quando ela ergueu os braços.

— Ah, eu me sinto tão viva!

Um riso irrompeu da boca dele, quando tentou impedir que ela os fizesse despencar no chão.

— Tudo bem que está viva. Mas quase me matou. — Beijou-a apaixonadamente e fez com que ela se firmasse nos próprios pés. — Agora, vista suas roupas, garota, antes que acabe comigo.

— Queria que pudéssemos correr nus pelos campos.

Com um suspiro, ele se abaixou para apanhar o sutiã dela.

— Puxa, minha santa mãe iria adorar se por acaso decidisse dar uma volta pelo jardim e visse a cena.

Divertida, Shannon colocou o sutiã e apanhou as calças na grama.

— Aposto que sua santa mãe sabe exatamente o que andou fazendo, já que não voltou para casa ontem à noite.

— Entre saber e ver ao vivo e em cores há uma grande diferença. — Deu uma palmadinha no traseiro dela quando ela se inclinou para apanhar a camisa. — Tenho que lhe dizer que você fica sexy com roupas de homem.

— Visual de homem — Shannon corrigiu, abotoando a camisa enorme.

— Qual a diferença? — Sentou-se no chão para calçar os sapatos. — Vai sair comigo esta noite, Shannon, se eu a convidar?

Confusa e satisfeita, ela olhou para ele. Era encantador que aquele homem a convidasse para sair tão delicadamente, depois de quase se devorarem como dois animais.

— Talvez eu vá, Murphy Muldoon, quem sabe — respondeu, caprichando no sotaque dos condados do Oeste.

Os olhos dele brilhavam quando atirou nela um pé de sapato.

— Ainda soa como uma ianque. Mas eu gosto... é um sotaque adorável.

Ela bufou.

— *Eu* é que tenho um sotaque adorável? Está certo. — Abaixou-se para apanhar o cobertor, mas ele segurou sua mão.

— Deixe-os... se quiser.

Sorrindo, ela torceu a mão de modo que seus dedos se entrelaçassem.

— Sim, quero.

— Então, vou levar você até em casa.

— Não precisa.

— Precisa sim. — Conduziu-a pelo arco de pedras e através dos campos onde a luz apenas começava a perolar a grama orvalhada. — Além disso, eu quero.

Feliz, ela encostou a cabeça no ombro dele enquanto caminhavam. A leste, a manhã despertava em suaves tons de cor-de-rosa e ouro, como uma tela desenhada em tons pastéis. Ela ouviu o canto de um galo e a canção alegre de uma cotovia. Quando Murphy parou para apanhar uma flor silvestre com pétalas creme, ela virou-se, sorrindo, para ele prendê-la em seus cabelos.

— Olhe, é uma pega. — Levantou a mão, apontando para o pássaro que voava baixo sobre o campo. — É isto, não é? Brianna me mostrou uma.

— É isso mesmo. Olhe ali depressa. Está vendo? Mais duas. — Contente com a própria sorte, ele passou os braços pelos ombros dela. — Uma significa tristeza; duas, alegria; três, casamento. E quatro, nascimento.

Ela observou o vôo da ave e pigarreou.

— Murphy, sei que tem sentimentos fortes, e...

Ele a levantou, passando-a por sobre o muro.

— Estou apaixonado por você — disse calmamente. — É isto o que quer dizer.

— Sim, é o que quero dizer. — Tinha de ser cuidadosa, percebeu, já que suas próprias emoções tinham ido a níveis muito mais profundos do que jamais pretendera. — E creio que sei como você acha que as coisas devem prosseguir, levando em conta sua personalidade, sua cultura e sua religião.

— Você tem um jeito maravilhoso de confundir as coisas com palavras. O que quer dizer é que quero casar com você.

— Ah, Murphy...

— No momento não estou pedindo você em casamento — ele declarou. — Estou apenas desfrutando um passeio matinal com você e esperando encontrá-la à noite.

Ela o olhou de relance, vendo que ele a estudava.

— Então podemos deixar as coisas bem simples assim?

— Não há nada mais simples. Agora, deixe-me beijá-la antes de entrarmos nos jardins de Brie.

Tomou-a nos braços, abaixou a cabeça e fez o coração dela se derreter.

— Mais um beijo — ela sussurrou, empurrando-o para trás.

— Ligarei para você — disse, esforçando-se para soltá-la. — Levaria você para jantar, mas...

— Sua família está aqui — ela completou. — Entendo.

— Vão embora amanhã. Se não ficar constrangida por causa de Brie, gostaria que passasse a noite comigo, na minha cama.

— Não, não vou ficar constrangida.

— Até mais tarde, então. — Beijou-lhe a ponta dos dedos e deixou-a na entrada do jardim, onde as rosas ainda estavam molhadas de orvalho.

Cantarolando para si mesma, ela atravessou o gramado, parando na porta dos fundos. Só por um instante, pois viu Brianna medindo o pó de café junto ao fogão.

— Ah, oi. — Inconsciente do sorriso tolo estampado em seu rosto, Shannon enfiou as mãos nos bolsos de trás. — Acordou cedo.

Brianna apenas levantou a sobrancelha. Levantara há uma meia hora, no mesmo horário em que levantava quase todas as manhãs.

— Kayla quer comer.

Shannon espiou o relógio, surpresa.

— Acho que é um pouco mais tarde do que imaginava. Eu estava... fora.

— Foi o que concluí. Murphy não quis entrar para um café?

— Não, ele... — Interrompeu-se, deixando escapar um suspiro. — Acho que não fomos muito discretos.

— Só posso dizer que não estou surpresa por você chegar agora, depois que vi seu jeito ao sair com ele, na noite passada. — Enquanto o café estava passando, Brianna se voltou. — Parece feliz.

— Pareço? — Riu e num impulso correu para abraçá-la. — Tenho que estar. Tenho que estar idiotamente feliz. Acabei de passar a noite com um homem num pasto. Eu. Num pasto. É incrível!

— Fico contente por você. — Brianna abraçou-a com força, tocada pela primeira expressão de afeição de irmã para irmã. — Por vocês dois. Murphy é um homem especial. Há muito tempo torço para que ele encontre alguém especial.

Shannon continuou abraçada a ela mais um pouco.

— Brianna, não é bem assim. Gosto dele. Gosto muito dele. Não teria ficado com ele se não gostasse.

— Sei. Entendo isso muito bem.

— Mas não sou como você. — Shannon recuou, esperando explicar a Brianna o que precisava explicar a si mesma. — Não sou como você ou Maggie. Não pretendo me estabelecer aqui, casar, ter uma família. Tenho outras ambições.

A preocupação já se manifestava nos olhos de Brianna quando ela os baixou.

— Ele está muito apaixonado por você.

— Eu sei. E não estou certa de não estar apaixonada por ele. — Ela virou-se, procurando reequilibrar-se enquanto caminhava. — Mas amor nem sempre é suficiente para construir uma vida. Você e eu podemos entender isso, por causa de nossos pais. Tentei explicar isso a Murphy, e só espero ter conseguido. Porque a última coisa que quero fazer é magoá-lo.

— E não acha que vai magoar a si mesma se der as costas ao seu coração?

— Tenho que pensar com minha cabeça também.

Brianna pegou xícaras e pires do armário.

— É verdade. É você por inteiro que deve decidir o que é certo. E é difícil quando uma parte de você se afasta da outra.

— Você entende mesmo. — Grata, Shannon pousou a mão no ombro dela. — Realmente entende.

— Claro. Para Murphy, é fácil. Ele não tem dúvidas quanto a seus pensamentos, sentimentos, necessidades. Todos eles são você. Para você, não é tão simples assim. Então deve receber sua felicidade como vem e não questionar cada passo.

— É o que estou tentando fazer. Não só com Murphy. Estou feliz, Brianna — falou suavemente —, com você.

— Significa muito para mim ouvir você dizer isso. — Tomada de amor fraternal, Brianna voltou-se e sorriu. — Saber que você pode dizer isso. Esta é uma maravilhosa manhã.

— Uma grande manhã. — Shannon pegou as mãos de Brianna e apertou-as. — A melhor de todas as manhãs. Vou me trocar.

— Leve uma xícara de café com você. — Piscando atrás das lágrimas, Brianna serviu-lhe uma xícara. — Vou preparar seu desjejum antes da igreja.

— Não, eu levo o café — Shannon disse pegando a xícara — e vou me trocar. Então volto e ajudo você com o desjejum.

— Mas...

— Não sou mais uma hóspede aqui.

Dessa vez os olhos de Brianna marejaram, antes que pudesse se conter.

— Não, não é mesmo. Bem, seja esperta com isso então — determinou, voltando-se animada para servir-se de chá. — Os que estão aqui vão levantar cedo.

Gray esperou até que Shannon deixasse a cozinha para entrar. Aproximou-se de Brianna e abraçou-a. Ela chorava calmamente.

— Vá em frente, doçura — murmurou, acariciando-lhe as costas. — Vocês duas quase me fizeram gritar.

— Grayson. — Apoiada nele, soluçou feliz em seu ombro firme. — Ela é minha irmã.

— Isso mesmo. — Beijou-lhe a cabeça. — Ela é sua irmã.

Capítulo Dezessete

Shannon não assistira a muitas missas em Nova York. Seus pais tinham sido católicos tranqüilamente devotos, e ela freqüentara escolas católicas, passando por seus rituais. Considerava-se católica, uma mulher católica moderna, insatisfeita com muitas das doutrinas e normas que vinham do Vaticano.

A missa de domingo era simplesmente um hábito que havia abandonado, desde que estabelecera sua vida em Nova York.

Mas, para as pessoas do seu pequeno círculo no Condado de Clare, a missa de domingo não era um hábito. Era algo fundamental.

Precisava admitir que gostara da pequena igreja, do cheiro das trêmulas velas votivas e dos bancos polidos que lhe despertaram certas lembranças da juventude. As imagens de Maria e José, as placas que ilustravam a Via Sacra, a toalha rendada do altar eram símbolos que se encontravam por todo o mundo.

A igrejinha da vila ostentava pequenas janelas de vidros coloridos através dos quais fluía luz delicadamente filtrada do sol. Os bancos estavam arranhados pelo tempo, os genuflexórios gastos e o velho piso rangia cada vez que os fiéis ajoelhavam.

Apesar do cenário simples, o ritual ali tinha a mesma pompa e grandeza comoventes, como se fosse a magnífica Catedral de Saint Patrick, na Quinta Avenida. Sentia-se fortalecida e segura ao lado de Brianna, ouvindo o tom lírico do padre, as murmurantes respostas da congregação, o choro ou o grito ocasional de uma criança.

A família de Murphy estava ao longo da estreita nave, tomando dois bancos. E a sua — pois já começara a pensar neles como sua família — se agrupava em um.

Quando levantaram para a bênção final, Liam subiu no banco e estendeu os braços para ela. Ela o acomodou no seu colo, rindo quando ele franziu os lábios.

— Bonita — disse ele, num cochicho alto, quando ela o beijou. Os dedinhos gorduchos correram as pedras de citrino e ametista que ela usava nas orelhas. — Meu.

— Não. Meu.

Ela o levou para fora quando a congregação esvaziou os bancos e saiu para o sol da manhã.

— Bonita — ele falou de novo, tão esperançosamente, que ela procurou pela bolsa para ver se podia encontrar algo que o agradasse.

— Ela é bonita mesmo, rapaz. — Murphy o agarrou, atirando-o para o alto, para fazê-lo rir. — Bonita como uma manhã de maio.

Shannon sentiu um arrepio percorrer-lhe a espinha. Havia poucas horas estavam nus, suados, agarrados um ao outro. Agora estavam ali enfeitados para a igreja e rodeados de outras pessoas. Isso não impedia que novos desejos apertassem sua garganta.

Tirando um espelhinho da bolsa, mostrou-o a Liam.

— Olhe só o que é bonito.

Deliciado, Liam agarrou-o e começou a fazer caretas para si mesmo.

— Olhe só, mamãe. — Próxima a eles, Kate embalava seu caçula no colo. — Parecem até uma família. Alguma vez você imaginou que Murphy iria se interessar por uma ianque? E uma linda como esta?

— Não. — Alice olhou para eles, emoções misturadas e confusas. — Nunca pensei. Até imaginava vê-lo com uma das filhas de Tom Concannon. Mas isto, nunca esperei.

Kate olhou para baixo, onde seu menino de três anos estava muito satisfeito, arrancando grama e provando seu sabor.

— Você não se importa?

— Não decidi ainda. — Afastando o mau humor, Alice se abaixou para pegar o neto. — Kevin, grama não é para comer, a não ser que você seja uma vaca. Vamos juntar a tropa, Kate. Temos o almoço de domingo para preparar.

Ouvindo que o chamavam, Murphy levantou a mão.

— Tenho que ir. Ligo para você mais tarde. — Devolveu Liam para ela. — Vai me deixar beijá-la aqui?

— Beijo. — Liam concordou e franziu a boca.

— Não você, rapaz. — Mas Murphy o beijou mesmo assim, antes de mudar de posição e deixar os lábios deslizarem levemente sobre os de Shannon. — Até mais tarde.

— Até. — Ela precisou se concentrar para não suspirar como uma colegial quando ele saiu. — Mais tarde.

— Quer que eu pegue sua carga agora, tia Shannon? — Vendo que o caminho estava livre, Rogan se aproximou.

— Não, eu o levo.

— Parece que ele quer você. — E era um ótimo golpe do destino, Rogan pensou que o menino estivesse agindo a seu favor. — Estava querendo conversar com você. Vamos até lá em casa? Ficaríamos contentes em recebê-la para o chá. Liam também.

— Chá. — Liam perdeu o interesse pelo espelho e agitou-se no quadril de Shannon. — Bolo.

— Isto é o mais importante — Rogan disse com uma risada. — Igualzinho à mãe. — Sem esperar resposta, Rogan segurou o cotovelo de Shannon e começou a conduzi-la na direção do carro.

— Preciso dizer a Brie...

— Já falei com ela. Maggie — ele chamou. — Seu filho quer chá e bolo.

— Qual filho? — Maggie os alcançou quando Shannon chegou à porta do carro. — Vai dirigir para nós, Shannon?

— Droga! Faço isso nove vezes em dez. — Com Liam a reboque, contornou o carro e acomodou o garoto em sua cadeirinha.

— Uma vez ianque... — Maggie comentou, tomando seu lugar.

Shannon só franziu o nariz e distraiu Liam pelo caminho.

Logo estavam na cozinha. Foi Rogan, Shannon notou, quem preparou o chá.

— Gostou da *ceili*? — ele perguntou.

— Muito.

— Você saiu cedo. — Com um brilho malicioso nos olhos, Maggie serviu pequenas fatias de bolo coberto de glacê.

Shannon só levantou uma sobrancelha, enquanto dava uma garfada.

— É receita de Brie — falou depois de provar.

— O bolo é de Brie. Agradeça por isso.

— E agradeça muito — Rogan completou. — Brie é boazinha demais para deixar que Maggie nos envenene.

— Sou uma artista, não uma cozinheira.

— Brianna é muito mais do que uma cozinheira. — Shannon começou a se irritar. — Ela é uma artista. Dá pra ver isso em cada canto da pousada.

— Muito bem... — Divertida e satisfeita, Maggie recostou-se na cadeira. — Veio logo a defendendo, hein?

— Que nem você — Rogan disse suavemente, enquanto trazia o bule para a mesa. — Brianna inspira lealdade. A pousada é muito aconchegante, não é? — Com habilidade, ele ia acalmando os ânimos, enquanto servia o chá. — Fiquei hospedado lá quando vim pela primeira vez bater à porta de Margaret Mary. O tempo estava horrível — lembrou —, assim como o humor de Maggie. E a pousada era uma pequena ilha de paz e graça no meio de tudo aquilo.

— Se bem me lembro, seu humor é que andava horrível — Maggie corrigiu. — Ele me atormentava impiedosamente — contou a Shannon. — Apareceu aqui sem mais nem menos, sem nem ser convidado. E, como pode ver, tenho que me livrar dele ainda.

— A tenacidade tem suas recompensas. — Num hábito antigo, ele deslizou a mão sobre a de Maggie. — Nossa primeira recompensa está caindo de sono sobre o chá.

Maggie espiou para ver Liam, de boca aberta, olhos fechados, cabeceando, enquanto a mão agarrava um pedaço de bolo.

— Ele é mesmo um prêmio. — Sorriu satisfeita ao levantar-se para tirá-lo da cadeira alta. Quando ele choramingou, deu uma palmadinha no traseiro e sussurrou. — Tudo bem, amor, você só precisa descansar um pouquinho. Vamos ver se seu ursinho está esperando por você. Aposto que está. Está esperando Liam aparecer.

— Ela é uma bela mãe — Shannon falou sem pensar.

— Isso surpreende você.

— Sim. — Ao se dar conta do que acabara de dizer, já era tarde e se atrapalhou. — Não quis dizer...

— Sem problema. Ela também se surpreende com isso. Resistia muito à idéia de ter uma família. Grande parte disso vem do fato de ter tido uma infância difícil. Mas o tempo é o remédio para tudo. Até para as feridas mais profundas. Não sei se algum dia ela e a mãe vão chegar a ser muito próximas uma da outra. Mas, pelo menos, já fizeram uma ponte entre si. A distância agora pode ser superada.

Baixou a xícara e sorriu para ela.

— Você se importaria de ir um instantinho ao meu escritório?

— Seu escritório?

— É aqui mesmo, logo depois da sala ao lado. — Levantou-se, sabendo que as boas maneiras a fariam acompanhá-lo.

Ele a queria em seu próprio terreno. Estava no negócio havia tempo suficiente para saber que isso trazia grandes vantagens. E também que para algumas transações a atmosfera de negócios funcionava mais que um almoço informal.

Já decidira que, com Shannon, deixaria em separado família e negócios. A não ser que fosse útil dar uma lembradinha nos laços familiares.

Curiosa, Shannon o seguiu pela sala e pela porta contígua. Deteve-se na soleira com um misto de surpresa e admiração.

Podiam estar no meio do campo, a um passo de vacas pastando e galinhas cacarejando, mas ali estava um verdadeiro escritório, digno de qualquer prédio sofisticado em qualquer cidade grande.

Tudo de muito bom gosto, elegantemente decorado, do tapete Bucara e da luminária Tiffany à antiga e reluzente mesa de carvalho. Maggie também estava ali — uma deslumbrante fonte de safira azul que subia até metade da parede; um delicado emaranhado de formas e cores numa coluna de mármore que fez Shannon pensar nos jardins de Brianna.

Acompanhando o estilo requintado, estavam todas as ferramentas de um executivo — fax, computador, modem, copiadora, tudo de última geração.

— Quem diria? — Seu sorriso alargou-se quando entrou e passou o dedo no monitor de primeira linha. — Nunca poderia imaginar encontrar um desses por aqui.

— É como Maggie o queria. E eu também. — Rogan apontou para uma cadeira. — É nossa casa durante grande parte do ano, mas para mantê-la preciso trabalhar.

— Pensei que você tinha um escritório na galeria.

— Tenho também. — Para estabelecer o tom que desejava, sentou-se atrás da escrivaninha. — Mas nós dois temos carreiras que exigem muito e um filho pequeno. Quando a agenda permite, trabalho aqui três dias por semana, cuidando de Liam pela manhã, enquanto Maggie está na casa de vidros.

— Não deve ser fácil para vocês coordenarem isso tudo.

— Fique certa de que só se deixam cair as bolas que são substituíveis. Comprometimento é o único modo que conheço para ter as coisas. Que tal se falássemos um pouco sobre as outras telas que andou fazendo?

— Ah! — Ela ergueu a sobrancelha. — Fiz algumas aquarelas, e um outro óleo, mas...

— Vi o de Brianna — ele interrompeu-a mansamente. — Você terminou o da pousada, a vista do jardim dos fundos.

— Sim. Fui até os penhascos e fiz uma paisagem. Acho que bem típica.

— Duvido. — Sorriu, rabiscando algo num bloco. — Mas daremos uma olhada. Tem mais em Nova York?

— Há muita coisa no meu apartamento e, claro, as que eu trouxe de volta de Columbus.

— Vamos tratar de despachá-las.

— Mas...

— Meu gerente de Nova York pode cuidar dos detalhes, embalar e tudo o mais, desde que me passe uma lista do inventário. — Ela tentou falar, mas ele a interrompeu: — Por enquanto, temos só uma em exposição aqui em Clare, e acho que vamos deixar assim, até termos uma estratégia mais detalhada. Enquanto isso... — Abriu a gaveta da mesa e pegou vários papéis. — Você vai querer ir dando uma olhada nesse contrato.

— Rogan, nunca concordei com contratos.

— Claro que não. — O sorriso era tranqüilo, e a voz, segura. — Você não os leu ainda. Ficaria contente em definir tudo com você, mas posso também recomendar um advogado. Com certeza você já deve ter algum, mas vai querer um do local.

Ela se viu com uma cópia do contrato elegantemente deixado em suas mãos.

— Já tenho um emprego.

— Não significa que tenha que parar de pintar. Vou pedir à minha secretária que entre em contato com você na próxima semana para acertar alguns detalhes. Vamos precisar de algumas informações para a imprensa.

— Imprensa? — Sua mão apoiou a cabeça, que girava.

— Vai ver no contrato que a Worldwide cuidará de toda a divulgação para você. Dependendo do material que tenha disponível nos Estados Unidos, poderemos montar uma exposição em outubro ou possivelmente em setembro.

— Uma exposição. — Deixando a mão onde estava, gaguejou: — Você quer... uma exposição? — repetiu, atordoada. — Nas Galerias Worldwide?

— Eu tinha pensado em fazer uma em Dublin, já que tivemos a primeira de Maggie lá. Mas acho que prefiro a galeria aqui de Clare, por conta de suas ligações com a região. — Ele sacudiu a cabeça, ainda sorrindo polidamente. — O que acha?

— Não acho nada — murmurou. — Não consigo pensar. Rogan, já fui a exposições na Worldwide. Não posso sequer me imaginar fazendo uma lá.

— É claro que você não vai ficar aí sentada, olhando bem nos meus olhos e dizendo que duvida do seu talento.

Ela abriu a boca. Mas o modo como ele falava e o modo como olhava para ela enquanto esperava fizeram com que se empertigasse.

— É que simplesmente nunca pensei em minha pintura como algo comercial.

— E por que deveria? Este é meu trabalho. Você pinta, Shannon. Somente pinta. Eu cuido dos detalhes do resto. Ah, e por falar em detalhes... — Recostou-se na cadeira, já saboreando a vitória. — Vamos precisar de algumas fotos. Conheço um cara excelente em

Dublin para estas coisas. Vou precisar passar uns dias lá essa semana. Você poderia ir comigo e cuidaríamos dessa parte.

Ela fechou os olhos, tentando, como se fosse possível, voltar ao começo de toda aquela transação e descobrir em que momento perdera o controle da situação.

— Você quer que eu vá a Dublin.

— Por um dia ou dois. A menos que queira ficar mais tempo. Você é bem-vinda, claro, em nossa casa, por quanto tempo quiser. Vou agendar para você uma reunião com um advogado enquanto estivermos lá, para examinar o contrato para você e aconselhá-la.

— Estudei um pouco disso na faculdade — Shannon murmurou — Eu mesma posso ler o contrato.

— Como quiser então. — Embora não houvesse necessidade, Rogan seguiu as normas, folheando a agenda. — Na terça está bom para você?

— Terça?

— Para a viagem. Podemos marcar as fotos para a quarta.

— Seu fotógrafo pode estar com a agenda cheia.

— Tenho certeza de que ele dará um jeito. — Tinha certeza, pois até já agendara com ele. — Na terça, então?

Shannon deixou escapar um suspiro que lhe arrepiou os cabelos e abanou as mãos. — Claro, por que não?

Voltou a se fazer aquela pergunta no caminho de volta para a pousada. Então, pensando de outro modo, perguntou-se por quê. Por que continuava com aquilo? Por que Rogan a pressionava a ir adiante?

Sim, tinha talento. Podia ver isso no próprio trabalho e numerosos professores lhe haviam dito o mesmo na escola de arte, ao longo dos anos. Mas arte não era negócio, e os negócios sempre vinham em primeiro lugar.

Concordar com a transação de Rogan significava mudar para algo que havia perseguido por grande parte de sua vida — deixar a arte tornar-se seu foco principal e permitir que alguém mais cuidasse dos detalhes dos negócios.

Era mais do que um pouco assustador, certamente muito mais do que inquietante. Mas concordara, lembrou-se, ao menos não havia recusado abertamente.

E podia ter feito isso, Shannon pensava. Ah, sim, ela percebera muito bem as táticas que Rogan usara, e usara com habilidade cruel. Teria sido difícil argumentar com ele, mas ela poderia ter feito isso.

O fato era que nem havia tentado.

Aquilo tudo era uma grande tolice, pensava agora. Uma complicação maluca. Como poderia fazer uma exposição na Irlanda, no outono, quando, nessa época, estaria a cinco mil quilômetros de distância, trabalhando em sua mesa?

Mas é isso que realmente você quer?

Ouvia aquela vozinha murmurando em seu ouvido. Incomodada, curvou os ombros e fechou a cara, enquanto caminhava.

— Você parece brava como uma vespa — Alice comentou. Descansava uma das mãos no portão da frente da casa do filho e sorriu quando a cabeça de Shannon surgiu.

— Ah, estava só... — Com grande esforço, relaxou os ombros. — Estava lembrando uma conversa que tive e tentava entender como é que perdi o controle da situação.

— Sempre damos um jeito de assumir o controle outra vez. — Alice bateu com o dedo na testa e abriu o portão. — Vai entrar? — Empurrou mais o portão quando Shannon hesitou. — Minha família está espalhada por aí e eu gostaria de um pouco de companhia.

— A senhora me surpreende. — Shannon entrou, fechando o portão. — Pensei que estaria ansiosa por alguns minutos de paz e silêncio.

— É como minha mãe costumava dizer... é o que vamos ter de sobra quando estivermos alguns palmos abaixo da terra. Estava dando uma olhada no jardim da frente de Murphy. Está cuidando bem dele.

— Ele cuida bem de tudo. — Insegura sobre como se comportar, seguiu Alice até a varanda e sentou-se na cadeira de balanço ao lado dela.

— É verdade. Só começa alguma coisa quando vai poder se dedicar completamente a ela. Houve ocasiões, quando era rapaz, que parecia que não ia terminar nunca as tarefas que eu lhe pedia. Quando eu estava a ponto de lhe dar uns tapas, abria aquele sorrisinho e dizia que estava só estudando a melhor forma de fazer aquilo.

— Isso é bem a cara dele. Por onde ele anda?

— Ah, ele e meu marido estão por aí examinando algumas máquinas. Meu Colin adora fingir que sabe alguma coisa sobre fazendas e máquinas, e Murphy adora deixá-lo pensar assim.

Shannon sorriu tristemente.

— O nome de meu pai era Colin.

— Era? Você o perdeu recentemente.

— Ano passado. No verão passado.

— E a mãe nesta primavera. — Instintivamente, Alice se inclinou para apertar a mão de Shannon. — É um fardo que só mesmo o viver de cada dia torna mais leve.

Ela começou a se balançar outra vez, Shannon fez o mesmo, de modo que o silêncio era quebrado apenas pelo estalo das cadeiras e o chilrear dos pássaros.

— Gostou da *ceili*?

Dessa vez a pergunta fez com que o rubor lhe queimasse o rosto.

— Sim. Nunca tinha ido a uma festa como aquela.

— Sinto muita falta delas desde que nos mudamos para Cork. A cidade não é um lugar para uma verdadeira *ceili*.

— Seu marido é médico lá.

— É sim. Um bom médico. E vou lhe contar a verdade: quando me mudei para lá com ele, pensei que tinha morrido e ido para o céu. Nada de levantar de madrugada para olhar as vacas, nada de me preocupar se a colheita iria bem ou se o trator andaria. — Sorriu, olhando sobre o jardim para o vale distante. — Mas em parte eu ainda sentia falta disso. Sentia falta até das preocupações.

— Quem sabe não voltam para cá quando ele se aposentar?

— Não, ele é um homem da cidade, meu Colin. Morando em Nova York, você sabe como é o fascínio que a cidade exerce.

— Sei sim. — Mas ela também estava olhando o vale, o cintilar das montanhas verdes, a elevação viva delas. — Gosto da multidão e do movimento. Do barulho. Levei dias para me acostumar ao silêncio daqui, a toda essa amplidão.

— Murphy é um homem do campo, precisa sentir a própria terra sob os pés.

Shannon voltou os olhos a tempo de ver que Alice a observava.

— Eu sei. Acho que nunca conheci alguém mais... enraizado.

— E você também é enraizada, Shannon?

— Sinto-me confortável em Nova York — disse cuidadosamente. — Mudamos uma porção de vezes quando eu era criança. Então não tenho esse mesmo tipo de raízes.

Alice concordou com a cabeça.

— Uma mãe se preocupa com os filhos, não importa que idade tenham. Vejo que Murphy está apaixonado por você.

— Sra. Brennan. — Shannon levantou as mãos e deixou-as cair. O que poderia dizer?

— Você está pensando: "O que esta mulher quer que eu faça? Como espera que eu responda ao que nem é uma pergunta?" — Um sorriso se esboçou na boca de Alice. — Você não me conhece mais do que eu a conheço. Então não posso dizer, só olhando para os seus olhos, quais são seus sentimentos por meu filho ou o que fará em relação a eles. Mas que sentimentos existem não há qualquer dúvida. Mas conheço Murphy. Você não é o tipo de mulher que eu escolheria para ele, mas um homem faz as próprias escolhas.

Ela espiou Shannon e sorriu.

— Agora eu a insultei.

— Não — Shannon disse secamente, sentindo-se insultada. — Tem todo o direito de dizer o que pensa.

— Tenho sim. — Ainda sorrindo, Alice começou a balançar-se. — E mesmo que não tivesse, eu diria. Mas minha intenção não está clara. Pensei por algum tempo, bem pouco tempo, que seria Maggie. Apesar de gostar muito dela, fiquei bastante preocupada. Eles teriam se matado antes que vivessem um ano juntos.

Embora concordasse com ela, Shannon sentiu uma ferroada mesquinha de ciúme.

— Murphy e Maggie?

— Ah, nada mais que um pensamento passageiro e uma pequena atração entre eles. Então, achei que seria Brianna. Ah, disse para mim mesma, essa é a esposa para ele. Ela lhe daria um lar seguro.

— Murphy e Brie — Shannon repetiu entre dentes. — Ele estava então experimentando...

— Ah, acho até que ele pode ter feito isso, mas não com Brie. Ele a ama, como ama Maggie. Como ama as próprias irmãs. Eu é que ficava imaginando essas coisas porque desejava vê-lo feliz. Andava preocupada, entende, porque ele estava com vinte e cinco anos e ainda não havia demonstrado qualquer interesse maior por nenhuma moça das redondezas. Cuidava da fazenda, lia seus livros, tocava sua música. Era de uma família que ele precisava, dizia a mim mesma. Uma mulher ao lado dele, com filhos à volta.

Shannon deu de ombros, irritada com as imagens que Alice lançara em sua cabeça.

— Vinte e cinco é cedo para um homem casar, nos dias de hoje.

— É sim — Alice concordou. — Na Irlanda, os homens esperam anos e mais anos. Porque sabem que depois de fazer os votos do casamento não poderão voltar atrás. Divórcio não é uma opção para nós, nem por Deus nem pela lei. Mas uma mãe deseja ver o filho realizado. Um dia, quando ele tinha vinte e cinco anos, chamei-o para uma conversa e disse tudo o que havia no meu coração. Falei que um homem não podia viver sozinho, não devia trabalhar tanto e não ter ninguém para quem voltar para casa à noite. Disse-lhe que a filha de O'Malley tinha olhos para ele, perguntei se não a achava uma moça bonita.

O sorriso de Alice desaparecera quando voltou a olhar para Shannon outra vez.

— Ele concordou que era. Mas quando comecei a pressioná-lo para que pensasse mais profundamente, planejasse o futuro, escolhesse uma esposa para completar seu presente, ele sacudiu a cabeça, tomou-me as mãos nas suas e me olhou daquele seu jeito.

"'Mamãe', disse, 'Nell O'Malley não é para mim. Eu sei quem é. Vi quem é.'"

Os olhos de Alice tornaram-se sombrios, com uma emoção que Shannon não pôde entender.

— Fiquei contente e perguntei a ele quem era ela. Ele respondeu que não a tinha encontrado ainda, em carne e osso. Mas sabia quem era, do mesmo modo como a tinha visto nos sonhos, desde que era um menino. Estava só esperando que ela viesse.

Shannon engoliu em seco e esforçou-se para manter a voz controlada:

— Murphy é muito romântico.

— É sim. Mas sei quando meu filho está fantasiando e quando expressa exatamente o que quer dizer. E ele não me falava nada além da verdade quando me ligou, pouco tempo atrás, para contar que ela havia chegado.

— Não é assim. Não pode ser assim.

— É difícil julgar o que pode e o que não pode ser. No coração. Você tem o dele, Shannon Bodine. A única coisa que lhe peço é que tenha cuidado, muito cuidado com ele. Se achar que não pode ficar com ele ou não quiser ficar, devolva-o a ele, delicadamente.

— Não quero machucá-lo.

— Ah, filha, sei disso. Ele jamais teria escolhido uma mulher que tivesse maldade dentro dela. Sinto por ter deixado você triste.

Shannon apenas sacudiu a cabeça.

— A senhora... precisava dizer isso. Tenho certeza de que eu precisava ouvir isso. Vou pôr as coisas em ordem.

— Minha querida. — Com algo parecido com um sorriso, Alice se inclinou para segurar a mão de Shannon. — Pode tentar, mas ele vai confundi-las outra vez. Não precisa pensar que falei tudo isso para colocar o fardo só em seus ombros. Está repartido entre vocês, igualmente. O que acontecer entre vocês, alegria ou tristeza, terá sido causado por ambos. Se sua mãe estivesse aqui, diria a Murphy para ter cuidado com você.

— Diria mesmo. — A tensão nos dedos de Shannon relaxou um pouco. — Sim, ela diria. Ele tem sorte por tê-la, Sra. Brennan.

— Estou sempre lembrando isso a ele. Venha, vamos ver se minhas filhas acabaram de preparar o carneiro para o jantar.

— Preciso voltar.

Alice levantou-se, levando Shannon com ela.

— Claro que você vai participar do nosso almoço de domingo, Murphy vai querer que você fique. E eu também.

Abrindo a porta da frente, afastou-se, convidando Shannon a entrar.

Capítulo Dezoito

Tanto quanto Murphy gostava de ver Shannon com sua família, balançando uma das sobrinhas nos joelhos, rindo de alguma coisa que Kate dizia, ouvindo atentamente seu sobrinho explicar algo sobre carburadores, desejava estar com ela sozinho.

Parecia que a família que tanto amava conspirava para impedi-lo de satisfazer aquele desejo simples e vital.

Mencionou muito casualmente que estava uma noite muito agradável para dar uma volta de carro e pensou que talvez Shannon quisesse ir. Qualquer resposta que ela tivesse dado foi engolida pelo tagarelar das irmãs sobre moda.

Homem paciente, ele esperou um tempo e tentou outra vez, sugerindo uma ida ao pub, de onde tinha certeza de que poderia escapar com Shannon numa piscada de olhos. Mas o padrasto arrastou-o para um canto e começou uma verdadeira aula sobre o desempenho de uma máquina de ceifar.

Quando o sol se pôs e a lua começou a subir, ele se viu metido num jogo com as crianças, enquanto Shannon, do outro lado da sala, tinha uma discussão acalorada com seu sobrinho adolescente sobre música americana.

Ele viu sua primeira oportunidade quando as crianças estavam sendo acomodadas na cama. Movendo-se rapidamente, pegou a mão de Shannon.

— Vamos ferver água para o chá. — Sem interromper o passo, puxou-a para a cozinha e seguiu direto, saindo pela porta dos fundos.

— E o chá...

— Para o diabo com esse chá — murmurou, envolvendo-a nos braços. Ao lado do galinheiro ele a beijou como se sua vida dependesse daquilo. — Nunca havia notado como tem gente na minha família.

— Vinte e três — murmurou ela, esgueirando-se de outro beijo. — Vinte e quatro com você. Eu contei.

— E um deles, a qualquer momento, vai espiar pela janela da cozinha. Vamos. Estamos fazendo uma pausa.

Puxou-a pelo pasto, subindo a primeira elevação até que ela estivesse sem ar, e rindo.

— Murphy, calma. Eles não vão mandar os cachorros atrás de nós.

— Se tivéssemos cachorros, iriam sim. — Mas diminuiu um pouco o passo. — Quero você só pra mim. Importa-se com isso?

— Não. Na verdade estava esperando uma oportunidade para falar com você.

— Falaremos tudo o que quiser — prometeu. — Mas só depois de eu lhe mostrar tudo que andei pensando em fazer com você durante todo o dia e metade da noite.

O calor dominou-a, com um peso atordoante no estômago.

— Precisamos conversar primeiro. Não traçamos realmente as diretrizes. É importante que nós dois entendamos... bem, onde estamos, antes de ir mais fundo nisso.

— Diretrizes. — A palavra o fez rir. — Acho que posso encontrar o caminho sem elas.

— Não falo do aspecto físico. — Um pensamento se intrometeu, tornando sua voz fria e casual: — Você nunca teve nada físico com Maggie, teve?

Sua primeira reação foi estourar numa gargalhada, mas uma pontinha de crueldade o fez resmungar considerando a pergunta.

— Bem, agora que você falou nisso... — Deixou a frase solta no ar, enquanto puxava Shannon para dentro do círculo de pedras.

Ela subitamente perdeu o controle e sacudiu as mãos para se desvencilhar dele, quando segurou sua jaqueta.

— Agora que eu falei nisso? — repetiu friamente.

— Rolou alguma coisa entre a gente — disse, ignorando as mãos que o empurravam, enquanto brigava com os botões da blusa dela. — Eu a beijei uma vez, de um jeito que foi um pouco além do que se chamaria estilo fraternal. — Ele riu, fitando os olhos de Shannon. — Foi curioso, foi doce. Eu tinha quinze anos, se me lembro bem.

— Ah. — O monstro do ciúme estava acuado pela insensatez de tudo aquilo.

— Tentei me insinuar para Brie também. Mas acabamos rindo um do outro quando nossos lábios ainda estavam colados. Aquilo acabou com o romance.

— Ah — ela disse outra vez com um muxoxo. — E isso é tudo?

— Não precisa se preocupar. Nunca... passei dos limites com nenhuma de suas irmãs. Então...

Sua boca ficou seca quando afastou a blusa dela para o lado. Dessa vez ela vestia seda por baixo, seda escura e perigosa que descia provocante na curva dos seios, drapejando para cintilar abaixo do cós da saia.

— Quero ver o resto — conseguiu dizer e baixou o zíper.

Uma brisa agitou os cabelos dela, quando ela se deteve sob a luz da lua. Vestira aquilo para ele, escolhera na gaveta, pela manhã, imaginando sua expressão ao vê-la usando. Era um short, deliberadamente sedutor, de seda e renda que aderia às curvas.

Deslumbrado com a visão, correu a mão pela coxa e sentiu a beirada da meia dar lugar à carne morna. E a boca umedeceu.

— Deus do céu, ainda bem que eu não fazia idéia do que tinha por baixo daquela linda roupa. — Sua voz era gutural. — Nunca teria feito isso durante a missa.

Ela queria falar com ele. Precisava. Mas o bom senso não era defesa contra a fúria avassaladora do desejo. Ela arrancou o suéter dele, tirando-o pela cabeça.

— Eu sabia o que havia embaixo disto aqui. Você não pode imaginar o que eu estava pensando durante o ofertório.

Ele sorriu.

— Vamos nos penitenciar por isto. Mais tarde. — Afastou uma alça do ombro dela, depois a outra. Então deslizou suavemente. — A deusa que guarda a terra santa — murmurou. — E a feiticeira que a persegue.

As palavras dele a fizeram estremecer, com medo e excitação.

— Sou uma mulher, Murphy. Apenas uma mulher, aqui de pé desejando você. — Mais do que ávida, ela caminhou para os braços dele. — Mostre-me. Mostre o que desejou fazer comigo. — Colou a boca na dele, insuportavelmente faminta. — E faça mais ainda.

Ele podia tê-la comido viva, consumindo-a centímetro por centímetro, e então uivado para a lua, como um lobo apaixonado.

Ele mostrou a ela, atacando-lhe a boca, deixando que as mãos vagassem tão urgentemente quanto desejavam. Os sons da garganta dela se tornaram mais fortes, mais ferozes. Sentiu os dentes dela beliscando e puxando-lhe os lábios, levando os dele a devorarem a extensão curva da pele de seda.

Ela estava úmida quando ele a tocou. Se ele já a levava ao clímax impiedosamente, se os gemidos dela se transformavam em algo mais parecido com gritos, ele estava longe do fim.

As pernas dela simplesmente cederam. Sentiu-se caindo, sentiu o corpo dele sob o seu, e então o peso quando ele rolou.

A boca dele estava em todos os lugares, chupando avidamente através da seda e por baixo dela. As mãos estavam misteriosamente explorando cada centímetro de seu corpo. As dela, não menos ávidas, descobriam os caminhos da pele dele.

Ela arrancou o botão das calças dele, em meio a promessas e súplicas, enquanto lutavam sobre o cobertor.

Ofegante, ela o prendeu entre suas pernas e, num movimento súbito que o deixou atordoado, fez com que a penetrasse profundamente.

Enquanto a glória violenta e deslumbrante daquilo fluía dentro dele, ele a viu curvar-se novamente. Seu corpo era sinuoso e liso, os cabelos, uma chuva de seda, o rosto, uma escultura de alegria triunfante e prazeres carnais.

Enfeitiçado, estendeu a mão, até encontrar os seios dela, e viu seus dedos se fecharem sobre eles. Sentiu o peso, a pressão quente dos mamilos, o trovejar selvagem do coração dela.

Era sua, pensou vagamente, enquanto o corpo estremecia num desejo insuportável. Dessa vez, para sempre sua.

Ela começou a se mover, lentamente no início, como numa dança. Nuvens corriam pelo céu e cobriam a lua, de modo que o rosto dela ora mergulhava em sombras, ora se iluminava e novamente era sombra e luz, como um sonho que ele não podia captar completamente.

O sangue começou a rugir nos quadris dele; na cabeça, tinha a certeza de que iria explodir e deixar nada mais do que ossos partidos.

Viu-a levantar os braços, subir como uma feiticeira ao céu. Seus movimentos aceleraram e ele começou a sussurrar-lhe coisas, palavras desesperadas e em gaélico. Parecia que ela respondia com a mesma urgência, na mesma língua. Então a mente dele se turvou e o corpo explodiu, esvaziando-se nela.

Num longo e trêmulo gemido, ela deslizou para ele. Visões dançavam em sua cabeça e, então, desapareceram.

Ela devia ter dormido, pois acordou com o coração batendo lento e pesado e a pele trêmula e quente. Quando ele lhe cobriu os seios com as mãos, os lábios se curvaram e receberam os dele.

O toque dele era gentil agora, quase reverente. Ela suspirou, entregando-se ao prazer daquela carícia delicada que voltou a excitá-la.

Ela se abriu para ele, sentindo-o preenchê-la. Encantada com os dois lados dele, acompanhou seu ritmo, até a última brasa de desejo se aquietar.

Depois se deitou ao lado dele, aconchegando-se sob os cobertores, que ele colocara sobre eles.

— Querida — acariciou os cabelos dela —, não podemos dormir aqui esta noite.

Sentiu os músculos dele se enrijecerem quando deslizou a mão por sua barriga.

— Não precisamos dormir.

— Quero dizer que não podemos ficar aqui. — Virou a cabeça pelo simples prazer de enterrar o nariz nos cabelos dela. — Vai chover.

— Vai? — Abriu um olho e observou o céu. — Para onde foram as estrelas?

— Para trás das nuvens. Logo vai começar a chover.

— Humm... Que horas são?

— Não faço idéia.

— Cadê meu relógio?

— Você não estava usando nenhum.

— Não estava? — Automaticamente, ela tocou o pulso. Estranho, nunca dava um passo sem o relógio. Nunca fazia isso.

— Não precisamos de relógio para saber que é hora de levar você para debaixo de um teto. — Com pesar, ele afastou o cobertor. — Quem sabe se você não me convida para tomar um chá. Então vou poder ficar mais um pouquinho olhando para você.

Ela enfiou a camisa em sua cabeça.

— Podemos tomar chá no meu quarto.

— Eu me sentiria tão constrangido como me sentiria levando você para o meu quarto com minha família em casa. — Ele a olhou alisar as meias. — Vai usar coisas como essas outra vez?

Ela jogou os cabelos para trás, enquanto abotoava a blusa.

— Imagino que não está se referindo ao meu tailleur.

— Não, querida, ao que estava embaixo dele.

— Não tenho muita coisa desse tipo, mas vou dar um jeito. — Levantou-se para ajeitar a saia. — Talvez arranje algo em Dublin.

— Dublin? Vai a Dublin?

— Na terça. — Vestiu o paletó do tailleur e segurou a mão que ele lhe estendia. — De todo modo, não estou muito certa de como vai ser. Vou com Rogan.

— Ah, fechou o contrato com ele então.

— Ainda nem li o contrato. Mas parece que tenho umas fotos agendadas para divulgação. Além disso, devo dar a ele uma lista do meu inventário, como ele chama minhas telas que estão em Nova York. Ele está programando uma exposição minha no outono.

— Isso é ótimo. — Feliz por ela, ergueu-a do chão para beijá-la. — Por que não me contou antes? Teríamos comemorado.

— Se tivéssemos comemorado um pouco mais, acho que não estaria viva para falar sobre isso. — Quando ele riu, ela enfiou o braço sob o dele. A alegria sincera dele, por causa dela, apesar de não estar muito certa sobre suas próprias reações, tocou-a profundamente. — De qualquer modo, não sei se é o caso de comemorar. Ainda não assinei nada, embora ele fale de um jeito que parece que já fechamos negócio.

— Pode confiar nele, se é o que a está preocupando.

— Não, de modo algum. A Worldwide tem uma ótima reputação. Além disso, confio totalmente em Rogan. A questão diz respeito a mim mesma, essa é uma grande decisão e gosto de pensar muito até para decidir coisas bobas.

— Mas vai a Dublin — ele ponderou.

— A situação fugiu do meu controle. Num momento estávamos falando sobre Maggie e Liam, e de repente estava com um contrato na mão e um papo de exposições e divulgação buzinando nos meus ouvidos.

— Ele é o cara mais inteligente que conheço. — Murphy disse com admiração. — Vou sentir sua falta, Shannon. Vai demorar muito por lá?

— Segundo ele, devo voltar na quinta ou na sexta. — Estavam perto da pousada, quando o primeiro pingo de chuva caiu. — Preciso muito falar com você, Murphy.

— Já sei. A respeito de diretrizes, não é isso?

— Exatamente.

— Elas permanecem. — Ele sacudiu a cabeça em direção à janela. — Brie está na cozinha. Gostaria de entrar, mas não vamos ficar sozinhos, e não posso demorar.

— Elas permanecem — ela concordou.

Na terça pela manhã, Shannon já estava de malas prontas e se perguntava no que estaria se metendo. Percebeu então que desde que chegara à Irlanda andava se fazendo um bocado aquela pergunta. Era como se cada ajuste que fazia, ou considerava fazer em sua vida, exigia outro.

Entretanto, a idéia de passar alguns dias em Dublin não era de todo ruim. Fazia semanas desde que estivera em algum lugar que remotamente lembrasse uma cidade.

— Está levando guarda-chuva? — Brianna perguntou, olhando a mala que Shannon deixara junto da porta da frente da pousada. — E mais um casaco para o caso de o tempo mudar?

— Sim, mamãe.

Corando ligeiramente, Brianna mudou o bebê de ombro.

— Maggie fica louca quando checo a bagagem dela. Grayson já desistiu e me deixa cuidar da dele.

— Pode acreditar que sou expert em fazer malas. Depois são só poucos dias. Ah, é o carro de Rogan.

— Divirta-se. — Brianna teria carregado a mala, se Shannon não a tivesse impedido. — A casa de Dublin é adorável, você vai ver. E o cozinheiro de Rogan é fantástico.

— Ele diz o mesmo de você — Rogan comentou, enquanto entrava para apanhar as malas de Shannon. Deu um beijo em Brianna e em Kayla antes de pegá-la.

— Não se esqueça de tomar suas vitaminas — Brianna disse a Maggie, inclinando-se no carro para beijá-la e a Liam.

— Não sabia que você também ia, Maggie. — Nem sabia como se sentia a respeito disso. Voltando-se, deu um rápido abraço em Brianna e beijou Kayla na pontinha do nariz.

— Façam uma boa viagem. — Embalou o bebê, olhando para o carro até que se perdesse de vista.

Foi uma viagem curta até o aeroporto sob o céu de chumbo e chuvoso. Shannon recordou-se do dia em que desembarcara no aeroporto que tinha seu nome.

Era só nervosismo e raiva contida. Percebia que grande parte da raiva já havia desaparecido. Mas o nervosismo continuava lá, mais intenso agora, quando avaliava o quanto aquela pequena viagem mudaria sua vida.

Houve algum alvoroço na chegada deles. Shannon concluiu que Rogan era um homem que não tolerava nada quando se tratava de negócios. Em pouquíssimo tempo, já estavam acomodados em seu avião particular com Liam pulando na janela, apontando para cada caminhão ou carreta que aparecia.

— O Liam é um homem viajado — Maggie comentou, esperando que decolassem logo, para poder tomar uma xícara de chá. Estava tendo mais enjôo matinal nessa gravidez do que na primeira. Mas não se importava com isso.

— É maravilhoso que ele possa ter essa experiência — Shannon comentou. — Sempre adorei viajar.

— Você viajou bastante com seus pais.

Rogan deslizou a mão sobre a de Maggie, desejando um pouco mais intensamente do que ela que as náuseas da manhã melhorassem.

— Era o hobby favorito do meu pai. Uma das minhas primeiras lembranças é de estar chegando ao aeroporto de Roma. O movimento, as vozes, todo aquele colorido. Acho que eu tinha uns cinco anos.

O avião começou a taxiar e Liam gritava de alegria.

— Ele adora esta parte.

Maggie manteve um sorriso grudado no rosto, enquanto a decolagem embrulhava seu estômago. Droga, droga, droga, pensou. Não vomitaria a deplorável torrada seca que engolira no café-da-manhã.

— Eu também. — Shannon inclinou-se apertando o rosto no de Liam para poderem partilhar a excitação. — Aqui vamos nós, Liam! Junto com os pássaros!

— Pássaros! Tchau, tchau!

Tchau. Shannon soltou um breve suspiro. Murphy estava lá embaixo. Não tinham passado uma noite inteira juntos como haviam esperado. Em meio à viagem, chuva e um cavalo com o casco partido, mal conseguiram ficar uma hora sozinhos.

E o tempo estava passando. Logo teria de enfrentar isso. Nova York não esperaria para sempre.

— Que inferno!

Quando Shannon olhou para trás, surpresa, Maggie soltou o cinto de segurança e saiu correndo da cabine. A porta do banheiro bateu atrás dela.

— Que inferno! — Liam repetiu, quase perfeitamente.

— Ela está enjoada? — Shannon soltou o próprio cinto, pensando se haveria algo que deveria fazer.

— Enjôos matinais. — Rogan lançou um olhar preocupado para a porta fechada. — Desta vez a estão atormentando demais.

— Será que devo ir lá ver se posso ajudar em alguma coisa?

— Ela fica furiosa quando a gente tenta. — Sentindo-se impotente, Rogan sacudiu os ombros. — Com Liam, foram alguns dias de náuseas e só. Ela se irrita mais ainda por não passar tão bem desta vez.

— Acho que cada gravidez é diferente da outra.

— Estamos descobrindo isso. Ela vai querer um chá — disse, levantando-se em seguida.

— Deixa que eu mesma faço. — Levantou-se rapidamente, colocando a mão no ombro dele. — Não se preocupe.

— Ela gosta do chá terrivelmente forte.

— Eu sei.

Shannon foi até a minúscula cozinha. O avião era a cara do seu dono, concluiu. Polido, eficiente, elegante e organizado. Encontrou vários tipos de chás e, considerando o estado de Maggie, optou pelo de camomila.

Interrompeu o que estava fazendo quando a porta do banheiro se abriu.

— Está melhor?

— Estou. — Mas a voz de Maggie estava horrível, algo como a de um guerreiro que tivesse sobrevivido a mais uma batalha sangrenta. — Deve ser a cota do dia.

— Vá sentar — Shannon ordenou. — Ainda está muito pálida.

— Antes assim do que verde. — Maggie fungou, olhando o bule. — Chá de flores.

— Vai fazer bem a você. Tome. — Alcançou para Maggie uma caixa de biscoitos que achara na cabine. — Vá sentar, Margaret Mary, e belisque isso.

Fraca demais para discutir, Maggie voltou para seu lugar.

— Sinto muito — Rogan murmurou, deslizando um braço em torno dela.

— Não espere que eu diga que não é culpa sua. — Mas aconchegou a cabeça nele e sorriu ao ver Liam, indeciso entre desenhar e roer o lápis que o pai lhe dera. — Sabe no que estou pensando, Rogan?

— Em que está pensando, Margaret Mary?

— Que tive a melhor gravidez do mundo com este pestinha aí. — Lançou um olhar severo quando Liam levou o lápis para a boca. Ele riu e mudou de idéia, atacando o livro de colorir. — Quem sabe desta vez está sendo um pouco menos confortável porque vamos ter um filho com temperamento dócil, obediente, que nunca vai fazer artes.

— Humm. — Ele olhou o filho e tratou de agarrar o lápis grosso, antes que Liam pudesse riscar a parede do avião. O menino gritou em protesto, atirando o livro de colorir ao chão. — Era isso que você esperava?

Maggie riu quando a irritação de Liam ecoou pela cabine.

— Não para a sua vida.

Brianna não falara senão a verdade. A casa de Dublin era adorável. Localizada entre graciosas árvores e jardins, tinha uma linda vista para o verde. Os móveis eram antigos, com a distinção e a elegância que a riqueza podia comprar. Candelabros, pisos encerados e empregados movendo-se com eficiência rápida e silenciosa.

Shannon ficou num quarto com uma aconchegante cama de quatro colunas, um Aubusson felpudo e um O'Keefe deslumbrante.

Apenas se refrescara no banheiro e uma empregada já desfazia ordeiramente sua mala, colocando seus objetos de toalete sobre a mesa Chippendale.

Encontrou Maggie esperando por ela na sala principal, no andar térreo.

— Vão servir um lanche — ela informou. — Costumo estar faminta a esta hora do dia, depois da minha performance matinal.

— Fico contente que esteja melhor. Meu Deus!

Os olhos de Shannon cresceram quando fixou a escultura que dominava um lado da sala. Hipnotizada, aproximou-se dela, os dedos incapazes de resistir a um longo toque no vidro.

Era magnífica, erótica e quase humana em seus membros sinuosos e traços fundidos. Quase podia ver o homem e a mulher unidos em absoluta completude.

— Gosta?

A voz de Maggie devia ter sido casual, mas não pôde disfarçar o lampejo de prazer diante da reação deslumbrada de Shannon.

— É incrível.

— Eu a chamei de *Entrega*.

— Sim, claro. Você conseguiu fazer isso... — murmurou assombrada — naquele vilarejozinho?

— Por que não? Uma artista de verdade não precisa de luxo e sofisticação. Ah, a comida chegou. Deus abençoe você, Noreen.

Maggie já estava entretida com um sanduíche de frango quando Shannon se aproximou.

— Onde está Liam?

— Ah, uma das empregadas daqui é louca por ele. Já o tirou do berço para lhe dar chocolate quente e acabar de estragar a criança. Melhor pegar um desses antes que eu coma tudo.

Levando-a a sério, Shannon pegou um dos pequenos sanduíches.

— É uma casa magnífica.

— Ela é mesmo encantadora, mas nunca está vazia. Ter tantos empregados por toda parte ainda me deixa ansiosa. — Deu de ombros. — Sem dúvida, vamos precisar de ajuda depois que o bebê chegar. Vou precisar me trancar na casa de vidros para ter alguma privacidade.

— Muitas pessoas vibrariam se pudessem ter governantas e cozinheiras.

— Não sou uma delas. — Maggie mordiscou outro sanduíche. — Mas estou aprendendo a viver com isso. Rogan está ao telefone — acrescentou. — Ele é louco por telefones. Há alguns negócios na filial de Paris que ele tem de cuidar pessoalmente, mas não vai viajar enquanto eu estiver tendo estes problemas pela manhã. Não adianta brigar com ele. Quando ele cisma com uma coisa, não tem como fazê-lo mudar de idéia.

Ela passou para a massa, lançando a Shannon um olhar especulativo.

— Ele só pensa em você.

— Bem, minha não está assim tão concentrada ainda. Inteiramente.

— Antes de mais nada, vou lhe dizer uma coisa. Quando ele veio me procurar, eu não tinha nenhuma intenção de ter um agente. De jeito nenhum. Mas Rogan tem uma capacidade de olhar dentro da gente e enxergar nossas fraquezas, orgulhos e segredos mais escondidos. Então ele os usa. Com charme, crueldade, lógica e tal planejamento que ele sempre está mais à frente.

— Já percebi. Ele me arrastou para cá quando eu só tinha a intenção de lhe dizer muito obrigada, mas não quero.

— Para ele, isso não é só negócio. Seria mais fácil resistir, se fosse assim. Ele realmente ama a arte e o artista. E o que fez em Clare... — Seu orgulho por ele transpareceu na voz, nos olhos. — Fez algo muito importante aqui, pela arte, pela Irlanda. Fez isso porque está ligado a ambos, pelo coração.

— Ele é um homem especial, pessoal e profissionalmente. Não é preciso conhecê-lo muito para ver isso.

— Não, não é preciso mesmo. Bem, continuando... — Maggie limpou os dedos no guardanapo — que diabo há de errado com você?

Shannon franziu o cenho.

— Como?

— Por que diabos está emperrando a coisa toda? Ele está oferecendo a lua a você e metade das estrelas. Qualquer artista sonha com a chance de ter o que você tem bem nas mãos e você continua balançando.

— Balançando não é bem o termo — Shannon corrigiu-a friamente. — Estou considerando.

— O que tem para considerar a essa altura do campeonato? Você já tem as telas, vai fazer mais.

— É esse fazer mais que estou considerando.

Maggie bufou e espetou mais massa com o garfo.

— Você tem coragem de olhar nos meus olhos e dizer que poderia parar, simplesmente deixar os pincéis de lado e largar as telas em branco?

— Quando voltar para Nova York, não estarei livre para fazer minhas vontades como aqui.

— Fazer suas vontades. — Maggie deixou o garfo cair e inclinou-se para a frente.

— Meu cargo na Ry-Tilghmanton...

— Ah, dane-se!

— É importante para mim — Shannon concluiu entre dentes. — E minhas responsabilidades lá me deixam pouco tempo para pintar por prazer, muito menos para pintar para alguém que, vai concordar comigo, é um empresário exigente.

— E suas responsabilidades consigo mesma e com seu talento? Acha que tem o direito de desperdiçar o que lhe foi dado? — Maggie abominava do fundo do coração uma idéia dessas. — Só vi suas telas da Irlanda, mas elas mostram que você tem mais do que um olho bom e uma mão competente. Tem um coração que vê e entende. Não tem o direito de atirar fora isso para desenhar garrafas de água.

— Está fazendo seu dever de casa, não é? — Shannon disse calmamente. — Tenho o direito de fazer o que é bom para mim, o que me satisfaz. E é isso que vou fazer. Se Rogan pediu a você para me convencer...

— Não vá culpá-lo, porque só falei o que penso. — Levantaram-se ao mesmo tempo, como dois pugilistas se enfrentando no centro do ringue. — Ele só me pediu que lhe fizesse companhia enquanto estivesse ocupado.

— Tenho certeza de que ele achou que estava sendo atencioso. Agora, entenda uma coisa de uma vez por todas. Esse acordo, essa transação, seja o que for que venha a acontecer, isso não é da sua conta. É entre mim e Rogan.

— Transação. — Com tom de repugnância na voz, Maggie se deixou cair na cadeira outra vez. — Você fala mais como uma mulher de negócios do que como uma artista.

Shannon empinou o queixo e olhou para o nariz.

— Se disse isso para me agredir, não deu certo. Agora, se me dá licença, acho que vou sair e tomar um ar.

Capítulo Dezenove

Não ia deixar que aquilo a perturbasse. Shannon prometeu a si mesma que a absurda intromissão de Maggie não iria influenciá-la de modo nenhum, nem estragaria sua visita a Dublin.

A tarde, pelo menos, foi amistosa e agradável. Graças, na opinião de Shannon, à conduta impecável de Rogan e à sua hospitalidade. Nem uma vez sequer, durante o jantar ou na noite que se seguiu a ele, Rogan mencionou o contrato ou os planos que traçara.

Por causa disso, ela supôs, estava tão desprevenida na manhã seguinte, quando ele a levou até a biblioteca, logo depois de um sossegado café-da-manhã. Ele foi direto ao assunto:

— Você tem um encontro com o fotógrafo às onze horas — disse, mal se sentaram. — Eles vão cuidar do seu cabelo e maquiagem. Então não precisa se preocupar com isso. Pensei em algo elegante, mas não muito formal. Jack é um ótimo fotógrafo, saberá o que fazer com você.

— Sim, mas...

— Maggie vai se levantar um pouquinho mais tarde, mas ela gostaria de ir com você. Liam vai ficar aqui. Então vocês podem aproveitar para fazer algumas compras ou para Maggie mostrar Dublin a você.

— Seria ótimo. — Shannon respirou fundo.

— Espero que você vá até a galeria para conhecê-la. Você disse que esteve em nossa filial em Nova York.

— Sim, e...

— Creio que vai perceber que tentamos criar diferentes estilos em diferentes cidades. Para refletir o ambiente. Estarei muito ocupado a maior parte do dia. — Olhou rapidamente o relógio. — A começar de agora. Mas gostaria se você arranjasse um tempinho para ir ao meu escritório. Maggie pode levá-la, por volta das três. Podemos ir tocando as coisas, quaisquer que sejam as alterações que queira fazer no contrato.

— Pare. — Ela levantou as duas mãos, sem saber se queria gritar ou rir. — Está fazendo aquilo outra vez.

— Desculpe. O que estou fazendo?

— Ah, não se desculpe nem me olhe desse jeito confuso. Sabe exatamente o que está fazendo. Você é o mais elegante rolo compressor que já passou por cima de mim. — Ele abriu um sorriso que a fez sacudir a cabeça. — E este... este seu sorrisinho charmoso é fatal. Dá para entender como até uma pessoa teimosa como Maggie acabou se entregando.

— Isso ela não fez. Tive que brigar muito por ela. E você é muito mais parecida com ela do que gostaria que eu apontasse. — Ele sorriu afavelmente, quando os olhos de Shannon faiscaram. — Sim, parecida demais com ela.

— Não será me insultando que vai me ganhar.

— Então, deixe-me dizer uma coisa a você. — Cruzou as mãos sobre a mesa. — Tanto como seu cunhado quanto como o cara que quer fazer sua carreira deslanchar para a frente. Você não veio aqui porque consegui envolver você, Shannon. O que fiz foi lançar uma idéia em sua cabeça.

— Tudo bem, foi isso mesmo. Só que eu me distraí com essa idéia muitos anos atrás, antes de descartá-la como inviável. Agora você está tentando me convencer de que não é nada disso.

Ele recostou na cadeira e examinou-a com curiosidade.

— É por causa de dinheiro?

— Tenho dinheiro. Na verdade, mais até do que preciso. Meu pai era muito bom em fazer dinheiro. — Sacudiu a cabeça. — Não, não é por causa de dinheiro. Embora seja importante para mim ganhar o meu, ter a satisfação disso. Preciso de segurança, estabilidade e desafios. Acho que isso deve soar meio contraditório.

— De modo algum.

Vendo que ele entendia, ela continuou:

— Tenho pintado só para mim, sempre foi um hábito, quase uma obrigação... algo que estabeleci como compromisso... como um encontro comigo mesma.

— E está hesitando em fazer dela um objetivo.

— Sim, estou. Fiz aqui os melhores trabalhos de toda a minha vida. E isso me aponta um caminho que nunca pensei em seguir seriamente. — E agora que dissera isso estava mais confusa do que nunca. — Mas o que vai acontecer quando eu voltar a Nova York, Rogan? Retomar a vida que deixei lá? Se assinar um contrato, terei dado a você minha palavra. Como posso fazer isso, se não tenho certeza de que serei capaz de cumpri-la?

— Sua integridade está em guerra com seus impulsos — ele disse, colocando o dedo na ferida. — E isso é bem difícil. Por que não satisfaz aos dois lados?

— Como propõe resolver isso?

— Seu contrato com a Worldwide vai abranger o trabalho que fez na Irlanda e o que já tem pronto em Nova York, com a preferência — continuou rolando uma caneta entre os dedos — para uma primeira olhada em tudo o que produzir pelos próximos dois anos. Seja uma peça ou uma dúzia.

— É um acordo — ela murmurou. — Mas você quer uma exposição. Não sei se tenho o suficiente para isso ou se o que tenho vai agradar você.

— Somos bem flexíveis quanto ao tamanho da exposição. E lhe direi quando algo não me agradar.

Ela o encarou.

— Aposto que sim.

Mais tarde, depois que ele já tinha saído, Shannon voltou ao andar de cima. Ele lhe dera muito em que pensar. De algum modo, conseguira abrir uma porta sem forçá-la a fechar outra. Podia aceitar os termos dele e voltar à sua vida, sem grandes surpresas.

Achou estranho, e sentiu-se mais confusa ainda, ao se dar conta de que desejaria que a tivesse colocado contra a parede, forçando-a a decidir.

Mas não havia tempo para pensar nisso agora — não, se pretendia ver alguma coisa da cidade antes da sessão de fotos.

Uma sessão de fotos, pensou, e riu. Imagine só.

Engoliu o sorriso e bateu rapidamente à porta do quarto de Maggie.

— Maggie? Rogan pediu que acordasse você. — Não ouvindo resposta, Shannon revirou os olhos e bateu outra vez. — Já passa das nove, Margaret Mary. Mesmo as grávidas têm que sair da cama uma hora.

Impaciente, Shannon abriu a porta. Vendo a cama vazia e achando que Maggie podia estar se vestindo, sem dar atenção a ela, escancarou a porta.

Já ia chamá-la outra vez, quando ouviu o som inconfundível de enjôo miserável no banheiro contíguo. Sem hesitar, correu até onde Maggie estava, vomitando no vaso.

— Saia, droga! — Maggie acenou com a mão trêmula e lutou contra uma nova onda de náusea. — Será que uma mulher não pode nem vomitar em paz?

Sem dizer nada, Shannon foi até a pia e molhou uma toalha grossa com água fria. Maggie estava ocupada demais vomitando para resistir quando Shannon levantou-lhe a cabeça e apertou a toalha em sua testa.

— Coitadinha — Shannon murmurou quando Maggie inclinou-se, enfraquecida. — Que modo horrível de começar a manhã! Só descanse um pouquinho, procure respirar com calma.

— Estou bem. Vá embora. Estou bem.

— Claro que está. Consegue beber um pouco de água? — Sem esperar resposta, Shannon encheu um copo e agachou-se ao lado dela, levando-o aos seus lábios. — Vamos lá, tome uns golinhos, com certeza vai estar com gosto de esgoto.

— Melhor que esta criança seja uma santa. — Já que ela estava ali, Maggie recostou-se no ombro de Shannon.

— Você já foi ao médico? — Para aliviá-la, Shannon pegou a toalha e a passou gentilmente no rosto de Maggie. — Não tem nada que possa tomar?

— Fui ao médico sim. Um grande idiota. Só mais umas semaninhas, ele disse, e vai estar novinha em folha. Umas semaninhas — repetiu, fechando os olhos. — Quase o matei na hora!

— Nenhum júri no mundo, se fosse de mulheres, condenaria você. Bem, vamos lá. Vamos levantar daí. O chão está frio.

Fraca demais para argumentar, Maggie deixou que ela a ajudasse a se levantar e a conduzisse até a cama. — Na cama não. Não preciso de cama. Só quero me sentar um minuto.

— Tudo bem. — Shannon a levou até uma cadeira. — Quer um chá?

— Ah! — Profundamente aliviada pelo fato de o acesso ter passado, Maggie deixou a cabeça pender para baixo e fechou os olhos. — Adoraria se você pudesse ligar para a cozinha e pedir que façam o favor de mandar chá e torradas, puras, sem nada. Eu agradeceria muito.

Continuou sentada, enquanto o corpo se reequilibrava e os calafrios diminuíam.

— Bem — disse, quando Shannon desligou o interfone. — Foi bem agradável para nós duas.

— Muito pior para você. — Sem muita certeza se Maggie podia ficar sozinha, Shannon sentou-se na beirada da cama.

— Foi muita bondade sua me ajudar. Obrigada.

— Mas na hora você estava mesmo era me xingando.

Um sorriso se esboçou na boca de Maggie.

— Me desculpe. Detesto não ter... — Fez um gesto com a mão. — O controle da situação.

— Eu também. Sabe que só fiquei bêbada uma vez na vida.

— Uma vez? — O sorriso se tornou zombeteiro. — Logo você, uma típica irlandesa.

— De qualquer modo, apesar de toda a descontração que a bebida traz, descobri tarde demais o quanto ela é terrível. Não consegui me controlar. E então veio aquela sensação maravilhosa de botar os bofes pra fora na volta pra casa. E a gloriosa manhã seguinte. Daí que achei mais prático limitar o consumo.

— Um aquece a alma, dois aquecem o cérebro. Papai sempre dizia isso.

— Então ele tinha esse lado prático também.

— Muito pouco. Você tem os olhos dele. — Ela viu Shannon baixá-los e lutou contra sua própria sensação de perda e impaciência. — Lamento que você não goste de ouvir isso.

E Shannon percebeu que ela também.

— Meu pai e minha mãe tinham olhos azuis. Lembro-me de ter perguntado a ela, uma vez, de onde teriam saído meus olhos verdes. Ela pareceu bastante triste, mas só por um instante. Então sorriu e falou que um anjo os tinha dado para mim.

— Ele teria gostado disso. E deve ter ficado contente e grato por ela ter encontrado um homem, como seu pai deve ter sido, para amar vocês duas. — Ela olhou o chá que estava sendo trazido. — Há duas xícaras — disse, quando Shannon levantou-se para sair. — Se você quiser tomar uma comigo.

— Tudo bem.

— Você se chatearia de me contar como eles se conheceram... seus pais?

— Não.

Shannon sentou-se outra vez e percebeu que, em vez de chateá-la, contar aquela história a alegrou. Quando Maggie estourou na risada com a idéia de Colin atirar Amanda na lama, Shannon a acompanhou.

— Gostaria de tê-los conhecido — Maggie disse afinal.

— Acho que eles também gostariam de ter conhecido você. — Um pouquinho embaraçada por sua emoção, Shannon levantou-se. — Olhe, se quiser me despachar e ficar descansando, posso pegar um táxi até o fotógrafo.

— Estou bem agora. Gostaria de ir com você e ver Jack torturá-la como faz comigo, quando Rogan me põe numa dessas.

— Muito obrigada.

— Não há de quê. E... — Colocou a bandeja ao lado e se levantou. — Acho que gostaria de passar algum tempo com você.

— Acho que também gostaria. — Shannon sorriu. — Vou esperá-la lá embaixo.

* * *

Ela amou Dublin. Amou as vias fluviais, as pontes, os prédios, as multidões. E, ah, como amou as lojas! Embora estivesse ansiosa por fazer mais, ver mais, Shannon se controlou e acompanhou Maggie num farto almoço.

Diferente de sua inconstante irmã, Shannon achou a sessão de fotos nada mais que uma agradável e interessante experiência. Quando comentou isso, Maggie simplesmente estremeceu.

Ao deixarem o restaurante, calculou que haviam batido o recorde de ficar em companhia uma da outra sem palavras ríspidas ou comentários jocosos.

Logo descobriu que tinha pelo menos uma coisa em comum com Maggie. Ela era uma consumidora compulsiva zanzando de loja em loja, provando roupas, avaliando e comprando, sem as hesitações e os titubeios que irritavam Shannon em muitas das suas amigas.

— Não. — Maggie sacudiu a cabeça quando Shannon levantou um suéter em tom pastel. — Você fica bem com cores fortes e não neutras.

— Mas gostei tanto desse. — Franzindo os lábios, Shannon olhou-se no espelho colocando a blusa diante de si. — O material é maravilhoso.

— É, mas a cor faz você parecer um cadáver.

— Droga! — Com uma meia risada, Shannon dobrou o suéter novamente. — É mesmo.

— Você precisa é disso. — Maggie pegou um verde-musgo. Foi até Shannon, apertando os olhos diante do reflexo das duas no espelho. — Definitivamente é esse.

— Tem razão. Detesto quando você tem razão. — Dobrou o suéter no braço e apontou a blusa que Maggie segurava. — Vai levar esta?

— Por quê?

— Porque, se não for, eu levo.

— Bem, vou sim. — Convencida, Maggie juntou as bolsas e foi até o caixa para pagar.

— Aposto que você não levaria, se eu não quisesse — Shannon reclamou, enquanto deixavam a loja.

— Levaria sim, mas é claro que esse detalhe me deu mais prazer ainda de comprar. Há uma loja de arte culinária aqui por perto. Quero escolher algumas coisas para Brie.

— Tudo bem. — Shannon a seguiu, ainda emburrada por causa da blusa. — O que é aquilo?

— Uma loja de música — Maggie respondeu secamente quando Shannon parou para olhar uma vitrina.

— Isso eu sei. O que é aquilo ali?

— Uma cítara. Uma cítara de martelo.

— Mais parece um objeto de arte do que um instrumento.

— Ela é ambas as coisas. Essa daí também é linda. Murphy fez uma, poucos anos atrás, bem parecida com essa. Tinha um som maravilhoso. A irmã dele, Maureen, caiu de amores por ela e ele lhe deu.

— É a cara dele fazer isso. Acha que ele gostaria dessa? Mesmo tendo sido feita por outra pessoa?

Maggie ergueu a sobrancelha.

— Você pode lhe dar um saco cheio de ar que ele adoraria.

Mas Shannon já havia tomado sua decisão e entrava na loja.

Encantada, observou o funcionário tirar a cítara da vitrina. Então ouviu quando ele fez uma habilidosa demonstração do som que produzia.

— Posso até imaginá-lo tocando. Você também? — Shannon perguntou a Maggie. — Com aquele seu sorrisinho no rosto.

— Eu também. — Maggie esperou até que o satisfeito vendedor fosse aos fundos da loja buscar uma caixa adequada para transportá-la. — Então, está apaixonada por ele.

Para ganhar tempo, Shannon revirou a bolsa atrás de sua carteira.

— Uma mulher pode comprar um presente para um homem sem estar apaixonada por ele.

— Não, com um olhar desses não pode não. O que pretende fazer quanto a isso?

— Não há nada que eu possa fazer. — Shannon percebeu sua expressão sombria enquanto escolhia o cartão de crédito. — Estou pensando.

— Ele não é homem para uma aventura casual ou temporária.

Aquelas palavras e o fato de saber que eram verdadeiras a assustaram.

— Não me pressione, Maggie. — Em vez da irritação que esperara, havia súplica na voz de Shannon. — É tudo muito complicado e estou fazendo o melhor que posso.

Seus olhos levantaram-se surpresos quando Maggie tocou em seu rosto.

— É duro ver-se numa situação que nunca viveu e que nunca pensou ter que enfrentar.

— Sim. É terrivelmente duro.

Maggie deixou a mão deslizar e descansar no ombro de Shannon.

— Bem — falou num tom mais leve. — Ele vai perder a voz quando você lhe der isso. Cadê o maldito vendedor? Rogan vai arrancar minha pele se eu não estiver com você lá, às três em ponto.

— É, parece que você está morrendo de medo dele.

— Às vezes eu o deixo pensar assim. Para afagar seu ego, por assim dizer.

Shannon se distraía com um mostruário de gaitas sobre o balcão.

— Você não me perguntou se vou assinar o contrato.

— Já deixou bem claro para mim que não tenho nada a ver com esse assunto.

Shannon deu um sorriso e o cartão de crédito ao vendedor quando ele voltou.

— Isso foi para afagar meu ego, Margaret Mary?

— Fique contente que não seja um pé no seu traseiro.

— Vou assinar — revelou. — Nem sei se acabei de decidir agora ou quando ele me fez a proposta, mas vou assinar. — Engolindo com dificuldade, deslizou a mão trêmula pelo estômago. — Agora eu é que estou enjoada.

— Tive uma reação parecida nas mesmas circunstâncias. Você só vai entregar a direção para outra pessoa. — Compreensiva, deslizou um braço pela cintura de Shannon. — Ele vai agir corretamente com você.

— Eu sei. Só não tenho certeza se também vou agir corretamente com ele. — Ela observou o vendedor embalar a cítara. — É um problema que pareço estar tendo ultimamente com homens por quem me interesso.

— Vou lhe dizer como vamos lidar com isso, Shannon. Vamos ao lindo e honesto escritório de Rogan dar logo um fim a essa parte do negócio. Posso garantir a você que é a pior parte.

— Ok. — Ela pegou a caneta que o vendedor lhe oferecia e, mecanicamente, assinou o boleto do cartão.

— Depois vamos voltar para casa e abrir o melhor champanhe de Sweeney.

— Você não pode beber. Está grávida.

— Você vai beber. Uma garrafa inteira de espumante francês só para você. Porque, minha querida, acho que vai ficar bêbada pela segunda vez na vida.

Shannon soltou um suspiro que esvoaçou sua franja.

— Você pode estar certa.

Maggie não podia estar mais certa. Poucas horas depois, Shannon descobriu que todas as dúvidas, preocupações e perguntas simplesmente desapareciam com uma garrafa de Dom Pérignon.

Maggie foi a amiga mais companheira e tolerante, ouvindo quando Shannon divagara, assentindo compreensiva quando ela se queixava de algo e rindo de suas piadas sem graça.

Quando Rogan chegou em casa, Shannon estava sentada na sala, com olhos sonhadores, contemplando o último copo que pôde espremer da garrafa.

— O que fez com ela, Margaret Mary?

— Está completamente bêbada. — Satisfeita, Maggie levantou a boca para o beijo dele.

Ele levantou a sobrancelha diante da garrafa vazia.

— Não é para menos.

— Ela precisava relaxar — Maggie disse displicentemente — e celebrar, embora não se possa dizer isso a ela. Está se sentindo ótima, não está, Shannon?

— Muito mais que ótima. — Sorriu brilhantemente. — Oi, Rogan, quando chegou aqui? Eles me alertaram sobre você, sabe? — continuou, antes que ele pudesse responder.

— Alertaram?

— Com certeza. Rogan Sweeney é escorregadio como sabonete. — Bebericou a taça outra vez, engolindo impaciente. — E você é mesmo.

— Tome isso como um elogio, querido — Maggie avisou. — Essa é a intenção.

— Ah, é isso mesmo — Shannon concordou. — Não tem nenhum vigarista em Nova York com mais lábia que você. E ainda por cima você é lindo. — Levantou-se pesadamente, rindo quando a cabeça deu voltas. Quando ele tentou segurar o braço dela para firmá-la, ela simplesmente se inclinou, sapecando-lhe um beijo estalado. — Tenho irmãos tão atraentes, não tenho, Maggie? Uns gatos.

— São uns amores. — Maggie abriu um sorriso largo e malicioso. — Os dois. Quer dormir um pouquinho, Shannon?

— Nem pensar. — Sorridente, Shannon apanhou o copo. — Olhem, ainda tem. Só vou levá-lo comigo enquanto faço uma ligação. Preciso fazer uma ligação. Uma ligação particular, se não se importam.

— E vai telefonar para quem? — Maggie perguntou.

— Para o senhor Murphy Muldoon, no Condado de Clare, Irlanda.

— Vou com você — Maggie sugeriu — para discar o número.

— Sou perfeitamente capaz de fazer isso. Tenho o número dele na minha fiel agendinha eletrônica. Nunca vou a lugar algum sem ela. — Com a taça oscilando perigosamente na mão, ela olhou pela sala. — Onde está ela? Nenhum profissional ambicioso pode sobreviver sem sua agenda.

— Tenho certeza de que está por aí. — Com uma piscadela para Rogan, Maggie pegou o braço de Shannon e a conduziu. — Acontece que sei o número de cabeça.

— Você é tão inteligente, Maggie. Notei logo isso em você, mesmo quando o que eu queria era lhe dar um soco.

— Que bom! Vamos, sente aqui na cadeira de Rogan e fale o quanto quiser com Murphy.

— Ele tem um corpo incrível. Murphy, quero dizer. — Rindo, Shannon deixou-se cair na cadeira atrás da escrivaninha de Rogan. — Embora eu tenha certeza de que o de Rogan também é.

— Garanto a você que é. Vamos, fale neste lado e ouça no outro.

— Espere aí, sei usar um telefone. Sou uma profissional. Murphy?

— Não terminei a ligação ainda. Sou uma amadora.

— Tudo bem. Está chamando agora. É Murphy. Alô, Murphy. — Ela embalou o telefone apaixonadamente e nem percebeu quando Maggie saiu.

— Shannon? Estou contente por você ligar. Estava pensando em você.

— Estou sempre pensando em você. É uma maldição.

— Você parece um pouco estranha. Você está bem?

— Estou maravilhosa. Amo você, Murphy.

— O quê? — A voz dele elevou-se meia oitava. — O quê?

— Estou tão zonza.

— Você o quê? Shannon, vamos lá, comece de novo.

— A última vez, eu era caloura na faculdade e era a volta para casa e tinha muito vinho. Um mar de vinho. Ah, fiquei tão enjoada... Mas não me sinto enjoada agora não. Só sinto... — Ela deixou a cadeira girar e quase se estrangulou com o fio do telefone. — Viva.

— Deus do céu, o que Maggie andou fazendo com você? — ele resmungou. — Está bêbada?

— Acho que sim. — Para testar, ela levantou dois dedos na frente do rosto. — Tenho certeza. Queria que estivesse aqui, Murphy, bem aqui. Então eu poderia me enroscar no seu colo e morder você todinho.

Houve um silêncio sofrido.

— Isto seria inesquecível — ele disse numa voz apertada pelo choque. — Shannon, você disse que me ama.

— Você sabe que eu o amo. Está tudo misturado com cavalos brancos e broches de cobre e trovões e fazer amor no círculo de pedras e amaldiçoar a lua. — Ela deixou a cabeça cair para trás na cadeira, enquanto as imagens flutuavam em sua cabeça. — Feitiços — murmurou. — Batalhas decisivas. Não sei o que fazer. Não consigo pensar.

— Vamos falar sobre isso quando você voltar. Shannon, você me ligou do outro lado do país, bêbada... o que estava bebendo?

— Champanhe. O melhor champanhe francês de Rogan.

— Imagine! Bebeu champanhe — ele repetiu — para me dizer, pela primeira vez, que me ama?

— Pareceu uma boa idéia na hora. Você tem uma voz maravilhosa. — Ela mantinha os pesados olhos fechados. — Poderia ouvi-la para sempre. Comprei um presente para você.

— Legal. Repita.

— Comprei um presente para você. — Ao frustrado grunhido dele, ela abriu os olhos e riu. — Ah, entendi. Não sou burra. Era a maior nota da faculdade, sabia. Amo você, Murphy, e isso atrapalha tudo, mas amo você. Boa-noite.

— Shannon...

Mas ela fitava o aparelho, com um olho fechado. Com mais sorte do que habilidade, conseguiu largar o fone no lugar. Então se recostou, bocejou uma vez e dormiu.

Capítulo Vinte

— E na manhã seguinte estava inteirinha, nem um tremor sequer, nada. — Enquanto bebericava um chá na cozinha de Brianna, Maggie lançou a Shannon um olhar de admiração. — Não podia me sentir mais orgulhosa.

— Você tem um estranho senso de orgulho. — Mas a própria Shannon também se sentia um tanto envaidecida daquilo. Pela graça ou piedade de Deus, escapara do castigo da ressaca, depois do seu romance com Dom Pérignon.

Vinte e quatro horas depois de o caso ter terminado, estava sã e salva em Clare e desfrutando da distinção questionável de ser dura na queda.

— Não devia tê-la deixado exagerar. — Brianna começou a espalhar um cremoso marshmallow gelado sobre o bolo de chocolate.

— Ela já é adulta — Maggie objetou.

— E a mais nova.

— Ah, realmente. — Shannon revirou os olhos nas costas de Brianna. — Isso não é desculpa. Você e eu nascemos no mesmo ano, então...

Interrompeu a frase, diante do impacto que ela causara. Franziu as sobrancelhas e olhou fixamente para o bule na mesa. Bem, pensou. Meio constrangedor.

— Ano movimentado para o papai — Maggie disse, depois de um longo silêncio.

Chocada, Shannon ergueu o olhar rapidamente e encontrou os olhos afáveis de Maggie. O som da própria risada abafada a surpreendeu tanto quanto o sorriso luminoso de Maggie. Brianna continuou a confeitar o bolo.

— Uma garrafa inteira, Maggie — Brianna falou num tom de censura. — Devia ter tido mais cuidado.

— Bem, cuidei dela, não foi? Depois ela desmaiou na biblioteca...

— Não desmaiei — Shannon corrigiu empertigada. — Estava descansando.

— Inconsciente. — Maggie se esticou para pegar a sobrinha, quando Kayla começou a se agitar no carrinho. — E o coitado do Murphy ligou de volta feito um maluco. Só mesmo eu para dissuadi-lo da idéia de dirigir até Dublin. — E a levei para cima e a fiz tomar uma tigela de sopa antes de dormir para acabar de curar o pileque.

Aguçou os ouvidos.

— Liam acordou. — Passando o bebê para Shannon, foi para o quarto de Brianna, onde acomodara o menino para uma soneca.

Brianna recuou um pouco para avaliar seu trabalho, antes de voltar-se para ela.

— Além da última noite, gostou de sua viagem a Dublin?

— Sim. É uma cidade adorável. E a galeria lá... é quase uma experiência mítica.

— Também achei isso. Você ainda tem que conhecer a daqui de Clare. Poderíamos ir todos juntos como se fosse uma excursão. Em breve.

— Eu adoraria, Brianna... — Não tinha certeza se estava preparada para fazer a pergunta. Muito menos se estava preparada para as conseqüências.

— Alguma coisa está perturbando você?

— Pensei... gostaria de ver as cartas. — Falou rapidamente, antes que a coragem desaparecesse. — As cartas que minha mãe escreveu.

— Claro. — Brianna passou uma das mãos, acolhedora e compreensiva, no ombro de Shannon. — Estão guardadas em minha cômoda. Por que não vai lá para a sala, a fim de poder lê-las?

Mas, antes que Shannon pudesse levantar, houve uma agitação no hall. Vozes estridentes tornaram tensa a mão sobre o ombro de Shannon.

— É mamãe — murmurou. — E Lottie.

— Tudo bem. — Sem saber se estava desapontada ou aliviada, Shannon acariciou a mão de Brianna. — Posso vê-las mais tarde. — Preparou-se para qualquer confronto que pudesse haver.

Primeiro surgiu Maeve, já discutindo:

— Estou dizendo a você, não perguntando. Se você não tem orgulho, não posso impedi-la. — Esbarrou em Shannon segurando a neta e empinou o queixo.

— Pelo visto, já está se sentindo em casa.

— Estou mesmo. Brianna não permite que seja de outra maneira. Oi, Sra. Sullivan.

— Ah, Lottie, querida. Me chame de Lottie, como todo mundo. E como está meu anjinho? — Inclinou-se sobre Kayla, falando suavemente: — Olhe só, Maeve, ela está rindo.

— Tem mais é que rir mesmo. Está sendo mimada por todos os lados.

— Brianna é uma mãe incrivelmente amorosa — Shannon disparou antes que ela a interrompesse.

Maeve apenas fungou.

— O bebê não pode nem choramingar que alguém já o pega no colo.

— Inclusive você — Lottie acrescentou. — Oh, Brie, que bolo lindo!

Resignada por ter de assar outro para a sobremesa dos hóspedes, Brianna pegou uma faca.

— Sentem-se para comer uma fatia.

Liam entrou correndo pela porta contígua, cinco passos adiante da mãe.

— Bolo! — gritou.

— Tem radar este menino. — Apesar da rispidez na voz, os olhos de Maeve brilharam ao ver o garoto. — Olhe só, já está um rapazinho.

Ele sorriu para ela, percebendo uma aliada, e levantou os braços.

— Beijo.

— Venha sentar no meu colo — Maeve ordenou. — E vai ganhar os dois, o bolo e o beijo. Ele está um pouquinho vermelho, Margaret Mary.

— Acabou de acordar. Vai cortar o bolo então, Brie?

— Deve ter mais cuidado com sua dieta, agora que está grávida de novo — Maeve disse. — O médico contou que você tem tido enjôos pela manhã, desta vez.

Era difícil dizer quem ficou mais surpresa com aquelas palavras, Maeve ou Maggie. Já arrependida do que dissera, Maeve começou a dar pedacinhos de bolo para o neto.

— Não é nada.

— Ela fica péssima todas as manhãs — Shannon corrigiu, olhando direto para Maeve.

— Maggie, você me disse que tinha melhorado. — Um misto de acusação e preocupação soou na voz de Brianna.

Furiosa e embaraçada, Maggie fuzilou Shannon com o olhar.

— Não é nada — repetiu.

— Nunca suportou a fraqueza.

O comentário cáustico de Maeve aumentou sua fúria. Antes que Maggie pudesse revidar, Shannon concordou.

— Ela ataca como um terrier quando você tenta ajudá-la. É duro, não acha, Sra. Concannon, para uma mulher forte admitir que precisa de ajuda? E para alguém como Maggie, que consegue cuidar de uma família e de uma carreira tão exigente, perder o estômago e o controle todas as manhãs... é algo ameaçador.

— Quando estava grávida dela, passei mal todas as manhãs por mais de três meses — Maeve disse energicamente. — Uma mulher aprende a lidar com essas... coisas, mas um homem, nunca.

— Não mesmo, eles só iriam ficar choramingando.

— Minhas filhas nunca foram choronas. — Fechando a cara outra vez, Maeve olhou para Brianna. — Vai ficar parada aí, segurando este bule de chá o dia todo, Brianna, ou vai servi-lo?

— Ah. — Ela conseguiu levantar o queixo que caíra e serviu o chá. — Desculpe.

— Obrigada, querida. — Encantada com o modo como as coisas iam, Lottie sorriu.

Por mais de dois anos, ela procurava arrastar Maeve para mais perto das filhas, por uma ponte que oscilava. Agora parecia que o abismo entre elas diminuía.

— Sabe, Maggie, Maeve e eu estávamos justamente olhando as fotos da nossa viagem à sua casa, na França.

— Consegue ter menos orgulho do que um mendigo — Maeve resmungou, mas Lottie apenas sorriu.

— Ficamos recordando os dias maravilhosos que passamos lá. É no Sul da França — ela informou a Shannon. — A casa é como um palácio e fica bem acima do mar.

— E fica vazia meses e meses — Maeve grunhiu. — Sem ninguém, a não ser os empregados.

Maggie começou a rosnar pela reclamação, mas captou o olhar enviesado de Brianna. Com algum esforço, engoliu as palavras ríspidas e escolheu outras mais leves.

— Rogan e eu estávamos falando justamente sobre isso, não faz muito tempo. Esperávamos passar alguns dias lá, neste verão, mas estamos ambos ocupados demais para ir agora.

Soltou um suspiro, dizendo a si mesma que estava ganhando pontos no céu.

— Fico um pouco preocupada por não haver ninguém lá supervisionando as coisas, vendo se os empregados estão fazendo tudo certo.

Era uma grande e deslavada mentira que, esperava, não lhe tirasse os pontos.

— O que vocês achariam de passar uns dias lá? Estariam me fazendo um grande favor se aceitassem.

Com um grande esforço, Lottie controlou a ânsia de sair pulando. Olhou para Maeve, com a cabeça erguida.

— O que acha, Maeve? Podemos cuidar disso?

Quando a imagem da vila ensolarada, dos empregados dedicados e do luxo absoluto de tudo aquilo surgiu em sua mente, ela deu de ombros e levou a xícara de chá aos lábios de Liam.

— Viajar faz mal à minha digestão. Mas creio que posso agüentar um pouco desse inconveniente.

Dessa vez, foi um olhar de Shannon que conteve o rugido de Maggie.

— Eu ficaria grata — disse entre dentes. — Vou falar com Rogan para que o avião leve vocês, quando quiserem.

Vinte minutos depois, Brianna ouviu a porta da frente se fechar atrás da mãe e de Lottie. Então correu para a cozinha, dando um abraço apertado em Maggie.

— Maravilha, Maggie!

— Sinto como se tivesse engolido um sapo. Maldita seja a digestão dela.

Brianna apenas riu.

— Não estrague tudo agora.

— E você! — Maggie voltou-se apontando um dedo acusador para Shannon.

— Eu? — ela retrucou inocentemente.

— Não banque a santinha. Ela fica péssima todas as manhãs, Sra. Concannon. Ataca como um terrier.

— Funcionou, não foi?

Maggie abriu a boca e fechou-a, numa risada.

— Funcionou, mas meu orgulho ficou seriamente ferido. — Percebendo um movimento pela janela, deu uma espiada. — Ah, é Con saindo dos arbustos. Mas, vejam, há três homens vindo para cá, Brianna. Melhor preparar outro bule de chá. — Observou-os um momento, enquanto um sorriso brotava em seu rosto. — Puxa, que bando bonito! Vou ficar com o de Dublin — murmurou —, vocês duas briguem pelos outros.

Enquanto Shannon tentava acalmar seu súbito nervosismo, Maggie foi abrir a porta. Con entrou primeiro, farejando sob a mesa os farelos que Liam tivera a consideração de deixar cair.

— Bolo. — Sentidos aguçados como os de um cão de caça, Gray avistou o bolo mal atravessou a soleira da porta. — E com cobertura de marshmallow! Caras, encontramos ouro!

— Papai.

Liam agitou-se na cadeira, levantando os dedinhos melados. Rogan teve a presença de espírito de parar na pia e molhar uma toalha antes de se aproximar do filho.

Murphy ficou imóvel, o boné nas mãos, olhos presos em Shannon.

— Você voltou.

— Faz algumas horas — ela falou e seus olhos se arregalaram quando ele avançou para ela, levantou-a do chão e beijou-a do jeito que um homem sábio só beija uma mulher, quando estão a sós.

— Seja bem-vinda.

Ela perdeu o fôlego. Inspirou e acenou com a cabeça. Teria dado às suas pernas trêmulas o alívio de sentar outra vez, mas ele a pegou firme pelo braço.

— Venha comigo.

— Bem, eu... — O olhar dela girou em volta, observando que todos estavam subitamente ocupados com seus próprios assuntos.

— Prepare-se, Murphy — Maggie disse alegremente enquanto pegava pratos limpos. — Shannon trouxe um presente para você.

— Sim, é isso. Eu... — Ela interrompeu-se.

— Vou pegar a caixa para você — Rogan se ofereceu.

— Quer chá, Murphy? — Brianna perguntou.

— Não, obrigado. — Não desgrudava os olhos do rosto de Shannon. — Não podemos ficar agora. Shannon vai jantar comigo esta noite.

— E tomar o café-da-manhã — Gray murmurou ao ouvido de Brianna.

— Obrigada, Rogan. — Shannon pegou a caixa que ele trouxera e não soube o que fazer depois.

— O que é? — Gray quis saber. — Abra logo. Ai!

Ele encolheu-se quando Brianna cutucou-lhe as costelas com o cotovelo.

— Ele vai abrir em casa — ela disse. — Leve um pedaço de bolo.

Ela já cortara um pedaço e estendia o prato coberto para Murphy.

— Obrigado. Venha comigo — ele repetiu e, segurando o braço de Shannon, levou-a para fora.

— Boa idéia dar o prato para ele levar — Maggie comentou. — Se não fosse isso, seria capaz de ele avançar nela antes de saírem do jardim.

Daquele jeito, ele teve de apelar para todo o seu controle. Desejava agarrá-la nos campos, deitá-la no chão. Em vez disso, concentrou-se em manter o passo, não se distanciando dela.

— Devia ter trazido o caminhão.

— Não é tão longe assim, dá pra ir caminhando — ela respondeu ofegante.

— Mas hoje parece longe. Isso aí está pesado? Deixe-me levar.

— Não. — Afastou a caixa dele. Não era leve, mas ela mesma queria levar. — Você vai ter que adivinhar o que é.

— Não devia ter comprado nada para mim. Você estar de volta já é um presente. — Agarrou-lhe a cintura com um braço e a passou facilmente sobre o muro. — Senti sua falta a cada minuto. Não sabia que um homem podia pensar em uma mulher tantas vezes num único dia.

Ele se forçou a respirar calmamente três vezes.

— Rogan me contou que você assinou o contrato com ele. Está contente?

— Uma parte de mim está, enquanto a outra está aterrorizada.

— O medo é apenas uma motivação para você dar o melhor de si. Vai ficar famosa, Shannon, e rica.

— Já sou rica.

O passo dele vacilou.

— É mesmo?

— Comparativamente.

— Ah.

Teria de meditar sobre aquilo, decidiu. Pensar naquilo. Mas, no momento, sua mente continuava confusa com imagens de despi-la daquela linda jaqueta.

Quando chegaram à fazenda, ele abriu a porta da cozinha. Deixou o prato sobre a bancada e já a teria agarrado se ela não fosse mais rápida, correndo para o outro lado da mesa.

— Gostaria que abrisse seu presente.

Colocou a caixa sobre a mesa, entre eles.

— Quero você lá em cima, na escadaria. E aqui no chão.

Sentiu o sangue ferver sob a pele.

— Do jeito que estou me sentindo agora, você pode ter a mim lá em cima nas escadas e aqui no chão. — Levantou uma mão quando os olhos dele brilharam ardentes. — Mas realmente gostaria que visse o que comprei para você em Dublin.

Ele não dava a mínima se ela tinha comprado uma forquilha de ouro puro ou uma relha de arado enfeitada com pedras preciosas. Mas o pedido calmo o impediu de simplesmente pular sobre a mesa. Em vez disso, levantou a tampa da caixa e pegou o embrulho.

Ela viu o instante em que ele percebeu o que havia dentro. Uma alegria aturdida invadiu-lhe o rosto. De repente, ele parecia um menino deslumbrado ao descobrir, sob a árvore, na manhã de Natal, o brinquedo com que sonhava.

Reverentemente ergueu a cítara e correu os dedos pela madeira.

— Nunca vi nada tão lindo.

— Maggie disse que você fez uma tão bonita como esta e a deu.

Encantado, ele apenas sacudiu a cabeça.

— Não, não era tão linda como esta. — Levantou os olhos, marcados de assombro e alegria. — O que a fez comprar uma coisa dessas para mim?

— Quando a vi na vitrina, logo imaginei você tocando-a. Vai tocar para mim, Murphy?

— Faz muito tempo que não toco cítara. — Mas desembrulhou os martelinhos, acariciando-os como faria a um pintinho recém-nascido. — Há uma canção que eu sei.

E, quando tocou, ela viu que tinha acertado. O sorrisinho lhe iluminou o rosto, os olhos sonhadores. A melodia era antiga e doce, como um vinho fino recém-decantado. O som que encheu a cozinha fez seus olhos arderem e o coração palpitar.

— É o melhor presente que já ganhei na minha vida — disse quando deixou os martelos ao lado. — Vou guardá-lo como um tesouro.

A fera impaciente que arranhava dentro dele se acalmara. Rodeou a mesa e segurou as mãos dela gentilmente.

— Amo você, Shannon.

— Eu sei. — Ela levantou as mãos entrelaçadas nas deles e as levou ao rosto. — Realmente sei.

— Você me ligou ontem e disse que me amava. Vai me dizer de novo agora?

— Não devia ter ligado daquele jeito. — Falou apressadamente, sentindo os nervos latejarem. — Não estava pensando com clareza e...

Ele beijou-lhe os dedos trêmulos, olhando-a pacientemente sobre eles.

— Amo você, Murphy, mas...

Ele apenas colou seus lábios nos dela, silenciando o resto.

— Desde que ouvi você dizer aquilo a primeira vez, tenho desejado você. Vai subir comigo, Shannon?

— Sim. — Aproximou-se mais dele, deixando as mãos enlaçadas entre eles. — Vou subir com você. — Sorriu, imersa em romantismo, quando foi envolvida pelos braços dele.

A luz estava adorável, filtrando-se pelas janelas e espalhando-se pelas escadas quando ele a levou para cima, derramando-se pálida pela cama quando ele a deitou.

Era tão fácil mergulhar naquela luz, na delicada força dos braços que a envolviam, na promessa cálida da boca dele.

Ocorreu-lhe que era a primeira vez que se amavam com um teto sobre a cabeça e uma cama sob eles. Teria sentido falta das estrelas e do perfume da grama, não fosse a docilidade que ele lhe oferecia em troca.

Ele trouxera flores para o quarto. Imaginando-a ali, desejara que houvesse flores. Sentiu o leve perfume delas quando afundou a cabeça para deslizar os lábios por seu pescoço.

Havia velas, para mais tarde substituir a luz das estrelas. Havia lençóis de linho delicado no lugar do cobertor de lã e da grama. Ele espalhou os cabelos dela no travesseiro, sabendo que o cheiro dela ficaria impregnado ali.

Ela sorriu quando ele começou a despi-la. Comprara algumas outras coisas em Dublin e soube, quando ele descobriu a primeira ponta de seda cor-de-rosa, que escolhera bem.

Em calma concentração, ele despiu-lhe a jaqueta, a blusa, a calça e deslizou a ponta do dedo pela renda marfim que mergulhava entre seus seios.

— Por que essas coisas acabam com um homem?

O sorriso dela alargou.

— Eu as vi numa vitrina. Então vi você. Tocando em mim.

Seus olhos se encontraram. Muito lentamente, deixou o dedo correr pela curva do seio, sob ele, para voltar a subir, roçando-lhe o mamilo.

— Gosta assim?

— Sim. — Os olhos dela se agitaram e fecharam. — Bem assim.

Explorando seu corpo, acompanhou a seda até a barra rendada logo abaixo da cintura. Ali havia um minúsculo recorte de seda combinando. Ele colocou a mão sobre o triângulo e viu o corpo dela arquear.

Quando ele trocou a mão pela boca, ela estremeceu.

Prazerosamente, ele explorou cada centímetro da seda antes de passar para a carne sob o tecido. Quando então terminou, percebeu que ela já estava fora de si. Mesmo quando ela ondulava embaixo dele, arranhando-o, ele manteve o controle. Queria um último presente.

— Diga agora, Shannon. — A respiração abrasava seus pulmões, os punhos brancos como ossos. — Diga agora que me ama, que você está em brasas por mim, desesperada para que eu penetre você, satisfaça você. Entre em você.

Ela ofegava, louca para que ele a levasse além daquela última e frágil passagem.

— Amo você. — Lágrimas vieram aos olhos dela quando a emoção e o desejo se misturaram. — Eu amo você, Murphy.

Ele mergulhou dentro dela, levando os dois a gemer. Cada arremetida era exigência e glória.

— Diga outra vez. — Sua voz era ardente enquanto os dois tremiam de prazer. — Diga outra vez.

— Amo você.

Quase chorando, ela enterrou o rosto no pescoço dele e o deixou despedaçá-la.

Mais tarde, depois que acendera as velas, ele a levou pelo corredor até o banheiro, onde brincaram como crianças na água quente demais, numa banheira cheia demais.

Em vez de jantarem, eles se deliciaram com o bolo de Brianna, acompanhado de cerveja, numa combinação que Shannon achou que devia ser repugnante. Parecia o néctar dos deuses.

Quando lambia os dedos, captou aquele brilho nos olhos dele. Num minuto, estavam se lançando um sobre o outro e fizeram amor selvagemente no chão da cozinha.

Exausta, ela teria adormecido ali mesmo, mas ele a fez levantar-se. Trôpegos como bêbados, cambalearam pelo corredor. Ele a levou para a sala e amaram-se outra vez sobre o tapete.

Quando conseguiu sentar-se, os cabelos estavam desgrenhados, os olhos brilhando, o corpo dolorido.

— Quantos cômodos há nesta casa?

Ele riu e lhe mordiscou o ombro.

— Você vai descobrir.

— Murphy, vamos acabar nos matando assim. — Quando a mão dele subiu por suas costelas até tomar seu seio, ela deixou escapar um suspiro trêmulo. — Topo arriscar, se você quiser.

— Esta é minha garota.

Foram quinze vezes, Shannon pensou, desmaiou sobre os lençóis emaranhados, em algum momento, na madrugada. Quinze cômodos na espaçosa casa de pedras da fazenda, e não foi por falta de vontade que não conseguiram batizar todos eles. Em algum momento, seus corpos simplesmente os traíram. Desabaram na cama e não tinham nenhum outro pensamento a não ser dormir.

Quando estava sendo levada pelo sono, sob o peso do braço de Murphy, lembrou que teriam de conversar seriamente, e logo. Tinha de explicar coisas a ele. Fazê-lo ver por que o futuro era tão mais complexo do que o presente.

Ainda que tentasse organizar seu pensamento, foi arrastada pelo sono.

E viu o homem, seu guerreiro, seu amante, no cavalo branco. Havia o brilho da armadura, o torvelinho da capa dele ao vento.

Mas, dessa vez, ele não cavalgava pelos campos em direção a ela. Cavalgava para longe.

Capítulo Vinte e Um

Murphy imaginou que fosse o amor que fizesse um homem ficar cheio de energia depois de uma hora de sono. Ordenhou as vacas, alimentou os animais, cuidou do pasto, tudo com uma canção pendurada nos lábios e passos saltitantes que fizeram o jovem Feeney rir dele.

Como sempre, havia mil coisas a fazer antes do café-da-manhã. Agradecido por ser a vez de o vizinho transportar o leite, Murphy recolheu os ovos da manhã, olhou uma das velhas senhoras do galinheiro que logo levaria para a panela e voltou para a casa.

Estava mudando a idéia que tivera mais cedo, no sentido de deixar Shannon dormir enquanto engolia uma xícara de chá e um biscoito, e voltar ao trabalho.

Parecia-lhe mais convidativo levar o chá e o biscoito para cima e fazer amor com ela, enquanto ainda estava aquecida pelo sono e entorpecida pelos sonhos.

Nunca podia esperar encontrá-la na cozinha, parada junto ao fogão com o avental que sua mãe usava, quando o visitava, amarrado na cintura.

— Pensei que estaria dormindo.

Ela olhou, sorrindo com o modo como ele tirava o boné quando entrava em casa.

— Ouvi você lá fora, rindo com o garoto que ajuda com o leite.

— Não queria acordar você. — A cozinha cheirava maravilhosamente às manhãs de sua infância. — O que está fazendo aí?

— Encontrei algum bacon e salsichas. — Espetou as últimas com o garfo. — É puro colesterol urbano, mas depois da última noite achei que você merecia.

O sorriso bobo iluminou o rosto dele.

— Está preparando o café-da-manhã para mim?

— Imaginei que estaria com fome depois de fazer tudo o que fez de madrugada, então... Murphy! — ela gritou, deixando o garfo cair quando ele a agarrou pela cintura, girando com ela. — Olhe o que está fazendo!

Colocou-a no chão, um sorriso grudado nos lábios, enquanto ela lavava o garfo, resmungando.

— Nem podia imaginar que você sabia cozinhar.

— Claro que sei cozinhar. Posso não ser uma artista na cozinha como Brie, mas sou mais do que razoável no fogão. Que é isto? — Remexeu na cesta que ele havia largado sobre a mesa quando entrara. — Deve haver três dúzias de ovos aqui. O que faz com tanto ovo?

— Uso o que preciso, troco ou vendo o resto.

Ela torceu o nariz.

— Estão imundos. Como ficam tão sujos assim?

Ele a fitou por um momento e estourou numa gargalhada.

— Ah, você é uma gracinha, Shannon Bodine.

— Tudo bem, deu para notar que foi uma pergunta estúpida. Bem, limpe-os, porque não vou tocar neles.

Ele levou a cesta para a pia e nem começava a obedecer quando, de repente, ela teve um estalo de onde vinham aqueles ovos.

— Ei. — Ela estremeceu, ao virar o bacon. — É o bastante para acabar com sua omelete. Como sabe que são apenas ovos e não vão se tornar pintinhos?

O olhar dele voltou-se para ela, querendo ter certeza de que ela não estava fazendo piada dessa vez. Cutucando a bochecha com a língua, ele lavou outra casca.

— Se eles não piarem, pode ter certeza.

— Muito engraçado. — Decidiu que era melhor ficar na ignorância. Preferia mesmo pensar em ovos como alguma coisa que se tirava de bonitas caixas de papelão no mercado. — Como você prefere?

— Como você quiser. Não sou cheio de frescuras. Você preparou o chá! — Queria ajoelhar-se aos pés dela.

— Não consegui encontrar café.

— Vou trazer, quando for à vila. Que cheiro delicioso, Shannon!

A mesa já estava posta, observou, para dois. Serviu chá para os dois, desejando ter lembrado de colher flores silvestres, que cresciam ao longo do celeiro, para ela. Sentou quando ela trouxe uma travessa para a mesa.

— Obrigado.

Havia tal submissão em sua voz que a fez sentir agulhadas de culpa e prazer.

— Não tem de quê. Nunca como salsicha — comentou enquanto se sentava. — Mas estas parecem tão gostosas!

— Devem estar mesmo fresquinhas. A Sra. Feeney as fez apenas alguns dias atrás.

— Fez?

— Claro. — Estendeu a travessa para ela se servir primeiro. — Mataram o porco que estavam engordando. — Franziu as sobrancelhas preocupado quando ela empalideceu. — Alguma coisa errada?

— Não. — Com um movimento rápido, empurrou a travessa. — Só que existem algumas coisas que não faço questão de visualizar.

— Ah! — Lançou-lhe um sorriso de desculpas. — Nem pensei nisso.

— Devia me habituar com isso. Outro dia, ouvi uma conversa de Brie com um cara sobre cordeiros na primavera. — Estremeceu, sabendo agora o que acontecia aos cordeirinhos na primavera.

— Parece chocante para você, eu sei. É apenas o ciclo das coisas. Era um dos problemas de Tom.

Concluindo que a torrada que fizera era o que havia de mais seguro, Shannon ergueu os olhos.

— É?

— Ele não conseguia criar alguma coisa para a mesa... para a sua ou para a dos outros. Quando criava galinhas, pegava os ovos numa boa, mas elas morriam mais de velhice do que por outra coisa. Era um homem de coração sensível.

— Deixou os coelhos fugirem — Shannon murmurou.

— Ah, você ouviu falar dos coelhos. — Murphy sorriu à lembrança. — Ia fazer uma fortuna com eles... até que chegou o momento crítico. Ele estava sempre atrás de fazer uma fortuna.

— Você o amava de verdade.

— Amava. Não foi um substituto para o meu pai, nem tentou ser. Não era a figura masculina que dizem que um garoto precisa na vida. Foi tanto meu pai a partir dos meus quinze anos como aquele que me criou foi antes. Estava sempre por perto. Quando estava triste, ele aparecia, me levava para uma volta nos penhascos ou para uma viagem a Galway com as meninas. Segurou minha cabeça na primeira vez em que tomei um pileque de uísque. E quando tive minha primeira mulher, eu...

Deteve-se subitamente, muito atento ao que comia.

Shannon levantou uma sobrancelha.

— Ah, não pare agora. O que aconteceu quando teve sua primeira mulher?

— O que normalmente acontece, suponho. Esse café-da-manhã está maravilhoso, Shannon.

— Não mude de assunto. Quantos anos tinha?

Ele lançou-lhe um olhar magoado.

— Não me parece muito correto conversar sobre isso com a mulher com quem se está dividindo o desjejum.

— Covarde.

— Certo — concordou cordialmente, e encheu de ovos a boca agitada.

— Vamos lá, Murphy. — A risada dela sumiu. — Gostaria mesmo de saber o que ele disse a você.

Como era tão importante para ela, ele enfrentou o constrangimento.

— Eu era... eu fui...

— Não precisa me contar essa parte. — Sorriu para acalmá-lo. — Pelo menos por enquanto.

— Depois... — ele contou, aliviado por ter pulado a primeira parte. — Estava me sentindo orgulhoso... viril, acho que seria a palavra correta para se dizer. E mais confuso do que um macaco com três caudas. Culpado, morrendo de medo de ter engravidado a garota, porque tinha sido impetuoso demais... jovem e estúpido — corrigiu — por não ter pensado naquilo antes. Então estava sentado lá fora, no muro, por um lado imaginando quando eu podia voltar e fazer toda a coisa outra vez, e por outro lado esperando que Deus me castigasse por ter feito aquilo, em primeiro lugar. Ou que mamãe descobrisse e fizesse o serviço mais rápido e com menos piedade do que Deus teria feito.

— Murphy. — Ela enterneceu-se e mordeu uma fatia de bacon. — Você é tão doce.

— Eu diria que é um momento importante na vida de um homem tanto quanto o é na vida de uma mulher. De qualquer forma, eu estava lá sentado pensando em coisas que você pode imaginar, e Tom apareceu. Sentou-se perto de mim e não falou nada por algum tempo. Apenas ficou lá sentado, olhando para os campos. Devia estar escrito na minha cara tudo o que tinha acontecido. Ele passou um braço pelos meus ombros. "Você se tornou homem", disse, "e está orgulhoso disso. Mas precisa mais do que ganhar uma garota gostosa para se tornar um homem. Precisa de responsabilidade."

Murphy sacudiu a cabeça e pegou o chá.

— Eu estava nervoso, achando que teria que casar com ela, eu só tinha dezessete anos e não era mais apaixonado por ela como ela era por mim. E lhe disse isso. Ele apenas concordou, não me repreendendo nem censurando. Ele me disse que, se Deus e o destino fossem bondosos, eu me lembraria daquilo e teria mais cuidado na próxima vez. "Haverá uma próxima vez", disse, "porque um homem não pára nesse caminho delicioso depois que começa. E uma mulher é uma coisa maravilhosa para se conquistar e para se ter. A mulher certa, quando você a encontrar, é mais do que a luz do sol. Espere por ela, Murphy, e, enquanto estiver sentindo o aroma daquelas flores doces ao longo do caminho, trate delas com carinho e afeição e não machuque suas pétalas. Se amar com bondade, mesmo quando não puder amar para sempre, você merecerá aquela que está esperando, ao longo do caminho, por você."

Shannon levou um momento para recuperar a voz:

— Todos dizem que ele queria ser poeta, mas não encontrava as palavras certas. — Apertou os lábios. — Isso soa como algo que ele tenha feito por mim.

— Ele as tinha, quando era importante — Murphy disse brandamente. — Sempre faltavam quando era para ele. Tinha tristeza nos olhos, que transparecia quando não sabia que alguém estava olhando.

Shannon fixou as próprias mãos. Eram as mãos da mãe, estreitas, dedos longos. E tinha os olhos de Tom Concannon. Ficava imaginando o que mais teriam dado a ela.

— Faria uma coisa por mim, Murphy?

— Faria qualquer coisa por você.

Ela sabia, mas bem agora não se permitia pensar nisso.

— Você me levaria até Loop Head?

Ele levantou-se, tirou os pratos da mesa.

— Vai precisar da jaqueta, querida. O vento é forte lá.

Ela imaginava quantas vezes Tom Concannon teria percorrido aquele caminho pela estrada estreita e sinuosa que cortava os campos. Viu os pequenos abrigos de pedra sem telhados, um bode amarrado pastando na grama selvagem. Havia um letreiro pintado ao lado de um prédio branco, avisando que era a última parada para uma cerveja antes de Nova York. Isso quase a fez rir.

Quando ele estacionou o caminhão, ela viu, com alívio, que ninguém mais viera ver os penhascos e o mar naquela manhã. Estavam sozinhos, com o gemido do vento, as pedras escarpadas e o rumor da rebentação. E o sussurro dos fantasmas.

Caminhou com ele pela faixa de areia que cortava a grama alta até a borda da Irlanda.

O vento a chicoteava, algo poderoso soprando sobre as águas escuras e a rebentação. O ribombar daquilo era maravilhoso. Ao norte podia ver os Penhascos de Moher e a ainda encoberta Ilha Aran.

— Eles se conheceram aqui. — Entrelaçou os dedos nos de Murphy, quando ele a pegou pela mão. — Minha mãe me contou, no dia em que entrou em coma, como se encontraram aqui. Estava chovendo, fazia frio e ele estava sozinho. Ela se apaixonou por ele aqui. Soube que ele era casado, tinha filhos. Sabia que era errado. Foi errado, Murphy. Não consigo sentir diferente.

— Não acha que pagaram por isso?

— Sim, acho que pagaram. Demais até. Mas isso não... — interrompeu-se, firmando a voz: — Era mais fácil quando eu não acreditava que ele a amava. Quando não podia pensar nele como um homem bom, como um pai que teria me amado, se as coisas tivessem sido diferentes. Tive um que me amou — disse ferozmente. — E nunca vou me esquecer disso.

— Você não precisa amar menos um para abrir um pouquinho seu coração para outro.

— Isso me faz sentir desleal. — Sacudiu a cabeça antes que ele pudesse falar. — Não interessa se não é lógico sentir isso. Eu sinto. Não quero os olhos de Tom Concannon, não quero seu sangue, não quero... — Apertou a mão sobre a boca e deixou as lágrimas rolarem. — Perdi alguma coisa, Murphy, no dia em que ela me contou. Perdi a imagem, a ilusão, aquele espelho liso e puro que refletia minha família. Está partido e agora há todos esses pedaços e beiradas e todas aquelas pontas por cima, quando são colocados juntos.

— Como se vê nele agora?

— Com diferentes pedaços dispersos e conexões de que não posso escapar. E tenho medo de nunca voltar a ter o que tinha. — Olhos desolados, ela virou para ele. — Ela perdeu a família dela por minha causa, enfrentou a vergonha e o medo de ficar sozinha. E por minha causa casou com um homem que não amava. — Shannon afastou as lágrimas com as costas da mão. — Sei que aprendeu a amá-lo com o tempo. Um filho percebe isso... pode sentir no ar, do mesmo modo como pode sentir uma briga que os adultos pensam que conseguem esconder de você. Mas ela nunca esqueceu Tom Concannon, nunca fechou o coração a ele ou esqueceu o que sentiu quando caminhou por estes penhascos na chuva e o viu.

— E você queria que ela tivesse esquecido.

— Sim, queria. E me odeio por isso. Porque, quando quero isso, sei que não estou pensando nela, nem no meu pai. Estou pensando em mim.

— Você é tão severa consigo mesma, Shannon. Me magoa muito perceber isso.

— Não, não sou. Você não tem idéia da vida fácil, quase perfeita que eu tinha. — Olhou o mar outra vez, os cabelos esvoaçando no rosto. — Pais que me satisfaziam em quase tudo o que eu queria. Que acreditavam em mim e me respeitavam tanto quanto me amavam. Queriam que eu tivesse o melhor, e viram que tive. Boas casas em boas vizinhanças, boas escolas. Nunca fui privada de nada, emocional ou materialmente. Deram-me uma base sólida e permitiram que eu fizesse minhas próprias escolhas sobre como usá-las. Agora, estou zangada porque há uma falha nessa base. E essa zanga é como virar as costas para tudo o que fizeram por mim.

— Isso é um absurdo e já é hora de você parar. — Firme, ele a pegou pelos ombros. — Foi a raiva que fez você vir aqui, onde tudo começou, sabendo o quanto seria difícil para você enfrentar isso? Sabe que ele morreu aqui, e mesmo assim quis enfrentar, não quis?

— Sim. E é doloroso.

— Eu sei, querida. — Trouxe-a para perto. — Sei que dói. O coração precisa se partir um pouco para abrir espaço.

— Quero entender. — Era tão reconfortante descansar a cabeça no ombro dele. As lágrimas não queimavam mais e a angústia no coração diminuía. — Seria mais fácil aceitar se entendesse por que todos haviam feito as escolhas que fizeram.

— Acho que você entende mais do que supõe. — Ele virou-se para que pudessem voltar a olhar o mar, o rumor e a interminável sinfonia das ondas contra as rochas. — É lindo aqui. Na margem do mundo. — Beijou os cabelos dela. — Um dia, você vai trazer suas telas para pintar o que vê, o que sente.

— Não sei se posso. São muitos fantasmas.

— Você desenhou as pedras. Lá também há fantasmas, e estão tão perto de você quanto esses.

Se era dia de coragem, ela enfrentaria o que perguntaria a ele. Ela recuou.

— O homem e o cavalo branco, a mulher no campo. Você os vê?

— Vejo. Nebulosamente quando era garoto, mais claramente quando achei o broche. Mais claro ainda desde que você pisou na cozinha de Brianna e olhou para mim com olhos que eu já conhecia.

— Os olhos de Tom Concannon.

— Sabe o que quero dizer, Shannon. Estavam frios, então. Eu já os tinha visto desse jeito antes. E os vi agitados, com raiva e desejo. E os vi chorando e rindo. E os vi mergulhados em visões.

— Acredito — disse cuidadosamente — que as pessoas podem tornar-se suscetíveis ao lugar, à atmosfera. Há muitas pesquisas... — Parou, bruscamente, quando os olhos dele brilharam nos dela. — Muito bem, vamos esquecer a lógica por enquanto. Eu senti... sinto... algo no círculo de dança. Algo estranho e familiar. E tenho tido uns sonhos desde a primeira noite que vim à Irlanda.

— Isso a deixa nervosa. A mim também deixou, por um tempo.

— Sim, me deixa nervosa.

— Há uma tormenta — ele começou, tentando não apressá-la.

— Às vezes. O raio é frio, como uma lança de gelo contra o céu, e o chão está coberto de geada. Então é possível ouvir o galope do cavalo antes de vê-lo e o cavaleiro.

— E o vento lhe esvoaça os cabelos, enquanto ela espera. Ele a vê e o coração bate tão forte quanto os cascos do cavalo no chão.

Apertando os braços em torno de si mesma, Shannon virou-se. Era mais fácil olhar para o mar.

— Outras vezes, há fogo em um pequeno cômodo escuro. Ela está banhando o rosto dele com uma toalha. Ele delira, queimando em febre por causa dos ferimentos.

— Ele sabe que está morrendo — Murphy falou pausadamente. — Tudo o que tem para prendê-lo à vida é a mão dela, o cheiro dela, o som da voz que o acalma.

— Mas ele não morre. — Shannon suspirou longamente. — Eu os vi fazendo amor, junto ao fogo, no círculo de dança. É como ver e ser tomada ao mesmo tempo. Acordo agitada, e tremendo, e desejando você. — Voltou-se para ele, e então ele viu a expressão que vira antes nos olhos dela, a fúria queimando neles. — Não quero isso.

— Diga o que fiz para seu coração voltar-se contra mim.

— Não é contra você.

Mas ele segurou os braços dela, um olhar insistente.

— Diga-me o que fiz.

— Não sei. — Ela gritou, amargurada, e agarrou-se a ele. — Não sei. E se soubesse, de algum modo, não poderia lhe dizer. Esse não é o meu mundo, Murphy. Não é real para mim.

— Mas você está tremendo.

— Não posso falar sobre isso. Não quero pensar nisso. Isso torna as coisas mais insanas e impossíveis do que já são.

— Shannon...

— Não. — Tomou a boca dele num beijo desesperado.

— Isto não vai ser sempre suficiente para acalmar nenhum de nós.

— É suficiente agora. Leve-me de volta, Murphy. Leve-me de volta e deixaremos que seja suficiente agora.

Pedidos não a fariam mudar de idéia. Não quando se achava tão perto dos seus medos. Incapaz de fazer outra coisa, ele a manteve em seus braços e a levou para o caminhão.

Gray viu o caminhão vindo quando voltava para a pousada e o saudou. No minuto em que se aproximou da janela de Shannon, pôde sentir a tensão. E pôde ver facilmente, embora ela tivesse feito o máximo para disfarçar, que ela andara chorando.

Lançou a Murphy um olhar inquisidor, exatamente do tipo que um irmão dirigiria a alguém que deixara sua irmã infeliz.

— Estou vindo da sua casa. Brianna ficou preocupada, quando não atendeu o telefone.

— Fomos dar uma volta — Shannon informou. — Pedi a Murphy que me levasse a Loop Head.

— Ah. — Aquilo explicava quase tudo. — Brie queria que fôssemos à galeria. Todos nós.

— Quero ir sim. — Pensou que a viagem podia dispersar a depressão. — Você pode? — perguntou a Murphy.

— Tenho que resolver algumas coisas. — Podia ver que a desapontaria se inventasse uma desculpa, e que de qualquer forma ela não conversaria com ele agora. — Daria para esperar por uma hora ou duas?

— Claro. Vamos levar Maggie e o pestinha conosco. Rogan já está lá. Venha logo que estiver pronto.

— Preciso me trocar — Shannon disse rapidamente. Já estava abrindo a porta, quando olhou para Murphy. — Vou esperar por você aqui, combinado?

— Está bem. Não mais do que duas horas. — Acenou com a cabeça para Gray e partiu.

— Manhã difícil? — Gray perguntou.

— Em muitos sentidos. Parece que não consigo falar com ele sobre o que vai acontecer depois. — Ou sobre o que aconteceu antes, admitiu para si mesma.

— O que vai acontecer depois?

— Preciso voltar, Gray. Já devia ter voltado há uma semana. — Apoiou-se nele quando ele passou um braço pelo seu ombro e olhou para o vale. — Meu emprego está esperando.

— Você está entre a cruz e a espada. Já passei por isso. Não há como escapar dessa sem algumas seqüelas. — Conduziu-a pelo portão, seguindo pela trilha até os degraus. — Se eu perguntasse a você o que quer na vida, para a sua vida, seria capaz de responder?

— Não tão facilmente como poderia um mês atrás. — Sentou-se com ele, observando as flores. — Acredita em visões, Gray?

— É quase uma viagem.

— Acho que é, e uma pergunta que nunca imaginei fazer a alguém. — Ela voltou-se para examiná-lo agora. — Estou perguntando a você porque é americano. — Quando o riso dele sumiu, o dela o acompanhou. — Sei como soa, mas me escute. Você fez a sua casa aqui, na Irlanda, mas ainda é americano. Você ganha a vida criando ficção, contando histórias, mas faz isso com equipamentos modernos. Há um fax no seu escritório.

— Sim, isso faz toda a diferença.

— Significa que é um homem do século XX, um homem antenado, que conhece e utiliza a alta tecnologia.

— Murphy tem uma máquina de ordenhar topo de linha — Gray observou. — O novo trator dele é o que a melhor tecnologia moderna fabrica.

— E ele corta sua própria turfa — Shannon concluiu, rindo. — E o sangue dele está repleto do misticismo celta. Você não pode dizer que essa parte dele não acredita em fadas.

— Ok, diria que Murphy é uma combinação fascinante da Irlanda antiga e moderna Então sua pergunta é se acredito em visões. — Esperou um minuto. — Completamente.

— Ah, Grayson. — Frustrada, levantou-se de um pulo, deu dois passos pela trilha e voltou. — Como pode ficar aí sentado, usando Nike e um Rolex e dizer que acredita em visões?

Ele olhou para os tênis.

— Gosto de Nike, e o relógio marca bem a hora.

— Sabe muito bem o que quero dizer. Você não vai ter nenhum problema para entrar no século XXI, mesmo que fique sentado aí dizendo que acredita em absurdos do século XV.

— Não acho que é absurdo. E também não acredito que esteja preso no século XV. Acho que remonta a um todo, anos atrás, e continuará por vários milênios ainda.

— E provavelmente acredita em fantasmas também, e em reencarnação, e em sapos que se transformam em príncipes.

— Sim. — Ele riu, tomou a mão dela e a fez sentar outra vez. — Não deve fazer uma pergunta quando sabe que a resposta vai deixar você chateada. — Quando ela apenas bufou, brincou com os dedos dela. — Sabe, quando vim a esta parte da Irlanda, não tinha a intenção de ficar. Iria passar só uns seis meses, escrever o livro e ir embora. Era assim que trabalhava e vivia. Obviamente Brianna é o principal motivo da mudança. Mas há mais. Reconheci este lugar.

— Ah, Gray — ela disse outra vez.

— Caminhava pelos campos, uma manhã, e vi as pedras verticais. Elas me fascinaram e senti algo, uma força que não me surpreendeu em nada.

A mão dela tornou-se tensa na dele.

— Você quer dizer...

— Isto. Eu andava pela estrada ou ia até os penhascos, caminhava pela vila, vagava em torno das ruínas, dos cemitérios. Eu me sentia conectado, e nunca senti essa conexão com nada ou ninguém antes. Não tive visões, mas sabia que estivera aqui antes e devia voltar.

— E isso não lhe dá arrepios.

— Me assustou à beça — disse alegremente. — Tanto quanto ficar apaixonado por Brianna. O que mais a está assustando, companheira?

— Não sei. Tenho esses sonhos.

— Como disse antes. Vai me contar sobre eles, desta vez?

— Tenho que contar a alguém. Sempre que começo a falar sobre isso com Murphy, fico... em pânico. Como se alguma coisa me segurasse. Não sou do tipo histérica, Gray, do tipo que fantasia. Mas não posso ignorar isso.

Ela começou lentamente, contando a ele sobre o primeiro sonho, os detalhes, as emoções. As palavras vinham facilmente agora, sem o nó na garganta que engolia cada vez que tentava falar sobre isso com Murphy.

Entretanto, sabia que havia mais, alguma peça, alguma ligação final, que parte dela estava bloqueando.

— Ele tem o broche — ela concluiu. — Murphy tem o broche que vejo nos meus sonhos. Ele o achou no círculo de pedras, quando era menino, e diz que começou a ter os mesmos sonhos.

Fascinado, e com parte da mente filtrando serenamente os fatos e imagens para uma história, ele assoviou.

— Isso tudo é muito forte.

— Não precisa me dizer isso. Sinto como se carregasse uma tonelada nas costas.

Ele estreitou os olhos.

— Eu disse forte, não assustador. Certamente não ameaçador.

— Bem, eu me sinto ameaçada. Não gosto disso, de ter meu inconsciente invadido. E esse sentimento desagradável de que devo consertar algo que tenha saído errado não combina comigo. Gray, quando vejo um mágico desaparecer numa nuvem de fumaça, sei que é uma ilusão. Posso gostar, me distrair se a mágica for bem-feita, mas estou completamente consciente de que é um truque.

— Entre a cruz e a espada outra vez, camarada. Lógico contra ilógico. Razão contra emoção. Já pensou em relaxar e apenas ver qual lado vence?

— Já pensei em procurar um analista — resmungou. — E estou dizendo a mim mesma que os sonhos vão sumir tão logo eu volte a Nova York e à rotina a que estou acostumada.

— E tem medo de que não parem.

— Sim, tenho medo de que não parem. E tenho muito medo de que Murphy não entenda por que tenho que ir.

— Você entende? — Gray perguntou calmamente.

— Racionalmente, sim. E também racionalmente posso entender minhas ligações aqui. Com Murphy, com todos vocês. Sei que terei de voltar, que nunca vou desfazer os laços, nem vou querer isso. Mas sei também que a vida para a qual estou voltando nunca mais será a mesma que eu tinha antes. Mas não posso consertar sonhos, Gray, e não posso ficar e deixar minha vida ir seguindo. Nem mesmo por Murphy.

— Quer um conselho?

Ela levantou as mãos e deixou-as cair.

— Droga, vou aceitar o que posso ter.

— Pense no que vai ter quando voltar e no que está deixando para trás. Faça uma lista se isso ajuda o lado racional. E depois de ter pesado um e outro, veja para que lado a balança pende.

— Um conselho nada original. Mas não é má idéia. Obrigada.

— Espere até receber minha conta.

Ela riu, inclinando a cabeça para o ombro dele.

— Amo você de verdade.

Perturbado e satisfeito, colou um beijo na testa dela.

— Sinto o mesmo.

Capítulo Vinte e Dois

Shannon não poderia ter ficado mais encantada com a Galeria Worldwide em Clare. Era um solar ao mesmo tempo surpreendente e majestoso. Quando saíram do caminhão para admirar os jardins, Murphy lhe disse que eram projeto de Brianna.

— Ela só não plantou cada muda — continuou — porque não tinha tempo suficiente para vir todos os dias com sua enxada e seus potes. Mas ela definiu a posição de cada dália e roseira.

— Outro assunto de família.

— Sim, é. Rogan e Maggie trabalharam com o arquiteto no projeto da casa, examinando cada detalhe. Houve discussões aqui — ele lembrou, tomando a mão de Shannon, quando Gray estacionou ali perto. — É um trabalho de amor para todos eles.

Shannon observou os carros já parados no estacionamento.

— Parece que está funcionando muito bem.

— O presidente da Irlanda já esteve aqui. — Havia admiração na voz dele e orgulho. — Duas vezes, e comprou uma das peças de Maggie, além de outras. Não é pouca coisa ter um sonho e torná-lo realidade.

— Não mesmo.

Entendia o que estava por trás das palavras dele e agradeceu quando Brianna e os outros se juntaram a eles.

— Vai ficar com as mãos nos bolsos, Liam Sweeney — Maggie avisou. — Ou vou algemar você. — Não acreditando que só ameaça fosse suficiente, ela o pegou no colo. — O que está achando, Shannon?

— É linda, e tão esplêndida quanto as de Dublin e Nova York.

— Aqui é um lar — disse simplesmente e carregou Liam para a entrada.

Shannon sentiu o aroma das flores, das rosas, a fragrância flutuante das peônias, o perfume da grama cortada, que era grossa como veludo. Quando entraram, viu que era realmente um lar, mobiliado com cuidado e com a graça hospitaleira da elegância.

Havia telas na parede do hall principal, talentosos retratos a lápis que celebravam os rostos e os humores do povo irlandês. Na sala da frente, estavam aquarelas românticas que combinavam com os canapés curvos e com os tons suaves da peça. Havia incomparáveis esculturas em vidro de Maggie e também um busto de uma mulher jovem, esculpido em alabastro, e pequenos duendes sagazes pintados em madeira brilhante. Um tapete feito à mão de um azul intenso enfeitava o chão e uma manta grossa cobria o encosto do sofá.

Havia flores frescas nesta manhã, em vasos de vidro brilhante e de cerâmica.

Teve um choque ao ver a própria tela na parede. Deslumbrada, aproximou-se, observando uma de suas aquarelas, a de Brianna.

— Estou tão orgulhosa de que ela esteja aqui — Brianna disse ao lado dela. — Maggie me falou que Rogan escolhera três, mas não disse que esta era uma delas.

— Três? — Algo cresceu no peito de Shannon, fazendo seu coração disparar.

Maggie aproximou-se, lutando com Liam, inquieto, em seus braços.

— A princípio, ele só usaria uma, *A Dança,* mas decidiu expor as outras apenas por alguns dias. Queria provocar um pouco a clientela. Dar a eles uma vaga idéia do que virá em sua exposição de outono e iniciar um burburinho. Ele já teve uma oferta para *A Dança.*

— Uma oferta? — Agora o que quer que estivesse crescendo dentro de Shannon parou em sua garganta. — Alguém quer comprar?

— Acho que ele falou em duas mil libras. Ou talvez três. — Ela encolheu os ombros, enquanto Shannon a fitava. — Claro que ele quer o dobro.

— O dobro... — Ela engasgou. Então, certa de que tinha entendido a piada, sacudiu a cabeça. — Você quase me pegou.

— Rogan é bem ambicioso. — Maggie disse com um sorriso. — Estou sempre dizendo a ele que cobra preços abusivos, e ele se delicia provando que estou errada, conseguindo o que quer. Se ele quiser seis mil libras por ela, garanto a você que acaba conseguindo.

A parte racional do cérebro de Shannon calculou o câmbio em dólares americanos. Já a artista estava confusa e aflita.

— Tudo bem, cara. — Maggie disse ao inquieto Liam. — É a vez do papai. — Saiu com ele, deixando Shannon olhar fixamente para a tela.

— Quando eu vendi o potro — Murphy começou numa voz calma —, me partiu o coração. Ele era meu, sabe? — Sorriu um pouco quando Shannon olhou para ele. — Eu tinha acompanhado o parto da égua e assistido à primeira mamada. Treinei-o para a liderança e sofri quando machucou o joelho. Mas tinha que vendê-lo e, na minha cabeça, sabia disso. Não se pode estar no negócio de cavalos sem fazer negócios. Mesmo assim, partiu meu coração.

— Nunca vendi nada do que pintei. Já dei como presente, mas não é a mesma coisa. — Respirou fundo. — Não sabia que podia me sentir desse jeito: excitada, subjugada e incrivelmente triste.

— Talvez ajude saber que Gray já disse a Rogan que vai esfolá-lo vivo se vender a sua *Brianna* para alguém mais que não ele.

— Eu teria dado a eles.

Murphy aproximou-se mais dela e sussurrou:

— Fale baixo, Rogan tem um ótimo ouvido.

Aquilo a fez rir e deixou que ele lhe pegasse a mão e a levasse à sala seguinte.

Levou mais de uma hora até ser persuadida a passar do primeiro piso para o segundo. Havia tanto para ver, e admirar, e desejar. A primeira coisa que avistou na sala do andar de cima foi uma longa e sinuosa peça em vidro que sugeria a forma de um dragão. Podia ver o abrir das asas, o brilho iridescente delas, a curva do pescoço, o ângulo feroz da cabeça e a amplidão da cauda.

— Tenho que ter este.

Possessivamente correu os dedos ao longo do corpo em espiral. Trabalho de Maggie, naturalmente. Shannon não precisou ver o M. M. gravado na base da cauda para saber.

— Vai me deixar comprar para você.

— Não. — Estava decidida quando se virou para Murphy. — Há mais de um ano que anseio por uma peça dela e sei exatamente quanto Rogan quer por ela. Posso pagar agora. Apenas isto. Entendeu, Murphy?

— Você aceitou os brincos. — E os estava usando, ele viu com prazer.

— Sei disso, e é gentil de sua parte oferecer. Mas é importante para mim comprar alguma coisa da minha irmã.

A teimosia nos olhos dele desapareceu.

— Bem, se é assim, fico feliz.

— Eu também. Muito feliz. — Os lábios dela se curvaram quando os dele se aproximaram.

— Desculpem — Rogan falou da porta. — Estou interrompendo.

— Não. — Ela caminhou até ele, mãos estendidas. — Não tenho como lhe dizer o que estou sentindo ao ver meu trabalho aqui. Nunca imaginei uma coisa assim. Algo que minha mãe sempre quis. — Manteve as mãos dele entre as suas enquanto o beijava. — Obrigada por fazer um sonho dela se tornar realidade.

— É mais do que um prazer. E estou confiante de que continuará sendo, para nós dois, daqui para a frente. — Notou a hesitação dela e mudou de assunto: — Brianna já foi para a cozinha. Não se pode mantê-la afastada de uma. Quer tomar um chá?

– - Comecei a ver este andar e realmente gostaria de um minuto de seu tempo.

— Rogan, achei você. — Com um sorriso satisfeito no rosto, Maggie surgiu. — Deixei Liam com Gray. Disse-lhe que seria um bom treino para quando Kayla começar a andar e não parar de correr. —

Pendurou-se no braço de Rogan. — Brianna já fez o chá, e Deus a abençoe, trouxe uma lata de biscoitos de casa.

— Já estou indo para lá. — Acariciou-lhe a mão distraidamente. — Quer ir até o escritório, Shannon?

— Não, não é necessário. Gostaria de falar com você a respeito do dragão.

Não foi necessário que ela apontasse a escultura.

— *Sopro de Fogo*, de Maggie — ele disse com um aceno. — É excepcional.

— Claro que é — Maggie replicou. — Queimei minhas pestanas nele. Tive que recomeçar três vezes, até que ficasse bom.

— Eu o quero. — Shannon era uma excelente negociante. Pechinchava com os melhores deles no distrito dos diamantes, nas pequenas galerias do Soho. Mas dessa vez suas habilidades não ajudavam muito ante a força do puro desejo. — Gostaria de comprá-lo e que você o enviasse para mim em Nova York.

Ninguém, exceto Maggie, observou que Murphy ficara súbita e completamente imóvel.

— Sei. — Refletindo, Rogan manteve os olhos fixos no rosto de Shannon. — É um de seus trabalhos mais excepcionais.

— Sem discussão. Vou preencher o cheque.

Maggie desviou os olhos de Murphy e aprumou os ombros para a batalha.

— Rogan, eu não...

Divertiu Shannon ver Maggie mergulhar em silêncio quando Rogan simplesmente levantou uma das mãos.

— Artistas tendem a manter uma ligação emocional com as suas obras — disse suavemente, enquanto a esposa o olhava. — Razão pela qual precisam de um parceiro, alguém com cabeça para os negócios.

— Imbecil — Maggie resmungou. — Sanguessuga. Malditos contratos. Ele ainda me faz assiná-los, como se eu não lhe tivesse dado um filho e estivesse com outro no ventre.

Ele apenas a olhou.

— Terminou? — perguntou, e então continuou antes que ela pudesse xingá-lo: — Como parceiro de Maggie, falarei em nome dela. Gostaríamos que o aceitasse como um presente.

Quando Shannon começou a protestar, Maggie explodiu, perplexa:

— Rogan Sweeney, nunca na vida esperei ouvir tal coisa de sua boca. — Depois de irromper numa gargalhada, segurou o rosto dele com ambas as mãos, beijando-o longamente. — Amo você. — Ainda rindo, virou-se para Shannon. — Não ouse discutir — ordenou. — Para mim, é um momento de grande admiração e orgulho em relação ao homem com quem casei. Então apertem as mãos pelos negócios antes que ele volte ao seu senso de ganância normal.

Sem ter escapatória diante da delicadeza, Shannon fez o que ela pediu.

— É muito generoso. Obrigada. Acho que vou querer aquele chá agora, e me gabar, antes de terminar o tour.

— Vou descer com você. Maggie? Murphy?

— Vamos em seguida.

Maggie enviou-lhe um sinal rápido e silencioso, e esperou até que o eco dos passos sumisse. Achou melhor não falar nada naquele momento e simplesmente passou os braços em volta de Murphy.

— Ela não percebeu o que estava dizendo — Maggie começou. — Sobre enviar a peça para Nova York.

Aquilo era o pior de tudo, ele pensou, fechando os olhos e absorvendo a dor profunda e arrasadora. — Porque para ela isso é automático. Ir embora.

— Você quer que ela fique. Tem que lutar.

As mãos dele se fecharam em punhos apertados nas costas dela. Podia lutar com isso, se o inimigo fosse de carne e osso. Mas era intangível, tão impalpável quanto um fantasma. Um lugar, uma idéia fixa, uma vida que ele não podia mesmo captar com a mente.

— Não desisti — ele falou calmamente, mas com uma intensidade contida que deu esperança a Maggie. — E, por Deus, ela também não.

Não perguntou se ela iria para a fazenda com ele, simplesmente dirigiu para lá. Quando desembarcaram do caminhão, não a levou para dentro da casa, mas em torno dela.

— Tem alguma coisa para fazer com os animais?

Ela olhou para os pés dele. Não usava suas botas, mas sapatos que guardava para ir à igreja ou à cidade.

— Mais tarde.

Ele estava distraído. Percebera isso durante a viagem de volta de Ennistymon. Preocupava-se que ainda estivesse pensando no que tinham dito um ao outro em Loop Head. Havia obstinação sob aquelas águas calmas, assim como sempre havia uma onda ardente de paixão movendo-se sob a superfície. O pânico a arrepiava diante da idéia de que ele podia insistir para que falassem sobre os sonhos outra vez.

— Murphy, posso ver que está chateado. Não podemos deixar isso de lado?

— Já deixei isso de lado por muito tempo.

Ele podia ver os cavalos pastando. Tinha um comprador para o potro baio, aquele que estava lá parado agora, tão orgulhoso. E sabia que teria de desistir dele.

Mas havia coisas das quais um homem jamais desiste.

Podia sentir o nervosismo na mão dela, a tensão que deixou todo o seu corpo rígido, quando a levou ao círculo de pedras. Então a deixou afastar-se, encarando-a sem tocá-la.

— Tinha que ser aqui. Você sabe.

Embora sentisse o coração acelerar, ela o encarou.

— Não sei o que quer dizer.

Ele não tinha um anel. Sabia o que desejava para ela, o *cladda*, anel irlandês com coração, mãos e coroa. Mas, por enquanto, tinha só a si mesmo.

— Amo você, Shannon, tanto quanto um homem pode amar alguém. Digo isso a você aqui, em solo sagrado, enquanto o sol brilha entre as pedras.

Agora o coração dela se confrangeu, de amor e tensão. Podia ver o que estava nos olhos dele e sacudiu a cabeça, mesmo sabendo que nada o faria parar.

— Estou pedindo que case comigo. Que me deixe partilhar de sua vida, que você partilhe da minha. E peço isso aqui, em solo sagrado, enquanto o sol brilha entre as pedras.

A emoção brotou a ponto de sentir que poderia ser tragada por ela.

— Não me peça isso, Murphy.

— Já pedi. Mas você não respondeu.

— Não posso. Não posso fazer o que está pedindo.

Os olhos dele se incendiaram, raiva e dor brilhavam ali, como se houvesse um sol dentro dele.

— Você pode fazer qualquer coisa que escolha fazer. Diga que não quer, seja honesta.

— Muito bem, não quero. E fui honesta, desde o princípio.

— Não foi mais honesta comigo do que com você mesma — ele disparou. Sangrava de centenas de ferimentos e nada podia fazer para estancar.

— Foi sim. — Só podia enfrentar raiva com raiva, dor com dor. — Desde o início, disse a você que não havia nenhuma corte, nenhum futuro, e nunca fingi outra coisa. Dormi com você — disse, a voz crescendo em pânico — porque o desejava, mas isso não significa que mudaria tudo por sua causa.

— Você disse que me amava.

— E amo você — retrucou furiosa. — Nunca amei ninguém como amo você. Mas isso não é o bastante.

— Para mim é mais do que o bastante.

— Bem, não para mim. Não sou você, Murphy. Não sou Brianna, não sou Maggie. — Atirou-se para fora dali, lutando contra a vontade de bater com as mãos nas pedras até sangrarem. — O que quer que tenha sido tirado de mim quando minha mãe contou quem eu era, estou tomando de volta. Vou levar de volta. Tenho uma vida.

Olhos sombrios e agitados, ela voltou-se para ele.

— Pensa que não sei o que quer? Vi seu rosto quando chegou hoje cedo e me viu preparando seu café-da-manhã. É o que você quer, Murphy, uma mulher que cuide de sua casa, receba você na cama, tenha seus filhos e se contente, ano após ano, com jardins, uma vista do vale e um fogo de turfa.

Ela dilacerava sua alma.

— E essas coisas não estão à sua altura.

— Não são para mim — ela retrucou, recusando-se a deixar que as palavras amargas a ferissem. — Tenho uma carreira que já abandonei por tempo suficiente. Tenho um país, uma cidade, um lar para onde voltar.

— Você tem um lar aqui.

— Tenho uma família aqui — disse pausadamente. — Tenho pessoas que significam muito para mim aqui. Mas isso não faz um lar.

— O que impede isso? — ele perguntou. — O que a impede? Acha que quero você para preparar minha comida e lavar minhas camisas sujas? Há anos faço isso muito bem, e ainda posso continuar fazendo. Não dou a mínima se você nunca levantar a mão para fazer nada. Posso contratar empregadas, se for o caso. Não sou um pobretão. Você tem uma carreira. Quem está impedindo que a tenha? Pode pintar da madrugada até o anoitecer, e eu só teria orgulho de você.

— Você não está me entendendo.

— Não, não estou. Não estou entendendo como pode me amar, e eu a você, e mesmo assim ir embora daqui e para longe de mim. Que acordo você deseja fazer? Só tem que dizer.

— Que acordo? — ela gritou, pois a intensidade da carência dele dilacerava seu coração. — Não há nenhum acordo aqui, Murphy. Não estamos falando em fazer alguns ajustes. Não é questão de mudar para uma casa nova ou se deslocar para uma cidade diferente. Estamos falando de continentes, mundos. E o abismo que há entre o seu e o meu. Não estamos falando de horários para dividir tarefas. Trata-se de desistir de algo por alguma coisa inteiramente diferente. Nenhuma mudança para você, e todas as mudanças para mim. É demais pedir isso.

— Na verdade, está se fazendo de cega àquilo.

— Não dou a mínima para sonhos, fantasmas ou espíritos infelizes. Estou falando de mim, em carne e osso — disse, desesperada para convencer a ambos. — É o aqui e agora. Dou a você tudo o que posso e não quero machucá-lo. Mas quando me pede mais não tenho outra escolha.

— Não tem outra escolha. — Ele recuou. Os olhos eram frios agora, a perturbação apenas se insinuando sob o azul gelado. — Está me dizendo que você vai embora, mesmo depois do que descobrimos juntos, sabendo o que sente por mim, vai para Nova York e vai viver alegremente sem tudo isso.

— Vou viver como tenho que viver, como sei viver.

— Vai levar seu coração para longe de mim, e isso é uma crueldade.

— Crueldade? Acha que não está me magoando ao exigir que eu escolha entre minha mão direita e a esquerda? — Sentindo-se repentinamente congelar até os ossos, passou os braços em torno do corpo. — Ah, é tão fácil para você. Dane-se, Murphy! Não tem nada para arriscar, nem a perder. Dane-se! — repetiu, e seus olhos, nada brilhantes e amargos, nem pareciam os dela. — Não vai encontrar mais paz do que eu!

Com as palavras queimando-lhe a boca, voltou-se e fugiu. Tinha certeza de que aquele zumbido nos ouvidos era de pura fúria. A vertigem era das emoções descontroladas. A dor no coração, a violenta combinação dos dois.

Mas sentia como se alguém estivesse fugindo com ela, dentro dela, tão desesperada e infeliz quanto ela, tão amargamente sem esperanças.

Fugiu pelos campos, e não parou até alcançar o jardim de Brianna, quando o cachorro saltou para saudá-la. Ainda estava fugindo, quando tropeçou na cozinha e Brianna, surpresa, chamou seu nome.

Correu até trancar-se no quarto, sozinha, e não ter mais para onde fugir.

Brianna esperou uma hora antes de bater delicadamente à porta. Esperava encontrar Shannon chorando ou dormindo sobre as lágrimas. A rápida visão que Brianna tivera do seu rosto, quando irrompera na cozinha, falava de desespero e raiva.

Mas, quando abriu a porta, não encontrou Shannon chorando. Encontrou-a pintando.

— A luz está desaparecendo. — Shannon não se deu ao trabalho de levantar o olhar. Os toques do pincel eram passionais, frenéticos. — Preciso de algumas lâmpadas. Preciso de luz.

— Claro. Vou trazer algumas. — Ela se aproximou. Não era um rosto de tristeza que via, mas um rosto meio selvagem. — Shannon...

— Não posso falar agora. Preciso fazer isso. Tenho que arrancar isso de dentro de mim de uma vez por todas. Preciso de mais luz, Brie.

— Tudo bem. Vou dar um jeito. — Silenciosamente, fechou a porta atrás dela.

* * *

Ela pintou durante toda a noite. Nunca fizera isso antes. Nunca precisara ou desejara tanto. Mas precisara disso agora. Já amanhecera quando parou, as mãos contraídas, os olhos queimando, a mente vazia. Não tocara na bandeja que Brianna trouxera em alguma hora da noite, nem estava interessada em comida agora.

Sem olhar para a tela acabada, deixou os pincéis caírem numa jarra de terebintina e desabou completamente vestida na cama.

Estava quase anoitecendo quando acordou, dolorida e zonza. Não tivera sonhos dessa vez ou não se lembrava de nenhum, apenas um sono profundo e exausto que a deixara aérea e confusa.

Mecanicamente despiu as roupas, tomou um banho, vestiu-se outra vez, nunca olhando a tela que iniciara e terminara numa noite desesperada. Pegou a bandeja intocada e a levou pelas escadas.

Viu Brianna no hall, dando adeus aos hóspedes. Shannon passou por ela sem dizer uma palavra sequer, deixou a bandeja na cozinha e serviu-se do café que fora feito para ela horas antes.

— Vou fazer um bem fresquinho — Brianna ofereceu ao entrar na cozinha.

— Não, este está ótimo. — Com algo parecido com um sorriso, Shannon ergueu a xícara. — Verdade. Desculpe, mas desperdicei a comida.

— Não importa. Deixe-me preparar alguma coisa para você, Shannon. Não come nada desde ontem, e está bastante pálida.

— Acho que devo comer alguma coisa. — Não encontrando forças para fazer mais nada, foi até a mesa e sentou-se.

— Brigou com Murphy?

— Sim e não. Não quero falar sobre isso agora.

Brianna acendeu o fogo sob a panela antes de ir até a geladeira.

— Não vou pressionar você. Terminou a tela?

— Sim. — Fechou os olhos. Mas havia mais para terminar. — Brie, gostaria de ver as cartas agora. Preciso vê-las.

— Depois de comer — Brianna disse, fatiando o pão para um sanduíche. — Vou chamar Maggie, se não se importa. Devemos fazer isso juntas.

— Sim. — Shannon empurrou a xícara para o lado. — Devemos fazer isso juntas.

Capítulo Vinte e Três

Era algo difícil olhar aquelas três únicas cartas, amarradas com uma fita vermelha desbotada. Só um homem sensível, Shannon pensou, amarrava as cartas de uma mulher, tão poucas cartas, com uma fita cuja cor o tempo desbotaria.

Não pediu conhaque, mas ficou agradecida quando Brianna colocou a garrafa a seu lado. Estavam as três na sala e Gray levara o bebê para a casa de Maggie.

Então tudo estava quieto.

À luz da lâmpada, pois o sol se punha para o crepúsculo, Shannon juntou coragem e abriu o primeiro envelope.

A caligrafia da mãe não havia mudado. Podia ver isso agora. Sempre tinha sido bonita, feminina e, de algum modo, econômica.

Meu querido Tommy.

Tommy, Shannon pensou, fixando a única linha. Ela o tinha chamado de Tommy quando escrevera a ele. E Tommy quando falara dele para a filha, pela primeira e última vez.

Mas Shannon pensava nele como Tom. Tom Concannon, que lhe havia legado olhos verdes e cabelos castanhos. Tom Concannon, que não fora um bom fazendeiro, mas um bom pai. Um homem que jurara fidelidade em vão à esposa para amar outra mulher e a tinha deixado partir. Que desejara ser poeta, desejara fazer fortuna, mas que morrera sem fazer nada disso.

Ela leu e não teve outra escolha a não ser ouvir a voz da mãe e sentir o amor e a doçura nela. Nenhum arrependimento. Shannon não pôde perceber nenhum arrependimento nas palavras que falavam de amor e dever, e da complexidade das escolhas. Saudades, sim, e lembranças, mas sem desculpas.

Sempre, ela escrevera. *Sempre, Amanda.*

Com grande cuidado, ela dobrou a primeira carta.

— Ela disse que ele havia respondido a ela. Não encontrei nenhuma carta entre as coisas dela.

— Ela não deve tê-las guardado — Brianna murmurou. — Em respeito ao marido. Sua lealdade e seu amor eram para ele.

— Sim. — Shannon queria acreditar naquilo. Quando um homem dá tudo de si por mais de vinte e cinco anos, não merece outra coisa.

Abriu a segunda carta. Começava da mesma maneira, terminava da mesma maneira que a primeira. Mas, em meio a isso, havia insinuações de algo mais, além das lembranças de um breve e proibido amor.

— Ela sabia que estava grávida — Shannon conseguiu falar. — Quando escreveu esta, ela sabia. Era para ter ficado assustada e até desesperada. Teria que ter ficado. Mas ela escreve tão calmamente, não o deixando saber nem suspeitar.

Maggie tomou a carta que Shannon dobrara novamente.

— Ela deve ter precisado de algum tempo para pensar sobre o que devia fazer, o que podia fazer. A família dela, pelo que o detetive de Rogan descobriu, não a teria apoiado.

— Não. Quando ela contou a eles, insistiram para que fosse embora, abortasse e evitasse o escândalo. Ela não faria isso.

— Ela queria você — Brianna disse.

— Sim, ela me queria.

Shannon abriu a última carta. Partiu-lhe o coração ler aquela. Como poderia ter havido alegria? Independentemente do medo e da ansiedade que podia ler nas entrelinhas, havia uma inconfundível alegria nelas. Ainda mais, havia uma rejeição à vergonha ao que seria esperado de uma mulher solteira, grávida de um homem casado. Era óbvio que fizera sua escolha quando escrevera aquela carta. A família ameaçara deserdá-la, mas isso não tinha importância para ela. Ela arriscara aquilo, e tudo o que sabia, por uma chance, e pela criança que carregava no ventre.

— Ela disse a ele que não estava sozinha. — A voz de Shannon tremia. — Mentiu a ele. Estava sozinha. Teve que ir para o Norte e conseguir trabalho porque a família havia cortado qualquer ajuda e até seu próprio dinheiro. Não tinha nada.

— Ela tinha você — Brianna corrigiu. — Era o que queria. Foi o que escolheu.

— Mas ela nunca pediu a ele que fosse até ela ou que a deixasse voltar para ele. Nunca lhe deu uma chance sequer, apenas contou que estava grávida, que o amava e que estava indo embora.

— Ela lhe deu uma chance sim. — Maggie repousou uma das mãos no ombro de Shannon. — A chance de ser um pai para os filhos que já tinha e de saber que teria outro que seria amado e cuidado. Talvez ela tenha deixado a decisão fora das mãos dele, decisão que o dividiria em dois, qualquer escolha que fizesse. Acho que ela fez isso por ele, por você e talvez até por si mesma.

— Ela nunca deixou de amá-lo. — Dobrou a carta outra vez. — Mesmo amando meu pai como amou, ela nunca o deixou. Ela o tinha na cabeça quando morreu, como ele a tinha na dele. Ambos perderam o que muitas pessoas nunca encontraram.

— Não podemos dizer o que podia ter sido. — Ternamente Brianna voltou a amarrar a fita em torno das cartas. — Ou mudar o que foi perdido ou o que foi encontrado. Mas não acha, Shannon, que fizemos o melhor que pudemos por eles? Permanecendo aqui. Fazendo uma família da família deles? Tornando irmãs as filhas deles?

— Gostaria de acreditar que ela sabe que não estou brava. E que estou entendendo tudo. — Havia certa paz naquilo, Shannon percebeu. Em entender. — Se ele estivesse vivo quando cheguei aqui, eu teria me esforçado para gostar dele.

— Esteja certa disso. — Maggie deu um aperto amigável no ombro dela.

— Estou. — Shannon percebeu. — Neste momento, é a única coisa de que estou certa.

Uma nova fadiga a invadiu quando se levantou. Brianna levantou-se com ela e estendeu-lhe as cartas.

— São suas. Sua mãe gostaria que as guardasse.

— Obrigada. — O papel parecia tão fino na mão dela, tão frágil. E tão precioso. — Vou guardá-las, mas são nossas. Preciso pensar.

— Leve seu conhaque. — Brianna pegou o cálice e ofereceu a ela. — E tome um banho bem quente. Eles aliviarão a mente, o corpo e o espírito.

Era um bom conselho e ela pretendia segui-lo. Mas, quando entrou em seu quarto, Shannon deixou o copo de lado. A tela a atraía agora. Então acendeu as lâmpadas, antes de caminhar até ela.

Estudou o homem com o cavalo branco, a mulher. O brilho do cobre e a espada. Havia o rodopio da capa, o agitar dos cabelos castanhos levados pelo vento.

Mas havia mais, muito mais. O bastante para fazê-la sentar-se na beirada da cama, enquanto o olhar continuava cravado na tela. Sabia que aquilo saíra de dentro dela, cada pincelada. Embora parecesse impossível que ela tivesse feito tal trabalho.

Havia transformado uma visão em realidade. Estivera querendo fazer aquilo todo o tempo.

Com um suspiro trêmulo, ela fechou os olhos e esperou até que tivesse certeza, até que pudesse ver dentro de si mesma tão claramente como podia ver as pessoas que trouxera à vida com pincel e tinta.

Era tão fácil, percebeu. Nada complicado, afinal. A razão é que complicava. Agora, mesmo com a razão, era simples.

Tinha ligações a fazer, pensou, então pegou o telefone para concluir o que havia começado quando pisou pela primeira vez na Irlanda.

Esperou até a manhã para ver Murphy. O guerreiro deixara a sábia mulher pela manhã, era certo que o círculo se fechasse na mesma hora do dia.

Nem lhe passou pela cabeça que ele não estaria onde o procurou. Ele estava parado no círculo de dança, o broche na mão e a bruma cintilando como a respiração dos fantasmas sobre a grama.

Levantou a cabeça quando a ouviu. Ela notou a surpresa, a ânsia, antes que ele derrubasse a portinhola — um talento que não sabia que ele possuía.

— Achei que você viria aqui. — Sua voz não estava fria, não conseguia torná-la assim. — Ia deixar isso para você. Mas, como está aqui agora, vou dar a você e perguntar se vai ouvir o que tenho a dizer.

Ela segurou o broche, não mais deslumbrada ou ansiosa quando ele pareceu vibrar na palma de sua mão.

— Trouxe uma coisa para você. — Levantou a tela, enrolada em papel grosso, mas ele nada fez para pegá-la. — Você perguntou se eu podia pintar alguma coisa para você. Alguma coisa que me fizesse lembrar de você, e eu pintei.

— Como um presente de despedida? — Pegou a tela, mas andou dois passos para apoiá-la, ainda embrulhada, contra uma pedra. — Não vai adiantar, Shannon.

— Você deveria olhá-la.

— Haverá tempo para isso depois que eu disser o que tenho em mente.

— Você está zangado, Murphy. Gostaria...

— É claro, droga, que estou zangado. Com nós dois. Malditos idiotas. Apenas fique quieta — ordenou — e me deixe dizer isso do meu jeito. Você estava certa sobre algumas coisas, e eu estava errado sobre outras. Mas eu não estava errado ao dizer que nos amamos e nos queremos. Pensei a esse respeito, durante as duas noites passadas, vi que pedi a você mais do que tenho o direito de pedir. Há outra alternativa que não considerei, que achei mais fácil ignorar do que levar em conta.

— Estive pensando também. — Ela avançou, mas ele recuou abruptamente.

— Pode esperar um maldito minuto e deixar que eu termine? Vou com você.

— O quê?

— Vou com você para Nova York. Se você precisa ser cortejada por mais tempo... ou qualquer que seja a maldita palavra que escolher para isso, eu darei a você. Mas você vai casar comigo ao final, sem fazer nenhuma besteira. Não vou fazer nenhuma concessão quanto a isso.

— Concessão? — Atordoada, ela enfiou a mão em seus cabelos. — Isto é um acordo?

— Você não pode ficar, então eu vou.

— Mas a fazenda...

— A fazenda que vá para o diabo! Acha que isso significa mais para mim do que você? Sou bom com as mãos. Posso trabalhar em algum lugar.

— Não é uma questão de trabalho.

— É importante para mim que eu não viva à custa de minha esposa. — Desferiu as palavras contra ela, desafiando-a a discordar. — Pode me chamar de machista, ou idiota, ou qualquer coisa que escolha, mas isso não muda nada. Não importa se você tem uma montanha de dinheiro ou nenhum, se escolhe gastá-lo numa casa grande ou em carros modernos, se é miserável com ele ou joga tudo numa mesa de pôquer. A questão para mim não é que eu a sustente, mas que sustente a mim mesmo.

Ela fechou a boca por um minuto e tentou manter-se calma.

— Dificilmente vou chamá-lo de idiota por essas coisas tão sensatas que disse, mas posso chamá-lo assim por simplesmente pensar em desistir da fazenda.

— Vendê-la. Não sou um idiota. Ninguém da minha família se interessa pela fazenda. Então vou falar com o Sr. McNee, Feeney ou alguns outros. É uma terra boa. — O olhar dele passou sobre ela e, por um momento, se entristeceu quando percorreu as montanhas. — É uma terra boa — repetiu. — E eles a valorizariam.

— Ah, grande idéia. — Ergueu a voz apaixonadamente. — Jogar fora sua herança, sua casa. Por que não se oferece para arrancar fora seu coração enquanto o tem?

— Não posso viver sem você — disse simplesmente. — E não viverei. É a cruz ou a espada.

— Nem me deixe ouvir que você disse isso. — Ela enfureceu-se. — Isso aqui significa tudo para você. Ah, você sabe como me fazer sentir mesquinha e egoísta. Não vou aceitar.

Ela voltou-se esmurrando as pedras enquanto caminhava. Então se encostou pesadamente contra uma, enquanto golpeava, e golpeava forte. Desde o começo estivera girando naquela direção.

Firmou-se e voltou-se então para poder ver o rosto dele. Estranho, pensou, pois sentia-se subitamente tão calma, tão segura.

— Você desistiria dela por mim, disso que faz você ser o que você é. — Sacudiu a cabeça, antes que ele pudesse responder. — É engraçado, realmente engraçado. Busquei minha alma na última noite e na noite anterior. Parte dela se dilacerou ao fazer esta tela. E, quando finalmente olhei-a longa e profundamente, soube que não estava indo a lugar algum.

Viu a luz brilhar em seus olhos, antes que ele a controlasse cuidadosamente. — Está dizendo que vai ficar, ficar sem o que deseja. Isso devia me confortar, saber que está aqui, mas infeliz?

— Estou renunciando demais. Realmente fazendo um grande sacrifício. — Com uma risada, ajeitou os cabelos com os dedos. — Finalmente, compreendi isso também. Estou deixando Nova York. Você não pode sentir o cheiro da grama lá ou ver cavalos pastando. Não pode ver a luz refulgindo sobre os campos de um jeito que faz doer a garganta. Estou trocando o som do tráfego pelo som da cotovia e de outros pássaros. Será realmente duro viver com isso.

Enfiando as mãos nos bolsos, começou a caminhar de um modo que o avisava para não tocá-la.

— Meus amigos, a maioria deles só conhecidos, vão se divertir se lembrando de mim de vez em quando e vão abanar a cabeça. Talvez muitos deles venham me visitar e ver por que desisti das vias expressas. Estou trocando tudo aquilo por uma família, por pessoas de quem me senti mais próxima do que de qualquer outra na vida. É um péssimo negócio, tudo bem.

Parou, olhando por entre as pedras, enquanto o sol morno afugentava a bruma.

— E aí tem a minha carreira, aqueles degraus tão importantes para subir. Mais cinco anos, garanto que teria nas mãos aquela metafórica chave para o banheiro dos executivos. Sem dúvida, Shannon Bodine tem energia, talento, ambição e não se importa de trabalhar uma semana de sessenta horas. Tive montes dessas semanas, Murphy, e me ocorreu que nenhuma delas me deu a alegria ou a simples satisfação que senti desde a primeira vez em que peguei um pincel aqui na Irlanda. Então concluí que será realmente difícil trocar meu conjunto Armani por um avental.

Ela virou-se.

— Pelos meus cálculos, resta ainda uma última coisa. Estou de volta a Nova York, tomando impulso para o próximo degrau daquela escada, e estou sozinha, enquanto o homem que me ama está a cinco mil quilômetros de distância. — Levantou as mãos. — Parece não haver nenhum questionamento. Não estou desistindo de nada, porque não há nada lá. Foi esse o lampejo que tive nesta noite. Não há nada lá que eu queira, ou precise, ou ame. Está tudo bem aqui, bem aqui com você.

"Mas você tinha que sair na frente, não é?", ela disparou, quando ele ia se aproximando. "Agora nunca vou poder atirar no seu rosto, durante uma briga, o que fiz por você. Porque não fiz nada e sei disso. E você teria feito tudo."

Ele não estava certo de poder falar e, quando o fez, só conseguiu articular uma frase hesitante:

— Você vai ficar comigo...

Ela foi até onde ele havia deixado a tela. Com gestos impacientes, rasgou o papel.

— Olhe isso e diga o que vê.

Um homem e uma mulher num cavalo branco, os rostos tão familiares a ele como o seu próprio, numa terra banhada pela luz. O círculo de pedras ao fundo, com duas das pedras que tinham caído em cruz, ainda no lugar. O broche preso no manto em rodopio.

Mas o que ele viu acima de tudo foi que, enquanto o homem dominava o cavalo com uma das mãos, com a outra mantinha a mulher junto a si. E ela a ele.

— Eles estão juntos.

— Não pretendia pintá-los assim. Ele devia ir embora, como foi, deixando-a, quando ela pediu que ficasse. Quando ela suplicava e deixava de lado a última gota de orgulho, e chorava.

Shannon suspirou cautelosamente e acabou de contar a ele o que tinha na mente e no coração, quando pintara.

— Ele a deixou porque era um soldado e sua vida eram as batalhas. Imagino que guerras exigem atenção, tanto quanto a terra. Ele queria casar com ela, mas não ficaria, e ela queria que ele ficasse, mais do que queria o casamento, embora soubesse que esperava um filho dele.

Ergueu os olhos, presos ao rosto dela.

— Um filho dele.

— Ela nunca disse a ele. Podia ter feito toda a diferença, mas nunca lhe disse. Queria que ficasse por ela, deixasse a espada de lado por amá-la mais do que amava o que era. Quando ele não ficou, eles brigaram aqui. Bem aqui. E disseram um ao outro coisas para ferir, porque os dois estavam feridos. Ele devolveu a ela o broche com raiva, não como lembrança, como a lenda sugere, e foi embora. Sempre acreditando que ela esperaria. Ela o amaldiçoou quando ele saiu, gritou que ele nunca teria paz, não mais do que ela, nunca teria até que a amasse o suficiente para desistir de tudo o mais.

Shannon apertou o broche na palma da mão dele, colocando a sua por cima.

— Ela viu, na fogueira, quando ele tombou numa batalha, sangrou e morreu. E teve o filho sozinha. Ficou esperando, eternamente, que ele a amasse o bastante.

— Quis ver por muito tempo, tentei ver, e nunca pude.

— Saber as respostas estraga a magia. — Afastou para que não ficasse mais entre eles. — Eles estão juntos agora. Quero ficar, Murphy. Não é a escolha dela, nem de minha mãe. É minha. Quero construir uma vida aqui, com você. Juro que amo muito você.

Ele tomou a mão dela, levou-a apaixonadamente aos lábios.

— Vai me deixar cortejar você, Shannon?

— Não — declarou com uma risada. — Mas vou deixar você casar comigo.

— Posso resolver isso. — Puxou-a contra si, enterrando o rosto em seus cabelos. — Você é a única, Shannon. É a única para mim.

— Eu sei. — Fechando os olhos, descansou a cabeça sobre o coração dele. Batia ali, forte e firme, como ele era. O amor, pensou, fecha qualquer círculo. — Vamos para casa, Murphy — murmurou. — Vou preparar seu café-da-manhã.

Fim

Impresso no Brasil pelo
Sistema Cameron da Divisão Gráfica da
DISTRIBUIDORA RECORD DE SERVIÇOS DE IMPRENSA S.A.
Rua Argentina 171 – Rio de Janeiro, RJ – 20921-380 – Tel.: 2585-2000